IVY LEAGH

WHERE *Winter* FALLS

CARLSEN

Wir produzieren nachhaltig
- Klimaneutrales Produkt
- Papiere aus nachhaltigen und kontrollierten Quellen
- Hergestellt in Europa

© der Originalausgabe by CARLSEN Verlag GmbH, Hamburg 2023
Text © Ivy Leagh, 2023
Lektorat: Larissa Bendl
Die Autorin bezieht sich in den Kapitelüberschriften
auf Zeilen aus Songs aus der Playlist. Die Überschriften der Otis-Kapitel
sowie das Zitat auf S. 215 stammen aus dem Buch »What We Buried« von Caitlyn Siehl
(CreateSpace Independent Publishing Platform, 2018), übersetzt von Ivy Leagh.
Umschlag- und Innenklappengestaltung: ZERO Werbeagentur, München
Umschlagabbildung: Collage unter Verwendung von Motiven von shutterstock.com /
© Bedecs_HU / © Bokeh Blur Background / © Chinnapong / © Bozhko Ekaterina /
© Net Vector
Abbildungen Innenklappen: shutterstock.com / © Blue Planet Studio / © s74 /
© Eo naya / © SvedOliver / © ArtOlympic / © Martin Kronqvist / © Vladyslav Spivak;
© Ivy Leagh
Satz: Pinkuin Satz und Datentechnik, Berlin
Produktionsmanagement: Gunta Lauck
Litho: Margit Dittes Media, Hamburg
ISBN 978-3-551-58506-6

To Queens Heath Pride
A place I call home.

VORBEMERKUNG FÜR DIE LESER*INNEN

Liebe*r Leser*in,

dieser Roman enthält potenziell triggernde Inhalte. Aus diesem Grund befindet sich hier eine Triggerwarnung. Am Romanende findest du eine Themenübersicht, die demzufolge Spoiler für den Roman enthält.

Entscheide bitte für dich selbst, ob du diese Warnung liest. Gehe während des Lesens achtsam mit dir um. Falls du während des Lesens auf Probleme stößt und/oder betroffen bist, bleib damit nicht allein. Wende dich an deine Familie, Freunde oder auch professionelle Hilfestellen.

Wir wünschen dir alles Gute und das bestmögliche Erlebnis beim Lesen dieser besonderen Geschichte.

Ivy Leagh und das Carlsen-Team

PLAYLIST »DIRTY FEMINISTS«

Boomerang – Blümchen
Eins, zwei, Polizei – Mo-Do
Barbie Girl – Aqua
Mr. Vain – Culture Beat
Boom, Boom, Boom, Boom!! – Vengaboys
You're My Heart, You're My Soul – Modern Talking
Kung Fu Fighting – Carl Douglas
Saturday Night – Whigfield
No Limit – 2 Unlimited
Dragostea Din Tei – O-Zone
Kiss – Vengaboys
Tragedy – Steps
Heaven Is a Place on Earth – Belinda Carlisle
What Hurts the Most – Cascada
All I Ever Wanted – Basshunter
Euphoria – Loreen
Run Away – SunStroke Project & Olia Tira
My Heart Goes Boom – French Affair

Das Secret Rave Festival Berlin geht ins fünfte Jahr

DER BODEN BEBT BIS BRANDENBURG

2023 bringen wir den Berliner Underground zum fünften Mal in Folge zum Beben! Techno, Hardcore, Frenchcore, EDM – Hauptsache, die Erde wackelt! Ein Monat, zig Raves, krasse Locations und ein großes Finale. Die Standorte der Baby-Raves bekommt ihr am Abend vor der jeweiligen Veranstaltung, IMMER auf Discord. Die Final-Location wird ebendort bekannt gegeben.

UNSERE *SECRET RAVE FESTIVAL*-NEWCOMER-EMPFEHLUNG

When boys come with the intention of hurting you, give'em hell, darling! Harder, Faster, Cringegasm – *Dirty Feminists* sind dieses Jahr unsere Hot Newcomer. Goa-Geballer, 90s & 2000s Cringe und Bass-Explosion: Das TikTok-Phänomen heizt euch im November gleich dreimal an noch geheimen Locations ein.
Gespielt wird indoor auf einem Soundsystem mit TW-Audio-Topteilen, befeuert von einer Hoellstern-Endstufe, outdoor wird improvisiert.

SICHERHEITSHINWEIS

Postet keine Namen und Gesichter auf Social Media. No-Drug-Area! Wer Drogen konsumiert, der fliegt raus. Achtet auf eure Mitmenschen. DJ-Advice: Tragt Masken.

Let's go November-Nuclear   Euer *Secret Rave Festival* Berlin

WIE EIN BOOM, BOOM, BOOM, BOOM, BOOMERANG KOMMST DU IMMER WIE- BITTE NICHT.

Ella

Es ist verdammt kalt in Berlin. Deshalb stehe ich in meine dicke Winterjacke eingepackt vor Juans tragbarem DJ-Pult und muss trotzdem aufpassen, dass ich die Jog-Wheels meines Controllers nicht viel zu grob bediene. Ich habe keine Lust, etwas kaputt zu machen, in das ich mein halbes Erspartes gesteckt habe. Die Dreh-teller reagieren feinfühlig auf jede Berührung und produzieren so im Normalfall ein krasses Scratch-Geräusch. Im Moment fehlt mir aber in meinen vor Kälte taub gewordenen Fingern jegliches Ge-fühl, weshalb der Sound eben eher nach einer Katzengeburt klang. Zum Glück hat mich deshalb nur mein DJ-Partner Juan irritiert von der Seite beäugt, der im Gegensatz zu mir an Handschuhe ge-dacht hat. Die Gäste tanzen weiterhin das wintergraue Gras um mich herum platt – die meisten von ihnen trotz der Temperaturen oberkörperfrei.

In den letzten Wochen gingen ein paar Videos, die Juan auf un-serem TikTok-Kanal geteilt hat, durch die Decke, denn er bastelt neuerdings bekannte Memes vor den Beat-Drop einiger Tracks. Ein Clip mit einer Katze hat mittlerweile über eine Million Klicks. Heute können wir die Leute zum ersten Mal endlich auch live von unserer Musik begeistern.

Als ich vor einem Jahr Juans Instagram-Account gefunden und mir die Story-Highlights angesehen habe, in denen er mit Glitzer auf den Wangen und Smokey Eyes am DJ-Pult steht, musste ich ihn anschreiben, und sei es auch nur, um ihm ein paar Komplimente zu seinem Style zu machen. Juan ist schon viel länger im Business erfolgreich und dass er mir überhaupt auf meine Nachricht geantwortet hat, war ziemlich überraschend. Deshalb hätte ich nie gedacht, dass er mir ein paar Wochen später vorschlägt, unter einem Pseudonym mit ihm gemeinsam beim diesjährigen Secret Rave Festival aufzutreten.

Zwölf Monate später heizen wir aber tatsächlich zu zweit der Menge ein. Und der erste von drei Raves der Dirty Feminists ist richtig gut besucht.

Den November über finden überall in Berlin unzählige, illegale Raves statt, die auf Social Media als Baby-Raves bezeichnet werden. Die, an denen ich die vergangenen Festivaljahre als Gast teilgenommen habe, waren nie so voll wie unserer. Selbst wenn ich so zurückhaltend wie meine besten Freundinnen Leni und Charlie wäre, würde mich diese Tatsache verdammt stolz machen. Zugegeben, Juan kennt auch einen der Veranstalter und hat deshalb eine richtig gute Location für uns rausgehandelt.

Buntes Licht blitzt hier auf dem Teufelsberg wie Laserstrahlen über die verfallene Abhörstation der Amerikaner aus dem Kalten Krieg bis runter nach Berlin. Die Radarkuppeln hinter uns erinnern mich an gigantische Golfbälle oder bei den Temperaturen wohl eher Schneebälle, und wenn das Licht wie jetzt gerade durch ihre beschädigte Kunststoffhülle schießt, haucht es dem stillgelegten Spionagezentrum wieder Leben ein.

Gleichbleibend aggressiv hämmert unser Sound in meinen Ohren, bevor ich den Beat anschwellen lasse. Wie kleine Nadelstiche spritzt er mehr und mehr Adrenalin in meinen Körper, bis ich das Gefühl habe, dass er fast zu heftig gegen meinen Schädel drückt.

Ein letztes Mal reiße ich einen Arm hoch und schreie. Meine Kehle ist staubtrocken, schmerzt. Egal – abermals brülle ich in die tanzende Menge, die sofort auf mich reagiert. Die Menschen drängen sich dichter aneinander, Sohle an Sohle, und warten so, mit gesenkten Köpfen und zum Zerreißen angespannten, schweißnassen Oberkörpern, auf den einen Moment, den ganz allein ich bestimme. Ein abgefahrenes Gefühl.

Juan heizt den Tanzenden neben mir unterstützend weiter ein, so wie wir es geprobt haben, bis ich schwöre, ihre Anspannung auf der Zunge schmecken zu können. Jetzt gibt es nichts Wichtigeres mehr als die Musik und meine kalten Finger, mit denen ich den Pegel hoch konzentriert reguliere.

Ich warte, bis ich in den ersten Reihen einen Funken Unruhe aufkommen spüre, und dann endlich ... lasse ich los. Der Beat droppt. Fäuste fliegen in die Höhe und boxen wild in den wolkenverhangenen Nachthimmel. Gebrüll und Gekreische übertönen den tiefen Bass, der die Erde zum Beben bringt. Meine Nackenhaare stellen sich auf. Obwohl ich Angst habe, bei der Sache erwischt zu werden, weiß ich, dass ich an versifften, verlassenen Orten wie dem Trümmerberg unter meinen Sohlen zu Hause bin.

Fast ein Drittel der Überreste des nach dem Zweiten Weltkrieg zerbombten Berlins landeten auf dem Teufelsberg. Eigentlich total gruselig. Doch mein Herz fühlt sich hier trotzdem so frei wie seit Wochen nicht mehr. Vielleicht weil es auch ein Trümmerberg voller Staub, Schmutz und verdrängter Erinnerungen ist.

Ich mische einzelne Textfetzen in den Song, immer Hits aus den Neunzigern und Zweitausendern, was Juans Meinung nach neben den lustigen Memes auf TikTok zum Markenzeichen der *Dirty Feminists* geworden und der Grund dafür ist, dass das *Secret Rave Festival* ausgerechnet uns als Newcomer gebucht hat. Wäre unfassbar krass, wenn Juan recht hätte und ein paar der Gäste heute nur wegen mir hergekommen sind.

Vier weitere Male hebe ich die Lyrics des Blümchen-Songs noch zum Ende jeder Bar hervor – *Boom, Boom, Boom, Boom* –, bevor ich eine neue Phrase aufbaue, bis auch die so weit überstrapaziert ist, dass es sich anfühlt, als ob ihr Beat meine Nervenenden kitzelt. Erst jetzt lasse ich den Beat auf *Boomerang* in eine neue Phrase übergehen und die Leute rasten aus.

»Willst du dir nicht mal was zu trinken holen?«, brüllt Juan über die Lautstärke hinweg in meine Richtung. Er klingt dabei ein klein wenig zu streng, als ob es allein seine Aufgabe wäre, auf mich aufzupassen. Seit der Trennung von Toni vor drei Monaten ist jeder in meinem Umfeld überfürsorglich, obwohl ich ständig demonstriere, dass alles okay bei mir ist. Wahrscheinlich sage ich das vor allem, um mich selbst davon zu überzeugen. Aber letztendlich wird auch meine Beziehung zu Toni irgendwann nur noch eine verblasste Erinnerung auf meinem eigenen Trümmerberg sein. Irgendwann habe ich ihn vergessen. Denn vergessen und verdrängen kann ich ziemlich gut. Alles, was in Kanada passiert ist, und auch den Grund, weshalb ich es nicht fertigbekommen habe, Toni im vergangenen Sommer dort zu besuchen, habe ich problemlos aus meinem Kopf gestrichen.

In einem Jahr kann sich alles verändern.

Ich hoffe so sehr, dass Charlie mit dem, was sie mir gestern beim Facetimen versprochen hat, nicht recht behält und ich schon in einem halben Jahr nicht mehr an Toni und Kanada denken muss.

»Ich übernehme solange«, fordert Juan nun und diesmal schaut er mich dabei eindringlich an. Eigentlich sehe ich nur ein Augenpaar in der Dunkelheit aufblitzen, denn der Rest seines Gesichts ist genau wie bei mir von einer schwarzen Sturmmaske bedeckt. So wollen die Veranstalter unsere Anonymität schützen und verhindern, dass wir auf Fotos und in Videos, die ins Internet gestellt werden, von der Polizei identifiziert werden können.

Darüber bin ich mehr als froh, denn ich würde jede Maskierung in Kauf nehmen, um auf Social Media nicht erkannt zu werden. Auch in keinem unserer TikTok-Videos zeige ich mein Gesicht und wenn ich meinen Job nicht riskieren will, muss das unter allen Umständen auch so bleiben. »Ist schon in Ordnung, Juan. Ich komm klar.« Kaum habe ich abgelehnt und den Fader hochgezogen, um so einen neuen Song in den alten überlaufen zu lassen, bereue ich es, weil mein Hals vom Schreien noch immer ganz trocken ist und schmerzt. »Vielleicht geh ich doch mal schnell runter«, überlege ich es mir kurz darauf anders. »Die Loops sind alle vorbereitet. Du musst das Outro nur noch mit dem Highpass-Filter rausziehen. Bin gleich wieder da.«

Juan nickt, bevor er meinen Controller übernimmt, den wir für Outdoor-Gigs nutzen, weil er nur halb so viel gekostet hat wie seiner. »Lass dir Zeit.«

»Ganz sicher nicht.« Ich vermisse das DJ-Pult jetzt schon und am liebsten würde ich nichts anderes mehr in meinem Leben tun, als fremde Leute mit meiner Musik zum Ausrasten zu bringen. Bevorzugt nicht mehr heimlich und illegal. Aber ich weiß, wie unrealistisch es ist, vom Musikmachen leben zu können, weshalb ich den Job im Kindergarten dringend brauche, um die Miete meines WG-Zimmers zu bezahlen.

Juan hat schon in einigen größeren Clubs aufgelegt, letzten Sommer sogar auf einem Elektrofestival in Barcelona, und trotzdem arbeitet er zusätzlich in einer kleinen Marketingagentur im Prenzlauer Berg, weil das Geld sonst einfach nicht reicht. Dort gehen seine Kollegen allerdings weitaus lockerer mit seinem Nebenjob als DJ um, als es meine Chefin tun würde. Doch solange die nicht mitbekommt, womit ich mir in den kommenden Wochen noch zweimal die Nacht um die Ohren schlagen werde, bietet mein tadelloses Verhalten gegenüber den Kindern keinerlei Angriffsfläche. Zur Sicherheit ziehe ich die schützende Sturmmaske tiefer ins Gesicht.

Auf dem Weg zum provisorisch aufgebauten Getränkeverkauf gratulieren mir Fremde zu meinem gelungenen Set. Das Festival findet mittlerweile zum fünften Mal in Folge statt. Bis zum Festivalfinale Anfang Dezember, bei dem die besten DJs in und um Berlin an einer noch geheim gehaltenen Location auftreten werden, vergehen noch gut fünf Wochen. Das sind einige Abende, an denen überall in Berlin weniger bekannte DJs versuchen so viele Leute wie möglich zu ihren Raves zu locken und von sich zu begeistern, um im nächsten Jahr von den Festivalveranstaltern fürs Finale gebucht zu werden. Die diesjährigen Acts stehen schon seit Wochen fest.

Dass die *Dirty Feminists* überhaupt ausgesucht, zusätzlich als Newcomer gepusht wurden und gleich dreimal auftreten dürfen, ist eine riesige Ehre. Für mich, aber vor allem für ein Kollektiv bestehend aus einer Frau und einem bisexuellen Typen, das toxischen Männern den musikalischen Kampf angesagt hat. Funktioniert bestimmt nur in Berlin.

Die Erwartungen an unsere Sets sind aufgrund der Empfehlung natürlich riesig und der Neid der anderen Musiker groß, weshalb ich froh bin, dass der erste Gig heute so gut funktioniert. Es wäre unfassbar, wenn wir die Veranstalter begeistern und nächstes Jahr beim Festivalfinale auflegen dürfen.

Um noch mehr Werbung für Juan und mich zu machen, nehme ich mir vor, dem Nächsten, der mich anspricht, einen der Flyer in die Hand zu drücken, die ich in meiner Jackentasche aufbewahre und auf denen lediglich der Name unseres Kollektivs und ein QR-Code aufgedruckt sind. Der Code führt auf einen Discord-Channel, wo am Tag vor den jeweiligen Raves die Locations bekannt gegeben werden.

Aus Sicherheitsgründen darf nirgendwo Werbung aufgehängt werden, aber ein paar Flyer stellen bestimmt kein Problem dar. Doch bis zum Getränkeverkauf hält mich eh niemand mehr auf.

Als ich den Campingtisch erreiche, der als Tresenersatz dient, reicht die Frau dahinter gerade zwei Dosen Bier an einen Typen, dessen nackter Rücken voller Tätowierungen ist. Ich presse die Lippen zusammen, doch als er sich zu mir herumdreht und dabei die gepiercten Augenbrauen hochzieht, zucke ich trotzdem zusammen. Genervt von mir selbst beiße ich die Zähne aufeinander. Ich habe Toni auf einem Rave wie diesem kennengelernt, weshalb es mich nicht sonderlich überraschen sollte, dass jeder zweite Typ hier optisch meinem verdammten Ex ähnelt.

Tut es aber trotzdem, und vor allem tut es verdammt weh.

»Mega Set«, lobt der Typ. Als er sich das dunkle Haar aus der Stirn streicht und dabei schluckt, bewegt sich sein ausgeprägter Adamsapfel auf und ab. Verflixt, für genau solche Männer wie ihn habe ich eine Schwäche, womit feststeht, dass nach dem Gig nichts zwischen uns laufen wird und ich ihn besser schnell loswerde. Denn wenn ich mich in den vergangenen Monaten überhaupt für Ablenkungssex entschieden habe, dann war es jedes Mal mit jemandem, in den ich mich unter absolut keinen Umständen verlieben würde.

»Kann ich dich auf einen Drink einladen?«, fährt er fort. Er lächelt, runzelt aber nur eine Sekunde später die Stirn, als ich den Kopf schüttle.

»Ich nehme unser DJ-Motto ernst.« *Wenn dir ein Mann das Herz brechen will, schick ihn zur Hölle, Baby* ... Der Spruch war mein Vorschlag. Unter anderem daran angelehnt, dass mir Toni in und vor Kanada gleich mehrmals fremdgegangen ist.

Auf meine Ansage hin verstärkt sich sein Stirnrunzeln. »Ich hatte nicht vor, dir irgendetwas zu brechen.«

Das glaube ich ihm sofort. Das Problem ist auch gar nicht er, sondern mein Herz. Es ist bei tätowierten Toni-Doppelgängern ziemlich masochistisch veranlagt und sehnt sich richtig danach, von ihnen in Fetzen gerissen zu werden. Dunkle Haare, Tattoos, hohe Wangenknochen und ein ausgeprägter Adamsapfel sind deshalb zu einhundert Prozent Ausschlusskriterien, weshalb ich anfüge:»Ich kauf mir trotzdem selbst was, danke.« Meine Mundwinkel zucken, was der Typ durch die Maske hindurch natürlich nicht erkennen kann.

Deshalb vertiefen sich die Falten auf seiner Stirn noch einmal mehr, als er schließlich mit den Schultern zuckt. »Geht klar, kein Ding.«

Ich rechne damit, dass er sich abwendet und geht, aber der Typ wirkt plötzlich irgendwie abgelenkt. Auch der Blick der Bedienung zuckt erschrocken zur Tanzfläche. O nein, prügelt sich dort irgendjemand? Juan meinte, dass das hin und wieder vorkommt, weshalb die Veranstalter des Festivals seit diesem Jahr den Drogenkonsum während der Raves verbieten. Allerdings ist es unmöglich zu kontrollieren, in welchem Zustand die Gäste an der Party teilnehmen. Dafür bräuchte es ein ausgebildetes Security-Team. Das gibt es auf geheimen, unangemeldeten Underground-Raves aber nicht. Kein Geld und viel zu auffällig. Während des Aufbaus vorhin sind allerdings zwei bullige Typen an uns vorbeimarschiert. Ich glaube, die sind mit den Veranstaltern befreundet, und wahrscheinlich sollen sie ein Auge darauf haben, dass niemand Schwierigkeiten macht. Doch auf die Schnelle kann ich keinen der beiden sehen.

Und als ich den Blick noch ein paar Sekunden länger über die Menge schweifen lasse, trifft er prompt auf das Problem.

Mehrere Taschenlampen, deren grelle Lichter die bunten verschlucken, und mittendrin silbern reflektierende Aufdrucke: Polizei.

»F-fuck.« Ruckartig fahre ich herum.

Der Typ zieht abermals die Augenbrauen hoch. »Die Bullen.«

Ehe ich *Ach wirklich?* antworten kann, macht er auf dem Absatz kehrt und rennt den Berg hinunter. Ich sehe, wie er auf halbem Weg stolpert und sein Körper ein Stück unkontrolliert rollt, bis er wieder auf die Beine kommt und schließlich aus meinem Sichtfeld verschwindet.

Verdammt.

Ein polizeilicher Vermerk in meinem Führungszeugnis ist ungefähr das Letzte, was ich im Moment gebrauchen kann. Ich erinnere mich, dass die Veranstalter im Vorfeld darauf hingewiesen haben, dass die geheimen Standorte ihrer illegalen Raves an die Polizei weitergetragen werden könnten, die dann wiederum die Party sprengen. *Anmeldung auf eigene Gefahr*, hat Juan gescherzt, als wir zwei unserer Beispielsets online eingereicht haben. Warum um Himmels willen hat mich diese Warnung nicht interessiert? Und wieso habe ich auch noch Scheißflyer drucken lassen?

»Polizei Berlin, stehen bleiben!«

Mit glühend heißem Gesicht drehe ich mich zurück zur Bedienung, die mich mit weit aufgerissenen Augen anstarrt.

»Das ist dein Zeichen wegzurennen!«

Ich weiß nicht, wieso ich nicht auf sie höre, sondern wie in Trance zu Juan schaue, der gerade panisch sein DJ-Pult zur Seite stößt und sich meinen Controller unter die Achsel klemmt, bevor er wegrennt, ein Polizist ihm dicht auf den Versen. Ein zweiter stürmt direkt auf mich zu.

Fuck. Fuck. Fuck.

Das Herz hämmert mir bis zum Hals, als ich loshaste.

Tja, hätte ich mal in den letzten Wochen auf meine Freundinnen gehört und mich statt mit Musik lieber mit Sport von Toni abgelenkt. Ein wenig Bewegung wäre dringend notwendig gewesen, denn das heftige Keuchen, mit dem ich gerade in Richtung eines Waldstücks einen Schritt vor den anderen setze, macht mir jetzt schon Angst. Und ich renne noch keine zwanzig Sekunden. Nach weiteren dreißig kommt Seitenstechen dazu, was bestimmt an der dicken Winterjacke liegt, in der ich mich kaum bewegen kann. Ohne nachzudenken, zerre ich meine Arme beim Rennen panisch aus den Ärmeln und befördere das Stück Stoff zur Seite.

Ich warte darauf, dass meine Beine nachgeben oder mir schwindelig wird und ich einfach umfalle. Aber ich renne weiter, immer den Berg hinab, schräg auf das Waldstück zu, und höre dabei das gleichbleibende Geräusch schwerer Schritte hinter mir, das sich unter mein panisches Getrampel mischt. Verzweifelt ringe ich nach Luft und versuche an den Schmerzen in meinem Hals vorbeizuschlucken, bis ich den Atem des Fremden hinter mir förmlich in meinem Nacken spüren kann. Schließlich ist ein lautes Keuchen zu hören und im nächsten Augenblick schlägt mein Körper unkontrolliert auf dem harten Boden auf.

Ächzend winde ich mich unter dem Gewicht, das auf mir liegt. Keine Chance.

Der Griff des Polizisten über mir ist überraschend fest und unnachgiebig. Scheiße.

Fluchend presse ich die Handflächen auf den eiskalten Boden und stemme mich gegen die Person auf meinem Rücken. Dennoch bewegt sich der Polizist keinen Zentimeter von mir weg, sondern drückt mich als Antwort grob zurück. Na toll. Kann ich mich in seinem Griff auf den Rücken drehen und ihm mein Knie in den Magen rammen? Nein, besser nicht.

Der Polizist umfasst meine Handgelenke und zieht mir die Hände so eine Sekunde später auf den Rücken. Mir bricht der Schweiß aus, ich trete mit den Füßen und hoffe gleichzeitig, dass ich den dämlichen Polizisten nicht erwische, der sich jetzt als Antwort auf mein Gezappel breitbeinig auf mich setzt, um so meinen Körper zu fixieren.

»Hab ich dich«, presst er hervor und zerrt wie zur Bestätigung abermals an meinen Händen. Ich stoße einen Schmerzenslaut aus. »Wenn du keine Mucken machst und brav aufstehst, bekommen wir das auch ohne Handfesseln hin.«

»Ich kann nicht aufstehen, wenn du auf mir sitzt«, zische ich und spüre den Drang, die Worte einzufangen und sie zurückzuschieben. Einen Polizisten duzen: teuer. In dem Viertel, in dem ich aufgewachsen bin, ist die Polizei Stammgast. Trotzdem bin ich bisher kaum mit dem Gesetz in Berührung gekommen. Aber ich weiß auch so, dass es nicht unbedingt förderlich ist, einen Polizisten zu provozieren. Er sitzt am längeren Hebel oder, in meinem Fall, auf mir drauf.

»Letzte Chance.«

Ich höre ein Klickgeräusch und eine Sekunde später spüre ich kühles Metall als Warnung an meinem linken Handgelenk entlangstreifen.

Der Polizist bewegt sich ein Stück an meinem Rücken hinunter, bis er unterhalb meines Hinterns hockt, womit er wohl verhindern will, dass ich noch mal nach ihm trete. Eine Tatsache, die dazu führt, dass ich ein wenig in Verlegenheit gerate. Wenn ein Mann mich in der Vergangenheit auf diese Weise fixiert hat, dann hatte das ehrlich gesagt immer einen anderen Grund. Meine Mundwinkel zucken und ich verpasse mir gedanklich eine Ohrfeige. Solche Gedanken sind ja mal so was von nicht angebracht, wenn ein Polizist auf mir draufsitzt. Kurzer Realitätscheck: Ich bin zwanzig und erst seit diesem Jahr mit der Ausbildung zur Erzieherin fertig. Obwohl mich viele für unzulänglich halten – ich bin mit einer alleinerziehenden Mutter im Berliner Ghetto aufgewachsen –, habe ich mich durchgebissen und eine Festanstellung als Erzieherin in einem Brennpunkt-Kindergarten in Marzahn ergattert. Dort schaffe ich nun wiederum für andere Kinder Perspektiven, damit sie niemand mehr wie Menschen zweiter Klasse behandelt, nur weil sie nicht in einem der privilegierten Bezirke Berlins aufgewachsen sind.

Doch das alles habe ich mir nichts, dir nichts aufs Spiel gesetzt und einem illegalen Rave zugestimmt. Und deshalb hockt jetzt ein Scheißpolizist auf mir, der dafür sorgen kann, dass ich meinen Job im Kindergarten verliere.

Die Vorstellung hilft. Jetzt bin ich wieder panisch.

»Ist ja gut«, murmle ich. Immerhin schaffe ich es, meinen Kopf ein Stück zur Seite zu drehen. Eine Taschenlampe liegt angeschaltet mit ihrem unteren Ende zu mir auf dem Boden. Als ich aufblicke, stelle ich fest, dass ihr Lichtschein das Gesicht des Polizisten erhellt. Ich erkenne nur eine unrasierte Wange mit hellen Stoppeln und eine Hand, die über das Kinn fährt.

Ich mustere den Polizisten, er kommt mir bekannt vor. Unschön. Schlimmer noch, mein Kooperationsversuch ist offenbar nicht bei ihm angekommen, denn in dunklem Unterton antwortet er: »Gut, dann machen wir es auf die harte Tour. Bist nicht die Erste, die darauf abfährt.«

Und nach dem Spruch befürchte ich, dass ich den Trottel wirklich kenne.

»DER HIMMEL IST BLAU, AUCH OHNE DICH. NUR ÜBERRASCHT MICH DIESE TATSACHE NICHT MEHR.«

Otis

Schon seit meinem ersten Tag hier vor zwei Wochen weiß ich, dass mir meine neuen Kollegen das letzte bisschen Glück im Leben zerstören werden. Ob sie mir allein für diesen Gedanken eine verpassen würden? Gut möglich.

Eigentlich habe ich mich auf den Brennpunktabschnitt gefreut. Hier erfolgreich zu hospitieren, bedeutet für eine Beförderung empfohlen zu werden. Als mein Chef mir vorgeschlagen hat, meiner Einsatzgruppe in Spandau für ein paar Wochen den Rücken zu kehren, um die hoch angesehene Arbeitsgruppe »Rave« in Neukölln zu unterstützen, dachte ich, das wird entspannt.

Ist es aber nicht, weil einige meiner neuen Kollegen die Sorte Polizisten sind, die Alkohol und Partys beinahe ernster nehmen als ihren Job. Bisher war ich davon ausgegangen, dass die Leute bei der Hundertschaft anstrengend wären, aber im Vergleich zu den neuen haben die alten Kollegen ein richtig weiches Herz.

Fast jeden Tag, seit ich hier bin, wurde ich vor oder nach den Schichten in irgendwelche Berliner Clubs mitgeschleppt. Die übrigen Nächte habe ich mir entweder auf der Wache oder anderweitig um die Ohren geschlagen, weshalb mein Körper gestern auch schlappgemacht hat. Ich habe mir nach der Spätschicht die Seele aus dem Leib gekotzt.

Das sollte eigentlich kein Problem sein und bei meinen alten Kollegen in Spandau wäre es das auch nicht gewesen, doch anscheinend sieht man das hier in Neukölln ein wenig anders. An meinem Spind in der Männerumkleide begrüßt mich an diesem Abend ein Blatt Papier, auf das jemand *Pussy* geschrieben hat, und das passiert nicht zum ersten Mal.

Mein Puls beschleunigt automatisch, wenn ich an die andere Situation vor einer Woche denke. Und ja, diese Reaktion ist total sinnbefreit. Immerhin war es nur ein bisschen Wassergeplätscher, das mich nervös gemacht hat. Keine Ahnung, weshalb es im Schreibzimmer überhaupt ein Waschbecken gibt und warum irgendjemand den Wasserhahn nicht ordentlich zugedreht hatte. Verdammt, ich hätte wenigstens die Klappe halten und das Scheißgeräusch beim Berichteschreiben wie ein richtiger Mann einfach ertragen können. Habe ich aber nicht. Stattdessen musste ich ja unbedingt in meiner ersten Woche hier auf dem Abschnitt der Arbeitsgruppenleitung ans Bein pissen.

Ganz sicher wollte ich Maxim keinen lautstarken Vortrag zum Thema Wasserverschwendung halten, aber belanglosen Mist von mir zu geben, ist in solchen Situationen mein Rettungsanker. Auch wenn ich jetzt vor Maxim und den anderen wie ein Schwächling dastehe, der bei ein bisschen Wasserplätschern die Nerven verliert.

Unwillkürlich spanne ich mich an, obwohl niemand außer mir im Umkleideraum ist. Natürlich habe ich keine Panik vor einem Scheißwasserhahn, es ist nur –

Ach, was soll's, ich reiße den Zettel ab und zerknülle ihn.

Mir steht eh schon eine beschissene Schicht bevor.

Wenn jemand wüsste, weshalb ich viel zu häufig übermüdet und mit zum Zerreißen gespannten Nerven auf der Polizeiwache auftauche, würden sie sich mit Sicherheit noch krassere Beleidigungen einfallen lassen.

»Du siehst scheiße aus«, kommentiert Maxim beim Reinkommen, als ich gerade meine Schussweste aus dem Spind hole und über die Uniform ziehe, die ich dringend zu Hause waschen muss. Im Moment habe ich nur einfach keine Zeit, mich um solche Dinge zu kümmern.

»Lass mich raten: Gestern nach der Spätschicht die Nacht noch bei irgendeiner Alten verbracht?« Wenn er wüsste. Ich hatte seit letzter Woche keinen Sex, vorausgesetzt Maxim lässt Oralsex überhaupt gelten. Ansonsten sind es knapp drei Wochen. Das Einzige, was mich im Augenblick herausfordert, ist mein Handy, das in den unpassendsten Momenten losklingelt. Seit Wochen kratze ich nachts meinen Vater von der Straße, und noch länger lasse ich mir vor den Kollegen und meiner Schwester Gloria pausenlos Ausreden einfallen, um ihnen nicht die Wahrheit sagen zu müssen.

Mein Vater ist spiel- und alkoholsüchtig. Ich habe keinen blassen Schimmer, was davon zuerst kam, aber ich weiß, dass ich derjenige bin, den er jedes Mal sturzbetrunken anruft und der sich dann nachts im Halbschlaf hinters Steuer quält, um ihn aus irgendeiner Berliner Spielothek abzuholen. Deshalb ist Schlaf etwas, das ich zum größten Teil mit Energydrinks und Kaffee ersetzen muss.

»Klar ...« Ich gähne demonstrativ in meine Armbeuge und straffe die Schultern. »Hab grad eine Neue am Start.«

»Wird ja doch noch was aus dir.« Maxim schlägt mir respektvoll auf die Schulter und richtet das Holster an seiner rechten Seite. »Ich geh schon mal vor und lass mir von Jonas die Funkgeräte geben.« Er holt seinen Helm vom Spind und klemmt ihn sich alibimäßig unter die Achsel, bevor er mir abermals gegen die Schulter boxt und geht.

Alibimäßig. Manche stillschweigenden Abmachungen unter Polizisten sind einfach erbärmlich. Die Behörde hat festgelegt, dass Streifenpolizisten ihren Helm bei jedem Einsatz im Polizeiwagen mitführen müssen, woran sich meines Wissens auch jeder auf dem Abschnitt hält. Deshalb greife ich jetzt ebenfalls nach meinem Helm, doch aufziehen werde ich ihn später, genauso wie Maxim und viele andere Kollegen, ganz sicher nicht. Niemand tut das, außer wir werden vorab explizit darauf hingewiesen, dass während des Einsatzes Steine fliegen können. Ist heute nicht der Fall. Darum wird der Helm später im Wagen bleiben. Wenn ich keinen weiteren Spruch riskieren will, halte ich mich besser an solche unausgesprochenen Regeln, und davon gibt es viele.

Wer beispielsweise in der Hundertschaft arbeitet – und demnach nicht bei der Streifen- oder Kriminalpolizei –, der geht dem Klischee nach ständig feiern, hat pausenlos Sex und keine Angst. Das ist etwas, das noch nie in meinen Kopf wollte. Ich kenne Kollegen bei der Hundertschaft, die sich bei Einsätzen in die Hose gepinkelt haben, weil sie Panik hatten, draufzugehen, die aber mit niemandem darüber reden. Sie tun es einfach nicht. Nie. Wahrscheinlich wäre es wichtig, über solche Sachen zu sprechen, aber ich schätze, ein Helm auf dem Kopf eines Streifenpolizisten wäre ebenso nicht übel. Und den trägt hier eben auch kaum jemand.

Ich unterdrücke ein weiteres Gähnen und schnalle mir die Dienstkoppel um die Hüfte. Bei meinem aktuellen Zustand überprüfe ich gleich zweimal, ob ich alles Notwendige am Ledergürtel befestigt habe: Handschuhe, Handfesseln, Taschenlampe, Reizgas und den Schlagstock, den hier jeder als Tonfa bezeichnet. Alles da.

Ich schließe meinen Spind und kaum habe ich die Umkleidekabine verlassen, gerate ich ins Radar meiner Kollegin Victoria.

»Vegiss die Waffe nicht, Bambi.«

Nur weil ihre Hand unmittelbar neben die Handfesseln an meine Dienstkoppel wandert, halte ich das *Nenn mich nicht so* zurück. Bei der Hundertschaft kriegen wir die Waffe vom dafür zuständigen Waffenmeister ausgehändigt. Irgendwie kann ich mich noch nicht damit abfinden, sie hier eigenständig aus einem Schließfach holen zu müssen.

Victoria hakt zwei Finger unter den Gürtel und zieht mich so fordernd zu sich. Wenn ihr Mund es mir nach der bevorstehenden gemeinsamen Nachtschicht genauso hart wie letzte Woche besorgt, kann sie mich nennen, wie sie will, schätze ich. Also lenke ich unser Gespräch sofort in diese Richtung.

»Benutzt du die Handfesseln auch privat?«

Daraufhin lässt Victoria den Gürtel los und stößt einen Laut aus, der klingt, als hätte ihr jemand aufgetragen, in der Wohnung einer verstorbenen Person auszuharren, bis der Bereitschaftsarzt kommt, um deren Tod festzustellen. Diese Form von Einsatz stinkt wortwörtlich und zieht sich meistens über Stunden hin wie zäher Kaugummi.

Victoria lehnt sich gegen die Waffenschränke. »Du darfst mich überall festbinden, aber bestimmt nicht mit den Teilen.«

Wenn man so darüber nachdenkt, um wessen Handgelenke die schon alles gelegen haben, überzieht einen die Art von Gefühl, die ganz bestimmt nicht zu Sex führt.

»Nachvollziehbar«, murmle ich, packe dann lieber Victorias Handgelenk und ziehe sie so vom Schließfach weg, damit ich die Waffe daraus hervorholen kann.

Victoria seufzt, bevor sie mich abschüttelt. »Was ist los, Bambi? Schlecht geschlafen?«

Klar, wenn es nur das wäre. »Vielleicht liegt's ja daran, dass du mich ständig Bambi nennst.«

»Wegen der großen braunen Augen. Ich dachte, das wär offensichtlich.«

Ich stecke die Waffe in mein Holster und verriegle den Waffenschrank wieder. »Hätte ja auch mein Charakter sein können.«

»Hätte ...« Victoria lacht leise. »Aber ich achte eher auf Körperliches.«

Klar, das habe ich letzte Woche gemerkt. Ist okay für mich.

Auf dem Weg nach vorn kommen wir an zwei Kollegen vorbei,

die gleich in einem der drei Funkwagen unterwegs sein werden, die am Einsatz am Teufelsberg beteiligt sind. Die Arbeitsgruppe »Rave« wurde ursprünglich von der Direktion vor Ort gegründet, um den zig illegalen Musikveranstaltungen in und um Neukölln gerecht zu werden. Mittlerweile wird sie jedoch in ganz Berlin eingesetzt, weshalb Maxim aushilfsweise Verstärkung von anderen Abschnitten anfordern darf. Ich weiß, dass er absichtlich an meinen Hundertschaftsleiter herangetreten ist, weil wir ein paar erfahrene, knallharte Leute in unseren Reihen haben, aber stattdessen wurde ich nach Neukölln geschickt. Maxim lässt keinen Tag aus, um meine Grenzen auszutesten, womit es auch keine Gelegenheit gibt, bei der ich nicht demonstriere, was für ein krasser Kerl ich bin. Die anstehenden Einsätze bieten ausreichend Möglichkeit dafür.

»Ist jedes Mal albern, wenn wir einen illegalen Rave hochgehen lassen«, sagt Maxim, als wir auf ihn zusteuern. »Ich war gestern bei einem richtig guten, der auch im Rahmen des *Secret Rave Festivals* stattfand.«

»Tja, muss dich als Polizist aber kaltlassen.« Victoria hakt sich bei ihm unter. »Obwohl wir uns doch eigentlich einem Befehl widersetzen können, wenn der gegen unsere Moralvorstellungen geht.«

Maxim blickt zu ihr runter und grinst. »Der persönliche Musikgeschmack hat nichts mit Moral zu tun, Vici.«

»Dafür aber mit Gut und Böse«, mische ich mich ein, woraufhin Maxim mir kurz zunickt.

»Damit schon.« Er reibt sich die Schläfe, und das ein paarmal, bevor er abermals schmunzelt. Diesmal in meine Richtung. »Du hörst Harry Styles, nehm ich an.«

An meinem ersten Tag hätte ich diesen Spruch noch als Beleidigung eingeordnet, aber mittlerweile weiß ich, dass solche Sticheleien zu Maxims Umgangston gehören und unmittelbar dazu führen, dass ich einen unbeherrschten Konter auf der Zunge liegen habe.

Ich würde lieber freiwillig stundenlang die Füße meiner Schwester massieren, wenn sie ihre Tage hat, oder mit ihr zusammen auf ein Harry-Styles-Konzert gehen, als Maxim den Sieg zu gönnen. Deshalb krame ich nach irgendeiner Info, die mir Ria über ihren Lieblingskünstler verraten hat. Das sind mindestens zwanzig am Tag, deshalb dauert es, bis ich die passende finde.

»In *Watermelon Sugar* geht's um Sex und den weiblichen Orgasmus«, sage ich grinsend, zeige Maxim dabei beide Zahnreihen, so wie er es eben getan hat. »Ich gehe aber davon aus, dass dir Letzteres eher fremd ist.«

Er räuspert sich. Dann zieht er die dunklen Augenbrauen zusammen, bis sie eine einzelne ergeben, was nur dann passiert, wenn –

»Fuck, was soll das?!« Ich reibe mir den Oberarm, weil Maxims Schlag schmerzhaft auf der Haut brennt, trotz Uniform.

»Sei nicht so frech«, sagt er trocken und schielt auf meinen Helm. »Gut, dass du den dabeihast, nicht wahr? Setz ihn lieber auf, damit die Haare nicht durcheinandergeraten.«

Ria würde Maxim für diesen Spruch die Zunge rausstrecken. Um der Versuchung zu widerstehen, erinnere ich mich daran, dass Maxim als Arbeitsgruppenleiter in der Polizei-Rangordnung über mir steht und ich auf seine Beurteilung in knapp sieben Wochen angewiesen bin. Das Geld, das mit der daraus resultierenden möglichen Beförderung einhergeht, brauche ich dringend, um weiterhin die Spielschulden meines Vaters zu begleichen und Glorias Traum vom Medizinstudium aufrechtzuerhalten. Wenn die bessere Position nur nicht so viel mehr Arbeitszeit in Anspruch nehmen würde, aber ich schätze mal, damit werde ich auch irgendwie zurechtkommen. Man bringt doch immer irgendeine Form von Opfer. »Geht klar, Chef.«

Maxim glättet sein schwarzes Haar und erwidert meinen Blick. »Das, zum Beispiel, klingt wie Musik in meinen Ohren. Wir sehen uns im Funkwagen.«

Er boxt mir abermals gegen die Schulter und ich strecke ihm nun doch die Zunge raus, aber erst, als er mir seinen breiten Rücken zugedreht hat.

»Richtiger Klappspaten«, knurre ich und bekomme von Victoria nur ein Schulterzucken zurück. Sie bestätigt mir das, was niemand hier laut ausspricht: *So ist es eben, beschwer dich nicht.*

Nur schaffe ich das ausgerechnet bei Maxim nicht. Worüber ich mir Gedanken machen sollte, definitiv. Es sollte mich eigentlich nicht weiter kümmern, wie herablassend er mich behandelt, weil ich meinen Mitmenschen wiederum oft mit weitaus weniger Respekt gegenübertrete. Sarkasmus, Ironie und dämliche Sprüche sind mein Halt. Meine besten Freunde, die mir helfen, nicht aus Versehen etwas auszuplaudern, über das ich schweigen muss.

Mein Blick findet wieder Maxim, der sich am Eingang zur Wache mit Victorias Streifenpartnerin unterhält. Ich unterdrücke ein weiteres Gähnen.

»Sicher, dass es dir gut geht?«, will Victoria erneut wissen.

»Ich komm schon klar«, winke ich ab und hole mein Handy aus der Hosentasche, um ihr nicht noch einen verwundbaren Charakterzug zu offenbaren. Keine Nachricht. Das ist gut, weil es bedeutet, dass mein Vater mich im Augenblick nicht braucht. Allerdings beweist mir der leere Sperrbildschirm auch, dass Levy immer noch wütend auf mich ist.

Wenn einer meine Verzweiflung über die neuen Kollegen und den ganzen anderen Mist, der im Moment schiefläuft, verstehen würde, dann Levy. Er war der Einzige, dem ich so gut wie alles anvertraut habe. Levy ist unfassbar ehrlich und direkt, er trägt sein Herz auf der Zunge. Eine Angewohnheit, die mich schon immer genervt hat. Aber dafür trifft er eben mit wenigen gezielten Nachfragen direkt auf den Kern meiner Probleme und bis zum Festival im Sommer war er zu hundert Prozent verlässlich.

Ich überlege, ob ich Victoria nicht zumindest wegen ihm ansprechen sollte, weil ... seit er zusammen mit seiner Freundin Charlie in Irland ist, ignoriert er alle meine Nachrichten. Und das tut einfach nur weh. So weh, dass ich mir mittlerweile jedes seiner TikToks anschaue und manchmal darunter kommentiere. Obwohl ich mir Levys Ausführungen zu sexistischem Verhalten und toxischer Männlichkeit nur noch über einen Bildschirm reinziehe, habe ich trotzdem das alberne Gefühl, dass er immer noch für mich da ist. Weil ... Scheiße, es gibt im Moment echt niemanden mehr, mit dem ich reden kann.

Gloria meint, dass sie zwischen den Stühlen und in dieser Sache auch eher auf Levys Seite steht. Womit sie recht hat. Ich weiß, dass ich Levy die Wahrheit über die Todesumstände seiner Ex-Freundin Sophie schon viel früher hätte sagen müssen und nicht erst, als er mich sozusagen dazu genötigt hat, mit ihm zu reden. Dass ich aus Angst um meinen Job geschwiegen habe, tut mir leid. Wirklich, wirklich leid. Deshalb habe ich Levy vor einem halben Jahr zum Berliner Flughafen gefahren, damit er Charlie dort sagen konnte, wie sehr er sie liebt. Trotzdem hat er mich vor deren gemeinsamem Work-and-travel-Aufenthalt in Irland um eine Auszeit gebeten und die besteht anscheinend weiterhin.

»Kommst du? Der Große wird sonst ungeduldig.« Victoria nickt in Richtung Eingang, wo Maxim gerade die Hand hebt, um uns zu sich zu rufen. Damit bleibt keine Zeit mehr, um mit ihr zu reden, was mir völlig egal zu sein hat. Denn wie ich vorhin schon festgestellt habe: So ist das eben, beschwer dich nicht.

Die Fahrt auf den Teufelsberg ist zwar lang, aber zu einer ausgedehnten Unterhaltung mit Maxim kommt es nicht, weshalb ich den Kopf zurücklehne und für einen Moment die Augen schließe. Das Wageninnere riecht nach kaltem Rauch. Niemand würde auf die Idee kommen, sich im Polizeiwagen eine Zigarette anzuzünden, doch der Gestank klebt an den meisten Uniformen. Ich rauche nicht und vielleicht bin ich deshalb ständig so scheißmüde. Schwachsinn.

Eigentlich wollte ich auf der Wache wenigstens noch einen Kaffee trinken, wo Maxim dann aber lieber meine Männlichkeit infrage gestellt hat. Nun muss ich es eben ohne hinkriegen. Ohne Fehler und ohne vor Erschöpfung umzufallen.

Maxim parkt den Polizeiwagen neben den beiden anderen. »Lächerlich«, beschwert er sich beim Abschnallen. »So wie es da oben leuchtet, hätte früher oder später eh jemand die Polizei gerufen. Die Festivalveranstalter werden jedes Jahr dreister. Wird Zeit, dass wir sie drankriegen. Bereit?« Er schlägt mit der Faust auf das Lenkrad, bevor seine Hand schon wieder grob gegen meinen Arm donnert.

Ich atme einmal tief durch, ignoriere das Pochen in meinem Oberarm, den Maxim zum x-ten Mal heute malträtiert hat, und nicke. Ab jetzt bin ich nicht mehr Otis, sondern Polizist. Ohne schlechtes Gewissen, das ich so ziemlich jedem in meinem Umfeld gegenüber habe, und vor allem ohne Angst.

Ich steige zusammen mit Maxim aus, schalte meine Taschenlampe ein und gehe neben meinen Kollegen über platt gestampftes Gras auf den Rave zu. Jetzt sehe ich auch, was Maxim eben meinte: Das Bergplateau ist bunt erleuchtet. Rote und grüne Blitzlichter zucken über das verfallene Spionagezentrum bis runter in die Stadt, basshaltige Musik schallt uns von allen Seiten entgegen. Die Veranstalter geben einen Scheiß darauf, ob sie erwischt werden. Maxim hatte gestern also den richtigen Riecher. Er hat veranlasst, dass wir vorerst in einer kleinen Gruppe vorausgehen, um nicht aufzufallen. Im Geheimen lässt sich eine illegale Veranstaltung leichter hochnehmen. Dennoch hält sich eine zweite Gruppe in der Nähe auf, falls die Nummer eskaliert. Die Eigensicherung steht immer im Vordergrund. Aber ich schätze mal, dass wir die Verantwortlichen auch zu sechst drankriegen. In spätestens einer halben Stunde ist die Party aufgelöst.

»Ich knöpf mir den DJ vor«, befiehlt Maxim, kaum sind wir oben angekommen, und nickt an der tanzenden Menge vorbei einem jungen Mann zu, der gerade passend zum zugegeben krassen Beat beide Arme in die Luft reißt, bevor sein Blick zurück zu Victoria und den anderen Kollegen wandert. »Ich will, dass ihr hinten absichert. Otis checkt die Getränkeausgabe. Irgendetwas sagt mir, dass sie hier keine Verkaufslizenz vorweisen können. Aufs Stichwort ›Polizei Berlin, stehen bleiben‹ geht's los. Verstanden?«

»Verstanden!«, wiederholen wir gemeinsam wie als Mantra. Mit einer Hand reibe ich mir dabei über die Brust, weil es da drin während Maxims Anweisungen enger geworden ist ... Verdammt, ich bin so müde, dass ich gerade nicht in die professionelle Entschlossenheit finde, die mich sonst durch jeden Einsatz trägt.

Abermals atme ich tief durch und auf Maxims Brüllen hin renne ich auf den Campingtisch zu, der als Getränkestand dient. Beim Laufen merke ich, wie zur Enge in der Brust noch ein hohles Pochen im Magen hinzukommt. Dass ich seit dem Aufstehen nur zwei Äpfel gegessen habe, muss jetzt zur Nebensache werden, weshalb ich die Zähne aufeinanderbeiße. Den tätowierten Typen, der mit gesenktem Kopf an mir vorbeihetzt, lasse ich genauso außen vor wie die Getränkeausgeberin, die genauso panisch vor mir wegläuft.

Die beiden interessieren mich nicht. Ich habe es auf die kleine Frau mit Sturmmaske neben einem Campingtisch abgesehen, auf dem rote Plastikbecher stehen. Eine Maskierung wird meiner Erfahrung nach ausschließlich von Leuten getragen, die etwas zu verbergen haben: Veranstalter eines illegalen Rave-Festivals, beispielsweise.

Das Mädchen reißt seinen Kopf unschlüssig hin und her und

blickt dann in meine Richtung. Wegen der Maske kann ich es nicht erkennen, aber ich schätze mal, es ist der klassische Fuck-ich-bin-am-Arsch-Blick, wegen dem ich mich eine Sekunde lang mies fühle. Denn das DJ-Kollektiv ist wirklich gut und ... zur Hölle, warum denke ich gerade überhaupt über so was nach? Jetzt hab ich die Kleine fast aus den Augen verloren. Frustriert schlage ich einen Bogen und renne ihr hinterher.

»Halt! Polizei!«

Ich bin mir sicher, dass ich sie nicht noch mal zum Stoppen auffordern muss, denn die junge Frau hat überhaupt keine Kondition. Ihren keuchenden Atem kann ich bis zu mir hören, als sie Kurs auf ein von Bäumen geschütztes Waldstück nimmt. Abermals ziehe ich scharf die Luft ein und ein paar Sekunden später schmeiße ich mich auf sie, woraufhin sie sich unmittelbar mit Händen und Füßen gegen mich wehrt.

Meine lautstarke Ankündigung, dass ich von der Polizei bin, soll vorrangig absichern, dass sich hinterher niemand damit rausredet, vor einem vermeintlich Kriminellen weggelaufen zu sein. Die Veranstalter des Festivals sind Profis. Sie machen keine Fehler und sie kennen alle Tricks.

Kurz und knapp biete ich ihr nun eine simple Problemlösung an, die sie mit genau solch einem frechen Spruch ablehnt, wie ich ihn nach Maxims Sticheleien heute definitiv nicht mehr hören kann. Einen Augenblick später lasse ich ihr etwas mehr Bewegungsfreiheit, die sie dazu nutzt, um ihren Kopf umständlich zu mir nach hinten zu drehen. Ich erinnere abermals daran, dass mit mir zu kooperieren gerade die beste Option ist.

Wieder gibt sie mir keine eindeutige Zustimmung, verhält sich unkooperativ und angriffslustig. *Professionell bleiben*, rufe ich mir daher im selben Moment in Erinnerung, in dem ich dann doch einen eher patzigen Ton anschlage.

»Gut«, sage ich. »Dann machen wir es auf die harte Tour. Bist nicht die Erste, die darauf abfährt.« Ich weiß, wie unnötig vor allem der zweite Satz ist, und schon als er über meine Lippen kommt, bereue ich ihn. Aber so läuft das ständig – ich denke etwas Bescheuertes und bevor ich den Gedanken an der Leine zurückziehen kann, ist er schon ausgerissen und über meine Lippen gehuscht. Das ist scheiße. Schließlich bin ich eigentlich kein pubertierender Teenager mehr. Aber an manchen Tagen kann ich einfach nicht anders und das Einzige, was mein erschöpfter Verstand gerade hinbekommt, ist, zu der Erkenntnis zu kommen, dass heute so ein Tag ist.

Im nächsten Moment nehme ich ein leises Schnauben wahr, als sich die junge Frau abermals windet, und dann erst ihr heiseres Lachen, das sich daruntermischt. Sie schafft es irgendwie, ihren Oberkörper unter mir zu drehen.

»Otis?«, fragt sie belustigt, und da weiß ich, dass ich vorhin recht hatte.

Die Schicht heute wird einfach nur beschissen.

EINS, ZWEI, POLIZEI
DREI, VIER – FUCK.

Ella

Sein überraschter Blick schießt von mir über seine linke Schulter in die vage Richtung seiner Kollegen nach oben und wieder zurück. Muss der Abend so enden? Das ist unfair. Augenblicklich bete ich, Juan möge eine bessere Kondition haben als ich und dem Polizisten, der ihm dicht auf den Fersen war, entwischt sein. Ich meine, es ist immerhin mein DJ-Controller, den er sich panisch unter den Arm geklemmt hat. Die Situation ist doch einfach nur beschissen. Eigentlich erwarte ich, dass ich eindeutige Geräusche vom Plateau her höre, aus denen ich mir zusammenreimen könnte, was dort passiert, aber es ist mucksmäuschenstill ... bis auf das Räuspern über mir.

Im Schein der Taschenlampe erkenne ich das weißblonde Haar wieder, das an den Seiten kurz geschnitten ist und nur vorne bis in die Stirn fällt. Der krasse Kontrast zu seinen dunklen Augen und den geschwungenen dichten Brauen darüber ist mir schon damals auf dem Festival aufgefallen, aber es verwundert mich, wie vertraut er mir ist. Als hätte Otis mir erst vor ein paar Stunden einen undeutbaren Blick zugeworfen, nachdem ich meinen Mund beim Rockfestival widerwillig auf seine stoppelige Wange gepresst habe.

Auch ohne seine unangebrachte Ankündigung eben hatte ich zugegeben noch im Ohr, wie seine Stimme klingt, wenn er ... respektlosen Müll von sich gibt, der anscheinend selbst im Job unentwegt seine Lippen verlässt. Diese öffnen sich exakt in dieser Sekunde.

»Schön, dass wir uns anscheinend schon kennen«, sagt er und fährt sich mit den Fingern durchs Haar. Nur den linken Ärmel seiner Uniform hat er ein Stück hochgekrempelt. »Das verkürzt die Datenaufnahme.«

»Wow, dann ist heute ja mein Glückstag.« Keine Ahnung, wieso das gerade aus mir rauskam, aber wenn sich irgendwer anmaßt, automatisch recht zu haben, nur weil er eine Uniform trägt, verfalle ich in Sarkasmus. Und ganz offensichtlich ist Otis jemand, der zwar ziemlich viel Meinung hat, dafür aber wenig Ahnung, was gleich der nächste Satz unterstreicht.

»Ich nehm mal an, du und ich, wir befinden uns dann auch nicht zum ersten Mal in dieser Position?«

Bitte was?

Ich sehe, wie er herausfordernd die Augenbrauen zusammenzieht, und das reicht aus, um meinen Puls sofort wieder in die Höhe schnellen zu lassen. In meinen Schläfen fängt es an zu pochen, denn ... Das ist so typisch für Otis. Deshalb konnte ich den Typen schon auf dem Festival nicht leiden, aber wahrscheinlich ist es in meiner Situation trotzdem sinnvoller, meine Abneigung ab jetzt auf sachliche Antworten zu beschränken. Denn ich glaube nicht, dass Otis mir eine Möglichkeit einräumen wird, ihm irgendetwas zu erklären. Er wirkt eher so, als könne er mir die halbe Nacht seine Macht demonstrieren und auf meinen Oberschenkeln hocken bleiben, die unter seinem Gewicht mittlerweile taub geworden sind. Dafür spüre ich den eiskalten Boden durch meine Kleidung hindurch nun umso deutlicher. Wenn ich mich wegen Otis verkühle, dann ... dann halte ich das unbeherrschte *Fick dich*, das mir schon die ganze Zeit auf der Zunge liegt, nicht mehr zurück. Hätte ich doch wenigstens die blöde Ja...

O nein, die Werbeflyer in den Jackentaschen. Scheiße.

Ich blicke unauffällig nach rechts und links, kann das Stück Stoff in der Dunkelheit aber nirgendwo erkennen.

Das Gespräch muss also ganz dringend ohne weitere Provokationen funktionieren. Aber wenn ich einfach alles, was Otis zu mir sagt oder in dieser Uniform ausstrahlt, an mir abprallen lasse, wird das bestimmt klappen.

»Nein, du bist der erste Polizist, der auf mir draufsitzt«, murmle ich so sanft wie möglich und lächle gezwungen, was bestimmt ziemlich minderbemittelt aussieht, er aber unter der Maske zum Glück eh nicht sehen kann. Ich schlucke und öffne den Mund, um mich ein bisschen bei ihm einzuschleimen, aber ... ich schaffe es nicht, mich auf Knopfdruck in jemanden zu verwandeln, der offensichtlichen Sexismus ignoriert. Ich kann Otis nicht damit durchkommen lassen, wenn er jetzt auch noch zweideutig grinst.

Ist das diese Uniform? Denkt er, er ist der König der Welt, wenn er ein paar Angeber-Abzeichen auf der Schulter trägt?

Was auch immer Otis glauben lässt, so mit mir umspringen zu können, ich schiebe mit zusammengebissenen Zähnen hinterher: »Auch privat nicht, wenn du es genau wissen willst. Für dich also noch mal zum Mitschreiben: Es wäre mir recht, wenn wir unser Gespräch auf die Situation hier beschränken würden, an der ich absolut unschuldig bin.« Was ich gerade eindrucksvoll bewiesen habe, indem ich maskiert vor einem Polizisten weggelaufen bin.

»Es wird dich wundern, aber exakt das behaupten auch jene Leute, die so ziemlich genau das Gegenteil davon meinen«, erklärt er in gelangweiltem Tonfall, doch seine Mundwinkel zeigen weiterhin nach oben. »Ich empfehle dir auf der Wache eine bessere Ausrede, falls ich dich dorthin mitnehme. Aber natürlich gilt erst mal die Unschuldsvermutung.«

Ich nicke nur, auch wenn es mir schwerfällt, die Klappe zu halten. Otis gibt mir nämlich gerade das Gefühl, dass es zwischen uns beiden gleich gewaltig krachen wird. Wie wenig er von mir hält, strahlt doch allein schon das breitspurige Grinsen in seinem Gesicht aus. Und eigentlich auch sonst jede verdammte Faser seines durchtrainierten Körpers.

»Kleine Bitte«, sage ich kurz angebunden und bewege im selben Moment meine Beine, die deshalb zu kribbeln anfangen. »Würdest du vielleicht erst mal von mir runtergehen?«

Ohne ein weiteres Wort hebt Otis das linke Bein über mich hinweg und kniet eine Sekunde später links neben mir. »Sorry«, sagt er und hört sich dabei kein bisschen so an, als würde er die Entschuldigung wirklich so meinen. Der darauffolgende Befehl klingt auch schon wieder zynisch. »Ich muss jetzt wiederum dich bitten, die Maske abzunehmen.«

Ich lache auf, halte dann aber inne, weil Otis nicht den Eindruck macht, als würde ihn der Spruch auch an einen billigen Porno erinnern. Er sieht aus, als ob er die wenig freundliche Unterredung gern schnell hinter sich bringen würde, und auch ein kleines bisschen erschöpft.

Während ich mich aufrichte, frage ich mich, warum sich so viele kleine, tiefe Fältchen um Otis' Augen herum bilden. An die kann ich mich gar nicht erinnern. Charlie meinte, dass er die Ausbildung zum Polizisten gemeinsam mit ihrem Freund Levy begonnen hat, dann aber nach einem Jahr für ein weiterführendes Studium empfohlen wurde und dafür an die Fachhochschule wechseln musste. Was ich damit sagen will, ist, dass Otis dementsprechend nicht viel älter als Levy sein kann, vierundzwanzig allerhöchstens, und trotzdem dominiert eine Erschöpfung seine Gesichtszüge, die ich eher von meinen älteren Kollegen kenne. Ich würde lügen, würde ich behaupten, nicht wissen zu wollen, was Otis derart mitnimmt, was nur beweist, wie bescheuert ich bin. So viel zu meinem Plan, alles, was mir an ihm auffällt, an mir abprallen zu lassen. Es ist Otis. Der Mistkerl vom Festival, der für jede Situation einen unpassend sexistischen Spruch findet, was er mir erst vor ein paar Sekunden bewiesen hat, und der ...

... anscheinend keine Geduld mehr mit mir hat.

Mit Nachdruck deutet er auf die Maske. »In deinem eigenen Interesse solltest du sie sofort abnehmen. Sonst muss ich das tun.«

»Was? Nein, ich mach ja schon.« Ich zögere nicht lange und ziehe den Stoff vom Gesicht.

»Oh.« Otis starrt mich an, als hätte er gerade Hannibal Lecter persönlich davon überzeugt, sein Gesicht zu enttarnen. Es gibt also doch eine Gelegenheit, bei der selbst Otis kein Spruch einfällt. Dafür ist mein Kopf jetzt voll damit und eine Anspielung auf den Horrorstreifen kann ich mir nicht verkneifen. »Keine Angst, ich hab keinen Hunger.«

Otis nickt nur.

Unschlüssig warte ich darauf, dass er etwas sagt, aber das tut er nicht. Was mich überraschenderweise genug verunsichert, dass ich kurz erkläre: »Wegen Hannibal Lecter. Der trägt eine Maske, damit er niemanden aufisst.«

»Schon verstanden.« Ohne die Miene zu verziehen, holt Otis einfach Block und Stift aus seiner Brusttasche, um mich kurz darauf mit einem Ausdruck anzusehen, der nun auf absolut keine Gefühlsregung mehr schließen lässt. Er erinnert mich an den Blick, den er mir nach unserem Kuss zugeworfen hat. Besser, ich wechsle das Thema.

»Was passiert jetzt? Ich habe nichts getan und –«

Otis unterbricht mich. »Hast du deinen Ausweis dabei?«

Sofort schießt mir Hitze ins Gesicht, weil ich der Anweisung der Veranstalter selbstverständlich gefolgt bin und meine Papiere deshalb zu Hause liegen. Außerdem ... muss Otis eigentlich so tun, als ob wir uns noch nie begegnet wären? Ist »oh« wirklich das Einzige, was er mir zu sagen hat? Es ist doch offensichtlich, dass er weiß, wer ich bin. Ja, es ist ein halbes Jahr her, dass ich ihn zuletzt gesehen habe, aber damals habe ich ihn geküsst. Auf die Wange zwar und auch nur wegen Lenis bescheuerter Flunkyball-Zusatzregel, aber trotzdem.

Ich schlucke. Schlucke alles hinunter, was Otis mir nach dem Kuss damals gesagt, wie er mich angesehen hat. Langsam schüttle ich den Kopf, presse beide Hände rechts und links von mir auf den gefrorenen Boden, um aufzustehen, worauf Otis ohne Zögern reagiert.

Ruckartig beugt er sich vor, womit mir sein Gesicht für einen kurzen Moment so nah ist, dass ich die feine Narbe oberhalb seines rechten Nasenflügels erkennen kann. Sie ist verblasst und wahrscheinlich jahrealt. Dann steht Otis auf. Die Bewegung wirbelt seinen Geruch auf. Ich rieche kalten Rauch und nehme einen muffigen Hauch ungewaschener Kleidung wahr, was mir einen unangenehmen Schauder den Rücken entlangjagt.

Ganz automatisch weiche ich zurück. Dass Otis selbst raucht, glaube ich nicht. Der Gestank haftet nur an seinen Klamotten, weil er viel Zeit unter Rauchern verbringt. Das ist bei den Kids im Kindergarten hin und wieder auch so. Allerdings wird der schwache Geruch bei ihnen von Waschmittel übertüncht, mit dem ihre Eltern die Kleidung gesäubert haben. Otis' Uniform hingegen hat wohl schon länger keine Waschmaschine mehr von innen gesehen.

Ich will nicht über die Hintergründe dafür nachdenken, befürchte aber, dass sich das meiner Kontrolle entzieht. Und das nervt mich. Mein Kopf ist gerade ein richtiges Klischee. Aber natürlich grüble ich jetzt darüber nach, weil ich es nicht ignorieren kann, wenn mir solche Dinge an jemandem auffallen.

Ich bin Erzieherin, und manchmal kommt es vor, dass selbst kleine Veränderungen an Kindern wie ungewaschene Kleidung ein Warnzeichen sein können. Nur sollte mir klar sein, dass es eine Milliarde Gründe haben kann, weshalb Otis seine Uniform nicht regelmäßig wäscht, und wahrscheinlich muss mir keiner davon Kopfzerbrechen bereiten. Vor mir steht ein erwachsener Mann, kein Kleinkind. Warum tue ich mir dann nicht selbst einfach den Gefallen und vergesse schleunigst wieder, dass Otis, seine müden Augen mit den zig winzigen Fältchen und die ungewaschene Uniform existieren?

»Mein Ausweis liegt zu Hause«, sage ich ihm die Wahrheit, als ich mich ebenfalls aufrapple, woraufhin Otis sofort einen Schritt nach hinten macht. »Ist das ein Problem?«

»Nein, du musst ihn nicht dabeihaben. Nenn mir bitte kurz deine Daten.«

Klingt das schon wieder total kompromissunfähig und überheblich? Shit, ich hätte Otis eben die Hölle heißmachen können, als ich die Maske vom Kopf gezogen habe und er das arrogante Riesenarschloch für zehn Sekunden links liegen gelassen hat. Stattdessen darf ich jetzt dabei zusehen, wie seine Augenbrauen wieder nach oben wandern, während er mit dem Kugelschreiber zweimal auf das weiße Papier in seinem Spiralblock tippt.

»Ich kann die Daten schnell überprüfen lassen und danach entscheide ich, ob es einen Grund gibt, dich mit auf die Wache zu nehmen.«

»Es gibt keinen.«

Otis unterdrückt ein Gähnen.

Klar, drück mir ruhig rein, dass ich dir deine kostbare Zeit raube.

Aber dann fällt mir ein, dass ich erst vor ein paar Minuten bemerkt habe, dass er müde aussieht. Könnte sogar sein, dass ich länger als eine Sekunde über die Gründe dafür nachgedacht habe. Ganz vielleicht tue ich das jetzt schon wieder. Eine schlagfertige Reaktion bleibt dementsprechend aus.

»In Ordnung, dann sag mir einfach deinen Nachnamen und um den Rest kümmere ich mich«, verspricht Otis nun, aber als ich daraufhin zu ihm hochschaue, bin ich mir da irgendwie nicht so sicher, weil seine strengen Gesichtszüge kein bisschen zu seinem Friedensangebot passen. Falls es überhaupt eines war.

Abermals tippt sein Stift auf den Block. »Heißt, du kannst im Anschluss daran gehen.«

Ich vertraue ihm nicht, kein bisschen. Aber welche Möglichkeiten bleiben mir?

»Okay, hör zu«, sage ich, »das hier ist wirklich wichtig. Ich bin Erzieherin und wenn ich einen polizeilichen Vermerk in mein Führungszeugnis bekomme, dann –«

»Kann das berufliche Konsequenzen nach sich ziehen?«

Mein ganzer Körper spannt sich bei seiner Nachfrage an. »Ja.«

Otis zuckt abermals mit den Schultern. »Das kann ich verstehen.« Mehr fügt er nicht an.

Warum ...? Meine Gedanken überschlagen sich, weil sein überraschendes Verständnis zig Fragen aufwirft. Weshalb sollte gerade jemand wie Otis meine Situation nachempfinden können? Empathie und Mitgefühl erwarte ich eher von Leuten wie, keine Ahnung, Charlies Freund Levy, zum Beispiel. Der hat sogar einen TikTok-Kanal, auf dem er anderen mit seiner einfühlsamen Art hilft. Aber Otis ...

»Ist das jetzt irgend so eine Polizeimasche?«

»Was?«

»Ob du das nur sagst, damit ich nachgebe? Du spielst mir falsches Verständnis vor, damit ich dir vertraue und etwas zugebe, das ich nicht getan habe.«

»Ja, natürlich. Auf der Wache zerschlage ich dann kurzerhand unsere Vertrauensbasis und werfe dich zusammen mit irgendwelchen Schwerverbrechern in eine Zelle.« Er deutet eine Geste an, die meine geistige Zurechnungsfähigkeit infrage stellt.

»Wo ich deiner Meinung nach auch hingehöre, richtig?«

Otis seufzt, als er mit dem Daumen die Stelle oberhalb seines Nasenflügels massiert, wo mir vorhin die feine Narbe aufgefallen ist. »Das habe ich nicht gesagt.«

»Aber gemeint«, platzt es aus mir heraus. »Tut mir wahnsinnig leid, dass ich im Plattenbau groß geworden bin und es nur zur Erzieherin gebracht habe. Kann ja nicht jeder so ... so makellos sein.«

»Wie ich?«

»Ja«, sage ich aufgebracht und bin sofort verunsichert. Mir ist auf die Schnelle kein besseres Wort eingefallen, weil Otis mich mit seinem Stiftgewackel wahnsinnig macht. Dadurch zuckt mein Blick ständig zu seinem Daumen und Zeigefinger, mit denen er den Kugelschreiber festhält, und seine Hände sind nun einmal *makellos*. Otis hat schöne Fingernägel, kurz und gepflegt, und jetzt frage ich mich ernsthaft, ob er regelmäßig zur Maniküre geht. Ist das etwas, das Otis tun würde? Die Vorstellung ist jedenfalls so witzig, dass ich spontan grinsen muss.

Das bemerkt Otis anscheinend nicht, denn er zuckt einmal mehr mit den Schultern. »Aha.«

Typisch. Jetzt habe ich mich ja doch von ihm provozieren lassen und viel zu lange über das nachgedacht, was er tut und sagt. Toll. Ganz, ganz toll. In meinem Magen beginnt es zu ziehen.

»Es ist ganz sicher kein Trick, wenn ich dir sage, dass ich Verständnis für deine Situation habe.« Otis' Blick wandert langsam runter zu meinen verkrampften Händen und wieder hoch. »Ich brauche der Vollständigkeit halber aber dennoch deinen Nachnamen. Den Rest kläre ich oben mit den Kollegen. Wenn ich sage, dass ich mich darum kümmere, dann tue ich es auch.«

Ich reibe mir die Augen, weil es in ihnen anfängt verräterisch zu brennen. Das alles ist so scheiße. Ich will keine Schwäche, keine Angst zulassen und am allerwenigsten will ich, dass mich Otis' Verständnis eigenartig berührt. Er ist ganz sicher nicht der Typ, in dessen Hände ich mein Schicksal legen möchte. Große Hände, zugegeben, mit durchtrainierten Oberarmen, superbreiten Schultern und, äh, Fingern. Die streckt er gerade mit einem Lächeln nach mir aus. Ein Lächeln, das definitiv nicht spöttisch ist, sondern versöhnlich und verständnisvoll.

»Ich verspreche es dir ... Ella.«

Für einen Moment blitzt das Gefühl vom Festival wieder in mir auf. Das Gefühl nach unserem Kuss und seinen Worten. Ein völlig unangebrachtes Kribbeln, das mir dämlicherweise einreden will, dass Otis jemand ist, den ich, ganz egal, wie wenig wir uns leiden können, nachts um vier anrufen und dem ich vertrauen könnte. Was zur Hölle? Das Gefühl habe ich schon auf dem Festival nicht kapiert und dass es jetzt wieder auftaucht, macht mich wahnsinnig. Es passt so gar nicht zu meiner Vorstellung von einem Gespräch mit Otis, aber immerhin verdrängt es das unangenehme Ziehen. Zerknirscht konzentriere ich mich auf die silberfarbene Dienstnummer auf seiner Brust. Mehrfach wiederhole ich die Zahlenfolge still im Kopf, bis ...

»Ella?«

Ich blicke hoch und direkt in Otis' Gesicht, auf dem ein Ausdruck liegt, der mir verspricht, dass wir das hinkriegen. »Ja?«

»Ich brauche deinen Nachnamen.«

»Nowak«, erwidere ich. »Aber da darf wirklich kein Vermerk in mein Führungszeugnis geraten, weil ich sonst am Arsch bin, verstehst du das?«

»Ja.« Er berührt ganz kurz meine Schulter, was mich vollkommen eiskalt erwischt. Mein Herz zieht sich zusammen, um sofort doppelt so schnell weiterzuschlagen. »Die Sache wird keinerlei Konsequenzen für dich haben, in Ordnung?«

»Was macht dich da so sicher?«, frage ich hastig und vermutlich aus reiner Hilflosigkeit auch ein klein wenig zu aggressiv, denn Otis' Mundwinkel erschlaffen daraufhin wieder.

»Weil ich mich darum kümmere. Soll ich es dir schriftlich geben?«

Jetzt bin ich wirklich kurz davor zu heulen. Ich kann mich nicht entscheiden, ob ich ihm einen Konter reindrücken will oder ob womöglich ein Dankeschön angebrachter wäre. Ich darf jetzt nicht losflennen. Nicht vor Otis, dem unsensibelsten Mann der Welt, der offensichtlich ein kribbelndes Gefühl der Geborgenheit in meinem Magen auslöst, das zu allem Übel nicht verschwinden will.

»Schön«, presse ich hervor und blinzle, um gegen die Tränen anzukämpfen. Das soll komplett unverfänglich klingen, aber ich befürchte, meine Stimme ist dünn und piepsig, weshalb ich auch nichts weiter anfüge.

Als Otis daraufhin den Mund öffnet, senke ich den Kopf. Ich stelle mich auf den unpassendsten und wahrscheinlich auch sexistischsten Spruch ein, den ich je zu Ohren bekommen werde, den ich aber auf gar keinen Fall kontern und wegen dem ich nicht losheulen darf. Keine Ahnung, was von beidem schlimmer wäre.

»Frau Nowak?«

Mein Blick zuckt erneut hoch. Otis hält mir wieder seine Hand hin, nach der ich diesmal greife, was dazu führt, dass er abermals kurz lächelt und sie wie zur Verabschiedung schüttelt.

»Schönen Abend noch.«

»Ernsthaft?« Ich bin perplex und erst als ich ausatme, merke ich, dass ich die Luft angehalten habe. »Ist das ein Witz? Du ... du erwartest doch jetzt irgendetwas von mir.« Auf was für dumme Ideen bringe ich ihn denn da? Ich glaube, ich komme gerade nicht damit klar, dass das Gespräch mit Otis so diplomatisch verläuft.

»Ich erwarte eigentlich nichts, nein.« Otis hält meine Hand noch immer fest, seine Augen blitzen im Taschenlampenlicht. »Ich dürfte im Dienst eh keine Gegenleistung annehmen, aber ...«

Er schaut mich an wie ... ich weiß nicht. Wie jemand, der sein Gegenüber gleich schachmatt setzt? Ich suche erfolglos nach Worten, um das, was da jetzt gleich kommt, abzufangen.

»Aber das gilt ja nicht für mein Privatleben«, beendet er schließlich den Satz. »Abschnitt 55 – wenn du dich bedanken willst, komm gern morgen früh um sechs nach Dienstschluss vorbei.«

Sein Angebot fühlt sich an, wie den Kopf einmal in eiskaltes Wasser zu tauchen: Ich kann wieder klarer denken. »Nein danke«, fauche ich und lasse seine Hand los. Otis ist ein Mistkerl und dabei bleibt es. Auf manche Dinge im Leben kann man sich eben doch verlassen. Es aber direkt aus seinem Mund bestätigt zu bekommen, hilft, dass auch das dämliche Kribbeln in meinem Magen verschwindet. »Darauf kann ich verzichten.«

Dass Otis jetzt auch noch schallend loslacht, finde ich so unnötig, dass das leise »Fick dich«, das seit Beginn des Gesprächs geduldig auf seinen Einsatz gewartet hat, nun doch meine Lippen verlässt. Dann mache ich kehrt und sprinte den Berg hinunter.

3. NOVEMBER, BERLIN

»HEUTE TANZE ICH ZU EINEM LIED, DAS DU MIR VORGESUNGEN HAST. ICH HÖRE DEINE STIMME. UND PLÖTZLICH IST DA VIEL MEHR ALS NUR ERINNERUNG.«

Otis

Manche Einsätze vergisst man nicht, hat unser Ausbilder an der Universität immer gesagt, wenn es um den Arbeitsalltag bei der Polizei ging. Polizisten erleben jeden Tag Dinge, die andere Menschen in ihrem ganzen Leben niemals sehen werden. Von schönen und skurrilen Einsätzen bis zu schrecklichen Schicksalen ist alles dabei. Zum Beispiel, als ich im Studium am eigenen Leib erfahren musste, was persönliche Betroffenheit unter Polizisten bedeutet. Bis heute sackt mir mein Herz schon allein bei der Vorstellung in den Magen, ich könnte vor Ort noch mal feststellen, dass ich den Verletzten kenne.

Aber ich bin mir sicher, dass mein Ausbilder das Wiedersehen mit Ella vor ein paar Stunden nicht zu den Einsätzen zählen würde, die einen Polizisten vor eine ungewohnte Herausforderung stellen. Doch genau das ist wohl passiert.

Ich habe auf dem Weg zurück zu den Kollegen eine Jacke vom Boden aufgesammelt, von der ich mir sicher bin, dass sie Ella gehört. Sie trug während der Kontrolle keine.

Die Jacke zählt als »bestimmter Verdachtsmoment«. So nennt man bei der Polizei Anhaltspunkte, die auf eine mögliche Straftat oder Ordnungswidrigkeit hinweisen. Weil in den Jackentaschen doch allen Ernstes Flyer steckten, auf denen nicht nur der Name des DJ-Kollektivs, sondern auch ein QR-Code abgedruckt ist, sollte das Kleidungsstück mein Interesse wecken. Der Code verlinkt auf einen Discord-Channel, in dem wild über die Locations der anstehenden Raves spekuliert wird. Wäre Ella eine der Veranstalter, hätte sie ganz bestimmt keine Flyer drucken lassen, mit deren Hilfe es spielend leicht ist, einen ihrer noch anstehenden Raves zu sprengen.

Das *Secret Rave Festival* findet zum fünften Mal statt und gipfelt auch dieses Jahr in einem großen eintägigen Finale an einer supergeheimen Location irgendwo in Berlin. Letztes Jahr wurde unter dem Motto *Goldene 20er* in einer alten Malzfabrik in der Nähe des Berliner Südkreuzes vierundzwanzig Stunden lang gefeiert.

Normalerweise gehen die Veranstalter sehr spärlich mit Infos um. Das betrifft vor allem das große Finale, aber eigentlich auch die zig kleineren Raves, die vorab stattfinden. Tja, die Rechnung haben sie ohne Ella gemacht.

Kann es sein, dass ich mit dem auf den Flyern aufgedruckten Code eine Möglichkeit geschenkt bekommen habe, mich bei Maxim zu empfehlen?

Ziemlich sicher, wenn ich Maxim Jacke und Flyer auf der Wache ausgehändigt hätte. Die Werbung ist allerdings in den Taschen meiner Uniform verschwunden und Maxim habe ich mit einem »Mehr konnte ich nicht finden« ausschließlich Ellas Jacke in die Hand gedrückt, deren Taschen ich vorab penibel nach weiteren Hinweisen durchsucht hatte. Keine Ahnung, ob Maxim mir das abgekauft hat, verdammt, er ist stinkwütend, weil wir keinen der Veranstalter drangbekommen haben. Die drei Rave-Besucher, die er mit auf die Wache genommen hat, durften nach wenigen Minuten wieder gehen. Die Schuld dafür gibt er allein mir, wem auch sonst? Und dann klingelt vorhin kurz nach Schichtende um sechs auch noch mein Handy. Für einen kurzen Moment habe ich auf der Wache noch ernsthaft überlegt, ob Ella womöglich vorbeikommen würde ...

Als ob.

Ich parke meinen Wagen vor dem kleinen Einfamilienhaus, in dem Papa ganz alleine lebt, seit meine Mutter vor vier Jahren gestorben ist, und steige aus. Werde ich eben wieder kein Auge zumachen, was soll's. Hauptsache, ich kann kurz mit Gloria reden und ihr mit Nachdruck einbläuen, dass sie nicht noch einmal ihre Nachtschicht unterbrechen soll, um Papa von der Straße aufzusammeln. Wenn, dann ist das meine Aufgabe und nicht ihre. Ganz sicher wird sie etwas dagegen haben, aber wenn Ria sich fürs Medizinstudium bewerben will, dann darf sie auf keinen Fall ihren Ausbildungsabschluss zur Altenpflegehelferin gefährden. Weil sie nur so, trotz ihrer miesen Abiturnote, die Chance auf einen Studienplatz hat.

Warum willst ausgerechnet du mir erklären, wie ich meinen Job zu machen habe?

Ich habe Glorias Standardantwort in den Ohren, weil sie mich damit jedes Mal zum Schweigen bringt. Sie hat recht, denn wenn ich meinen Job konsequent erledigen würde, hätte ich Ella vorhin einfach kontrolliert, ohne groß Mitleid mit ihrer Situation zu haben. Aber sie hatte nackte Angst im Blick, als sie begriffen hat, dass sie ein Polizeivermerk im Führungszeugnis den Job kosten könnte. Und deshalb habe ich sie aus der Schusslinie gezogen und mich damit wiederum angreifbar gemacht.

Aber ich kenne Ellas Problem. Weiß, wie es sich anfühlt, unfassbare Panik davor zu haben, eine Position zu verlieren, für die man sich jahrelang den Arsch aufgerissen hat. Kann ganz genau nachempfinden, wie weh es tut, wenn niemand an einen glaubt außer man selbst. Doch Verständnis rechtfertigt eben nicht, dass ich mal wieder weich geworden bin.

Pussy.

Ich sehe den Zettel vor mir, obwohl er längst in einem Mülleimer auf der Wache gelandet ist. Die Kollegen haben recht, und das gibt mir zu denken.

Aber wenn ich schon ein Schwächling bin, hätte ich Ella dann nicht wenigstens weniger grob behandeln können? Schätze mal, ich bin ziemlich schnell ziemlich unausstehlich geworden. Wie auch immer. Vielleicht freue ich mich einfach, dass ich zumindest in dieser Arschloch-Sache zu meinen Prinzipien stehe.

Ich schließe die Haustür auf, leise und vorsichtig, falls Gloria sich nach ihrem Anruf vor einer Stunde entgegen ihrer Ansage, auf mich zu warten, doch ins Bett gelegt hat. Ich will sie dann ganz sicher nicht wecken, sondern nur kurz nach Papas Zustand schauen. Meine Schuhe streife ich mir gar nicht erst ab, als ich in die Küche gehe, wo ein Zettel auf dem Esstisch liegt. Ich greife danach und lege ihn mit einem frustrierten Seufzer wieder zurück auf den Holztisch, an dem wir früher gemeinsam als Familie zu Abend gegessen haben. Scheiße, am liebsten will ich das Drecksteil mit der Faust zertrümmern.

Glorias Praxisanleiterin hat sie umgehend um ein Gespräch gebeten, und das um kurz vor sieben Uhr morgens. Am Telefon vorhin hat mir Gloria also eiskalt verschwiegen, dass sie das Altenheim ohne Erlaubnis und Wissen ihrer Praxisanleiterin verlassen hat, dabei weiß Gloria ganz genau, dass ohne eine abgeschlossene Ausbildung keine Möglichkeit für ein Studium besteht. Sie ständig gebetsmühlenartig daran erinnern zu müssen, fühlt sich an, als hätte ich vor vier Jahren die Rolle meiner Mutter eingenommen.

Vermutlich würde Gloria dasselbe über sich behaupten. Ich trinke nicht oft, aber wenn, dann immer viel zu viel. Gloria will mich deshalb jedes Mal zum Teufel jagen und mir ist klar, dass ich Ria auf keinen Fall zwei Familienmitglieder mit Alkoholproblemen aufbürden sollte, aber …

Keinen blassen Schimmer, wie ich den ganzen Scheiß ohne Alkohol ertragen soll. Mit Gloria reden? Fehlanzeige. Sie weiß nicht, dass meine Meinung zu unserer verstorbenen Mutter eine andere ist als ihre. Keine ausschließlich gute, so viel steht fest. Glorias Erinnerungen an Mama sind praktisch alle bunt und ungetrübt, wohingegen ich mittlerweile eine Milliarde Grautöne sehe. Aber wenn ich irgendetwas als allerletzte Aufgabe in meinem Leben betrachte, dann, Gloria vor der Wahrheit zu beschützen.

Ich stelle Papas gebrauchte Kaffeetassen zu dem schmutzigen Geschirr in die Spüle und lasse das Becken mit Wasser vollaufen, bevor ich Spülmittel hinzugebe. Mit Nachdruck schrubbe ich mit einer Bürste den eingetrockneten Dreck vom Porzellan, obwohl es mir sicher besser ginge, würde ich die einzelnen Teller auf die grauen Fliesen unter meinen Sohlen schmettern. Als ich fertig bin, lasse ich das Schmutzwasser abfließen, doch weil es in meinem Magen noch immer rumort, nehme ich mir als Nächstes den Boden vor. Es ist albern, aber aus irgendeinem Grund tut es gut, die kratzigen Borsten wie manisch über die rauen Fliesen zu scheuern, bis sie sich unter dem Druck der Bürste glatter anfühlen.

Weil es jedoch den halben Morgen dauern würde, alle Fliesen sauber zu kriegen, befördere ich die Bürste mit einem lauten Krachen in die Spüle, bevor ich Papa ein schnelles Frühstück zubereite. Kurz darauf trage ich die Milch-Müsli-Pampe die Treppe hoch ins Schlafzimmer, wo er mit zusammengefallenen Schultern auf der Bettkante hockt. Es wäre mir definitiv lieber gewesen, wenn er geschlafen hätte. Er hat aber ganz offensichtlich auf mich gewartet.

»Kommst du von der Arbeit?«, will er mit kratziger Stimme wissen und als ich ihm nicht sofort darauf antworte – weil, warum um alles in der Welt sollte ich sonst in Uniform bei ihm im Schlafzimmer auftauchen? –, räuspert er sich. »Wegen der Uniform, meine ich. Oder willst du mich abführen?«

Verdient hätte er es.

Ich beiße die Zähne zusammen und hole tief Luft. »Ria hat mich angerufen, weil sie dich abholen musste. Hatten wir nicht abgemacht, dass du dich bei mir meldest? Warst du wieder in der Kneipe?«

Er nickt nur.

»Hat Ria was davon mitbekommen?«, frage ich und spüre, wie das Rumoren in meinem Magen zu einem Brodeln wird und hoch in meine Kehle wandert, um sich dort zu einem fetten Kloß zu sammeln. »Sag mir bitte nicht, dass –«

»Nee, Herta hat mich vor die Tür gesetzt, noch bevor deine Schwester angekommen ist. Ich hatte nach zwei Bier kein Geld mehr und Herta wollte heute keinen Deckel schreiben.«

Weil ich die Besitzerin der Stammkneipe, in die Papa neuerdings mindestens zweimal die Woche zum Trinken und Spielen geht, letzte Woche darum gebeten habe, nicht mehr für ihn anzuschreiben. Ich kann ja noch nicht einmal die Schuldenberge abbezahlen, die Papa angehäuft hat, als er unser Geld noch in richtigen Spielhallen verzockt hat. Immerhin haben die ihm dort mittlerweile fast überall Hausverbot erteilt und weil Kollegen ihm den Führerschein entzogen haben, kommt er auch nicht so leicht aus Berlin raus. Deshalb hängt er jetzt ständig in Hertas Kneipe rum, in der es zu meinem Glück nur einen einzigen Spielautomaten gibt.

»Ich stell dir das Frühstück hierhin.«

Als Papa mir jetzt dabei zuschaut, wie ich die Schüssel auf seinem Nachttisch abstelle, und sich dabei verlegen den zerknitterten Hemdkragen richtet, kann ich nur daran denken, dass er früher mein Vorbild war. Damals waren seine dunkelbraunen Haare an den Schläfen noch nicht ergraut und zottelig und er immer so glatt rasiert, als würde er wie diese überbezahlten Fußballspieler Werbung für irgendwelche Rasiermarken machen. Er hat immer ein ordentlich gebügeltes Hemd unter einem sauberen dunklen Jackett getragen, das ihm meine Mutter bestimmt im Sale gekauft hat, weil wir es trotz Papas Job als Finanzberater bei einer Berliner Bank nie besonders dicke hatten. Doch sein Jackett roch immer nach Waschmittel, frisch, sauber und somit ordentlich.

Gloria und ich wurden auch ständig in ausrangierte Kleider von irgendwelchen Cousins und Cousinen gesteckt, was mich nie gestört hat. Weil an den Kleidern, wenn sie auch von meiner Mutter zurechtgeschnitten wurden, als der Stoff zu ramponiert war, derselbe Waschmittelduft klebte. Mama hätte uns nie mit ungewaschener Kleidung aus dem Haus gelassen. Ich hoffe mal, sie kann meine Uniform nicht bis nach oben in den Himmel riechen, sonst wäre sie bestimmt heftig enttäuscht.

»Ich hab keinen Hunger, aber danke«, antwortet Papa nun. »Aber geh du mal ins Bett, dass du genug Schlaf kriegst. Ich komm hier schon klar.«

Lächerlich. Das sagt er immer. Jedes verdammte Mal. Und dann zerre ich ihn zwei Tage später aus Hertas Kneipe, wo er seine mickrige Witwerrente versäuft. Es sollte eigentlich unmöglich sein, dass ich jemanden so wenig respektiere, zu dem ich früher aufgeblickt habe.

Wie er sich jetzt aufrichtet und mit schlaffem Körper auf mich zuwankt. Scheiße, Papa kann nichts dafür, aber ich ertrage es nicht, ihn so zu sehen. Wie seine Hand zu zittern beginnt, als er sich am Bettrahmen festhalten muss, und wie er kurz Halt an meiner Schulter sucht und sich mit der anderen die verrutschten Boxershorts hochzieht, bevor er sich zum Türrahmen schleppt.

Mehrfach atme ich tief durch. Ria meint, Papa verkrafte den Tod unserer Mutter nicht. Dass er nur deshalb so verwahrlost sei und ich Verständnis haben solle.

Habe ich. Wirklich. Das Problem liegt weniger bei ihm. Eher ganz woanders.

Papa hat mein Verständnis von Familie nicht zerstört. Zumindest nicht als Erster.

Ich räuspere den Kloß in meinem Hals weg und wische mir einzelne schweißnasse Strähnen aus der Stirn, bevor ich kurzerhand zum Fenster gehe und es öffne. Ist stickig hier drin.

»Waren es sicher nur zwei Bier?«, hake ich währenddessen nach.

»Zwei oder drei.«

Was er meint: mindestens vier. Zusammengerechnet macht das um die fünfzehn Euro. Wenn ich Hertas Güte und Verständnis von der Summe abziehe, bleibt immer noch viel zu viel übrig.

Hinter meinen Schläfen fängt es an hartnäckig zu pochen, aber ich ignoriere den Schmerz, weil es ja doch keinen Sinn ergibt, Papa für irgendetwas verantwortlich zu machen.

»Tut mir leid, dass ich Ria angerufen habe«, sagt er und muss sich dabei am Türrahmen abstützen, um nicht in sich zusammenzusacken. »Eigentlich ist es auch nicht okay, dich ständig um Hilfe zu bitten. Aber ich bin dir dankbar, Otis. In deinem Alter, da waren deine Mutter und ich sorgenlos. Dass du das jetzt nicht sein kannst, wegen mir, das ist weiß Gott nicht in Ordnung. Ich muss das doch irgendwie endlich hinkriegen. Es tut mir leid. Dass ich mich so hängen lasse, meine ich. Das tut mir leid. Du solltest in deinem Vater etwas Besseres sehen als ... das.« Er verzieht den Mund zu einem Lächeln und wartet darauf, dass ich es erwidere.

Ich tue ihm den Gefallen. »Ist doch nicht der Rede wert.«

Wenn er den Grund wüsste, weshalb ich schon lange damit aufgehört habe, in seinem Aussehen oder seinem Verhalten etwas zu sehen, würde Papa in ein so tiefes Loch fallen, dass niemand mehr ihn dort rausholen könnte. Selbst der beste Therapeut nicht.

»Was macht die Liebe?«, fragt er aus dem Nichts und okay, das ... also, das kommt jetzt irgendwie doch unerwartet.

»Ist in Ordnung, nehm ich mal an.«

Jetzt lacht er kurz auf und muss sich sofort wieder festhalten, als ob ihn beim Lachen ein fieses Stechen plagt. Als wir das letzte Mal beim Arzt waren, standen nach der Untersuchung richtig miese Leberwerte auf dem Papier. Wahrscheinlich ist es seitdem schlimmer geworden.

»Dein Opa hat immer gesagt, dass Melzke-Männer der Grund sind, wieso man Stürmen Namen gibt«, erklärt er und sein schelmisches Lächeln erinnert mich nun doch an meine Kindheit. Früher meinte meine Mutter immer, dass sie an meinem Grinsen sehen könne, wenn ich etwas ausgefressen habe, weil es Papa wie aus dem Gesicht geschnitten sei und sie uns beide deshalb jedes Mal sofort durchschaue. Tja ...

»Opa war selten nüchtern«, rutscht es mir trotz zusammengebissener Zähne heraus. Das war unnötig. Doch bevor ich gleich noch wirklich irgendetwas in Papas Schlafzimmer zertrümmere, schlage ich lieber mit einem dummen Spruch unter die Gürtellinie.

»Karl Marx, Foucault und Hegel waren alle Trinker und große Philosophen. Nun hau schon ab. Sollte was sein, dann ruf ich dich an. 110, dein Freund und Helfer.«

Wenn er weiter so einen Müll redet, dann –

»Versuch es lieber auf meinem Handy.« Besser, ich komme schnell hier raus. Ich schließe das Fenster, warte, bis mein Vater wieder vom Bad zurück und in seinem Bett ist, dann verschwinde ich aus dem Schlafzimmer. Gleich mehrere Stufen auf einmal springe ich auf der Treppe nach unten. Weg von Papa und weg von den scheinheiligen Erinnerungen, die in meinem Elternhaus sofort an mir haften. Mit unlöslichem Sekundenkleber.

Ich marschiere über die schmale Straße zu meinem Auto. Hier sieht alles wie früher aus. Reihenhausvorgärten, die einander gleichen wie eineiige Zwillinge, die akkurat aufgestellten gelben Mülltonnen davor und die eintönigen Mittelklassewägen am Straßenrand. Da fällt mein gebrauchter BMW kaum auf. Alle fünfzehn bis zwanzig Meter stehen Laternen.

Vor zig Jahren habe ich an Silvester Feuerwerksraketen in gleich mehrere deren Lichtgehäuse gejagt, woraufhin die Straßenlaterne abgefackelt ist. Vor den Nachbarn hat meine Mutter daraufhin wochenlang felsenfest behauptet, dass ich den Jahresbeginn bei einem Kumpel außerhalb der Stadt gefeiert habe. Ich glaube, irgendjemand hat die Straftat sogar mitgefilmt, doch Mama beharrte inständig auf meiner Unschuld. Bei der Polizei ist der Vorfall glücklicherweise nie gelandet.

Ich weiß noch, wie sich das damals angefühlt hat. Ganz genau erinnere ich mich an die Wärme und Geborgenheit. Habe sie deshalb so gut im Gedächtnis, weil beides ein paar Jahre später dank Mamas Scheißlüge zu Eis gefroren ist.

Doch statt Kälte spüre ich jetzt, wie wieder Wut in mir hochkocht. Am liebsten will ich irgendwohin fahren, an die Ostsee zum Beispiel, um mich von dem ganzen Scheiß abzuschotten. Aber es muss reichen, wenn ich die Musik im Wageninneren gleich so laut aufdrehe, dass sie meinen Kopf betäubt. Zu Hause steht noch eine Flasche Gin. Ein, zwei Schlucke genügen bestimmt, um runterzukommen.

Meine Kehle ist staubtrocken, als ich mich auf den Fahrersitz hocke, die Musik auf Anschlag drehe und losfahre. Vorsichtig biege ich auf die menschenleere Hauptstraße und dann drücke ich meinen Fuß auf dem Gaspedal nach unten. Scheiß drauf, ob ich von der Polizei angehalten werde. Es gibt eh keine Strafe, nicht wenn ich im Dienstgebiet meines alten Abschnitts unterwegs bin.

Irgendwann erreicht die Tachonadel die Einhundert, da lockere ich meinen Fuß erst und trete dann mit dem anderen ruckartig auf die Bremse. Der abrupte Widerstand befördert meinen Körper in den Anschnallgurt, der sich auf Höhe meiner Schulter in das Fleisch drückt. Körperlicher Schmerz hat ganz andere Nuancen als seelischer, das wird mir gerade wieder bewusst. Er hilft mir kein bisschen, um klarzukommen. Deshalb halte ich mich für den Rest des Weges an die Verkehrsregeln.

Als ich die WG schließlich erreiche, den Wagen zwei Parallelstraßen entfernt abstelle und kurz darauf die Wohnung betrete, stelle ich fest, dass Gloria noch immer unterwegs ist. Scheiße. Sofort wird das Pochen hinter meinen Schläfen wieder unerträglich intensiv.

Mein Körper zittert vor Erschöpfung, trotzdem mache ich auf dem Absatz kehrt und quäle mich abermals hinters Steuer, um zum Altersheim zu fahren, in dem Ria ihre Ausbildung macht. Weil ich ihr Bruder bin. Und weil ich mir wünsche, dass keine Wahrheit der Welt daran je irgendetwas ändern wird.

I'M A BARBIE GIRL IN THE BARBIE WORLD
LIFE IN PLASTIC, IT'S SUPER
WELTFREMDER MÜLL, DEN WIR IN MEINER
KINDERGARTENGRUPPE NICHT DULDEN

Ella

Die Temperaturen sind über Nacht noch weiter ins Minus gerutscht, weshalb Lenis alte Schrottkarre vorhin nicht angesprungen ist. Sie hat ihr Auto extra in Berlin gelassen, damit ich damit zur Arbeit fahren kann, solange sie für das Reiseunternehmen ihrer Eltern Touristen durch Deutschland karrt. Doch bis auf ein leises Knacken hat das Mistding kein Geräusch von sich gegeben und auch bei der U-Bahn gab es mal wieder irgendwelche Probleme. Deshalb musste ich über fünf Stationen zu Fuß zum Kindergarten laufen. Jetzt bin ich eineinhalb Stunden zu spät zu meiner Frühschicht, außerdem tut mir vor Kälte jeder Knochen weh und ich bin hundemüde.

Ich konnte die ganze Nacht über an nichts anderes denken als die Polizeikontrolle. Aus einem unerklärlichen Grund vertraue ich Otis und glaube, dass er mich nicht verpfeifen wird. Vorausgesetzt, er ist auf dem Weg zurück zu seinen Kollegen nicht zufällig über meine Jacke gestolpert, deren Tascheninhalt mir zum Problem werden könnte. Eine Stunde habe ich gestern am Fuß des Teufelsbergs gewartet, bis ich noch einmal nach oben gestapft bin, nur um dort festzustellen, dass meine Jacke samt Flyer verschwunden ist.

Otis würde nicht so weit gehen, ein Beweisstück zurückzuhalten, um mich damit zu schützen – ganz bestimmt nicht.

Stundenlang habe ich das Internet durchforstet und herausgefunden, dass er mich gestern zumindest nicht belogen hat. In Deutschland gibt es zwar eine Ausweispflicht, die besagt, dass alle Bürger ab sechzehn einen Ausweis besitzen, jedoch nicht bei sich tragen müssen. Die Polizei hat nur dann das Recht, die Identität einer Person zu erfahren, wenn diese für die Aufklärung einer Straftat oder Ordnungswidrigkeit von Bedeutung ist. Dass ich bei einem illegalen Rave als DJ auflege, ist definitiv ein guter Grund, um an meiner Glaubwürdigkeit zu zweifeln.

Doch Otis hat gestern auf eine Datenaufnahme verzichtet und mich in Schutz genommen. Nun bin ich ihm deshalb etwas schuldig. Großartig.

Es ist schon kurz nach halb neun, als ich müde in den Mitarbeiterraum komme, wo ich mir ab sieben normalerweise erst Kaffee aufbrühe und mit den Kolleginnen quatsche, bevor wir zusammen die Gruppenräume lüften und Frühstück für die Kids vorbereiten, die ab acht von ihren Eltern gebracht werden. Doch heute bin ich ganz alleine. Hastig gieße ich mir lauwarmen Kaffee in meine Tasse, die mir Charlie aus Irland mitgebracht hat. Ich starre die Schafe auf der Keramik an, die über winzige braune Zäune springen, und schüttle über mich selbst den Kopf.

Ich habe wegen Otis kein Auge zubekommen. Zum Mitschreiben: wegen Otis. Da hilft es nur, mich mit Arbeit abzulenken. Weil ich aber Sorge habe, der Kindergartenleitung in die Arme zu laufen, verlasse ich den Mitarbeiterraum mit gesenktem Kopf und stoße prompt mit jemandem zusammen. Bitte nicht.

Ich bereite mich schon innerlich auf eine Schimpftirade vor, gegen die ich mich verteidigen muss, doch glücklicherweise murmelt eine tiefe Stimme gerade eine Entschuldigung in meine Richtung.

»Sorry, ich will den kleinen Jan abgeben. Wir sind etwas spät dran.«

Englischer Akzent. Ein verdammter englischer Akzent, den einige sicher niedlich finden, der aber bei mir nicht zieht. Er erinnert mich an Toni und an ... Kanada.

Ich beiße die Zähne zusammen und gehe zu Jan in die Hocke, der mir ohne Zögern, aber mit einem stolzen Grinsen eine winzige Hand entgegenstreckt.

»Schau mal«, sagt er und meint damit das bunt bedruckte Pflaster um seinen Zeigefinger. »Paw Patrol.«

»Deshalb sind wir zu spät.«

Ich schaue zu dem schlaksigen Typen hoch, der gerade unsicher auflacht. »Ist schon okay«, erwidere ich und es ist nicht gerade einfach, dem jungen Mann ebenso mit einem Lächeln zu begegnen. »Ich war heute auch nicht pünktlich.« Daraufhin atme ich tief durch, umklammere den Henkel der Kaffeetasse mit den Fingern und senke meinen Blick zurück zu Jan. »Man muss auch gar nicht immer pünktlich sein, stimmt's?«

Jan nickt eifrig, woraufhin ich ihn zu meiner Kollegin in den Gruppenraum schicke.

»Ich habe vergessen, mich vorzustellen«, sagt der Typ, kaum dass Jan mit Geschrei und Gelächter von den anderen Kindern begrüßt wurde. »Anthony Smith aus Bloomington, Ohio. Ich bin der neue Au-pair der Ballschks.«

Wie ist sein Name? Der verarscht mich doch. »Ella«, sage ich wie auf Autopilot meinen Vornamen, »also eigentlich Frau Nowak.« Ich lächle diesen Anthony abermals betont freundlich an und zögere keine Sekunde, als er die Hand ausstreckt. Als ich einschlage, wirkt er irgendwie erleichtert, und erst da kapiere ich, dass Anthony vermutlich mit Konsequenzen fürs Zuspätkommen gerechnet hat.

»Ist alles okay«, beschwichtige ich daher schnell, woraufhin Anthony meine Hand loslässt und sich das schulterlange Haar rauft.

»Danke für Ihr Verständnis, Ella.«

Erst als mir über seiner schmalen Oberlippe drei winzige Muttermale auffallen, wird mir bewusst, dass ich ihn ganz offensichtlich zu lange und viel zu eindringlich anstarre. Das ist mir bei Otis gestern auch schon passiert, nur dass da auch noch dieses verräterische Kribbeln in meinem Magen aufgestiegen ist, was mich heute Nacht zusätzlich wach gehalten hat.

»Bitte entschuldige mich, aber mein Kollege wartet sicher schon auf mich.« Ich nicke energisch in Richtung des Gruppenraums hinter mir, weil meine Wangen in diesem Moment glühend heiß werden. »Wir sehen uns dann ja, äh, morgen.«

»Cooler Stil, übrigens.«

Ich habe keine Ahnung, was Anthony meint. Draußen ist es eiskalt und deshalb trage ich zu meiner schlichten Jeans Boots aus Kunstfell und einen dunkelgrauen Hoodie. Darunter verstecken sich drei Schichten Kleidung, weil ich seit gestern keine Jacke mehr besitze, deren dichtes Material meine Haut vor dem beißenden Ostwind draußen schützt. Jedenfalls würde ich behaupten, das ist kein besonders auffälliger Kleidungsstil.

»Nasenpiercings und so was gibt es in amerikanischen Kindergärten selten.«

Ah, ach so. Aber meint er mit *so was* die magentafarbenen Strähnen, im Selbstversuch gefärbt und unter UV-Licht leuchtend?

»Willkommen in Berlin«, antworte ich ihm und fasse mir dabei demonstrativ an den schmalen Silberring in meiner Nase. Den hat mir eine Piercerin nach der Trennung von Toni gestochen. Levy hat sie mir empfohlen, der gefühlt jedes Piercing- und Tattoostudio der Stadt kennt.

»Vielen Dank.« Anthony zieht einen Schlüssel aus der Tasche seiner dunkelgrauen Jogginghose und wendet sich zum Gehen.

Porsche. Jans Familie verdient als einzige weit über dem Durschnitt der übrigen Eltern hier, so viel, dass sie sich nicht nur jemanden leisten können, der aus Ohio nach Deutschland fliegt, um auf ihren Sohn aufzupassen, sondern ihm auch einen Porsche als Fortbewegungsmittel zur Verfügung stellen. Dass Jan überhaupt die Kindertagesstätte *Zwergenhaus* besucht, ist ein Wunder. Im Normalfall setzen Eltern alles daran, dass ihre Kinder überall, aber nicht hier landen. Denn das *Zwergenhaus* wird in lokalen Zeitungen fast immer unter den Brennpunkt-Kitas gelistet und damit von den meisten Familien mit ein bisschen mehr in den Taschen als dem Mindestlohn gemieden.

Doch ich wurde als Kind auch ins *Zwergenhaus* geschickt, weil meine Mutter froh war, dass ich überhaupt irgendwo untergebracht war, während sie versucht hat uns beide mit zwei Jobs über Wasser zu halten. Und mit dem Ort hier, der vor fünf Jahren umgebaut und renoviert wurde, verbinde ich nur Positives.

Ich verabschiede mich von Anthony und husche anschließend zu meinem Kollegen Bela in den Gruppenraum, der gerade den Morgenkreis auflöst.

»Ella«, brüllt Ruby mit nasalem Tonfall, der darauf schließen lässt, dass sie erkältet ist, als ich mich so unauffällig wie möglich durch den Raum bewege. »Bela hat heute alles erklärt, was es zu essen gibt und was wir heute machen.«

»Und was haben wir so vor?«, will ich wissen, woraufhin ein paar mehr Kinder von ihren bunten Sitzkissen aufspringen und zu mir rennen. Meinen Kaffee werde ich wohl kalt trinken müssen.

Omar springt aufgeregt auf und ab. »Bela liest mir eine Geschichte vor. Eine, die auch ganz bestimmt mit einem Kuss endet, das hat er versprochen.« Ich muss grinsen. Manche Geschichten enden damit, dass jemand auf einem Pferd in Richtung Sonnenuntergang reitet, manche mit einem tränenreichen Abschied, aber die schönsten, das sage ich den Kids jedes Mal, sind die, die mit einem Kuss enden.

»Und mit mir spielt er Autorennen«, ruft Ayla dazwischen.

»Aber erst nach dem Essen, hat Bela doch gesagt.« Das ist wieder Ruby, die mir daraufhin ihre flache Hand gegen den Oberschenkel drückt. »Ella? Ich mag aber keinen Wursting.«

»Was ist denn Wursting?«

Ruby reckt das Kinn nach vorn. Mit der runden Brille auf ihrer Nase sieht sie jetzt aus wie die Alleinerbin einer alteingesessenen Berliner Adelsfamilie. Doch soweit ich weiß, arbeiten Rubys Eltern ebenfalls als Erzieher. »Das stinkt und schmeckt wie Gras, sagt Papa Bastian.«

Ich muss lächeln, weil Ruby ihre beiden Väter anhand deren Vornamen unterscheidet, seit das eines der anderen Kinder einmal so vorgemacht hat. »Wir können den Wirsing später ja gemeinsam probieren«, schlage ich vor. »Ist bestimmt auch nicht mein allerliebstes Gemüse, aber ich glaube, ich will ihn heute essen.«

Ruby werde ich später ganz sicher nicht von Wirsinggemüse überzeugen können, was ich daran merke, dass ihre Stimme noch ein kleines bisschen nasaler klingt, als sie ein leises »Okay« murmelt.

»Ruby? Omar und Ayla? Räumt ihr bitte noch eure Kissen in die Kisten?«

Während die Kinder Belas Bitte nachkommen, trete ich an seine Seite. »Sorry noch mal, dass ich zu spät bin, und danke fürs Morgenkreis-Moderieren.«

Bela lacht auf, nur um mich dann mit einem Alles-ist-gut-Grinsen zu sich zu ziehen. »Sei froh, dass mein Date gestern eine Katastrophe war. Ich lag vor zehn im Bett.« Er seufzt. »Alleine.«

»Wie frustrierend«, gebe ich zurück und schaffe es endlich, einen Schluck Kaffee zu trinken. Immerhin noch lauwarm. »Ich hab die ganze Nacht nicht geschlafen.«

»Lief's so gut?« Bela hält sich die Hand vor den Mund, sodass seine Stimme gedämpft klingt, als er fortfährt. »Ist alles secret geblieben?«

Bela ist der Einzige im Kindergarten, dem ich von der Einladung zum *Secret Rave Festival* erzählt habe. Weil er selbst unter Folteranwendung – in Belas Fall lebenslanger TikTok-Entzug – kein Sterbenswörtchen über mein geheimes Doppelleben verlieren würde.

»Die Party wurde frühzeitig beendet ...«, sage ich schnell, weiß aber nicht, wie ich ihm jetzt meinen Schlafmangel erklären soll. Deshalb beäuge ich abermals angestrengt die springenden Schafe auf meiner Tasse. »Lange Geschichte ...«

Ein Kreischen verrät mir, dass wir heute definitiv keine Zeit für lange Geschichten haben.

Belas Blick fällt auf Ayla, die einen Jungen zur Seite drängt, um ihr Kissen zuerst in die Kiste zu legen. »Bereust du es eigentlich manchmal, dass du wegen dem Job hier nicht mit nach Kanada gegangen bist?«

»W-was?« Für eine Sekunde bleibt mir der Atem weg. »Wie kommst du jetzt darauf? Wieso ... es hätte nichts an Tonis Untreue geändert, wenn ich mitgekommen wäre.« Ich hole tief Luft und schaue zu den Kids, die ihre Auseinandersetzung schon wieder vergessen haben. »Er hat mich schon vor seinem Auslandsjahr betrogen und nachdem ich das wusste, hatte ich auch keine Lust mehr, ihn im Sommer zu besuchen.«

»Wer sagt, dass du wegen Toni hättest hinfliegen sollen?«

»Wegen wem denn sonst?« Mein Lächeln verwandelt sich in eine Grimasse. Verdammt, Bela kann nicht Bescheid wissen. Trotzdem schlägt mein Herz schneller und ich habe das Bedürfnis, mich zu rechtfertigen. »Ich fliege doch nicht einfach so nach Kanada, ohne dort irgendwen zu kennen.«

Zum Glück zerschlägt Bela meine Steilvorlage mit einem Lachen. »Du musst doch niemanden kennen, um irgendwo ein Abenteuer zu erleben.«

»Lieber nicht.« Mein Herzschlag beruhigt sich wieder, weil Bela es einfach nur gut meint und weiterhin niemand Bescheid weiß. »Gestern hat mich meine Vorliebe für Adrenalinkicks beina-«

»Bela!«, kreischt Ayla dazwischen. »Omar und Tom machen schon wieder Quatsch!«

Omar balanciert ein Buch auf seinem angewinkelten linken Knie, während Tom versucht, ein weiteres Buch darauf abzulegen, danach zwei Bauklötze und darauf seine Puppe, womit der Turm scheppernd zusammenfällt.

»Bevor ich es vergesse«, sagt Bela über seine Schulter, als er auf Ruby zueilt, die gerade dabei ist sich Omars Puppe zu schnappen. »Die Leitung hat heute Morgen nachgefragt, wer den Ausflug mit den beiden anderen Kindertagesstätten zum Naturkundemuseum übernächste Woche betreuen möchte. Hab uns eingetragen.«

»Du bist ein Schatz«, erwidere ich im selben Moment, in dem mein Handy in der Hosentasche vibriert. Ich ziehe es hervor und sehe ein Video, das mir Juan geschickt hat. Ein Video? Ich starte die YouTube-App, um es aufzurufen. Weil mein Handy uralt ist, dauert es quälend lange, bis der Clip fertig geladen ist. Er zeigt Juan und mich, wie wir, die Gesichter von schwarzen Masken verdeckt, im bunten Lichtermeer der Menge auf dem Teufelsberg einheizen. Schon über zehntausend Aufrufe. Okay, das ist viel. Und es kribbelt mir sofort wieder in den Fingern. Verdammt, ich hatte eigentlich mit dem Gedanken gespielt, die weiteren Secret-Rave-Termine abzusagen, jetzt, wo die Polizei uns auf die Schliche gekommen ist. Doch Juans Nachricht hat definitiv das Potenzial, mich umzustimmen. Der nächste Auftritt in einer Woche hat laut seiner Nachricht ein Location-Upgrade von den Veranstaltern bekommen, weil heute Nacht unerwartet viele da waren.

Ein stillgelegtes Krankenhaus. Fuck, ist das krass. Aber ich kann doch nicht ...

»Ella!«, brüllt Ruby empört. »Bela sagt, ich muss Wursting essen, wenn ich die Puppe haben will.«

Erschrocken klicke ich zwar das Video weg, doch diese einmalige Chance bekomme ich ganz sicher nicht mehr aus meinem Kopf.

Ein Krankenhaus, mehrere Stockwerke, zig Leute. Die perfekte Werbung. Und eine krasse Gelegenheit, uns für das Festivalfinale im nächsten Jahr zu empfehlen.

Ein erneuter Schrei lässt mich mein Handy wegstecken.

»Nicht an den Haaren ziehen«, fordert Bela. »Ruby, hör sofort auf!«

Okay, fürs Erste braucht das hier meine volle Aufmerksamkeit, aber danach – Doppelfuck. Ich habe keine Ahnung, wie ich mich entscheiden soll.

CALL HIM MR. RAIDER, CALL HIM MR. WRONG CALL HIM MR. WAS-ZUR-HÖLLE-PASSIERT-HIER-GERADE?

Ella

Entscheidungen werden überbewertet! Ich meine, letztendlich geht es doch darum, zu leben und dabei glücklich zu sein. Doch so lange über Konsequenzen nachzudenken, bis die Angst vor einer Sache größer wird als die Vorfreude darauf, macht auf lange Sicht betrachtet unglücklich. Und das sind viel zu viele Erwachsene, oder? Sie sind unglücklich, weil sie nicht das tun dürfen, was sie tun wollen.

Ich möchte heute die Mischung aus Schweiß und Alkohol riechen und den Leuten das Gefühl geben, sich in meine DJ-Sets fallen lassen zu dürfen, eben genau so, wie ich den Kindern im Kindergarten zeigen will, dass sie sich auf ihr Leben freuen können. Beides ist mir gleich wichtig und deshalb fahre ich jeden Tag mit einem breiten Grinsen zur Arbeit, habe aber eben auch dem zweiten Secret Rave zugesagt.

Das wiederhole ich jetzt zum zehnten Mal still in Gedanken und mittlerweile finde ich meinen Ansatz gar nicht mal schlecht.

Leni und Charlie halten mich deshalb für verrückt, was sie mir gestern Abend genau so gesagt haben, zig Warnungen inklusive. Wahrscheinlich haben sie recht, aber ich liebe den verlassenen Ort hier jetzt schon viel zu sehr, um mir lange über ihre deutlichen Worte den Kopf zu zerbrechen. Obwohl die Location nicht exakt meinen Erwartungen entspricht – hier bin ich frei.

Das Krankenhaus liegt gut versteckt in einem dichten Waldgebiet. Der riesige viergeschossige Gebäudekomplex wird seit Jahrzehnten nicht mehr genutzt, weshalb auch eine dazugehörige Apotheke ein paar Hundert Meter nordöstlich davon seit dem Auszug des Krankenhausbetriebes leer steht. Die Berliner Buslinien fahren die Haltestellen nicht mehr an. Daher ist die Gegend menschenleer und die Natur holt sich allmählich die bebaute Fläche zurück. Um ungebetene Besucher abzuhalten, wird das zerfallene und bereits teils abgerissene Krankenhausgebäude durch einen Wachdienst gesichert und ist im Inneren angeblich sogar mit Bewegungsmeldern ausgestattet.

Allerdings gilt das nicht für die winzige Apotheke, in deren überraschend schalldichtem Keller deshalb nun der Rave diesen Abend stattfindet. Die Apotheke ist zwar ebenfalls Eigentum irgendeiner Berliner Immobilienfirma, wird aber im Gegensatz zum Klinikgebäude weder alarmgesichert noch bestreift.

Mit einem Bier in der Hand und glühend heißem Gesicht starre ich an die grauen Wände des ehemaligen Lagerraums der Apotheke, wo ein paar kaputte Rollstühle neben Medikamentenwägen stehen. Die UV-Schwarzlicht-Beleuchtung des heute fest eingebauten DJ-Pults malt grelle Neonbilder auf die verwitterten medizinischen Geräte. Dort, wo ich stehe, ist es dunkel, weshalb ich für einen Moment meine Maske abgenommen habe, um ein paarmal tief durchatmen zu können.

Wie für ungenutzte Kellerräume üblich riecht es auch hier modrig und alt. Die Reifen der Rollstühle, die ich erkennen kann, sind größtenteils abmontiert oder platt, bei den meisten fehlt das Sitzpolster. Aber in einem der Wägen liegen Handschuhe auf Plastikhülsen, die wie Medikamentendosierer aussehen. Wenn Lichter und Musik nicht wären, stünde ich wirklich in einer Apotheke – das ist ziemlich abgefahren. Ob der ganze Kram noch irgendetwas wert ist?

»Wir sind Dirty Feminists«, brüllt Juan in diesem Moment und zieht den aktuellen Song langsam mit einem Low-Pass-Filter raus, um schließlich in einen trashigen Hit aus den Neunzigern zu wechseln. Mit Juans Mr.-Vain-Katzen-Meme-Remix sind wir auf TikTok das erste Mal viral gegangen, was sofort an der Reaktion der Leute zu spüren ist. Sie rasten aus, schreien, stampfen die Füße auf den Boden und boxen mit den Fäusten in die Luft. In Gedanken zähle ich den Beat mit. 132 Schläge in einer Minute ergeben 33 Bars, womit jede Bar exakt vier Beats besitzt, wie bei fast allen Songs. Damals und heute. Eins, zwei, drei ...

Bei vier höre ich unmittelbar hinter mir ein Räuspern und fast zeitgleich drückt eine Hand auf mein Schulterblatt. Erschrocken lasse ich die Bierflasche los, die bei der Lautstärke hier drin fast lautlos zu Boden fällt und neben meinen linken Schuh rollt. Reflexartig beuge ich meinen Oberkörper nach unten und greife nach der Flasche, damit niemand beim Tanzen auf das Glas tritt. Ein von der Laustärke gedämpftes Klappern lässt meinen Kopf ruckartig zur Seite schnellen. Mist. Jetzt ist mir auch noch mein Handy aus der Hosentasche gefallen. Immerhin auf die eh schon ziemlich ramponierte Plastikseite, weshalb das Display nicht gesprungen ist.

»Zugegeben gefällt mir diese Position sehr«, sagt eine Männerstimme in tiefer Tonlage. »Aber ohne Hose wäre es noch besser.«

Was zur Hölle macht Otis hier? Ich erkenne ihn sofort und sehe keine Sekunde später weiße Turnschuhspitzen neben mir aufblitzen. Er geht in die Hocke und greift nach meinem Handy, ehe ich es kann. Ich rieche frisches Aftershave und höre ein erneutes Räuspern. Unschlüssig dreht Otis das Gerät für einen Moment in der Hand, dann richtet er sich wieder auf und hält es mir hin. »Normalerweise werfen mir Frauen andere Dinge zu als ihr Smartphone.« Er hört hoffentlich selbst, dass er wie ein Arschloch klingt.

»Deine Sprüche werden von Mal zu Mal peinlicher, kann das sein?« Ich nehme mein Handy und stecke es zurück in die Hosentasche. Als Juan den Crossfader benutzt und den Song in einen neuen, ruhigeren überblendet, hebe ich den Blick, der sofort auf

Otis' weißes Hemd fällt. Er ist also privat hier. Warum? Ganz offensichtlich interessiert mich das mehr, als es sollte, was gleich die nächste Frage beweist. »Heute gar nicht in deiner Wichtigtuer-Uniform unterwegs?«, stichele ich weiter, was Otis mit einem gespielten Aufstöhnen beantwortet. Leider kann ich den Drang nicht unterdrücken, gleich noch einen obendrauf zu setzen.

»Dann kannst du deinen Mitmenschen diesmal ja gar nicht den Spaß verderben.«

»Was macht dich so sicher? Könnte ja eine versteckte Razzia sein.«

Ich richte mich auf und werfe ihm einen Blick zu, der so viel sagt wie: *Dein Ernst?*, woraufhin Otis lächelt, was sich irgendwie seltsam anfühlt. Wahrscheinlich, weil er mich erst ein einziges Mal auf diese Weise angelächelt hat und ich seit dem Festival viel zu oft an den Grund dafür gedacht habe.

Nein, ganz bestimmt nicht. Ich bin unsicher, weil ich in seiner Schuld stehe. Ja, das ist es. Solange ich nicht weiß, ob er irgendetwas gegen mich in der Hand hat – meine Jacke und Flyer zum Beispiel –, sitzt er auch ohne seine Uniform am längeren Hebel. Es ist egal, was ich sage oder tue, wenn Otis möchte, kann er mich problemlos zu Boden ringen, selbst mit einem Lächeln. Und ich traue ihm zu, dass er diese Machtposition auch sofort ausnutzen wird, wenn ich ihn nicht davon abhalte.

»Ist es denn eine versteckte Durchsuchung?«, frage ich also nach und kann nur hoffen, dass mein Tonfall auch wirklich sachlich und neutral klingt.

»Fragst du das, weil du dir wünschst, dass ich dir gleich Handschellen anlege?« Er klopft demonstrativ auf die Hosentaschen seiner Jeans.

Ganz sicher nicht. Sag mir einfach, ob die Kontrolle am Teufelsberg Folgen für mich hat. Ich schlucke und öffne den Mund, um ihn genau das zu fragen, aber … ich kenne die Antwort bereits. Es ist nämlich definitiv eine Konsequenz, keine schöne im Übrigen, wenn ich jetzt damit klarkommen muss, dass Otis jederzeit, selbst in seiner Freizeit, bei einem meiner Raves auftauchen könnte, um meine Nerven mit seiner Arschlochigkeit zu strapazieren.

In meinen Schläfen fängt es an zu pochen. Ich lasse absichtlich Zucker in meine Stimme rieseln und sage:»Wenn ich so darüber nachdenke, wer solche Teile alles an seinen Händen hat, würde ich mir lieber alle meine Finger einzeln abhacken, als mir freiwillig Handschellen anlegen zu lassen. Und vor allem nicht von dir.«

Dafür ernte ich ein müdes Lachen.»Ella«, murmelt er einen Moment später.»Es gibt auch andere Möglichkeiten zum Fixieren als Handfesseln. Ich beweise es dir gern.«

Okay, ich gebe auf. Otis und ich schaffen es einfach nicht, uns wie normale Menschen zu unterhalten.

»Weißt du was?« Ich schaue in Juans Richtung, der zugegeben nicht so wirkt, als ob er gerade dringend meine Unterstützung bräuchte. Eine bessere Möglichkeit, das Gespräch zu beenden, finde ich auf die Schnelle aber nicht, weshalb ich anfüge:»Ich werde am DJ-Pult gebraucht. Vermutlich bist du hergekommen, weil ich mich neulich nicht bei dir bedankt habe.« Nur in Gedanken füge ich hinzu: *Was du als rückständiger Neandertaler nicht verstehst, der mich als Jungfrau in Nöten sehen und für seine Heldentat gelobt werden will.* »Ich weiß, dass du mich problemlos auf die Polizeiwache hättest mitnehmen dürfen. Wahrscheinlich hast du es nur aus Mitleid nicht getan, trotzdem ... danke.«

»Aus Mitleid?«

»Ja, natürlich.« Ich weiß von Charlie, dass Otis die Karriereleiter bei der Polizei schneller nach oben klettert als die meisten seiner Kollegen, wohingegen ich es noch nicht einmal wage, über ein berufsbegleitendes Studium nachzudenken, weil ich die Mehrkosten dafür nicht stemmen kann und ganz sicher nicht meine Mutter um Hilfe bitten werde.»In deinen Augen bin ich doch bloß die

Schwerverbrecherin aus dem Berliner Ghetto, die froh sein kann, dass sie überhaupt einen Job hat. Und dass ich weiterhin bei illegalen Raves auflege, bestätigt nur, wie blöd ich bin. Richtig?«

»Das habe ich nie behauptet.« Eine Spur zu heftig krallt Otis sich seine Finger ins Haar. »Wie kommst du auf so was ... egal, vergiss es einfach.«

Genau das werde ich jetzt auch tun. »Gut, dann –«

Moment ... Ist das da Filzstift an seinen Fingern? Und ganz schön viel davon. Zig große und kleine bunte Krakel-Striche überall auf seiner Haut verteilt.

Als Otis meinen verwirrten Blick bemerkt, zieht er die Hand zurück in seine Hosentasche. Nur dass ich jetzt ausschließlich daran denken muss, dass sich niemand die Hände vollmalt, der, na ja, über fünf Jahre alt ist. Ich weiß nicht mal, wieso mich das so irritiert oder warum es mir nicht einfach egal ist. Denn das sollte es sein, so viel steht fest.

Ich räuspere mich, damit diese albernen Gedanken aus meinem Kopf verschwinden. Aber blöderweise klappt das nicht, weshalb mir auch erst mit Verspätung auffällt, dass mein Blick seiner Bewegung gefolgt ist und deshalb schon zu lange auf der Hand in seiner Hosentasche ruht.

Ich will gerade wegschauen, da fragt Otis mit einem zweideutigen Grinsen in der Stimme: »Schätzt du meine Größe ab? Oder fragst du dich, was ich mit der Hand alles tun kann?«

Er macht das mit Absicht, oder? Um mich zu provozieren oder, keine Ahnung, von irgendetwas anderem abzulenken. Wahrscheinlich lässt er mich sogar absichtlich auflaufen. Oh, das würde so gut zu Otis passen.

Was es auch ist, es funktioniert.

Ich will ihm am liebsten Hunderte Beleidigungen an den Kopf werfen, aber ich schlucke sie alle gleichzeitig demonstrativ herunter. Während er mir also beim Schlucken zuschaut – soll sich der

Idiot doch sonst was dabei denken –, schießt mir vor Anstrengung Hitze ins Gesicht, die Otis natürlich vollkommen falsch deutet.

»Soll ich es dir zeigen, wenn du hier fertig bist?«

»Klar«, sage ich lahm. »Warum nicht?« Obwohl die Musik wieder lauter geworden ist, steht mein Sarkasmus eigentlich unhörbar im Raum. Doch Otis ignoriert ihn.

»Gut, dann warte ich hier. Beeil dich, ich hab morgen Frühschicht.«

»Gern«, antworte ich. Aber nur, weil ich so frustriert bin, und nicht, weil ich die nächste Stunde von Otis beobachtet werden möchte. »Du gibst ja sonst eh keine Ruhe.«

»Ist das ein Ja?«, fragt er, weil ich anscheinend gerade, ohne es zu wollen, eingewilligt habe, dass er es mir ... mit der Hand besorgt?

Okay. Wie schnell bekomme ich die dazugehörigen Bilder jetzt wieder aus dem Kopf?

Gar nicht. Absolut gar nicht.

Und was soll die Erinnerung an unseren Kuss und an das, was er mir im Anschluss daran zugeflüstert hat, die urplötzlich schon wieder in meinem Kopf aufblitzt? Warum um Himmels willen? Otis macht mich wahnsinnig. Weil sein Angebot doch ganz sicher nicht ernst gemeint ist, oder?

Sarkasmus ist eine Katastrophe, wenn man sich nicht gut genug kennt. Ich muss seine Nachfrage auf der Stelle ausdrücklich verneinen. Otis' Hände zu nah an meinem Körper ist das Allerletzte, was ich will. Ich werde ihn sonst auslachen oder ihm vor die Füße kotzen müssen und dann wird er mich am Ende auf jeden Fall festnehmen. Was ja anscheinend auch ohne Handschellen funktioniert. Zur Hölle mit ihm!

»Ich denke, dass –«

»Es schade ist, wie viel ungenutztes Potenzial in der stickigen Luft hier unten verpufft? Könnte man sicher besser nutzen ...«

Ich muss lachen, obwohl ich mich zusammenreißen sollte. Aber dass Otis dabei so ernst bleiben kann, ist der Endgegner für meine Selbstkontrolle.

Weil er daraufhin jetzt auch noch die Augenbrauen hochzieht und die Stirn runzelt, muss ich mich zusammenreißen, um nicht abermals loszuprusten.

»He«, sagt er. »Deine Klitoris hat über zehntausend Nervenfasern. Wenn ich dir schon auf die Nerven gehe, wieso dann nicht dort?«

Okay, damit ist es vorbei. Stöhnend halte ich mir die Hände vors Gesicht, weil ich wahrscheinlich jede Sekunde vor Lachen sterbe, wenn ich jetzt noch immer einen Funken Ernsthaftigkeit in Otis' Gesicht erkenne. »Vielleicht bewirbst du dich mit der Nummer einfach beim *Quatsch Comedy Club* oder bei *LOL*«, schlage ich vor und löse die Hände von meinem Gesicht. »Talent ist ja einiges vorhanden.« Das meine ich nicht ernst, was Otis hoffentlich merkt.

Tut er nicht. Seine Kiefer spannen sich an. Ihm Talent zuzusprechen, war wohl eine ziemlich blöde Idee, denn ...

»Talentiert bin ich nicht nur –«

»Hör schon auf«, unterbreche ich ihn sofort. Welcher Mann ist denn heutzutage noch so verschroben? »Wirklich, Otis. Ich glaube, ich habe es kapiert. Du bist der einzige Grund, weshalb die Sonne jeden Morgen aufgeht, und ich geh jetzt wieder arbeiten, ja?«

Ich will mich wirklich nicht über ihn lustig machen. Aber Otis schachmatt zu setzen, wenn er nicht gerade in seiner Ich-bin-ja-so-mächtig-Uniform rumrennt, ist einfacher, als Ruby dazu zu bringen, Wirsing zu essen. Es ist schlichtweg unmöglich, dem Versuch zu widerstehen.

Sorry, Vergangenheits-Ella – ab jetzt verzichte ich wieder auf engstirniges Schubladendenken. Mein Verhalten war nur die Retourkutsche dafür, dass Otis mich vergangene Woche eine halbe Nacht lang wach gehalten hat.

Weil er nichts antwortet, zwinkere ich ihm zu, bevor ich meine Maske überziehe und ihm den Rücken zukehre. Doch kurz darauf fängt er sich anscheinend wieder, denn er ruft mir nach: »Eine Sache noch ...«

Als ich mich zu ihm drehe, sehe ich, wie wenig begeistert er guckt. Als wäre ihm gerade bewusst geworden, dass unser Gespräch kein bisschen so verlaufen ist wie geplant. Ich kann mich nicht entschließen, ob ich kurz darüber nachdenken soll, was denn sein ursprünglicher Plan war, oder ob ich nicht weiterhin lieber meinen Triumph feiern will, ihm die Tour versaut zu haben.

Unsere Blicke treffen sich, als Otis auf mich zukommt und sagt: »Kleiner Tipp, falls du nicht willst, dass das ganze Festival wegen dir abgebrochen wird.« Und dann mit betont überheblichem Unterton: »Lass nicht noch mal Flyer drucken.«

»WANN IST EIN MONSTER KEINES MEHR?
WENN DU ES AUSLACHST.«

Otis

Ich könnte mir selbst dafür in den Hintern treten, dass ich mir gestern wieder eines von Levys TikTok-Videos reingezogen habe. Statt sich wie früher während seiner Fragerunde tätowieren zu lassen, schert Levy mittlerweile in Latzhose und ohne T-Shirt Schafe oder bemalt irgendwelche Zäune in Irland, was hier aber gar nicht das Problem ist.

Wieso ist mir von dem ganzen feministischen Zeugs, über das er in seinem neuesten Video redet, ausgerechnet der bescheuerte Klitoris-Fakt im Kopf geblieben? Was soll das? Wenn Levy das eben mitbekommen hätte, er würde sich ganz sicher den Arsch ablachen, weil ich mich damit ordentlich zum Vollidioten gemacht habe.

Ich hätte Ella einfach sagen sollen, dass sie sich keine Sorgen wegen vergangener Woche machen muss. Nicht wegen irgendwelcher Flyer, die ich unmittelbar entsorgt habe. Warum weiß Ella jetzt aber noch immer nichts darüber? Sie diesbezüglich zu beruhigen, war der verflucht einzige Grund, weshalb ich hergekommen bin.

Ella bringt mich einfach gewaltig auf die Palme, schätze ich. Ständig argumentiert sie gegen mich. Und wenn sie keine passenden Worte mehr findet, lacht sie mich aus. Damit schmeißt sie mich auf den Rücken, alle vier Gliedmaßen hilflos von mir gestreckt. Offenbar ist das eine Position, die mir gefällt, denn ich schaue Ella seit über einer Stunde beim Musikmachen zu. Warum nicht ausprobieren, wie weit ich bei ihr gehen kann? Weil das hier ganz sicher nicht gut ausgeht. Für mich. Denn wenn ich in Ellas Nähe auch nur den Mund aufmache, kommt nichts Harmloses heraus. Ist nur eine Frage der Zeit, bis ich etwas ausplaudere, über das ich nicht reden darf. Fuck, mein Leben wäre die allerbeste Comedyshow, da hat Ella recht, wenn es nicht so traurig wäre.

Die *Dirty Feminists* sind allerdings richtig gut, und wie befreit und glücklich Ella wirkt, als sie gerade ihre Hände passend zum Song über den Kopf reißt, freut mich eigenartigerweise.

Die Location ist beeindruckend. Die ehemalige Apotheke erscheint mir fast so klein und düster wie das Wohnzimmer bei Papa zu Hause. Die grauen Wände sind rissig, an manchen Stellen fehlt Beton und an der Decke direkt über dem DJ-Pult ist eine Neonröhre befestigt, die in unregelmäßigen Abständen flackert. Krasser Fitzek-Thriller-Vibe. Das *Secret Rave Festival* lockt eine Menge Leute in den Untergrund Berlins und Ellas DJ-Kollektiv hat zum zweiten Mal in Folge eine der besten Locations abgegriffen.

Bisher habe ich mir nie Gedanken darüber gemacht, wie die Veranstalter das Festival an zig verlassenen und deshalb teilweise heftig heruntergekommenen Locations ohne Strom zum Laufen kriegen, aber die Antwort steht in Form eines Generators neben Ellas Beinen. Ehrlich gesagt erinnert mich der Aufbau an die Anfänge der Berliner Loveparade, bevor alles kommerziell und ausbeuterisch wurde. Wenige Lichter zucken in flammenden Rottönen über Wände, Boden, Decke und über eine provisorische Bar, hinter der ein junger Mann mit Piercings und Tattoos Bier verkauft. Er hat bestimmt keine Lizenz. Aber ich bin nicht im Dienst, weshalb mir das im Moment scheißegal ist.

Ich habe selbst bereits ein alkoholfreies Bier intus und fühle mich so entspannt wie seit Tagen nicht. Es ist absolut unmöglich, die Füße stillzuhalten, weil Ella ihre Sache unfassbar gut macht.

Wahrscheinlich ist es keine gute Idee, hierzubleiben und allen Ernstes geduldig auf eine weitere Retourkutsche von ihr zu warten, aber auch das interessiert mich wenig. Gerade fühle ich nichts anderes als die Beats, die durch meinen Körper vibrieren.

Ich nippe an meinem zweiten Getränk und tanze durch die Menge ein Stück weiter nach vorn. Vermutlich wird das Ella irritieren, überlege ich kurz, aber ... egal. Ich trinke noch einen Schluck und reiße dabei den freien Arm in die Luft. Das erste Mal seit einer halben Ewigkeit denke ich nicht an meine tote Mutter, an Papas Spielschulden oder Gloria. Haare schweben an mir vorbei, Hände verdecken mein Sichtfeld, jeder ist frei und glücklich. Kein Wunder, dass über hundert wildfremde Feierwütige hergekommen sind. Ihre Körper bewegen sich mit meinem zu den eindringlichen Beats und passende Stellen schreien wir laut mit.

You can touch, you can play. If you say, I'm always yours.

Viermal wiederholt sich die Zeile von *Barbie Girl*, bevor wieder ein gleichbleibender Beat den Text verdrängt. Ria trällert den Song hin und wieder, weil er angeblich eine klare Gesellschaftskritik und Feminismus in sich trägt, auch wenn ich da bisher anderer Meinung war. Aber wenn Ella ihn spielt, werde ich mich wohl bei meiner Schwester entschuldigen müssen.

Und weil ich gerade eh schon einsichtig bin, winke ich Ella in meine Richtung, kaum dass sie sich von den Leuten verabschiedet und tosenden Applaus eingesackt hat.

Ich will es mit Freundlichkeit versuchen, wirklich, weshalb ich ein lockeres Lächeln aufsetze, als sie zu mir stößt und die Maske abnimmt. »Das war echt überraschend.«

»Also hast du damit gerechnet, dass es scheiße wird?« Ella beobachtet, wie ich mir über die Stirn wische. Und sie starrt schon wieder auf meine vollgekritzelte Hand. Mist.

Diesmal lasse ich mir meine eigene Maske nicht so schnell von ihrem Scanner-Blick runterreißen und schiebe mir betont langsam Haarsträhnen aus dem Gesicht, bevor ich die Arme vor der Brust verschränke und mich mit Ella an den Rand der tanzenden Menge drücke, die sich schneller als erwartet auflöst.

»Es war überraschend, weil ich nicht mit Neunziger-Eurodance gerechnet habe«, erkläre ich, nur um ein leises Schnauben zu kassieren. »Also ... ich wollte dir ein Kompliment machen, mehr nicht. Es ist toll hier, ich liebe es!«

Dass Ella jetzt aussieht, als hätte ich ihr erzählt, dass Aliens auf der Erde leben, wundert mich kein bisschen. Jemandem ein Kompliment zu machen, war schon immer mein Problem. Ich komme lieber direkt zum Wesentlichen und überspringe höfliche Floskeln. Und wenn Ella gerade nicht so ungläubig gucken würde, müsste ich mich jetzt auch nicht schon wieder fragen, warum ich eigentlich so ticke.

»Ein Kompliment? Aha.« Dieser Blick – als würde sie mir noch nicht einmal zutrauen, nett zu jemandem zu sein. Dabei kann ich freundlich sein. Zu Ria und meinem Vater, obwohl der im Moment dabei ist, mein Leben zu ruinieren.

Wahrscheinlich sollte ich Ella etwas entgegenschleudern, das uns in die angespannte Ausgangsposition zurückholt, in der wir vorhin fast aufeinander losgegangen sind. Aber ich kriege meine Zähne kaum auseinander, weil meine Gedanken jetzt alle wieder um meinen Vater kreisen. Das Flackern der Neonröhre über dem DJ-Pult macht mich ganz benommen. Nur die zunehmende Stille in dem Apotheken-Keller ist noch unangenehmer als die Erinnerungen, die für einen kurzen Moment alle wieder da sind.

Ich schüttle sie verzweifelt ab. Bis auf Ellas DJ-Partner, der neben uns das diesmal deutlich hochwertigere Equipment zusammenpackt, sind die meisten anderen Gäste schon in Richtung Ausgang abgehauen.

»Ja, ein Kompliment«, presse ich endlich hervor. »Wenn man ohne bösen Hintergedanken freundlich zu seinen Mitmenschen sein will, nennt man das so, schätze ich.« Weil Ella mich noch immer anschaut, als hätte ich den Verstand verloren, schiebe ich hinterher:»Ob du es glaubst oder nicht, ich nutze nicht jede freie Minute meines Lebens, um anderen Leuten auf den Geist zu gehen.« Immerhin habe ich nicht noch mal mit irgendwelchen Nerven angefangen.

»Irgendwann musst du ja auch schlafen.«

Das könnte ich mit einem müden *Mit dir* ...? beantworten, aber das würde Ella sicher erwarten. Stattdessen frage ich:»Es gibt einen Grund, weshalb ich hergekommen bin.« Ich reibe mir die Schläfen und merke an Ellas wild umherzuckendem Blick, dass sie nervös wird.

»Ich wusste es!« Mit einem Schnauben pustet sie sich in die Stirn, obwohl ihr Pony so kurz geschnitten ist, dass es gar nichts bringt.»Natürlich kommt jemand wie du nicht einfach zum Spaß auf einen Rave oder interessiert sich für mich.«

»Es ist also völlig abwegig, dass ich neugierig bin, wie sich so ein geheimes Doppelleben anfühlt?« Ist ja nicht so, dass ich darüber nicht selbst bestens Bescheid weiß.

Shit, jetzt habe ich das Gesicht verkniffen. Ich habe keinen Bock, dass Ella in dieser Hinsicht irgendeine Verbindung zwischen uns herstellt, auf gar keinen Fall. Niemals.

Deshalb komme ich ihrer Antwort zuvor:»Ich bin hergekommen, damit du dir wegen der Kontrolle am Teufelsberg keine Sorgen machst. Ich habe die Flyer entsorgt, bevor sie irgendwer außer mir in die Hände bekommen hat, und mit deiner Jacke kann mein Chef nichts anfangen. Ich bin der Einzige, der jetzt Zugang zum Discord-Server hat.«

Ich glaube, Ella versucht eine Reaktion zu unterdrücken, denn sie beißt sich auf die Unterlippe, bevor sie mir mit kleiner Verzögerung antwortet.

»Mit *geheim* meinst du kriminell, richtig?«

Darauf sage ich nichts, weil ich überrascht bin, dass Ella nicht auf meine Erklärung eingeht und ... wie schlecht sie ständig von mir denkt. Ganz automatisch kräuseln sich meine Mundwinkel, was sie natürlich sofort fehlinterpretiert.

»Was erwartest du von mir, Otis? Ich habe mich bei dir bedankt, aber das reicht dir nicht, richtig? Diese Beschützernummer ist ätzend. Als könnte ich mit den Konsequenzen meines Verhaltens nicht umgehen. Weißt du was? Am besten schreibst du die Anzeige einfach direkt hier.« Sie winkt kurz Juan zu, der sich mit der Information, dass irgendein Lasse gleich noch das DJ-Pult und die tragbare Lichtanlage abholen kommt, nach draußen verabschiedet. Mich schaut Ella nie so freundlich an, auch jetzt nicht. Ihre Miene verdunkelt sich sofort wieder und wenn das flackernde Neonlicht wie in dieser Sekunde auf ihre hohen Wangenknochen trifft, wirkt sie richtig angriffslustig. »Ich riskiere lieber meinen Job, als von nun an ständig mit dir diskutieren zu müssen.«

»Schön.« Gott, mittlerweile hoffe ich auch, dass wir das schnell abhaken können und ich nichts mehr mit Ella zu tun haben muss. »Ich war eben neugierig, ob dir das hier Spaß macht. Ob DJing das ist, was du machen willst.« Ich halte kurz inne. »Ich meine, hauptberuflich. Du bist wirklich gut.« Für jemanden, der das Gespräch gerade beenden wollte, klinge ich noch immer eigenartig ... interessiert.

Ella schmunzelt. »Wenn mir jemand dafür ausreichend Geld geben würde, klar.«

»Das heißt, die Veranstalter des Rave-Festivals zahlen zu wenig?«

»Gar nichts«, antwortet sie unschlüssig, ein angedeutetes Lächeln auf den Lippen. »Sie zahlen gar kein Geld. Aber das ist okay, weil ich es schon großartig finde, dass wir überhaupt eine Chance kriegen.«

»Dann solltest du dir vielleicht bessere Veranstalter aussuchen, die ihre Partys auch anmelden.« Wie scheiße ist das eigentlich von mir? Ich habe ganze dreißig Sekunden ein relativ normales Gespräch am Laufen gehalten, bevor ich eine unterschwellige Drohung wieder nicht zurückhalten konnte. Ich schätze mal, mir wird die Situation gerade einfach zu brenzlig. Denn ... vielleicht habe ich einfach Schiss vor Menschen wie Ella. Menschen, die wissen, was sie wollen (nicht mich, ganz sicher nicht, was gut und richtig ist).

Bei Ella muss ich Sorge haben, dass sie mich mit nur einer einzigen konkreten Nachfrage ausknockt und ich ihr alles über meine Mutter erzähle, über meinen Vater und Ria und auch darüber, weshalb meine Scheißhände mit Filzstift vollgemalt sind. Ich weiß, dass ihr das vorhin aufgefallen ist, weshalb ich meine freie Hand jetzt auch wieder automatisch in die Hosentasche stecke.

Aber gerade sehe ich in Ellas Augen viel eher eine Anklage, so überdeutlich, dass ich schlucken muss. *Als ob das so einfach wäre. Du hast keine Ahnung. Überheblicher Arsch.*

Kurze Info, Ella: Ich weiß, wie scheiße schwer das Leben sein kann. Und mir fliegt ganz sicher nicht alles in den Schoß, so wie du wahrscheinlich denkst.

»Danke für den Tipp, Otis«, sagt sie und verengt die Augen. Mir fällt auf, dass ihre Gesichtszüge trotzdem weich wirken, und wahrscheinlich gibt es keinen mieseren Zeitpunkt für solch eine Erkenntnis als diesen hier. Denn Ella rauft sich gerade das pink gesträhnte Haar. »Was würde ich nur ohne deine Weisheit mit meinem Leben anfangen?«

Wenn ich darauf einfach nicht antworte, mich umdrehe und die rostige Leiter nach oben ins Freie klettere, dann komme ich mit einem blauen Auge davon. Doch mein Mund ignoriert diese Information.

»Ich hatte erwartet, dass du ›Schwanz‹ sagst. ›Ohne deinen Schwanz‹, meine ich.« Dass ich mich noch im selben Atemzug erklären muss, ist nur die Kirsche auf der Sahnehaube der erbärmlichen Scheiße, die da eben aus meinem Mund gekommen ist.

»Weißt du was?«

Ich blicke auf und sehe Ellas amüsierten Gesichtsausdruck.

Sie holt tief Luft. »So allmählich bin ich ja fast schon neugierig, wie sich jemand mit Filzstift an den Händen im Bett schlägt.«

Wie sich ... was? Meine Wangen werden schlagartig heiß.

»Gut«, fühle ich mich genötigt mich zu rechtfertigen. »S-sehr gut sogar.«

»Bestimmt.« Ella nickt und dann drückt sie ihre Zunge von innen provokant mehrfach gegen ihre Backe. »Ganz, ganz bestimmt.«

»Frag Charlie einfach nach meiner Handynummer und schreib mir, wenn du Beweise brauchst«, sage ich schnell, weil ich Ellas verbalen Schraubzwingengriff nicht länger ertragen kann. »Könnte aber sein, dass –«

»Levy was dagegen hat, dass Charlie mir ausgerechnet *deine* Nummer gibt?«

Fuck, das ... fuck. Ich kann mich gerade noch rechtzeitig abwenden, sodass Ella die beschissene Träne nicht sieht, die ich mir wütend von der Wange wische.

»WARUM FÜRCHTEN WIR VERÄNDERUNG? AUS ANGST. ALLES UND NICHTS GESCHIEHT AUS ANGST.«

Otis

Genervt schiebe ich meine Hände in die Jackentaschen und renne vor Ella weg, weil ich dieses Gespräch keine Sekunde länger aushalte. Außerdem brauche ich dringend frische Luft. Der Apotheken-Bunker stinkt genauso modrig wie das Innenleben meines Polizeihelms. Doch auf dem Weg zurück ins Freie fällt mir mein Handy wieder ein, das ein paar Mal vibriert hat, während Ella unseren Schlagabtausch endgültig für sich entschieden hat.

Drei verpasste Anrufe meines Vaters erinnern mich daran, dass der Streit mit Levy nicht die einzige Scheiße ist, die mir im Moment vor Wut und Frust Tränen in die Augen treibt. Ich atme tief ein, kaum dass ich die rostige alte Leiter hochgeklettert bin. Nur so gelingt es mir, den Impuls zu unterdrücken, zurück zu Ella zu gehen, um mich wie andere, normale Menschen bei ihr für mein Verhalten zu entschuldigen. Was würde eine halbherzige Entschuldigung schon ändern?

Zurück im Auto starre ich auf mein Display, unschlüssig, ob ich die Anrufe dieses eine Mal nicht einfach ignorieren kann. Irgendwann muss ich aufhören und ihn schauen lassen, wie er alleine zurechtkommt. Doch das habe ich mir schon verdammt oft vorgenommen. Und auch dieses Mal werde ich gleich den Motor starten und zu Hertas Scheißkneipe fahren, weil mein Vater sonst Gloria anruft und ich mir nach Mamas Tod geschworen habe, dass ich sie beschützen werde, komme, was wolle.

Meine Mutter ist zusammengebrochen, als mein Vater noch arbeiten ging und es sich daher leisten konnte, alle zwei Wochen mit Gloria ans Meer zu fahren, weil sie dort zusammen einen uralten Fischkutter restauriert haben. Ich war als Einziger in Berlin, als es passiert ist. Und im Krankenhaus saß ich stundenlang alleine an Mamas Seite, während mein Vater und Gloria auf der Autobahn im Stau feststeckten. Gloria hat am Telefon geheult, weil sie unbedingt an meiner Stelle bei unserer Mutter sein wollte. Ich glaube, sie hat es geahnt. Dass sie Mama nicht mehr wiedersehen würde. Ich habe Ria erklärt, dass sie sich keine Sorgen machen solle und Mama und sie noch genügend Zeit miteinander haben werden. Und verdammt, ich habe das wirklich geglaubt. Noch mehr bereue ich es, Mama nicht einfach mein Scheißhandy aufs Kissen gelegt zu haben, damit Ria, keine Ahnung, sie hätte hören oder mit ihr reden können?

Vielleicht kann ich ihr helfen, schießt mir Rias flehende Bitte durch den Kopf. Bullshit. Niemand konnte meiner Mutter helfen.

Doch wie um alles in der Welt hätte ich nach allem, was ich keine Stunde vor Rias Anruf erfahren hatte, einen kühlen Kopf behalten sollen? Wie bewahrt man die Nerven, wenn man etwas erzählt bekommt, von dem man sich wünscht, man hätte nie etwas darüber herausgefunden?

Mein Handy vibriert auf der Ablage, als ich mir über die Augen wische, und mir wird die Nummer von Hertas Kneipe angezeigt. Das bedeutet nichts Gutes. Der letzte Anruf meines Vaters ging vor einer halben Stunde ein, und wie ich ihn kenne, hat er danach weitergetrunken.

Beim Ausparken wähle ich also Hertas Nummer und kriege Panik, weil sie nicht mehr rangeht und ich mir jetzt ernsthaft Sorgen um Papa mache. Gloria würde es nicht verkraften, wenn er jetzt auch noch ... Das wäre ein Albtraum. Und ich werde nicht zulassen, dass das passiert. Nicht noch einmal wird einer ihrer beiden Elternteile Gloria im Stich lassen.

Obwohl es draußen Minusgrade hat, lasse ich beim Fahren das Fenster an der Fahrerseite runter, weil ich das Gefühl habe, im Wageninneren keine Luft mehr zu bekommen. Mit beiden Händen klammere ich mich am Lenkrad fest, damit das Schwindelgefühl weggeht, und ertappe mich bei dem Gedanken, mich selbst daran zu hindern, zu Herta zu fahren. Gleichzeitig weiß ich, dass das völlig absurd ist, weil ... es absolut nichts ändert.

Mama ist tot. Obwohl ich die ganze Zeit über bei ihr war, ist sie gestorben. Obwohl sie mir im Krankenhaus die Wahrheit über mich gesagt hat, war keine Stunde später alles vorbei. Und im Anschluss daran nichts mehr wie zuvor. Rein gar nichts.

Erst als ich schon fast bei der Kneipe bin und meine Finger taub vor Kälte sind, ruft mich Herta zurück.

»Holst du ihn?«

»Ja. Gib mir noch fünf Minuten, bin gleich da. Wie schlimm ist es?«

»Kein Drama, würd ich sagen.« Herta seufzt. »Hätte dich nicht angerufen, wenn er mich nicht darum gebeten hätte. Ich glaub, er hatte ein, zwei Bier, mehr nicht. Vielleicht will er einfach etwas Zeit mit seinem Sohn verbringen.«

Darauf erwidere ich ein knappes »Bis gleich«. Im Schritttempo fahre ich zwei Minuten später die Straße entlang und setze den Blinker, als ich endlich einen Parkplatz gefunden habe.

»Otis«, begrüßt mich mein Vater und dreht sich auf seinem Barhocker in meine Richtung, nachdem ich die Kneipe betreten und eine Begrüßung in die Runde gemurmelt habe. Das Quietschen der eingerosteten Drehmechanik ertrage ich gerade noch schlechter als den alten Zigarettenqualm, der hier trotz Rauchverbot überall an Wänden, Decken und vor allem den Gästen haftet. Das

Piepen des Spielautomaten übertönt die leise Rockmusik, die aus nur noch einem der drei Lautsprecher an den Wänden knarzt. Überfordert reibe ich mir über den Ellbogen, gehe zum Tresen und ziehe dort einen freien Barhocker zu mir, um mich zu ihm zu setzen. »Alles gut bei dir?«, frage ich und winke ab, als mir Herta ein Bier anbietet.

»War schon mal besser.« Er lässt seufzend die Schultern hängen und weil mir sein hilfloser Gesichtsausdruck Angst einjagt, brumme ich etwas Beschwichtigendes und starre so lange auf meine Hände, bis er sein Glas leer trinkt und aufsteht. »Ich geh noch mal aufs Klo, dann können wir los.« Er streicht sich die Haare zurück, womit die kahle Stelle an seiner linken Schläfe sichtbar wird, steht von seinem Stuhl auf und verschwindet um die Ecke in der Herrentoilette.

Kurz darauf schiebt mir Herta ein Glas mit Sprudelwasser über die Theke. »Trink mal was, Kleiner.«

Ich nicke und merke erst jetzt, dass meine Kehle völlig ausgetrocknet ist, weshalb ich das Glas in wenigen Zügen leere.

»Hab mich auch um meine Eltern gekümmert. Bis zum Tod. Kann nachvollziehen, wie anstrengend das ist. Aber am Ende gehört es sich ja so, nicht wahr? Wenn ich heute in den Spiegel sehe, dann schaut auch immer häufiger meine Mutter zurück. Werd ihr jedes Jahr ähnlicher. Wird dir mit deinem Vater sicher auch irgendwann mal so gehen, nur die Trinkerei solltest du besser lassen.«

»Klar, ja.« Was Herta da sagt, mag vielleicht stimmen. Nur dass ich das in Bezug auf den Mann, den ich gleich nach Hause fahren werde, nicht behaupten kann. Ich drücke mir mit der flachen Hand das Haar platt, als Herta fortfährt.

»Deine Schwester war neulich kurz hier. Nettes Mädchen, nicht auf den Mund gefallen. Wollte sie eigentlich aus der Sache raushalten, darum hast du mich ja gebeten, aber sie musste dringend aufs Klo. Kann ich ja nicht Nein sagen.« Herta räumt mein Glas vom Tresen und stellt mir eine Schüssel mit Chips hin. »Bildhübsch und dem Vater wie aus dem Gesicht geschnitten. Hab sie sofort erkannt, kaum dass sie die Kneipe betreten hat.« Was Herta damit meint, kann ich auch hören, ohne dass sie es laut ausspricht. *Gloria sieht deinem Vater viel ähnlicher als du.* Ich schlucke den Kloß runter, der sich in meinem Hals gebildet hat. Kurz darauf höre ich, wie jemand die Spülung in den Toiletten betätigt. Das Pfeifen der alten Rohre erinnert mich an den Moment, in dem Mama mir im Krankenhaus die Wahrheit gesagt hat. Bis heute frage ich mich, aus welchem der Scheißnachbarzimmer das Geräusch kam und warum zur Hölle jemand dort ununterbrochen die Spülung betätigte, wodurch ständig Wasser plätscherte. Immer und immer wieder. Vielleicht wollte mir irgendwer einen Gefallen tun und das, was ich damals über mich erfahren habe, die Kanalisation runterspülen, bevor sich die Info in meinem Hirn einnisten konnte. Wie man aber sieht, hat sie sich dort nicht nur festgesetzt, sondern nach und nach wie ein Virus meinen Körper infiziert.

Ich schaffe es gerade noch, die Bilder loszuwerden, als Papa vom Klo zurückkommt und versucht, sich das dünne Haar abermals aus dem Gesicht zu streichen. Weil es ihm immer wieder zurück in die Stirn fällt, drückt er es jetzt mit der flachen Hand auf dem Kopf platt, und Herta wirft mir einen Siehst-du-Blick zu.

Ich zucke mit den Schultern, begleiche Papas Rechnung und bugsiere ihn zu meinem Auto. Beim Hinsetzen schielt er zu mir hoch. »Das Geld kriegst du gleich zurück, wenn wir zu Hause sind, versprochen.«

»Lass gut sein«, erwidere ich. Eigentlich müsste ich ihm jeden Tag bergeweise Geld als Ausgleich für die Tatsache zahlen, dass ich ihm und Gloria seit vier Jahren die Wahrheit verschweige.

Vier verfickte Jahre. Ich dachte immer, ich wäre richtig mies im

Lügen. Aber anscheinend klappt es ganz gut, wenn die Wahrheit schlichtweg keine Option ist. Damit hat sich Mama damals auch versucht bei mir rauszureden.

Wortlos starte ich den Motor und kaum bin ich um die Ecke auf eine größere Straße gebogen, sinkt Papas Kinn auf seine Brust. Monotones Schnarchen erfüllt das Wageninnere. Die darauffolgenden Minuten huscht mein Blick immer wieder zu ihm. Er schläft tief und fest, nur ein einziges Mal murmelt er irgendetwas Unverständliches und hebt die Hand auf seinen Kopf.

Mit einem Seufzen ahme ich seine Bewegung nach, meine volle Aufmerksamkeit jetzt wieder auf die schwach beleuchtete Seitenstraße vor uns gerichtet.

Kurz nach dem Tod meiner Mutter hätte ich mir nur wegen dieser winzigen Übereinstimmung eingeredet, dass sie mich angelogen hat. Heute, vier Jahre später, funktioniert das nur noch in Form von Wunschdenken.

Achtundvierzig Monate habe ich nach Ähnlichkeiten zwischen dem Mann auf dem Beifahrersitz und mir gesucht. Als ob man etwas finden kann, das es nicht gibt, verdammte Scheiße!

Tja, vielleicht gäbe es da sogar einiges, wenn ich die Wahrheit nicht kennen würde. Früher sind mir doch auch ständig Übereinstimmungen mit ihm aufgefallen. Dass er keine Pilze mag, wie ich. Dass er Union-Fan ist und Hertha BSC Berlin hasst, wie ich. Oder dass er Lügen genauso sehr verabscheut wie ich. Im Gegensatz zu meiner Mutter.

Ich denke mindestens dreimal am Tag daran, was sie mir kurz vor ihrem Tod gesagt hat. Und mindestens genauso oft kreisen meine Gedanken darum, ob ich Papa und Gloria nicht endlich davon erzählen muss. Aber wenn ich das tun würde, dann wüssten sie nicht nur, dass Mama uns alle angelogen hat, sondern auch, dass ich diese Lüge seit Jahren am Leben erhalte.

Neben mir seufzt Papa im Schlaf und verdammt, ich muss es

den beiden sagen, aber ich bringe es einfach nicht fertig. Es geht doch jetzt schon alles den Bach runter. Hätte meine Mutter die Lüge doch einfach mit ins Grab genommen. Hat sie aber nicht. Weil sie wollte, dass ich es weiß. Hat sie mir erklärt. Damit ich *ihn* besuchen kann. Denn er würde sich freuen, meinte sie, ganz bestimmt. Er hätte sich ja auch um Kontakt bemüht und nach mir gefragt. Deshalb habe ich *ihn* auch vor einem Jahr kennengelernt.

Und habe damals das erste Mal eine offensichtliche Ähnlichkeit festgestellt, eine, nach der ich nicht erst stundenlang suchen musste: weißblonde Haare. Dann noch eine und noch eine. Immer mehr Übereinstimmungen. Zwischen mir und meinem Vater. Der nicht jener Mann ist, der gerade neben mir schläft.

BOOM, BOOM, BOOM, BOOM
I WANT YOU IN MY ROOM
LET'S SPEND THE NIGHT TOGE-
WARTE, WAS? ÄH, NEIN?

Ella

»Wie zur Hölle kommt man denn auf so eine geniale Idee?« Charlie beugt sich so weit nach vorn, dass ihr Gesicht vor der Kameralinse verschwimmt. Leni hat mir gestern von unterwegs ein TikTok mit einem Cocktail-Themenabend geschickt, das ... einfach nur richtig bekloppt ist. Und nicht nur, weil wir wegen des Videos seit drei Stunden mitten unter der Woche zu Katy Perrys *Last Friday Night* Cocktails trinken, obwohl ich morgen früh aufstehen und zur Arbeit muss. Trotzdem nippe ich gerade an einem giftgrünen Schreckliche-Ex-Freunde-Getränk.

»Sind das da etwa saure Gummischlangen in Ellas Cocktail?«, will Charlie wissen. »Ihr wisst, wie sehr ich die liebe.«

»Absolut«, bestätigt Leni mit einem breiten Grinsen und nimmt mir das halb gefüllte Glas ab, um es so in die Kamera zu halten, dass Charlie den flachen Weingummi am Rand besser sehen kann. »Der hübsche Giftcocktail hier steht symbolisch für alle toxischen Ex-Freunde.«

Charlie lacht. »Ihr seid verrückt! Schwenk das Handy mal über die restlichen Cocktails. Ich mag sehen, was ich alles verpasse.«

Nachdem Charlie im vergangenen Sommer ihren Freund Levy auf dem Rockfestival kennengelernt hat, arbeiten die beiden seitdem mit kurzen Unterbrechungen in Irland und bereisen so zusammen die Insel.

Leni greift nach ihrem Handy und filmt die übrigen Gläser. »Siehst du die Schnuller und Zuckerketten an dem gelben hier?«

»Lass mich raten ...« Charlie prustet abermals unkontrolliert los. »Typen, die auf dem geistigen Niveau eines Kleinkindes stehen geblieben sind?«

Mit einem Jauchzen stellt Leni das Glas zurück auf den Tisch. »Dafür kriegst du einhundert Punkte und den hier haben wir im Übrigen Toni gewidmet.«

Ich muss lächeln, weil Charlie nachdenklich die Augenbrauen zusammenzieht, als Leni nun den feuerroten Cocktail hochhält. »Wofür steht das Rot?«, fragt sie. »Typen, die dich erst nach Kanada einladen und sich dann nie wieder bei dir melden?«

Das stimmt so nicht ganz, weshalb ich das alberne Bedürfnis habe, meinen Ex-Freund zu verteidigen. Obwohl er mir fremdgegangen ist. Mehrfach. Vor und während seines Kanada-Aufenthalts. Deshalb haben wir uns den ganzen Sommer über ständig am Telefon gestritten, bis mich Toni darum gebeten hat, zu ihm nach Kanada zu fliegen, damit wir in Ruhe über alles reden können. Immer wenn ich darüber nachdenke, dass ich einfach nicht mehr auf seine Einladung reagiert habe, woraufhin er mir eine Schlussmach-WhatsApp geschickt hat, wird mir übel. Weil wir zwei Jahre ein Paar waren. Und weil ...

»Red-Flag-Alarm«, erklärt Leni da kichernd und dreht die Kappe auf ihrem Kopf so, dass deren Schirm nach hinten zeigt. »Ich glaube nicht, dass es rein theoretisch möglich ist, besser mit Ex-Freunden abzuschließen als mit diesen Cocktails.«

»Zumindest fällt mir spontan nichts ein, aber ... erzähl mal, wie war deine Tour? Bist du heute erst zurückgekommen?«

»Heute Mittag, ja.« Leni seufzt und nimmt demonstrativ einen Schluck vom Red-Flag-Cocktail. »Ich hab keine Ahnung, wie ich es diesmal überlebt habe. Den Typen aus Nordfriesland meine ich, der mich ununterbrochen angegraben hat. Entweder die sprechen da oben kein Deutsch oder ... o Gott, ich muss von dem gelben Cocktail trinken. Der Kerl war genauso schwer von Begriff wie ein dreijähriges Kleinkind.«

»Ich wette, meine Kids sind intelligenter als er«, sage ich.

»Na ja. Die Wette würde ich verlieren, von daher ...« Geräuschvoll schlürft Leni die gelbliche Flüssigkeit leer und steckt sich anschließend einen Fruchtgummi-Schnuller in den Mund. »Und wie geht's deinem TikTok-Farmer?«

Charlie lacht auf, nur um sich im nächsten Moment die Hand vor den Mund zu pressen. »Levy schläft schon, ich sollte eigentlich ein bisschen leiser sein.«

»Die Videos sehen wirklich mega anstrengend aus.«

»Ich weiß nicht, Levy bemalt Zäune und schert halb nackt Schafe.« Leni beäugt mich mit einem skeptischen Blick, bevor sie sich wieder ihrem Handy und damit Charlie zuwendet. »Das ist zumindest das, was er auf TikTok hochlädt. Was die beiden wiederum privat veranstalten ...«

»Leni!« Charlies Stimme klingt ganz dumpf, so fest muss sie die Hand gegen ihren Mund pressen, um nicht loszulachen. »Vielleicht sucht ihr euch ja auch einfach mal einen Freund?«

»Klar, wieso sind wir da nicht von selbst draufgekommen?« Leni verdreht die Augen und schnappt sich kurzerhand mein Handy. »Am besten, wir swipen uns gleich bis zum passenden Kerl auf Tinder durch.« Sie tippt meinen Handycode ein, den ich seit Jahren nicht geändert habe, und öffnet die dazugehörige App, die einige Zeit braucht, um zu laden. »Ist ja heutzutage alles so einfach geworden.« Sie schnaubt. »Charlie hat recht. Ich weiß gar nicht, wieso wir uns immer so anstellen, Ella.«

Meine Mundwinkel wandern nach oben, während ich Lenis Finger dabei beobachte, wie sie immer wieder nach links wischen, kaum hat es mein altes Smartphone geschafft, eines der Profile anzuzeigen. »So schlimm?«

»Schrecklich! Dieser hier hat ein superverbissenes Lächeln und der Nächste hält gleich drei Hunde in die Kamera, schau!« So schnell, wie Leni den Handybildschirm in meine Richtung dreht, kann ich fast nichts erkennen. »O Gott, der sieht ja aus wie Günther Jauch.« Sie dreht das Gerät zurück zu sich und stößt einen spitzen Schrei aus. »Mann, Ella, dein Handy hängt ständig. Jetzt hätte ich fast auf *Annehmen* gedrückt. Du brauchst dringend ein neues.«

»Da geb ich Leni recht, ich hatte vergangene Woche zwei Butt Dials von Ellas Hintern.« Charlie gähnt leise. »Leute? Ich glaub, ich muss ins Bett. Schickt mir einfach ein Bild, wenn ihr jemanden gefunden habt. Übrigens sind wir in knapp zwei Wochen für ein paar Tage in Berlin.«

»Das sagst du uns jetzt erst?« Leni legt mein Smartphone auf ihrem Oberschenkel ab. »Weißt du, wie lange es dauert, eine Überraschungsparty zu planen?«

Charlie lacht auf. »Die du gerade gespoilert hast?«

»Eine Nicht-Überraschungs-Überraschungsparty organisiert sich auch nicht schneller«, lenke ich kichernd ein, woraufhin mir Leni mit einem eifrigen Nicken zustimmt.

»Ganz und gar nicht – egal, wir kriegen das schon hin.«

»Ihr seid die Besten«, sagt Charlie und legt nach einem halb gegähnten »Hab euch lieb« auf.

Sofort widmet sich Leni wieder meinem Handy. »Der hier ist ganz niedlich.« Swipe nach rechts. »Nein.« Nach links. »Nope.« Nach links. »Der ... ach du Scheiße, schau mal!« Leni schiebt das Gerät mit dem Zeigefinger leicht in meine Richtung und –

Ich schrecke zusammen. »Otis!« Erschrocken will ich mir mein Smartphone schnappen, doch Leni durchschaut meinen panischen Versuch und swipt kurzerhand nach rechts. Na toll.

»Ist doch nur ein Witz«, beschwichtigt sie, als sie meinen schockierten Gesichtsausdruck sieht. »Als ob Otis –«

Der typische Sound, der ein Match bestätigt, ertönt aus meinen Handylautsprechern und unterbricht Leni, die losbrüllt und sich kurz darauf vor Lachen den Bauch halten muss. »Ach. Du. Scheiße«, johlt sie. »Du hast ein Match mit Super-Sexist Otis.«

»Gib her!« Endlich schaffe ich es, Leni das Handy aus der Hand zu reißen und mit einem gemurmelten »Ich muss aufs Klo« und überraschend schnell pochendem Herzen ins Bad zu hasten. Absichtlich schlage ich dort den Klodeckel gegen die Fliesen, nur um ihn kurz darauf wieder leise zurückzuklappen und mich mit angezogener Jeans auf die harte Keramik zu hocken. Das Smartphone balanciere ich auf meinem rechten Oberschenkel, während ich den Fuß des anderen Beins auf dem Rand der Badewanne abstelle. Meine linke Hand wischt den Bildschirm hoch und runter, bis beim zehnten Mal plötzlich mein Unterleib verkrampft und ich mein Bein deshalb zurück auf die Fliesen stellen muss. Ernsthaft?

Ein leises *Pling* ist zu hören und ich schrecke schon wieder zusammen. Im selben Moment, in dem ich das Handy gerade noch rechtzeitig vor dem sicheren Fliesenbodentod rette, erscheint eine Tinder-Mitteilung auf dessen Display. Otis schreibt nur drei Worte.

Hast du Bock?

> Darauf, wegen dir, ohne zu zögern, die App
> zu löschen und mein Handy zu verbrennen?

Haha. War das Absicht?

> Deine Geburt? Ich hoffe doch nicht, dass
> Menschen in der Lage sind, so böse Dinge
> zu planen ...

Du hättest auch einfach Nein schreiben
können.

Hab ich aber nicht.

Warum?

Warum hast du dich in einer Welt, in der du
alles hättest sein können, dazu entschieden,
ein Arsch zu sein?

Willst du nicht wissen ...

Meint er das ernst? Weil wenn ja, dann weiß ich nicht, was ich Otis
darauf antworten soll. Ist das so eine Verletzter-Typ-mit-Bambi-Augen-Nummer? Jetzt bin ich wirklich drauf und dran, die Tinder-App von meinem Handy zu löschen, das so alt ist, da hat Leni
recht, dass es beim Laden Probleme macht. Aber dann kommt
noch eine weitere Nachricht.

Also, was ist? Hast du Bock? Soll ich vorbeikommen?

Kannst du damit aufhören?

Sag der Sonne, dass sie aufhören soll zu
scheinen. Ich mein's ernst.

Okay, was wird das hier eigentlich? Ich bin irgendwo zwischen
verwirrt und kurz davor, laut loszuprusten. Mein Herz macht einen Hüpfer, weil jeder Schlagabtausch mit Otis irgendwie – nein,
es existiert kein Wort hierfür.

Fieberhaft überlege ich deshalb, was ich Otis antworten kann. Schließlich fällt mir etwas ein, das ich hin und wieder auf TikTok sehe. Wenn Otis mitspielt, besteht die winzige Chance, dass er nur zu neunundneunzig Prozent ein Vollidiot ist.

Tastes like strawberries.

Was?

On a summer evenin'.

??

And it sounds like a song.
I want more berries.

And that summer feeling ...
Ich soll's dir also doch mit dem Mund
besorgen?

O Gott. Das ist so ... so ... argh. Warum um alles in der Welt weiß Otis, um was es in diesem Harry-Styles-Song geht? Jetzt fällt mir überhaupt nichts mehr ein, was ich ihm schreiben könnte, außer einer weiteren Provokation, die unseren Schlagabtausch zugegeben ein kleines Stück über meine persönliche Grenze treibt:

Regel 1: Kein Kuss.
Regel 2: Kein! Kuss!
Regel 3: Auch nicht auf Wange oder Stirn.
Regel 4: Erst recht nicht dort!

Mein Herz pocht wie wild, weil ich mir bei dieser eindeutigen Ansage vorkomme wie dieser schreckliche Fifty-Shades-of-Grey-
Kerl. Ich überfliege meine Nachricht noch mal und noch mal, und
am allerliebsten will ich sie sofort wieder löschen, aber Otis hat
sie bereits gelesen. Und gerade ploppt seine Antwort auf.

Gib mir zwanzig Minuten.

Für einen Moment erstarre ich vor Schreck, weil Otis augenblicklich offline geht. Äh, mein Angebot war Sarkasmus? Nicht ernst
gemeint? Hilfe?! Als ob ich einfach so mit Otis ins Bett springen
würde. Andererseits ... er hat blonde Haare, nirgendwo sichtbare
Tattoos, keine hohen Wangenknochen und selbst sein Adamsapfel ist mir noch nicht ins Auge gestochen ... Oh, und er ist ein
Vollarsch. Otis bedient keines meiner Ausschlusskriterien für
belanglosen Ablenkungssex, ganz im Gegenteil: Er hat absolut
nichts an sich, das mein Herz überzeugen könnte, mehr von ihm
zu wollen.

Aber das kann ich doch nicht als Argument für ein One-Night-
Stand mit ihm werten, weil ... absolut nichts für ein One-Night-
Stand mit Otis spricht?!

Ich muss meinen nicht ernst gemeinten Vorschlag sofort an der
Leine zurückziehen, bevor er noch Schaden anrichtet. Schaden in
Form von Otis, der mit irgendwelchen Erwartungen vor unserer
WG-Tür auftaucht.

Hahaha. Ich muss morgen früh aufstehen,
aber danke fürs Angebot.

Nein, das funktioniert so nicht. Löschen. Sofort löschen.
Scheiße. Und –
Doppelt Scheiße. Mein Unterleib krampft erneut. Ich massie-

re meinen Bauch auf Höhe der Eierstöcke, woraufhin es sich dort abermals schmerzhaft zusammenzieht. Tja, das ist Schicksal, oder?

Zerknirscht beuge ich mich nach vorn und öffne einen der Badezimmerschränke, um dort blind nach der Tamponverpackung zu tasten, die ich nach einem Blick in die Perioden-App auf dem Nachhauseweg zusammen mit Rasierern noch schnell im Drogeriemarkt mitgenommen habe. Ich kann Otis jetzt unmöglich schreiben, dass ich meine Tage bekomme. Damit würde ich etwas vollkommen Natürliches zur billigen Ausrede abwerten. Mach ich nicht, auf gar keinen Fall.

> Otis? Warte!

> Kommt jetzt gleich die Ich-hab-spontan-
> meine-Tage-bekommen-Ausrede?

Okay, jetzt bin ich sauer. Weil sich gerade das eine Prozent Menschenverstand, das ich Otis vorhin noch zugesprochen habe, in Luft aufgelöst hat. Seine Nachricht ist total unnötig und entwürdigend. Himmel, irgendwer sollte diesem Typen eine Lektion in dieser Angelegenheit erteilen.

Vielleicht übernehme ich das einfach.

> Nö – viel eher eine Nacht, die du dein Leben
> lang in Erinnerung behalten wirst. Bis gleich.

YOU'RE MY HEART, YOU'RE MY SOUL
YEAH, A FEELING, DASS ICH GLEICH KAPIERE, WESHALB STÜRME NICHT MEHR AUSSCHLIESSLICH NACH FRAUEN BENANNT WERDEN

Ella

Als ich Otis die Tür öffne, zwinge ich mich zu einem entspannten Lächeln. In Wirklichkeit kann ich nur mit Mühe ein Stöhnen unterdrücken, weil es sich in mir drin gerade so anfühlt, als würde sich mein Unterleib eigenständig in zwei Hälften zersägen wollen. Aber um ehrlich zu sein, wirkt Otis mindestens genauso gequält. Er erwidert mein Lächeln nicht und wirft stattdessen einen kurzen Blick auf sein Smartphone, bevor er es mit einem leisen Seufzen zurück in die Hosentasche schiebt.

Otis, der Polizist, der bestimmt eine Gegenleistung dafür erwartet, dass er mir aus den Flyern keinen Strick gedreht hat und ... O verdammt, geht er davon aus, dass die Einladung zu mir nach Hause eben jene Belohnung für seine ach so große Heldentat ist? Mein Puls schlägt mit dieser Befürchtung jedenfalls automatisch schneller, als Otis die dunklen Augen zusammenkneift und zu mir aufschaut, und am liebsten will ich ihm die Tür jetzt sofort wieder vor der Nase zuschlagen. Aber wahrscheinlich sollte ich das Missverständnis einfach aufklären. Nicht nur das von heute, sondern im Grunde das gesamte Missverständnis, dass er und ich mehr als ein Wort miteinander geredet haben. Oder ich tue einfach so, als wäre nichts gewesen.

Klar. Ich tue einfach so, als hätte ich mir auf dem Teufelsberg nicht beinahe ins Hemd gemacht und die darauffolgende Nacht kein Auge zubekommen, weil Otis mir aus der Patsche geholfen hat. Als hätte ich mich nicht einen winzigen Sekundenbruchteil lang gefreut, dass er eine Woche später privat zu einem meiner Auftritte gekommen ist, und mich vorhin bei Leni total lächerlich gemacht, weil es zwischen Otis und mir auf Tinder gematcht hat. Als hätte ich das vergessen, was er mir auf dem Festival nach unserem Kuss gesagt hat. Krieg ich bestimmt irgendwie hin.

Ich erwidere Otis' Blick und mein Herz rast sofort los. Verdammt. Ich muss cool bleiben.

»Du hast vierzig Minuten gebraucht. Alles okay?« Ob es sehr auffällt, wie verkrampft ich gerade von mir ablenke? Ziemlich sicher. Mir wird heiß und ich verstehe nicht, warum ich plötzlich so nervös bin. Eigentlich müsste Otis an meiner Stelle peinlich berührt sein nach dem, was er alles von sich gegeben und mir geschrieben hat.

»Klar ist alles okay«, sagt er. »Sonst wär ich nicht hergekommen.« Mit der linken Hand fährt er sich beim Reden durchs Haar und wenn es nicht Otis wäre, würde ich sagen, sein trockenes Lachen klingt, als hätte ich ihn gerade bei irgendetwas Unangenehmem ertappt. Wunschdenken. Es ist allein mein dummes Herz, das auf Otis reagiert. Dumm, weil ich Otis alkoholisiert und mit Unterleibsschmerzen aus der Hölle zu mir eingeladen habe. Dumm, weil ich ihn jetzt auch noch hereinbitte und auf die Garderobe deute, wo er seine Jacke aufhängt. Dumm, weil mich Otis' Nähe wesentlich mehr aus der Ruhe bringt, als ich immer dachte.

»Okay, dann ... komm erst mal rein.« Ich schließe die Eingangstür ein winziges bisschen zu laut hinter ihm.

Und jetzt würde ich gerne etwas Geistreicheres sagen. Normalerweise fällt mir immer etwas Schlagfertiges ein, aber gerade ist mein Verstand wie von einem gedankendichten Film überzogen. Und das ist keine gute Ausgangssituation.

»Ich dachte nur ...« Die Haut an meinen Wangen spannt immer schlimmer, weil es mir allmählich wirklich unangenehm ist, wie viele Gedanken ich mir wegen Otis mache, wie nervös ich in seiner Nähe bin. Also zurück zum ursprünglichen Plan – so tun, als wäre nichts gewesen. Ich schüttle den Kopf und korrigiere mich: »Ich habe vergessen, Regel Nummer fünf anzufügen: Wir reden nicht über Probleme, außer –«

»Wir reden einfach nicht darüber«, fällt mir Otis ins Wort und wahrscheinlich breche ich meine eben aufgestellte Regel gerade, weil ich mich jetzt frage, weshalb er so erleichtert klingt.

Er verschränkt die Arme vor der Brust. »Zum Reden wäre ich auch ganz sicher nicht hergekommen. Also überspringen wir diesen Teil doch einfach. Bist du alleine?«

Nein, aber Leni war echt fertig von ihrer Tour durch Deutschland und schläft mittlerweile sicher tief und fest. »Klar, lass uns doch gleich einen billigen Porno aus der Sache machen. Direkt hier? Im Flur? Hast du die Handschellen dabei?«

»Hab ich nichts dagegen.« Otis löst seine verschränkten Arme und kommt, ohne zu zögern, auf mich zu.

Seine Augen fixieren mich und ich bin richtig gespannt, was ich im Nachhinein zu meiner Verteidigung vorbringen werde. Denn aus dem Nichts dominiert nur Otis meinen Verstand, der sich beim Näherkommen herausfordernd auf die Unterlippe beißt. In der nächsten Sekunde gehe ich entschlossen auf ihn zu und presse beide Hände flach gegen seinen Brustkorb. Ich habe keinen blassen Schimmer warum.

Die Verwunderung, dass ich überhaupt eine Chance gegen Otis' trainierten Körper habe, überkommt mich erst, als er mit einem Keuchen gegen die Wand hinter ihm prallt. Das und der dazugehörige Gesichtsausdruck – irgendetwas zwischen Erregung und Überraschung –, der meine Stimmung in dieser Sekunde exakt widerspiegelt.

»Fuck, okay.«

Ich stimme seinem Fuck zu, aber das hier ist alles andere als okay. Nur kriege ich gerade keine Verbindung mehr zu meinem Verstand hin. Ist er überhaupt noch da oder besteht mein Kopf nur noch aus wirren Gefühlen und Lust? Meinem heftigen Keuchen nach zu urteilen, Letzteres.

Ich kann gar nicht so schnell schauen, da hat Otis als Antwort seine Finger um meine Handgelenke gelegt und nun dreht er meinen Körper so, dass er wiederum mich gegen die Wand presst. Unter meiner Wange spüre ich harten, kalten Beton. Habe ich ernsthaft nicht daran gedacht, dass ein Polizist solche Handgriffe im Schlaf beherrscht? Dass er gar keine Scheißhandschellen für so etwas braucht? Hat er doch selbst gesagt!

Otis holt tief Luft und als er hinter mir einen Ausfallschritt macht und gleichzeitig meine beiden zu Fäusten geballten Hände mit seiner Linken fixiert, um so mit der rechten Hand mein Kinn bestimmt zu sich nach hinten zu drehen, erkenne ich, wie dunkel seine Augen geworden sind. Fast schwarz.

»Die Sache mit dem illegalen Rave, also, normalerweise laufen Kontrollen anders ab als bei dir. Sachlicher. Für gewöhnlich treffe ich die Leute hinterher auch nicht privat oder drücke ihnen unangebrachte Sprüche rein.« Er schluckt. »Du hast mich nicht hergeholt, weil du denkst, dass du mir wegen der Flyer irgendetwas schuldig bist, oder? Ich gehe selbst gern auf Raves, das Festivalfinale ist einer meiner liebsten – ich habe die Flyer hauptsächlich für mich verschwinden lassen.«

»Ist klar«, raune ich. »Ich entscheide jedenfalls selbst, ob ich etwas ablehne oder ... will.«

Mit einem Knurren drückt Otis meinen Körper fester gegen die Wand, bis ich den kalten Beton selbst durch mein dünnes T-Shirt an meiner Schulter hindurch spüre. »Und das hier willst du?«

»Ich ...«, beginne ich atemlos, weil mir der Druck seines Körpers die Luft raubt. Himmel, Otis' Körper fühlt sich an wie eine Wärmflasche, nur muskulöser, größer und ... härter. Viel, viel härter. Ich kann nicht mehr klar denken, vergesse alles um mich herum.»Ja.«

»Gut«, sagt er rau. Seine rechte Hand fährt unter mein T-Shirt über meinen Rücken und verharrt unterhalb meines BHs, während sein Griff um meine Fäuste plötzlich zwischen mir und seiner Hüfte eingequetscht wird. Da passt kein Blatt mehr zwischen unsere Körper, als Otis für einen Moment locker lässt. Ich bewege die Finger, um im selben Moment zu kapieren, dass Otis meine Hände nur mithilfe seiner Taille fixiert. Fuck, er hat das in der Apotheke wirklich ernst gemeint. Sein Körper ist fest und angespannt und ich meine, seinen Herzschlag an meiner Haut zu spüren, aber vielleicht rast auch mein Puls gerade wie verrückt.

Seine Finger gleiten zu meinem Hinterkopf und streicheln sanft über mein Haar, während er die andere Hand hoch zu meinem BH-Verschluss schiebt und ihn öffnet. Seinen Oberkörper lehnt er dabei leicht zurück, womit meine Finger ein Stück nach unten gleiten können. Sie landen an Otis' Bein, der noch immer so nah hinter mir steht, dass ich seinen Atem spüre, der stoßweise auf meine Wange trifft.

Ich ertaste den rauen Stoff seiner Jeans und keine Sekunde später schiebt Otis sein Bein zwischen meine. Ein weiteres Stück rutschen meine Finger deshalb nach unten, bis ich die plötzliche Härte an meiner Hand bemerke.

Ach du Scheiße, okay. Ich kann schwören, dass ich seinen Puls an den Fingerspitzen überdeutlich spüren kann. Wie ein Blitz schlägt er dort ein, dringt durch mich hindurch und lässt mein eigenes Herz immer schneller schlagen, bis ich nichts mehr spüre außer heftige Elektrisierung im ganzen Körper.

Ich schnappe nach Luft, und Otis nutzt den Moment und drückt seine unrasierte Wange gegen meine Schläfe, um dann ... fuck,

fuck, fuck. Otis hat mich in den Hals gebissen. Sanft und ohne mir wehzutun, aber – nein, es bleibt bei einem Fuck. Es ist verrückt, dass mir das noch nie zuvor passiert ist, dass keiner meiner Sexpartner, weder Mann noch Frau, mir so direkt signalisiert hat, worauf er oder sie steht. Dass er oder sie es grob und dominant mag. Kein Gelaber, einfach Sex. Jetzt ist das Einzige, was in meinem Kopf aufblitzt, der absurde Wunsch, dass da kein Stoff mehr zwischen uns ist.

»Wo ist dein Zimmer?« Otis stützt sich mit den Händen gegen die Wand vor mir, womit das halbe Gewicht seines Oberkörpers auf mir liegt. Sein Keuchen dringt in meine Ohren, von dort durch meinen ganzen Körper hindurch und wenn es nicht absolut unmöglich wäre, dann würde ich behaupten, Otis' Erregung als kribbelndes Ziehen in meinem Unterleib zu spüren. Mein Brustkorb steht in Flammen vor Hitze. Und am liebsten will ich mich zu Otis herumdrehen, meine Hand unter den Bund seiner Boxershorts schieben, aber ich rühre mich nicht und auch er bewegt sich über mir kein bisschen. Nur den Kopf drehe ich irgendwann, bis mein Mund an seinem Kinn ist. Die winzigen Bartstoppeln fühlen sich ganz rau unter meinen Lippen an. Unterbewusst ziehe ich eine feuchte Spur von seinem Kinn ein winziges Stück hoch ...

Doch plötzlich liegt Otis' Hand wieder an meinem Kinn, das er kurz darauf bestimmt von sich drückt. »Wo ist dein Bett, Ella?«

Im nächsten Moment rückt er ein Stück ab und eigentlich will ich ihm mit einem Nicken zu verstehen geben, wohin er gehen muss, aber plötzlich rutscht mir das Herz in die Hose und ich erstarre innerlich. O Gott, hätte ich Otis gerade ... Scheiße. Ich wollte ihn küssen. Da gibt es absolut nichts schönzureden und eigentlich ist es doch auch völlig egal, weil ... es ist ja nichts passiert, oder? Gar nichts. Weil er mich gebremst hat.

Noch mal scheiße. Es ist absolut alles passiert, was ich nicht zulassen wollte. Nicht bei Otis. Niemals. Der Kuss eben lag ganz allein in seinen Händen. Er hat ihn unterbrochen. Warum? Halt. Stopp. Nicht. Die. Richtige. Frage. Otis und die Warum-Frage verbiete ich mir ab heute. Alles an ihm verbiete ich mir. Ich verbiete mir, jemals wieder auch nur ein Wort mit ihm zu reden. Otis ist eine Red Flag.

»Ella?«

Ich schaue ihn an und in seinem Blick spiegeln sich Dinge wider, die mich glauben lassen, dass ich eben gar nicht zu mir selbst gesprochen habe. Aber das habe ich, oder? Ich fühle mich mies, richtig mies, weshalb ich Otis kurzerhand den Weg ins Wohnzimmer bedeute. Sekunden später fällt mir ein, dass der zur Haustür besser gewesen wäre, doch er verschwindet schon durch die Tür ins Wohnzimmer.

»Das ist dein Zimmer?«

»Nein ... ich ...« Obwohl ich nur das Echo meiner Stimme hören kann, will ich mich am liebsten ohrfeigen. Ich klinge, als wäre ich mit der ganzen Situation hier heillos überfordert. Bin ich aber nicht – okay, will ich zumindest nicht sein. Der Alkohol muss der Grund sein, weshalb mein Gehirn eben einfach ausgesetzt hat und meine Sinne auf alles ausgerichtet sind, jedoch nicht darauf, meinen ursprünglichen Plan durchzuziehen und Otis eine Lektion zu erteilen. Deshalb straffe ich noch mal die Schultern und räuspere mich leise, bevor ich Otis folge.

Er steht mit dem Rücken zu mir vor dem Wohnzimmertisch und verschränkt gerade seine Hände im ausrasierten Nacken, bevor er mir über die Schulter hinweg einen fragenden Blick zuwirft. »Und was machen wir dann hier?«

»Na ja ...« Ich weiche seinen dunklen Augen aus und lande dabei auf den Ansätzen seiner Rückenmuskulatur, die sich in der Bewegung unter seinem hellblauen T-Shirt abzeichnet und ziemlich ausgeprägt ist. Ich muss schlucken. »Ich dachte nur, dass –«

»Wir erst mal was trinken?« Otis dreht sich zu mir herum und weil ich meinen Blick bis eben krampfhaft auf eine Stelle an seinem Rücken geheftet hielt, starre ich jetzt auf sicher mindestens genauso gut trainierte Brustmuskeln. Nicht so optimal, dass Otis diese gerade abermals anspannt und ich mich jetzt daran erinnere, wie heftig sich sein harter Körper über mir angefühlt hat.

Ich nicke kurz und suche sein Gesicht nach irgendetwas ab, weil ... die Situation muss ihn doch genauso überfordern wie mich. Aber er bleibt vollkommen ruhig und das wurmt mich gewaltig.

»Sorry, Alkohol geht heute nicht, falls ...« Er unterbricht sich selbst, weshalb mein Blick neugierig hoch zu seinem Gesicht schießt. Falls was?

»Wie auch immer«, sagt er, bevor ich nachfragen kann, und nickt in Richtung der leeren Cocktailgläser auf dem Tisch hinter sich. »Hier sieht es ehrlich gesagt eher so aus, als wär die Party schon vorbei.«

Erst als er mir einen Das-erklärt-einiges-Blick zuwirft, nicke ich erneut.

»Mädelsabend.«

Darauf legt Otis prompt die Stirn in Falten und dann lacht er. Da ich sein Lachen kurz nach dem Türöffnen bereits ausreichend analysiert habe, würde ich behaupten, dieses hier ist echt.

Eigenartigerweise freut mich das, was es nicht sollte, oder? Es sollte mir völlig egal sein, ob oder wann Otis lacht, und ganz bestimmt sollte mein Puls nicht in die Höhe schießen, weil ich es mochte, wie er mich eben gegen die Wand –

Okay, der letzte Cocktail vor einer Stunde hat eindeutig zu sehr nach Auf-dumme-Ideen-Kommen und peinlichen Scheißgedanken geschmeckt. Es wäre besser, wenn ich schleunigst zu meinem eigentlichen Plan zurückfinde, bevor das Ganze hier noch dafür sorgt, dass ich mich in ein paar Minuten selbst beerdigen gehe.

»Wir haben als Scherz Cocktails gemischt, die farblich auf unsere Ex-Freunde abgestimmt sind.«

»Nur farblich?« Otis' Ton ist völlig neutral, aber er hebt sein Kinn leicht. »Oder auch geschmacklich?«

Ich verziehe das Gesicht. »Igitt, nein. Wir hatten bisher einfach alle kein glückliches Händchen, was Männer anbetrifft«, rutscht es mir noch raus. »Na ja, bis auf Char-«

»Wie auch immer.«

Ich belasse es bei seiner Antwort. Es ist besser, wenn wir nicht auch noch auf Levy zu sprechen kommen. Von Charlie weiß ich, dass Otis und er im Moment nicht viel miteinander reden, keine Ahnung wieso. Mit meiner Anspielung darauf habe ich Otis jedenfalls in der Apotheke verletzt, und das nur, weil ich unseren Schlagabtausch für mich entscheiden wollte. Muss das zwischen uns so ablaufen?

»Ich bin nicht hergekommen, um mich mit dir über irgendwelche Ex-Freunde zu unterhalten.«

»Ich … weiß.« Ich merke selbst, dass sich das Gespräch in eine Sackgasse bewegt hat. Vielleicht drücke ich ihn einfach wieder gegen die Wand?

Abermals zieht Otis sein Smartphone aus der Hosentasche und kontrolliert das Display. »In sechs Stunden beginnt meine Schicht. Meinst du, dass du es bis dahin schaffst zuzugeben, dass du nur eine große Klappe hattest?«

Als ob ich so etwas zugeben müsste! Muss ich nicht und erst recht nicht nach diesem provokanten Unterton in Otis' Stimme. Ich kralle meine Finger fest in meine Seiten. Immerhin habe ich damit eine Antwort auf meine stille Frage. Ja, zwischen Otis und mir herrscht ein ungeschriebenes Gesetz. Jedes unserer Gespräche und jede einzelne Berührung gleichen einem Ringkampf, bei dem es am Ende einen eindeutigen Sieger geben muss. Mich.

Ich räuspere mich. »Okay, pass auf: Ja, ich habe wirklich meine Tage bekommen, ob du es nun glaubst oder nicht, aber nein, ich mache deshalb kein Drama. Ich hatte schlichtweg keine Lust, etwas vollkommen Natürliches zu einer billigen Ausrede runterzuschrauben. Vor allem nicht, nachdem du es schon getan hattest.«

»Alles klar.«

Wahrscheinlich denkt er, dass ich ihn anlüge. »Los, sag schon, was du wirklich erwidern wolltest.«

»Ich ...« Er stockt. »Nichts, schätze ich.«

»Das war ja so was von klar! Verschlägt es dir bei dem Thema die Sprache?« Aus diesem Grund habe ich Otis hergebeten. Wenn Männer einen auf ach so großen Frauenversteher tun und dann bei dem Thema Periode den Kopf einziehen, werde ich stinkwütend. Und stinkwütend ist in Otis' Nähe das eindeutig bessere Gefühl – im Vergleich zu erregt oder freudig. Mal sehen, wie schnell er hilflos vor mir auf dem Boden liegt. »Ich wette mit dir, dass du keine einzige Frage zum Zyklus beantworten kannst.«

Otis schmunzelt. »Du hast mir bisher nur erklärt, wie unfassbar erwachsen du mit Schmerzen umgehen kannst. Eine Frage habe ich noch nicht gehört, von daher ...«

»Können Frauen trotz Tampon pinkeln?«

»Ja«, kommt es ohne Zögern zurück. Und weil er lacht und sich dabei vorbeugt, kann ich nun wieder seinen Atem auf der Wange spüren. »Sonst wären Tampons eine ausgesprochen dämliche Erfindung, würd ich meinen.«

Okay, die Frage war zu leicht, weil Otis sich die Antwort herleiten konnte. »Wieso gibt es Tampons in verschiedenen Größen?«

»Schätze mal, jede Frau ist anders ...« Er überlegt eine Sekunde, bevor er abermals lacht. »Ich wollte *gebaut* sagen, aber Frauen sind keine Autos.«

Okay, das ist eine alberne Bezeichnung, aber so wirklich falsch liegt Otis damit auch nicht. Mist.

»Außerdem ist es mal mehr, mal weniger stark, oder nicht? Wär einfach Schwachsinn, wenn es nur eine einheitliche Größe geben würde.«

Verdammt, irgendwie habe ich das Gefühl, dass ich gerade über meine eigenen Prinzipien stolpere. Nicht nur in diesem Augenblick, wenn ich ehrlich bin, auch vorhin schon, als ich Otis beinahe geküsst ...

Hier bremse ich mich selbst. Es ist nichts passiert. Es ist überhaupt gar nichts passiert. Regel fünf, wir sprechen nicht über unsere Probleme, weshalb es auch nicht der Rede wert ist, dass sich der Zustand von Otis' Körper an meinem nach unbeherrschter Erregung angefühlt hat. Und so, wie es allein beim Gedanken daran in meiner Bauchregion zieht, hallt das Gefühl noch nach. Könnten natürlich auch Periodenkrämpfe sein ... Ah, perfektes Thema!

»Was hilft gegen Periodenkrämpfe?«

Mit einem Seufzen schiebt Otis den Wohnzimmertisch zur Seite und setzt sich aufs Sofa. »Komm her.«

»Was? Warum?«

»Weil ich es dir lieber zeige, bevor ich lang erkläre.« Jetzt hört sich Otis so an, als würde ich etwas vollkommen Offensichtliches nicht kapieren. »Ich hab eine kleine Schwester, deshalb weiß ich über die Basics Bescheid. Was die Details anbetrifft, werde ich mich hüten, irgendetwas Falsches zu sagen.«

»Aha.« Jetzt habe ich einen verdammten Kloß im Hals, der größer wird, als ich Otis' Lächeln sehe.

»Setz dich und streck mir deinen Fuß entgegen.«

Das ist ein Scherz, oder?

Was auch immer das jetzt werden soll. Es kostet mich allen Ernstes Überwindung, aber ich setze mich dennoch neben Otis aufs Sofa. Die Füße bleiben dabei jedoch fest auf den Boden gepresst, weshalb sich der linke prompt verkrampft. Ich verziehe das Gesicht und lege mein Handy auf den Wohnzimmertisch, um von meiner schmerzverzerrten Grimasse abzulenken. Doch dann greift Otis' Hand kurzerhand nach meinem Bein und zieht es hoch aufs Sitzpolster.

»Ria meint, es hilft, wenn man das Bein lockert«, sagt er und schiebt dabei die Hand unter meinen Oberschenkel, woraufhin er das Bein sanft in seiner Handfläche vibrieren lässt. »Also ungefähr so.«

»Als ob dich das ernsthaft interessiert«, sage ich und schaue auf mein Bein. Gefühlt minutenlang. Seine Finger umfassen den Stoff meiner Jeans nicht mehr als nötig, aber trotzdem mit ausreichend Druck, um das Bein behutsam hin und her zu bewegen.

Er antwortet nicht. Vielleicht will er ja wirklich nur helfen ...

»Sorry, ich dachte nur«, beginne ich im selben Moment, in dem Otis sagt: »Dass ich ein uneinsichtiger Sexist bin, ich weiß. Hattest du, glaube ich, mal erwähnt.«

Ich bin froh, dass Otis den Blick angestrengt auf mein Bein richtet, weil ich ihm exakt das quasi mit jedem Satz an den Kopf werfe, den ich in seiner Gegenwart ausspreche und denke. Für einen Moment herrscht deshalb Schweigen, das Otis erst unterbricht, nachdem er seine Hand von meinem Oberschenkel gelöst hat.

»Wär mir ganz recht, wenn du bei deiner Meinung bleiben würdest. Ist einfacher.«

Was soll ich denn jetzt darauf sagen?

Otis' Augen blitzen auf, als er kurz aufschaut, und das lässt mich ehrlich antworten. »Was du auf dem Festival damals zu mir gesagt hast, war zugegeben alles andere als sexistisch.«

Plötzlich spüre ich seine Hand an meinem Fuß, den er sich auf den Schoß hebt. »Reiner Glücksfall.«

Ich zucke zusammen, aber Otis lässt nicht los. Er fährt mit seinem Daumen von meinem Zeh abwärts, bis er ungefähr auf der Höhe jener Kuhle verharrt, die entsteht, wenn der Fuß leicht angewinkelt wird. Er drückt die Spitze seines Daumens in meine Haut, und das so vorsichtig, als rechne er damit, dass ich ihm meinen Fuß jederzeit ins Gesicht donnere. Was ich mir gerade ernsthaft überlege, weil ... ja, weil ich mit der Situation überfordert bin. Was wahrscheinlich auch der Grund ist, weshalb mein Herz losrast, als sein Daumen nun fester gegen die Stelle drückt. Ich muss etwas sagen, aber jedes Mal, wenn ich den Mund öffne, greife ich Otis an.

Der Gedanke ist merkwürdig. Gerade gibt es doch eigentlich gar keinen Grund, weshalb ich ihm etwas Fieses an den Kopf werfen muss. Ganz im Gegenteil. Trotzdem brodelt es in mir und das irritiert mich. Als er mich im Flur an die Wand gepresst hat, habe ich an gar nichts gedacht. Jetzt kommt es mir vor wie ein Zwang, Otis beleidigen, mich über ihm positionieren zu müssen. Und als mir der krasse Kontrast zwischen beiden Situationen bewusst wird, verwirrt mich das nur noch mehr.

Ich wende den Blick so schnell von Otis ab, als würde mein Kopf explodieren, wenn ich ihm aus Versehen in die Augen schaue. Was ist denn los mit mir?

Ich lenke besser schnell wieder auf ihn.

»Passieren dir häufiger solche Glücksfälle?«

»Hin und wieder, aber sehr selten«, meint Otis mit einem schiefen Lächeln, während seine Finger sanft meinen Fußballen kneten. »Ich weiß ehrlich gesagt schon gar nicht mehr, was ich zu dir gesagt habe. Wenn es zu freundlich war, dann schieb es einfach auf den übermäßigen Alkohol.«

Ganz sicher nicht. Obwohl es eigentlich bescheuert ist, weil ich vor ein paar Minuten ja selbst ...

Was ist eigentlich aus meinem Vorsatz geworden, alles, was Otis tut und sagt, an mir abprallen zu lassen? Ich habe ihn einfach über Bord geworfen, weil sich seine Berührungen gut anfühlen, und manchmal, wie auf dem Festival, tun es auch seine Worte. Nach dem Kuss, wenn er auch nur auf die Wange war, bin ich regelrecht in Panik geraten, weil ich das Gefühl hatte, keinen Deut besser als Toni zu sein. Es kam mir vor, als hätte ich meinen damaligen Freund ebenso betrogen. Aus irgendeinem Grund habe ich Otis von meiner Angst erzählt und ihm mitten in der Nacht anvertraut, dass auch Toni mir fremdgeht.

»Du meintest, dass es nur eine einzige Sache gibt, über die du dir nachts den Kopf zerbrichst«, erinnere ich Otis daran.

Er lacht. »Dass ich am darauffolgenden Tag keine Zeit für einen Mittagsschlaf haben werde? Ich schätze, das ist ein gängiges Problem bei Leuten, die im Schichtdienst arbeiten. Wir schlafen nie genug. Das hat dir aber doch nicht ernsthaft geholfen?«

»Ein bisschen schon«, gebe ich zu. Vermutlich wäre sein Ratschlag in keiner anderen Situation nützlich gewesen, aber auf dem Festival hat er mich ausreichend abgelenkt. Das ist total absurd. Andererseits massiert mir Otis gerade die Füße ...

»Gern geschehen.« Er wiederholt die Bewegung von eben so lange, bis ich spüren kann, wie sich die Muskeln allmählich lockern. Er wechselt zum anderen Fuß und nimmt sich dort genau dieselbe Stelle vor, nur um daraufhin die Abfolge von eben zu wiederholen. Seine Finger treffen Punkte, die mir erst einen seltsamen Laut entlocken, der Otis einen Moment lang aufblicken lässt, und danach öffne ich die Lippen leicht, weil ich wirklich entspanne.

Otis bewegt die Finger entlang des Spanns hoch zum Gelenk, wo er mich ... kitzelt. Was? Ich zucke zusammen. Diesmal vor Überraschung. Ich glaube nicht, dass Otis das absichtlich gemacht hat. Trotzdem hat sich mein Herzschlag nach seiner Berührung verdoppelt, so schnell, dass das Stechen in meinem Unterleib mit einem Mal aufgehört hat.

»Sorry«, murmelt er und zieht seine Hand abrupt zurück.

Wie sehr kann ein einziges Wort verwirren? Ich bin gerade jedenfalls noch mehr neben der Spur als davor, weil das mit Abstand das Kurioseste ist, was mir seit langer Zeit mit einem Typen passiert ist.

»Schon okay.«

Aber eigentlich ist gerade nichts okay. Otis hat ein paar Fragen richtig beantwortet, bei denen ich davon ausgegangen bin, dass er kläglich versagen würde. Nur weil er die Ausstrahlung eines arroganten Arschlochs hat, muss er ja keines sein.

Ist er aber. Punkt.

Denn er besteht darauf, dass ich weiterhin einen Super-Sexisten in ihm sehe, weil ... alles andere wohl niemanden etwas angeht. Erst recht nicht mich. Muss ich akzeptieren, werde ich akzeptieren. Aber wieso kitzelt er mich? Weil er das vermutlich bei seiner Schwester auch so macht und irgendwie, ach verdammt, finde ich es niedlich.

Tja, so kann ich jedenfalls definitiv nicht auf seine Bitte eingehen und ihn ausschließlich als Arsch betrachten. Weil sich gerade ein irrsinnig seltsames Gefühl in meinem Bauch ausbreitet. Schlimmer noch als das übliche Kribbeln.

Ich habe Otis unterschätzt und wie er mich jetzt ansieht ... Seine Augen lächeln noch immer ein wenig, was das Braun darin zum Strahlen bringt.

Zum Strahlen? Meine Gedanken treiben mir Schamesröte ins Gesicht. Regel sechs: kein Blickkontakt. Ich schwöre mir, dass ich Otis nie mehr wieder in die Augen schaue.

»Wenn du mir das nächste Mal schreibst, dann denkst du bitte vorher darüber nach, ob du mich wirklich ficken willst.«

Okay, jetzt suche ich doch wieder nach seinem Blick. Was ein großer Fehler ist. Weil da immer noch Fältchen um seine Augen sind, und die erinnern mich daran, dass auch Otis eine Scheißmaske trägt. Wie ich, wenn ich am DJ-Pult stehe. Es gibt immer einen Grund, weshalb Menschen sich hinter einer Maske verstecken oder wegrennen. Und ich bin mir sehr, sehr sicher, dass es bei

Otis absolut nichts mit der Angst zu tun hat, bei etwas Illegalem erwischt zu werden. Oder Sex mit mir zu haben.

»Du bist knallrot, Ella«, stellt er fest. »Ich hätte dir wirklich geglaubt, dass du deine Tage hast, wenn du jetzt nicht so unfassbar rot geworden wärst.«

Oh, dieser ... argh. Ich schnaube leise und bringe ja doch keine schlagfertige Rechtfertigung hervor.

Dafür gibt mein Smartphone ein lautes *Pling* von sich. Otis' Blick wandert reflexartig zu dem Gerät auf dem Wohnzimmertisch und für den Bruchteil einer Sekunde verengen sich seine Augen zu Schlitzen. Mir fällt spontan niemand ein, der mir um diese Uhrzeit noch schreiben und gleichzeitig Otis derart irritieren könnte, doch bevor ich nach meinem Handy greifen kann, springt er so schnell vom Sofa auf, als wäre ihm jetzt auch klar geworden, dass der Abend komplett anders verlaufen ist als geplant.

Er nickt mir zu, sagt: »Wir sehen uns«, und rennt aus dem Wohnzimmer. Während ich noch überlege, ob ich ihm nachgehen soll, höre ich Sekunden später die Wohnungstür ins Schloss fallen. Kurz starre ich auf den Wohnzimmertisch, dann erst nehme ich mein Handy. Die Nachricht, die eben reingekommen ist, ist ... fuck.

Unzuverlässiger Arsch: Gibt es irgendeine
Möglichkeit, wie ich dich von Kanada
überzeugen kann?

»DREI FRAGEN, STELL IHNEN NUR DREI FRAGEN, LIEBLING. UND DU VERSTEHST, WER SIE SIND.«

Otis

Was für eine Scheiße! Seit gestern kriege ich die Nachricht, die ich unfreiwillig auf Ellas Handy gelesen habe, nicht mehr aus dem Kopf. Der *Unzuverlässige Arsch* ist vermutlich ihr Ex-Freund, der sie, während sie vergangenen Sommer auf dem Rockfestival war, in Kanada betrogen hat. Ella hat mir die Geschichte damals erzählt, weil sie sich nach unserem Kuss in der Flunkyball-Arena selbst unterstellt hat, eben diesem unzuverlässigen Arsch fremdgegangen zu sein. Aber es ist eine Sache, jemand Fremdem während eines albernen Spiels einen flüchtigen Kuss auf die Wange zu drücken, und eine ganz andere, den Partner zu betrügen. Zumindest würde ich das so sehen. Jeder normale Mensch würde das. Dennoch wollte ich mir auf dem Festival kein Urteil erlauben und habe deshalb versucht sie mit einem lockeren Spruch von ihrer Panik abzulenken, was ... Ella allen Ernstes geholfen hat? No way.

Was aber eh nicht interessiert, weil das hier gar nicht der Punkt ist. Der Typ fragt, wie er Ella von Kanada überzeugen kann. Jep, dass sollte noch viel weniger von Bedeutung sein. Ella hat Kontakt zu ihrem Ex. Ja und? Sie ist ein erwachsener Mensch, kann deshalb vollkommen alleine entscheiden, ob sie mit zwei oder fünfzig Leuten gleichzeitig etwas am Laufen hat. Das ist in Ordnung und ganz bestimmt nicht meine Angelegenheit. Auf gar keinen Fall.

Wieso mache ich die ganze Sache dann zu meinem Problem?

Es geht mich nichts an. Ella mischt sich bei mir auch nicht ein, sie hat gestern nicht nachgehakt, weshalb ich neulich Filzstift an den Fingern hatte.

Und doch habe ich die ganze Frühschicht über an kaum etwas anderes gedacht. An diese Nachricht, aber vor allem daran, wie sich Ellas weicher Körper unter meinem angefühlt hat, was zusammen in dieser Kombination sehr fragwürdig ist.

Meine Güte, ich interessiere mich eben für meine Mitmenschen. Natürlich tue ich das. Ich bin Polizist, verdammt. Mein Beruf allein rechtfertigt doch schon meine Neugierde für Ellas Situation. Aber dass ein Polizist auch Füße massiert, ist mir ehrlich gesagt neu. Meinen miesen Charakter, die wechselhaften Launen, den elendigen Sarkasmus, direkt zur Sache kommen und Ellas Hände mit einem einzigen Handgriff hinter ihrem Rücken fixieren – ich kann ziemlich vieles auf meinen Beruf schieben und zur Hölle, wie gern würde ich das jetzt auch übers Füßemassieren sagen. Aber das kriege ich mir ganz sicher nicht eingeredet.

Muss also eine Art Übersprunghandlung gewesen sein.

Mir wird heiß, wenn ich daran denke, dass ich Ella an ihrem Knöchel gekitzelt habe, nur um diesen verkniffenen Ausdruck in ihrem Gesicht mit ihrem hübschen Lächeln zu ersetzen. Ella sah aus, als würde sie mir einerseits die Pest an den Hals wünschen, was etwas ist, womit ich als Polizist hervorragend umgehen kann, und im selben Moment mochte sie meine Berührungen, was mir wiederum in meinem Privatleben bekannt vorkommt. Es ist abermals die Mischung aus beidem, die mich vor kognitive Herausforderungen stellt.

Deshalb muss ich wieder Abstand zu Ella herstellen, was nicht sonderlich schwer sein sollte. Doch als ich ihren Knöchel gestreichelt habe ... ich konnte Ellas Puls dabei unter meinem Daumen überdeutlich wahrnehmen. Und das wusste ich schon, bevor ich ihren Fuß überhaupt berührt habe. Ich wollte noch einmal spüren, wie sehr ihr Herz bei meiner Berührung rast, weil mir das Vibrieren ihrer Finger an meinem Schwanz gefallen hat. Ist nicht schlimm, würde ich meinen. Aber es war eben ganz sicher nicht der Plan, dass sich Ellas Herzrasen auf dem Sofa plötzlich bis in meinen Magen ausbreitet. Trotzdem gefiel mir das, weshalb meine Finger viel zu lange an einer Stelle ihres Körpers verweilten, von der ich definitiv die Finger lassen sollte. Ganz große Leistung.

Es wird Zeit, dass ich mich mit etwas ablenke. Schnell schließe ich die Waffe in den Waffenschrank, ziehe mich in Rekordzeit um und blocke vor der Umkleide Victorias Gesprächsversuch ab. Bevor ich die Wache verlasse, willige ich ein, Maxims Frühschicht morgen zu übernehmen, und sitze ein paar Minuten später schon in meinem Auto.

Kurz darauf folge ich dem Straßenverlauf in Richtung Mariendorf. Gloria wartet am Pflegeheim auf mich und wird vermutlich bereits das Gespräch mit ihrer Chefin hinter sich haben. Es wird schon alles gut gegangen sein. Die Praxisanleiterin hat den Vorfall neulich während Rias Nachtschicht wohl doch nach oben gemeldet, obwohl sich meine Schwester, das hat sie mir hoch und heilig versprochen, kooperativ verhalten und mehrfach entschuldigt hat. Aber da kann sie noch so sehr ihre Wimpern – pechschwarz und viel dichter als meine – auf- und zuschlagen, ich glaube ihr kein Wort. Gloria ist niemand, der ein Feuer austritt.

Im Gegenteil: Manchmal habe ich das Gefühl, dass sie bei jeder sich ergebenden Gelegenheit den Benzinkanister rausholt. Gerade deshalb muss notfalls ich dafür sorgen, dass sie weiterhin in diesem Pflegeheim arbeiten kann. Aber alles steht und fällt mit dem Ausgang des heutigen Gesprächs. Und damit, dass Ria einsieht, wie unerwachsen sie sich verhalten hat. Vielleicht können die es ihr dort besser vermitteln als ich, der gestern Nacht zu einer beinahe wildfremden Frau gefahren ist, um ihr die Scheißfüße zu massieren und kurz darauf – ohne Sex und Erklärung – wegen einer Nachricht aus ihrer Wohnung zu flüchten. Es ist eigentlich nicht sonderlich schwer, das Ziel noch deutlicher zu verfehlen als ich.

Ich stelle den Wagen auf dem Mitarbeiterparkplatz hinter dem Gebäude ab, schreibe Ria eine Nachricht und lehne mich zurück. Gloria mag es lieber, wenn ich im Auto auf sie warte, was ich auch meistens tue, obwohl mir die Atmosphäre des Hinterhofs kein bisschen gefällt. Müll- und Glascontainer, bis zum Rand und darüber hinaus gefüllt, stehen neben einer rostigen Laderampe, von der gerade ein Lastwagen rollt, der das Pflegeheim mit Waren beliefert hat.

Ich drehe den Kopf nach links und schaue auf einen schmalen Weg. Er führt an einem kleinen Tümpel vorbei zu einem Kräutergarten, der um diese Jahreszeit für Patienten nicht zugänglich ist. Nachdem ich gut zehn Minuten gewartet habe, steige ich schließlich doch aus. Gloria hat mir nicht geantwortet. Entweder sie ist noch im Gespräch oder, ohne mir Bescheid zu geben, nach Hause gefahren. Beides wäre kein gutes Zeichen.

Doch als ich reinkomme, sehe ich sie sofort. Sie hockt auf einem Stuhl in der winzigen Cafeteria links neben dem Eingang, die eigentlich nur für Familienangehörige bestimmt ist, und unterhält sich mit einem schlaksigen Mann, der mit dem Rücken zu mir vor Gloria steht.

»Danke für den Tipp«, sagt sie in dieser Sekunde, »ich schau mir den Laden mal an. Herr List ist in Zimmer 004, direkt hier im Erdgeschoss, ganz hinten links.«

Der Typ schaut an Gloria vorbei in die ungefähre Richtung, in die meine Schwester mit dem Finger deutet, und dreht die schwarze Kappe auf seinem Kopf so, dass der bunte Schild nach hinten zu mir zeigt. Er murmelt etwas, das ich nicht verstehe, vermutlich eine Verabschiedung, um dann an Gloria vorbei auf einen der langen Flure zuzutrotten, von dem die einzelnen Patientenzimmer abgehen.

»Wie lief's?«, frage ich, kaum sitze ich auf dem Stuhl ihr gegenüber, dessen Kante unangenehm in meine Kniekehle drückt.

»Wieso bist du nicht im Auto geblieben?« Ria verdreht die Augen. »Ich wollte nur noch mal kurz durchatmen und wär gleich rausgekommen.«

Ich kann es nicht leiden, wenn Gloria meine Frage mit einer Gegenfrage beantwortet, was sie fast immer tut, aber besonders oft, wenn sie irgendetwas ausgefressen hat.

Ich stelle die Ellbogen auf dem Tisch ab, stütze den Kopf darauf und gähne.

»Lange Nacht gehabt?«, zieht sie mich augenblicklich mit einer weiteren Frage und einem zweideutigen Grinsen auf. Ihre Hände liegen beide auf ihrem Schoß, das fällt mir erst jetzt auf. Und sie umfassen ein Stück Papier, das – o bitte nicht, das ist ihre Kündigung, oder? Nein, nein, nein. Sie muss in dieses Medizinstudium reinkommen. Die Anspannung in meinem Körper wird so groß, dass ich das Gefühl habe, gleich zu platzen. Fuck. Heißt also, ein gutes Ergebnis beim Medizinertest, den Ria vorletzte Woche geschrieben hat, ist unsere einzige Chance.

»Hab nicht viel geschlafen. Was ist das da auf deinem Schoß?«

»Ich dachte, wir reden erst mal über mein Gespräch.« Sie dreht das Papier, womit ich es als Brief identifiziere – mit Stempel und Briefmarke. Keine Kündigung. Durchatmen.

»Wie du magst. Hast du mit deiner Chefin gesprochen? Hatte sie Verständnis?«

»Mehr als das. Ihre Mutter ist vor ein paar Monaten verstorben, weshalb sie meine Situation nachvollziehen konnte.«

»Das ist gut. Sehr gut.« Ich schlage die Beine übereinander und stoße mir prompt das Knie an der Tischplatte. »Was nicht heißt, dass du hier nun einen Freifahrtschein hast.«

»Ich weiß, okay? Das hat sie auch gesagt. Ich hab's kapiert.«

Sofort ist die Anspannung zurück. Ich beuge mich wieder nach vorn, verschränke die Arme hinter dem Kopf und senke den Blick angestrengt auf einen eingetrockneten Kaffeefleck auf dem Tisch. »Gloria? Sag es mir einmal konkret: Wirst du morgen noch hier arbeiten?«

»Nö, ich hab frei.« Ich höre, wie sie ausatmet, bevor sie mit einem Lächeln in der Stimme hinterherschiebt: »Es ist alles okay, Otis. Sie hat mich abgemahnt, aber meinen Job behalte ich trotzdem.«

»Okay.« Erleichtert blicke ich auf, sehe aber, dass Gloria ernst wirkt. »Doch es gibt ein Aber?«, will ich wissen.

Ohne Umschweife schiebt sie mir den Brief über den Tisch. Er ist bereits geöffnet. »Ich weiß Bescheid.«

»Was?« Ich richte mich ruckartig mit schmerzhaft rasendem Herzen auf und nehme den Brief an mich. Als ich den Stempel einer Berliner Spielothek erkenne, atme ich tief durch, bevor sich mein Herz in den Sturzflug begibt und ich die Rechnung aus dem Umschlag ziehe. Sie sieht genauso aus wie die anderen, die bisher in Papas Briefkasten geflattert sind, früher häufiger und seit er in fast allen Spielotheken Hausverbot hat, seltener. Diese hier ist über drei Monate alt, was aber nichts zur Sache tut, denn allein die Summe ist entscheidend: 805 Euro.

Gloria reißt mir den Zettel aus der Hand und hält ihn mir hin. »Wie lange geht das schon so?«

»Ria ...«

»Drei Monate, vier ...?«

Ich hasse es, wenn ich ihren Optimismus zerstören muss. Keinen blassen Schimmer, woher sie den immer wieder hernimmt und weshalb sie diese Sache mit dem Sonnenschein-Gute-Laune-Dasein nicht bereit ist aufzugeben. Ich bin einfach froh, dass es so ist, weil ich das ganz sicher nie hinbekommen werde. »Seit Mai dieses Jahres.«

Gloria faltet den Brief zusammen und stopft ihn zurück in den Umschlag. »Wann wolltest du es mir sagen?«

»Sobald ich dich nicht mehr in die Sache mit reinziehen muss.« Vielleicht auch nie. »Ich hätte das garantiert schon irgendwie geschafft. Mamas Wunsch war es, dass du Medizin stu-«

»Sei still.« Gloria greift unter dem Tisch nach meiner Hand und drückt fest zu. »Was das anbetrifft, kann sie mich mal.«

»Sag nichts, was du später bereust, Ria.« Eigentlich will ich nicht weiter darüber reden, wenn ich ehrlich bin. Mama hat mir vor ihrem Tod eingetrichtert, dass wir, mein Vater und ich, jetzt dafür zu sorgen haben, dass Gloria ihre Träume erfüllen kann. Wieso um alles in der Welt sollte ich diesen Wunsch nicht akzeptieren und alles dafür tun, dass Ria die Möglichkeit auf ein Studium hat? Das wäre doch albern. Vor allem jetzt, da mein Vater aus dem Wir ein Otis gemacht hat.

»Vielleicht möchte ich ja gar nicht mehr studieren gehen.« Gloria zieht ihre Hand zurück und verschränkt die Arme. »Wann hast du mich das letzte Mal gefragt, was ich will?«

»Ria«, mahne ich. »Du redest seit dem Abitur von nichts anderem als diesem Medizinstudium.« Allerdings erinnere ich mich wirklich daran, wann sie mir zuletzt irgendwelche Kursübersichten unter die Nase gehalten hat, was jetzt aber auch nicht wichtig ist. »Was wird das hier?«

»Das könnte ich dich genauso fragen«, fährt sie mich an, kaum dass ich meine Frage ausgesprochen habe. »Papa hat mir längst erzählt, dass du ihn in den vergangenen Monaten ständig abgeholt hast. Das letzte Mal, als ich nachgesehen habe, hast du nicht in der Sonne geglitzert, weshalb ich davon ausgehe, dass du kein Vampir bist und deshalb Schlaf brauchst. Ich weiß aber, dass du die übrigen Nächte entweder arbeitest, trinken gehst oder irgendwelche Frauen fi-«

»Ria!« Ich wechsle einen schnellen Blick mit der alten Dame, die sich gerade an den Tisch neben uns setzen wollte und nun das Kinn nach vorne reckt. »Es ist meine Sache, wa-«

»Ach so«, fällt sie mir aufgebracht ins Wort, nachdem uns die Dame neben uns mit einem leisen Schnauben wieder alleine gelassen hat. »Du darfst dein eigenes Leben haben, während ich das tun muss, was Mama sich für mich gewünscht hat.«

»*Du* wolltest doch immer Medizin studieren. Als Kind bist du ständig mit einem Stethoskop um den Hals durchs Haus gerannt. Du möchtest seit Jahren Ärztin werden.«

»Das bestreite ich ja auch gar nicht. Aber jetzt will ich das eben nicht mehr. Was ist, wenn ich einen Studienplatz irgendwo in München zugeteilt bekomme? Wie um alles in der Welt sollen wir dort eine Wohnung finanzieren? Außerdem will ich Geld verdienen. Ganz abgesehen davon werde ich Papa und dich nicht im Stich lassen. Du wirst nicht mehr alleine für ihn verantwortlich sein und ihn auch nicht mehr ständig nachts abholen müssen, weil ich dir dabei jetzt unter die Arme greife. Und ich frage Frau Lindner, ob sie mich hier nach der Ausbildung übernimmt. Das reicht doch. Weißt du, wie lange es dauert, bis ich eine richtige Ärztin bin, und wie sehr die anfangs ausgebeutet werden? Wer soll sich das denn leisten können? Ich jedenfalls nicht! Vielleicht ziehe ich zurück zu Papa ins Haus, damit ich ein besseres Auge auf ihn haben kann. Vielleicht kann ich ihm helfen.«

Vielleicht kann ich ihr helfen. Als Gloria beinahe ihre Worte von damals wiederholt, zucken wir beide gleichzeitig zusammen. »Papa braucht eine Therapie.«

»Dann überrede ich ihn zu einer.«

»Du kannst niemanden überreden ... Ria, ich krieg das schon alles hin. Wenn das Ergebnis deines Medizintests gut ist, wirst du studieren gehen. Ich diskutiere nicht mit dir.«

»Ich war nicht dort«, sagt sie sofort. »Da hast du's. Ich bin einfach nicht hingegangen, Otis.«

»Scheiße, was?« Ich drehe den Kopf zwischen Gloria und einem kleinen Jungen hin und her, der anfängt über mein Fluchen zu lachen. Mist. »Wir lernen seit Wochen für diesen Test und du ... Manchmal ...« Was soll ich denn jetzt auf so was sagen? Verdammt. Verdammt. Verdammt. Gloria hätte mit mir reden müssen. Auch wenn sie erwachsen ist und das Recht darauf hat, ihren Teil beizutragen und ihre eigenen Entscheidungen zu treffen, ist ihr Verhalten unverantwortlich. Dasselbe gilt für mich andersherum genauso, da hat sie allerdings auch recht. »Manchmal hab ich das Gefühl, ich verstehe dich nicht.«

»Und du meinst, da hilft es, mich nie danach zu fragen, was ich will, und lieber alles über meinen Kopf hinweg zu entscheiden?«

»Anscheinend denke ich das, ja.«

»Dann lass das Denken doch einfach. Kriegst du bei anderen Frauen doch auch hin.« Gloria schnaubt leise. »Mann, Otis, nur weil Mama vor vier Jahren mit der Vorstellung gestorben ist, dass ich in gefühlt fünfhundert Jahren als Ärztin arbeiten werde, muss ich das doch jetzt nicht auch wirklich durchziehen. Sie ist tot. Wenn es dich beruhigt, ich habe Mama auf dem Friedhof von meiner Planänderung erzählt und ob du es glaubst oder nicht, mich hat auf dem Heimweg kein Blitz getroffen. Sie kommt also damit klar. Ich habe mich seit ihrem Tod verändert. So ist das eben.«

Ich presse beide Hände flach auf meine Oberschenkel. *So ist das eben. Beschwer dich nicht.* Scheiße. Mama hat Rias Vater mit meinem leiblichen Vater betrogen und es erst kurz vor ihrem Tod für nötig gehalten, mir davon zu erzählen. *So ist das eben. Beschwer dich nicht.* Gloria sagt das so, als wäre Veränderung etwas Großartiges. Schwachsinn. Veränderungen sind am Anfang schwer, in der Mitte chaotisch und am Ende nutzlos. Oder erzählt sie mir gleich, dass selbst Mamas Tod zu etwas gut war? Irrsinnig. Aber eine Sache muss ich ihr zugestehen: die Wahrheit. Was sie damit macht, ist ihre Angelegenheit. Trotzdem ... wie zur Hölle soll ich das anstellen?

»Außerdem ...«, fährt sie fort, »hat Mama uns beigebracht, Fragen zu stellen. Stell den Leuten drei Fragen und du verstehst sie.« Ria beugt sich über den Tisch und tippt mit dem Zeigefinger auf die Narbe oberhalb meines Nasenflügels. »Schon vergessen?«

Natürlich nicht. Ein paar Sekunden starre ich sie an und sehe dabei zu, wie sie die schilfgrünen Augen verengt. Aber ich will ihr darauf nicht antworten. Nicht nur, weil ich es bereue, ihr vorhin an den Kopf geworfen zu haben, sie nicht zu verstehen, sondern weil ich jetzt wieder an die Frage denken muss, die ich gestern auf Ellas Handy gelesen habe, und daran, dass ich eigentlich schon genug Probleme in meinem eigenen Leben habe.

Weil ich nicht auf sie reagiere, drückt mir Ria die Schulter. »Komm schon, Otis. Wovor hast du Angst? Magst du Hunde? Was tust du, wenn es regnet?«

»Ich weiß.«

Sie lehnt sich zurück und ballt die Hände vor sich auf dem Tisch zu Fäusten. In ihrem Blick erkenne ich, dass sie gegen den Drang ankämpft, mich weiter mit Mamas dämlichem Drei-Fragen-Test zu malträtieren, den sie aus einem Gedichtband hat, aus dem Ria mittlerweile häufig zitiert. Bitte nicht heute. Doch ich sehe, wie sie den Einwand runterschluckt.

»Danke, dass du mir beim Lernen geholfen hast. Ich schätze mal, es war nicht umsonst. Die Chefin hat mir vorhin ein paar knifflige Testfragen gestellt, die ich so ohne Probleme beantworten konnte.«

»Du lügst doch.«

»Möglich«, erwidert sie grinsend. »Aber du wirst es nie herausfinden.« Ihr Grinsen weicht plötzlich einem zweifelnden Ausdruck »Keine miesen Polizeitricks!«, mahnt sie schnell, was mich zum Lachen bringt.

»Ist schon gut!« Ich greife über den Tisch nach ihren Fingern, um sie mit meinen zu verschränken. »Hast du Hunger? Sollen wir irgendwo Burger mitnehmen?«

»O ja! Ich hab vorhin meine Tage bekommen und sterbe innerlich.«

Ich fahre mit dem Daumen in die Kerbe zwischen Rias Zeigefinger und Daumen, bis ich einen Schmerzpunkt erreiche, den ich sanft massiere. »Fußmassage, *Gilmore Girls* und Burger?«

»Dazu sag ich nicht Nein«, gibt sie zurück und schiebt mir mit der freien Hand ihr Smartphone über den Tisch. »Das wollte ich dir übrigens noch zeigen.«

Automatisch ziehe ich die Augenbrauen hoch, als Ria das Display in meine Richtung dreht. »Schön, dass es Levy gut geht. Sogar das Schaf sieht zufrieden aus.«

Ria seufzt. »Er ist glücklich mit Charlie und lernt die Sache mit seinem Dad zu akzeptieren.«

»Wie gesagt ...« Einen Moment herrscht Stille. »Ich freue mich für ihn.«

»Hört sich aber nicht so an.«

Das weiß ich, auch ohne dass mich Ria skeptisch beäugt. Levy und ich sind seit Jahren befreundet und ich freue mich natürlich für ihn. Jetzt habe ich es ein drittes Mal wiederholt und selbst in meinem Kopf klingt es unglaubwürdig. Aber es ist scheißegal, was da gerade zwischen uns los ist. Levys Vater war lange Zeit auch sein wunder Punkt, doch mittlerweile ist das anders geworden. Soweit ich weiß, hat er sich ihm nicht mehr wieder angenähert, doch dafür sind er und seine Mutter ein unschlagbares Team und Levy lernt immer besser mit der Situation umzugehen. Seit er unter anderem mit Social Media sein Geld verdient, taucht seine Mutter hin und wieder sogar auf seinen Kanälen auf, was seine Follower, den Kommentaren nach zu urteilen, begeistert. Mann, ich vermisse Levy. Aber ...

»Gott, ich liebe es, Levian so strahlen zu sehen«, murre ich.

»Ganz, ganz wundervoll. Ich vermisse ihn einfach nur so sehr, dass es manchmal ein klein wenig wehtut. Hier ...« Mit dem Zeigefinger tippe ich zweimal auf meine Brust. »Hier drin, schau.«

Ria fängt an zu lachen. »Da kam grad ganz viel Schmalz raus.« Sie deutet auf meine Ohren. »Aber dann habe ich gute Nachrichten für dich: Levy schreibt, dass sie bald in Berlin sind und Charlies Freundinnen deshalb feiern wollen.«

»Alles klar«, stoße ich aus. »Schätze mal, ich bin nicht zur Party eingeladen.«

Ria zuckt mit den Schultern. »Du bist mein Plus One.«

»Ziemlich armselig, die Begleitung seiner kleinen Schwester zu sein.«

Ria streckt sich mir entgegen und wuschelt mir durchs Haar. »Seiner *Lieblings*schwester wolltest du sagen.«

»Du bist meine einzige –«

»Versau es nicht.«

Da muss ich schlucken und merke, dass ich das hier in der Tat auf gar keinen Fall verbocken darf. Scheiße, wenn ich Ria die Wahrheit sage und sie dadurch verliere, was bleibt mir denn dann noch im Leben? Mein verfickter Job?

Ich hätte nie gedacht, dass ich so etwas mal denken würde, aber in Momenten wie diesen hier verstehe ich meine Mutter: Manchmal ist die Wahrheit einfach keine Option.

EVERYBODY WAS KUNG FU FIGHTING
IT'S DIE SCHEISSLÜGE DEINES LEBENS
THAT YOU'RE WRITING.

Ella

Zusammen mit dreißig aufgeregten Kleinkindern in eine überfüllte, stickige U-Bahn gequetscht zu werden, ist genau das, was ich brauche, um den Kopf freizubekommen. Es tut verdammt gut zu wissen, dass die Kids mir und Bela blind vertrauen und ich hier einen richtig guten Job mache. Wenn es nicht die Musik ist, dann mein Alltag als Erzieherin, wegen dem ich irgendwie die Fassung bewahre. Allerdings weiß ich trotzdem nicht, wie lange ich es noch durchhalte. Nicht nur das geheime DJ-Doppelleben, das ich führe, sondern auch diese Nachrichten auf meinem Handy zu ignorieren. Es werden immer mehr. Ich kann an nichts anderes denken als daran, dass ich jeden in meinem Umfeld belüge – selbst meine Mutter. Wenn nicht ausgerechnet Otis den Text gelesen hätte, könnte ich ihn vielleicht wie die anderen davor einfach verdrängen. Aber so erinnert mich nun jeder einzelne Gedanke an Otis gleichzeitig daran, dass mein Leben seit Monaten aus Lügen besteht. Er ist der einzige Mensch in meinem Leben, der der Wahrheit gefährlich nahegekommen ist. Ausgerechnet Otis, über den ich gerade noch weniger nachdenken will als über die anderen Probleme.

»Bei der nächsten Station müssen wir raus«, sagt Bela. »Die Kinder der anderen Gruppe werden von ihren Eltern zum Museum gebracht. Sie warten schon auf uns.«

»Okay. Ich geh an die Tür links und du rechts, ja?« Ich nicke in Rubys Richtung. »Hast du Rubys Insulinspritze?«

»Alles dabei.«

Groß reden können wir danach nicht mehr, weil die U-Bahn ein paar Sekunden später scheppernd in den Bahnhof einfährt, woraufhin wir die Kids hastig hintereinander einreihen, bevor wir sie mit eindeutigen Kommandos aus dem Zug raus auf die Plattform bringen. Meine Kehle brennt, als sich die Türen schließen, kaum dass Omar kreischend aus dem Waggon gehüpft ist. Danach zählen wir kurz durch und gehen die Treppe nach oben, wo auf halbem Weg gedrängelt wird, weil Bela die Kids an der obersten Stufe abfangen und in einer Linie an der Hauptstraße entlang aufstellen muss. Soweit ich weiß, gibt es keinen Zebrastreifen, weshalb Belas warnende Rufe bis runter in den stickigen U-Bahn-Schacht hallen.

»Ruby, April, wartet bitte, bis es grün wird. Klasse ... ihr macht das spitze! Achtung! Ein Auto – super, immer schön schauen. Rechts und links. Und es ist grün. Auf, auf, auf! Schnell!«

Damit bewegen sich die Kids vor mir weiter nach oben und ich drücke mich an ihnen vorbei, nur um ihnen im Vorbeigehen einzutrichtern, dass sie brav hintereinander in der Schlange eingereiht bleiben sollen. Oben greife ich Bela unter die Arme und so schaffen wir es, die Kinder sicher bis zum Eingang des Naturkundemuseums zu bugsieren. Trotz der Kälte komme ich ins Schwitzen.

»Es ist ... verdammt krass, was wir da ... jeden Tag leisten.« Bela ist noch außer Atem, als er die Kinder abermals bittet, sich hintereinander aufzustellen, damit wir so das Museum betreten können.

»Wir arbeiten doch nur mit Kindern«, ziehe ich ihn auf, denn mal ganz ehrlich: So was bekommen wir echt oft zu hören. »Spielen jeden Tag, lesen Geschichten vor.« Wegen solcher Kommentare bin ich mir sicher, dass auch Otis nicht viel von mir hält. Zugegeben, seit er mir die Füße massiert hat und wir ein einigermaßen normales Gespräch zustande bekommen haben, bröckelt diese Gewissheit ...

»Okay, dann können wir die Kids ja alleine durchs Museum rennen lassen.« Bela wischt sich grinsend ein paar Haarsträhnen aus der Stirn. Dann zählt er erneut durch und hilft beim Nachvornegehen Omar, dem der Rucksack von der Schulter gerutscht ist. »Sind alle bereit?«

Darauf bekommt Bela ein begeistertes »Ja!« als Antwort. Er dreht sich zu uns herum und für das, was jetzt gleich kommt, lieben die Kids Bela über alles.

Ruby zieht ihn schon energisch an seiner Jacke, damit er endlich loslegt. Ich nicke ihm grinsend zu und beginne dann im Takt zu klatschen. Sofort stimmen die Kids mit ein.

»Heute wird ein großartiger Tag!«, ruft Bela, was die Kids lauthals wiederholen. »Gefühle sind wichtig und Weinen ist okay.« Ein weiteres Mal wird geschrien, woraufhin Bela mit einem breiten Grinsen fortfährt. »Ich will niemand anders sein als ich selbst.«

Vor ein paar Wochen hat er den Song das erste Mal mit den Kids gesungen und seitdem wiederholen wir ihn jeden Morgen als Gute-Laune-Mantra.

Mein Blick zuckt zu einem Mann im Anzug, der gerade an den Kindern vorbei die Treppe hochmarschiert, sein Gesichtsausdruck verkniffen. Ein paar wenige Strähnen hängen ihm lose in die Stirn, die er jetzt aber energisch zur Seite schiebt. Eine Sekunde zu lange denke ich darüber nach, wie ich mich fühlen würde, wenn mein Vater plötzlich –

Egal. Ich zwinge mich dazu, wegzugucken und den Satz zusammen mit den Kindern zu wiederholen, bevor wir das Museum betreten. Es gibt kein Leben, das ich lieber haben möchte, als mein eigenes.

Bela begrüßt die Erzieher unseres Partnerkindergartens, woraufhin sie zu dritt an den Verkaufsschalter treten und die Karten besorgen.

Derweil gehe ich in die Hocke, um auf Omar einzugehen, der

ein verzweifeltes »Ich hab Hunger« von sich gibt. Ich kann beinahe fühlen, wie mir dabei ein interessierter Blick folgt. Aus den Augenwinkeln erkenne ich den Mann im Anzug, der eben noch neben uns die Treppe hochgestapft ist. Er redet mit seiner Begleitung, die anscheinend auf ihn gewartet hat, aber ich verstehe nicht, was er sagt. Erst als er einen Namen ruft und sich daraufhin ein winziger Kopf aus der Menge vor mir grinsend zu ihm dreht, schwenkt auch mein Blick von dem kleinen Jungen automatisch zurück zu dem Mann. Seine Züge sind noch immer angespannt, aber er winkt, woraufhin der kleine Junge stolz seinen grünen Stoffdino in die Luft reckt.

»Danke, dass du Rex geholt hast, Papa.«

»Siehst du?« Die Begleitung des Mannes gibt sich keine Mühe, leise zu sprechen, während auch sie ihrem Sohn zuwinkt, bevor beide sich schließlich zum Gehen wenden. »Die kommen auf der Arbeit auch mal fünf Minuten ohne dich klar.«

»Das bezweifle ich.« Im Rausgehen legt er ihr eine Hand aufs Kreuz. »Sie werden viel zu schnell erwachsen und am Ende ärgert man sich, wenn man nie Zeit für sie hatte. Das predigst du mir jeden Tag. Es wäre mir trotzdem lieber, wenn wir uns beeilen.«

Jetzt kann ich ein Lächeln definitiv nicht mehr zurückhalten. Ich liebe das Gefühl, dabei zuzusehen, wenn sich Väter für ihre Kinder ins Zeug legen, auch wenn Linus' Vater nun hektisch zum Ausgang hastet.

Ich drehe mich wieder um und behalte den Kleinen mit dem grünen Kuscheltier unter dem Arm und einem dazu passenden Dinorucksack auf dem Rücken einen Moment länger im Blick.

»Linus!« Das Mädchen neben ihm flüstert leise und wird dann etwas lauter. »Dein Papa ist der Coolste.«

»Nee«, erwidert Linus sofort trocken und drückt sich das blonde Haar auf dem Kopf platt. »Mein bester Freund ist viel cooler, weil der nämlich ein Polizist ist.«

Um Linus herum werden neugierig die Köpfe gehoben. Tja, Polizisten ziehen bei kleinen Kindern immer. Beeindruckte »Ohs« und »Ahs« schallen durch die Empfangshalle des Naturkundemuseums, auf die kurz darauf Belas Stimme folgt.

»So, Leute, jetzt geben wir alle unsere Jacken ab. Im Museum ist es warm genug. Die Rucksäcke dürft ihr mitnehmen.« Bela hat, genau wie ich, bunt gefärbte Strähnen im sonst tiefschwarzen Haar, die er gerade mit einem Regenbogen-Haarband aus der Stirn schiebt. Er nimmt den Kindern nacheinander die Jacken ab und gibt sie an die Erzieherin der anderen Gruppe weiter, die sie wiederum an der Garderobe verstaut.

»Hi, Ella, oder?«, fragt sie, nachdem alle Jacken aufgehängt und wir angeführt von zwei Guides in den ersten Raum gegangen sind.

»Ich bin Melly. Bela und ich waren zusammen in der Ausbildung.«

»Ach, wie lustig.« Ich lasse meinen Blick prüfend über die Kids schweifen, die aber im Augenblick alle ihre weit aufgerissenen Augen auf den jungen Mann gerichtet haben, der ihnen irgendetwas austeilt. Hoffentlich nichts mit Zucker. »Und jetzt arbeitest du in Pankow?«

»Genau«, antwortet Melly und auch sie sieht zwischen mir und den Kindern hin und her. »Tolles Projekt, oder? Unterschiedliche Schichten zusammenzubringen, meine ich.«

Wieso muss in ihrer Stimme jetzt dieser überhebliche Ton mitschwingen? Als hätte sie mit dem Ausflug einem Charity-Projekt zugestimmt, bei dem sich meine Gruppe glücklich schätzen kann, dass die Kinder reicher Ich-bring-dir-deinen-Dino-Eltern sich mit ihnen abgeben.

Okay, das ist unfair. Linus' Papa war eben einfach nur superniedlich und ich kann es schlichtweg nicht ertragen, wenn Väter ganz genau wissen, was sie tun, und nicht so ... so ... egal.

»Stimmt.« Zerknirscht gehe ich neben Melly ein Stück links an den Kindern vorbei, um ihnen so zu signalisieren, dass wir ein

Auge auf sie haben. *Überhör ihren Unterton einfach,* sage ich mir. *Was sie wirklich über das Projekt denkt, interessiert dich nicht.* Ich betrachte Linus mit denselben Augen wie Ben, Ruby oder Omar. Und außerdem will ich mir jetzt keine Gedanken über Mellys oder sonst wessen Meinung zu mir machen, wenn Linus genau in diesem Augenblick losweint.

Mit einem Seufzen gehe ich zu ihm und greife nach seiner Hand. »Alles gut bei dir?«

»Jakob hat gesagt, dass der Dino hässlich ist.« Mit der freien Hand streichelt er über den Kopf seines Stofftiers und o Mann, das ist wirklich ein sehr eigenwilliger Dino. Die Augen sind auf unterschiedlicher Höhe aufgedruckt und auch nicht wirklich symmetrisch. Sein Mund ist eine kurze gerade Linie. Es sieht aus, als ob der Dino die Lippen fest zusammenpresst, weil er sonst Angst hat, seine Zähne zu verlieren.

»Magst du den Dino?«, will ich von Linus wissen, der ohne Zögern nickt.

»Ja, sehr. Mein bester Freund hat ihn mir geschenkt.«

»Weißt du was?« Ich schlage einen aufmunternden Tonfall an. »Dann ist es doch vollkommen egal, was die anderen über den Dino sagen oder wie er aussieht.« Ich gehe in die Hocke und lege mein Ohr an den Kopf des Kuscheltiers. »Was sagst du?«

»Was ... was sagt der Dino?« Linus' Stimme überschlägt sich vor Aufregung und mein Herz könnte deshalb platzen. Ich weiß sofort, was gerade in ihm vorgeht. Er ist noch immer gekränkt, aber gerade schon wieder dabei, die ganze Sache zu vergessen. Das aufgeregte Quieken, das deshalb aus seinem Mund kommt, bringt mich zum Lächeln.

»Du hast es vorhin nicht gehört, meint der Dino, aber er findet sich selbst wunderschön.«

»Ja? Sag ihm, dass er auch wunderschön ist.«

»Das hat der Dino gehört.« Ich deute zwischen dem Kuscheltier und Linus hin und her. »Und sag du bitte deinem besten Freund, dass er dir den coolsten Dino der Welt geschenkt hat.«

»Mach ich! Mein bester Freund ist nämlich Polizist.« Der Ausdruck in Linus' braunen Augen stimmt mich richtig zufrieden. Linus wirkt stolz auf seinen Polizistenfreund und glücklich. Er hebt seine freie Hand und tut so, als würde er eine unsichtbare Polizeimarke auf seiner Brust richten. »Polizisten sind Helden.«

Wenn ihr Name nicht Otis ist, ganz bestimmt.

Ich verkneife mir den sarkastischen Kommentar, der mir auf der Zunge liegt, und nicke kurz. »Allerdings.«

Linus will noch etwas sagen, doch Jakob ist jetzt wieder an seiner Seite und entschuldigt sich für den Dino-Spruch, womit zwischen den beiden sofort wieder alles in Ordnung ist. Sie kreischen begeistert, als es vorwärts in den nächsten Raum geht, und ich versuche die Vorstellung zu verdrängen, dass sich Probleme immer auf so eine unkomplizierte Art lösen mögen. Dann könnte ich dem Absender der Nachricht auf meinem Handy einfach antworten und –

»Ruby? Hast du die Schokolade gegessen oder nicht?«

Ich hebe ruckartig den Kopf und sehe, wie Ruby mit den Schultern zuckt.

»Ich hab das ernst gemeint, junge Dame!«, sagt Melly nun eindringlicher und lauter. Das ist ganz sicher bei Ruby angekommen, denn sie legt gerade den Kopf schief und grinst. »Ruby! Ich sage es dir jetzt ein letztes Mal! Du weißt, dass du wegen des Zuckers immer Be-«

»Ich mach das schon«, rufe ich dazwischen, hebe einen Schlüssel auf, der vermutlich Linus aus der Jackentasche gefallen ist, und setze mich danach sofort in Bewegung, weil sich in mir drin der Wunsch regt, Ruby vor einem Wutausbruch zu beschützen. Normalerweise schreite ich bei Kollegen nicht ein, aber dieser Moment erinnert mich an meine eigene Kindheit. Ruby hat nichts falsch gemacht, ganz und gar nicht, dennoch wird sie unter Generalverdacht gestellt. Der Guide hat jedem Kind Schokolade angeboten, weshalb es eine große Herausforderung für Ruby gewesen ist, ihres Diabetes wegen darauf zu verzichten. Die Kleine weiß ganz genau, dass sie das aber hätte tun müssen – da bin ich mir sicher.

»Es war nur ... ein Stück«, sagt Ruby sofort verlegen in meine Schulter, als ich zu ihr in die Hocke gehe. »Ist bestimmt nicht schlimm. Weil jeder hat ja Schokolade bekommen ... und ich wollte auch.« Über sich selbst verärgert klemmt sie sich die Unterlippe zwischen die Zähne.

»Gehst du zu Bela?«, bitte ich sie und drücke zur Beruhigung ihre winzige Schulter, bevor ich sie kurz umarme und ihr dabei ins Ohr flüstere. »Der hat deinen Pen in seinem Rucksack.«

Rubys Haar kitzelt mich an der Wange, als sie den Kopf so dreht, dass sie mir ihre Antwort ebenso zuflüstern kann. »Papa Bastian hat Peppa Pig draufgeklebt.«

»Wie toll! Zeigst du mir das später?«

Ruby nickt aufgeregt. Und danach geht sie ohne Umschweife zu Bela, der sie versorgt. Kurz darauf höre ich sie wieder kreischend durch den Raum rennen, Bela ruft ihr etwas hinterher, aber ich bin schon bei Omar, der seinen Apfelsaft auf dem Boden ausgeschüttet hat.

So geht es die darauffolgenden Stunden weiter, bis ich ausgelaugt und müde wieder im Mitarbeiterraum des Kindergartens stehe und tief durchatme. Der stressige Tag hat mich so sehr abgelenkt, dass ich kaum an Otis oder die Kanada-Nachricht gedacht habe. Und auch jetzt bin ich viel zu erschöpft, um mir groß Gedanken darüber zu machen, weshalb Otis mir die Füße massiert hat. Obwohl ich es einfach nicht vergessen kann. Wie sanft er mich berührt hat und wie selbstbewusst. Im Flur, als er meine Hände auf meinem Rücken fixiert und mich gegen die Wand gedrückt hat.

Mir wird jetzt noch heiß, wenn ich mir den Moment in Erinnerung rufe. Wie bestimmt er an meinen Kopf gegriffen und mich kontrolliert hat.

Ich seufze und wische mir über die Stirn, als ob ich so die wirren Gedanken daraus verscheuchen könnte. Aber ehrlich gesagt kommen nur noch mehr hinzu. Seit mir Linus und sein Papa begegnet sind, fühle ich mich innerlich unruhig. Da ist es egal, wie gut ich mich selbst im Griff habe oder wie wenig ich eigentlich über meine eigene Familie weiß. Eine väterliche Geborgenheit, wie sie Linus heute im Naturkundemuseum entgegengebracht wurde, gibt es für mich nicht, aber ich sehne mich manchmal so sehr danach, dass es wehtut.

Doch die Vorstellung, zu diesem Zeitpunkt irgendetwas Vergangenes in meinem jetzigen Leben zuzulassen, macht mir Angst. Ich würde neue Leute kennenlernen und schließlich auch auf *ihn* treffen. Den Mann, der mich im Stich gelassen hat, als ich ihn am allermeisten gebraucht habe. Der mich jetzt schon seit Wochen kontaktiert. Und der mich, genau wie alle anderen in seinem Umfeld, ganz sicher verurteilt, weil ich ... nicht ihrem Standard entspreche.

Keiner von ihnen würde mich dort mit offenen Armen aufnehmen. Niemand hat sich je bei mir gemeldet. Obwohl *er* mich seit Wochen immer wieder anruft, mir Nachrichten schreibt. Doch ich halte ihn auf Abstand. Ich kann ihm die Sache einfach nicht verzeihen. Es geht nicht. Und jedes Mal, wenn mein Handy wegen ihm aufleuchtet, lässt mich mein ganzer Körper genau das auch spüren.

Deshalb reagiere ich auf keine Nachrichten und auch nicht auf seine Anrufe. Er erkundigt sich ständig, wie es mir geht, oder fragt nach, ob ich irgendetwas brauche. Wenn ich ihm antworten würde, wäre jedes Wort eine Lüge. *Alles super. Ich habe einen tollen Job mit viel Verantwortung. Nein, ich brauche kein Geld und erst recht keine Aufmerksamkeit. Mir macht es gar nichts aus, dass ich jahrelang keinen blassen Schimmer hatte, wo du bist. Ich freue mich sehr, dass du dich aus dem Nichts meldest. Ich habe einfach nur viel zu tun, weshalb ich nicht antworte. Mehr nicht.*

Als mein Handy plötzlich losklingelt, lasse ich einen überraschten Schrei los, weil ich im ersten Augenblick befürchte, dass er meine Gedanken bis nach Kanada gehört hat und deshalb anruft. Aber es ist nur meine Mutter. Ich gebe meinem Puls ein weiteres Läuten lang Zeit, um sich zu beruhigen, bevor ich rangehe.

»Hi, Mama. Alles gut?«

»Ich ruf dich zu selten an.«

»Wieso?«

Sie lacht leise. »Wenn du mich als Erstes fragst, ob alles gut ist, dann melde ich mich nicht oft genug. Bist du noch auf der Arbeit?«

»Ja, aber ich hab schon Feierabend. Ich wollte gleich in die WG fahren und mir was kochen.« Bevor ich mich hinter meinen DJ-Controller hefte und wie besessen übe, damit mein Set am nächsten Dienstag die Gäste vom Hocker reißt. Diesen etwas haarigen Teil meiner Abendplanung verschweige ich meiner Mutter lieber, weil ich Angst habe, dass sie sonst davon ausgeht, ich wäre in kriminelle Dinge verwickelt. Das wäre das Schlimmste, weil sie immer stolz auf mich war, dass ich es zu etwas gebracht habe. So würden Außenstehende meine abgeschlossene Ausbildung wohl bezeichnen.

Was, wenn das aber nicht stimmt? Was, wenn ich in Wirklichkeit, genauso wie viele andere im Viertel, gar kein Gefühl dafür habe, ab wann eine Grenze überschritten ist und ich mich mit der illegalen Raves ernsthaft in Gefahr begebe? Meine Mutter hat Doppelschichten gearbeitet, damit ich es besser habe als sie, weil mein Vater sich kurz nach meiner Geburt verdrückt hat. Und ich habe nichts Besseres zu tun, als mich in gefährliche Machenschaften und Lügen zu verstricken. Sollte ich meiner Mutter die Wahrheit sagen?

»Mama«, bringe ich mühsam heraus.

»Ich habe noch mal wegen des Antrags nachgedacht.«

Bei diesem Satz verschlägt es mir augenblicklich die Sprache. Sie meint den BAföG-Antrag, den wir neulich beim Abendessen ausgedruckt haben, nachdem ich Mama erzählt hatte, dass meine Chefin mich auf ein berufsbegleitendes Pädagogikstudium angesprochen hat.

»Das war doch nur ein Witz! Wahrscheinlich würden mich das ganze Gelerne und die Prüfungen parallel zum Job total fertigmachen.«

»Ich bin mir sicher, du würdest das problemlos schaffen. Deine Ausbildung hast du mit Bestnote abgeschlossen.«

Ich schlucke, weil mir Mamas Aktionismus eine trockene Kehle verursacht, aber ihr zuliebe will ich sie jetzt nicht einfach abwürgen.

»Damit bleibt aber immer noch das Problem der Elterneinkünfte. I-ich kann ja schlecht jemandem Formulare schicken, der in meinem Leben nicht existieren will.« Das entspricht nicht wirklich der Wahrheit, was ich meiner Mutter aber ganz bestimmt nicht unter die Nase reibe. Eher gebe ich vor ihr zu, dass ich illegale Raves veranstalte und nur mit Glück einer Anzeige entgangen bin, weil der Polizist, der sie hätte schreiben müssen, lieber ... meine Füße massiert? O Mann.

»Wir könnten versuchen deinen Vater zu kontaktieren«, schlägt sie vor.

Mein Herz stockt sofort. Sie klingt gepresst, weshalb ich betont locker erwidere: »Sicher kann ich notfalls auch mit der Sachbearbeiterin über meinen Fall reden.« *Bitte hab jetzt nichts dagegen einzuwenden. Ich brauche heute nicht noch mehr Dad-Content.*

»Ich hatte nur gedacht, weil –«

»Ist schon okay, Mama«, unterbreche ich sie sofort. »Du brauchst dir deshalb wirklich keine Mühe geben, ja?« Himmel, dass sie es in Erwägung zieht, mit meinem Vater in Kontakt zu treten, wäre das absolut Letzte, was ich jetzt gebrauchen kann. »Ich hab erst heute wieder gemerkt, wie gern ich einfach nur den Job mache, den ich im Moment habe. Ich bin glücklich.«

»Was das Allerwichtigste für mich ist. Bin stolz auf dich, Gürkchen.«

»Nenn mich nicht so!« Das kann ich ihr noch so oft begreiflich machen wollen, am Ende bleibe ich ihr Gürkchen. Was ich, wenn ich kurz darüber nachdenke, auch gar nicht ändern will. Mama und ich sind ein spitze Team. Das waren wir schon immer. Nur wir beide. Das war nie zu wenig und ganz sicher werde ich ihr nicht das Gefühl geben, dass sie mir plötzlich nicht mehr ausreicht.

Denn das tut sie. Ende. Aus. Keinen einzigen Gedanken mehr dazu.

Damit stelle ich meinen Verstand jetzt einfach vor vollendete Tatsachen und hoffe, dass das dämliche Gefühl, das in den vergangenen Wochen in mir aufgekeimt ist und das ich mit Worten nicht beschreiben kann, damit ein für alle Mal ausgelöscht ist.

»Ich nenn dich, wie ich will, das ist neben ›In diesem Haus gibt es kein großes Licht‹ und ›Einmal pro Tag muss gelacht werden‹ eine der wichtigsten Regeln deiner Erziehung gewesen.«

War es nicht, aber Mama bringt mich damit trotzdem zum Lachen. Dabei schiebe ich meine freie Hand in meine Jackentasche und ertaste den Schlüssel, den ich im Naturkundemuseum vom Boden aufgehoben habe. Mist. Den wollte ich Linus eigentlich schon längst wieder zurückgegeben haben. Seine Form lässt darauf schließen, dass er zu einer Haustür gehört.

»Ich muss doch noch schnell was erledigen«, sage ich aus einem Reflex heraus, was meine Mutter mit einem leisen Seufzer quittiert.

»Du kannst mir sagen, wenn ich nerve.«

»Tust du nicht, aber ich ... weißt du was? Ich komme später zum

Abendessen vorbei, okay? Dann reden wir noch mal über deine schrägen Regeln, die ich irgendwie anders in Erinnerung habe.«

»Ist gut, Gürkchen. Bis dann.«

Sie legt auf und ich rufe kurz beim Kindergarten in Pankow an, wo mir ein junger Mann freundlich erklärt, dass ich Glück habe, weil Linus freitags immer etwas später als sonst abgeholt wird. Ein Blick auf die Uhr verrät mir, dass ich noch knapp eine Stunde Zeit habe, um pünktlich dorthin zu kommen, weshalb ich jetzt die Beine in die Hand nehme und zusehe, dass ich den Bus erwische, mit dem ich die Strecke, ohne umsteigen zu müssen, durchfahren kann.

Auf dem Weg bekomme ich eine Nachricht von Juan.

Warst du schon mal in Spandau? Zählt das überhaupt noch zu Berlin? Das dritte Event findet jedenfalls dort statt; leer stehendes Fabrikgebäude! Adresse schicke ich dir noch.

Krass! Ich bin heute Abend bei meiner Mum, aber danach bastle ich weiter an neuen Sets. Ich würde gerne beim 90er-Theme bleiben, was meinst du?

Auf jeden Fall! Nach den Infos, die heute zum Festivalfinale durchgesickert sind, erst recht. Ich schick dir das kurz in einer zweiten Nachricht, warte …

Mein Mund klappt auf, als ich den Screenshot aus der Discord-Gruppe anklicke, den Juan mir kurz darauf zusendet. Scheiße, nein. Nein. Nein. Das Festivalfinale steht dieses Mal unter einem Neunzigerjahremotto und findet angeblich in einer stillgelegten Ostberliner Fernsehfabrik an der Rummelsburger Bucht statt. Es wird vermutlich nie wieder ein Motto geben, das besser zu den *Dirty Feminists* passt.

90er-Jahre? Fernsehfabrik? Juan!! Meinst du, wenn ich dem Teufel meine Seele verkaufe, können wir dieses Jahr dort auftreten? Kannst du uns da nicht irgendwie reinbringen? Ich meine, du hast doch Kontakte?

Ich glaube, da lässt sich nichts machen. Das Line-up fürs Finale steht schon seit Wochen, das weiß ich von einem der Veranstalter. Da kommen wir nicht mehr rein … Lass uns den dritten Rave genießen und hoffen, dass das Motto im nächsten Jahr noch besser ist.

Wahrscheinlich hast du recht. Ich werde was richtig Krasses für Spandau zusammenstellen. Hast du gute Memes gefunden?

Yes! Du kennst doch diesen Typen aus Frauentausch …

Halt, stopp! Jetzt rede ich?

Haha, ja! Den bastle ich gerade vor das Set, das du mir vorgestern geschickt hast. Passt perfekt!

Ich lache auf. Keine Chance, dass die Nummer nicht viral geht. Juans Handy ist der Inbegriff des heiligen Meme-Grahls. Es gibt kein Video oder Bild der letzten zehn Jahre deutscher Meme-Geschichte, das Juan nicht irgendwo auf seinem Smartphone abgespeichert hat. Er sammelt sie wie ich früher Pokémon-Karten. Natürlich sollte ich mir wegen des diesjährigen Festivalfinales keine großen Hoffnungen machen, da hat Juan recht, es sei denn ...

> Wir sollten das Spandau-Set vorher auf Tik-Tok stellen, damit so viele Leute wie möglich zu unserem Gig kommen. Dann haben wir vielleicht eine Chance, dass die Veranstalter uns spontan fürs Finale buchen. Ich weiß, dass es Infos zum Rave immer erst am Vorabend gibt, aber können wir nicht früher Ort und Zeit für den letzten Gig herausgeben?

Keine Chance. Denk an deinen Job, Ella. Wenn noch mal irgendwer den Bullen die Daten steckt, sind wir am Arsch!

Wenn Juan wüsste, wie knapp wir neulich an einer Anzeige vorbeigeschlittert sind ... Ich schicke ihm also ein einsichtiges *Du hast ja recht*, wische eine weitere unbequeme Nachricht aus Kanada ungelesen zur Seite und steige knapp vierzig Minuten später aus, um den restlichen Weg bis zum Kindergarten zu rennen.

Das Gebäude ist viel größer als unseres, neu gebaut und der Garten schick angelegt, aber ich mag die bunten Graffiti, die wir gemeinsam mit den Kindern und deren Familien im Herbst an unsere Außenwände gemalt haben, trotzdem lieber. Ist vielleicht Geschmackssache. Schritt für Schritt hetze ich den schmalen Fußweg entlang, der von einem gusseisernen Tor hin zu einer Glastür führt, die von innen fein säuberlich mit Bildern von hübschen Cartoon-Figuren beklebt wurde.

Ich fühle mich richtig fehl am Platz, was eigentlich total lächerlich ist. Es ist ein stinknormaler Kindergarten. Den allerdings die Kids irgendwelcher superreichen Schnösel besuchen, deren Häuser ich wohl noch nicht einmal putzen dürfte.

Schubladendenken, ermahne ich mich selbst. Ich sollte wirklich damit aufhören.

Von links höre ich Kindergelächter, das von einer tiefen Stimme durchbrochen wird. »Komm, ich heb dich noch mal aufs Klettergerüst, bevor wir aber wirklich nach Hause müssen.«

Ich reiße meinen Kopf zur Seite und entdecke Otis, der gerade dabei ist, den kleinen Linus an die niedrigste Stange zu hängen. Kaum haben seine beiden winzigen Hände das Metall umfasst, baumelt er vor und zurück, und jedes Mal, wenn Otis ihn runterheben will, kreischt er aus dem Nichts los.

Scheiße ist das süß. Und warte ... was? Otis ist der Polizeifreund und, äh, Linus' ... Babysitter? Ich muss lachen.

Otis dreht ganz kurz den Kopf und der Ausdruck in seinen dunklen Augen, als er mich bemerkt, spiegelt in etwa meine Gedanken wider: *Was zur Hölle machst du hier?*

»WARUM KLINGST DU, ALS WÜRDEST DU DICH FÜR DEINE EIGENE STIMME ENTSCHULDIGEN? WARUM LÄUFST DU, ALS WÜRDEST DU AM LIEBSTEN FÜR IMMER VERSCHWINDEN? WARUM LÜGST DU, ALS WÜRDE DICH DIE WAHRHEIT EINSCHLIESSEN? WEIL DAS LEBEN EIN SCHEISSGEFÄNGNIS IST.«

Otis

»Muss ich mir Sorgen um die Sicherheit der Stadt machen, wenn Polizisten so wenig verdienen, dass sie Nebenjobs brauchen?«

Verdammt. Ich habe nicht erwartet, dass Ella die Situation so offensiv anspricht. Kann sie nicht einfach so tun, als hätte sie uns nicht bemerkt, und ... gehen? Am liebsten will ich nach Linus' Hand greifen, mich umdrehen und weglaufen, aber Ella hat uns schon fast erreicht, weshalb Linus jetzt unkontrolliert mit den Beinen strampelt und ich ihn von der niedrigsten Stange runterheben muss, damit mich sein Fuß nicht im Schritt erwischt.

»Schau!«, brüllt er aufgeregt und rast auf Ella zu. Die bunte Daunenjacke, die er trägt, raschelt bei jedem seiner winzigen Schritte. »Das ist mein Polizeifreund!«

Meine Hände ballen sich zu Fäusten, als ich scharf Luft hole, und ich zwinge mich, sie zu öffnen und locker an meinen Seiten herunterhängen zu lassen. Abermals atme ich tief durch, doch das heiße Gefühl, das sich in meiner Brust breitmacht, kriege ich so nicht los.

»Hast du ihm denn meine Grüße ausgerichtet?«, fragt Ella und ihr Blick zuckt dabei in meine Richtung, weshalb ich augenblicklich erstarre.

»Was für Grüße denn?«

»Nicht so wichtig, aber ich hab hier was für dich.« Ella seufzt und reicht Linus einen Schlüssel. »Den hast du heute im Museum verloren.«

»Oh, d-der ist für die, äh, Vornetür«, stammelt Linus und als er einen Moment später wieder auf mich zustolpert, schiebt er eine leise Entschuldigung hinterher, die ich mit einem Lächeln quittiere. Trotzdem wird Linus knallrot und vergräbt die Finger in seinen Hosentaschen. Der Schlüssel landet dabei abermals auf dem Boden, von wo ich ihn schnell aufhebe und in meiner Jacke verstaue.

»Hey, Polizeifreund«, sagt Ella und schließt zu Linus und mir auf. »Du hast einen sehr eigenwilligen Kuscheltiergeschmack.«

Ella weiß Bescheid, ist der einzige Gedanke in meinem Kopf und dabei wird das Brennen in meiner Brust schlimmer. Dafür müsste allerdings erst einmal Linus die Wahrheit kennen, erinnere ich mich, aber um ehrlich zu sein, verstärkt diese Beschwichtigung meine Panik nur noch.

»Möglich.« Ich muss irgendetwas in meinem Hals wegräuspern, das meine Kehle blockiert, doch mit dem nächsten Luftholen fließen plötzlich Worte der Verteidigung aus mir heraus. »Es war der einzige Dinosaurier mit einem Sheriffhut auf dem Kopf, was, wie ich finde, sehr gut zu mir passt. Weil Linus jedes Mal superbrav ist, wenn ich hin und wieder auf ihn aufpasse, habe ich ihm den Dino als Belohnung mitgebracht. Nichts weiter.«

Hin und wieder. Das betone ich, um Ella klarzumachen, dass Linus und mich nichts Engeres verbindet. Ich hoffe, sie versteht die Botschaft, auch wenn sie zugegeben sehr tief zwischen den Zeilen steckt und mein Blick, während ich rede, die ganze Zeit über angestrengt auf Linus gesenkt ist, als müsste er sich an ihm festkrallen.

Ich bin Linus' Babysitter, mehr nicht. Was als, sagen wir einfach, Studentenjob angefangen hat, kann ich jetzt eben nicht mehr gehen lassen, weil ich so gewissenhaft und nett bin? Fuck. Gut, dass ich den Müll nicht auch noch laut ausgesprochen habe. Er klingt selbst in meinem Kopf unglaubwürdig.

Mit der Hand streiche ich mir ein paar Strähnen aus der Stirn und drücke sie anschließend auf dem Kopf platt. Ella beobachtet mich dabei. Und dann beäugt sie Linus, der meine Bewegung in diesem Moment nachahmt, es zumindest versucht. Er trägt eine Wollmütze, die ihn daran hindert. Aber Ella ist aufmerksam, viel zu aufmerksam. Deshalb hebt sie den Kopf wieder und ich sehe ihr dabei zu, wie sie sich ihre eigenen Haare zurückstreicht und mir beim Plattdrücken zuzwinkert. Was mir wohl sagen soll, dass sie irgendetwas begriffen hat.

Okay, ablenken, Otis, lenk sie einfach mit etwas Schwachsinnigem ab.

»Was machen deine Füße?« Meine Stimme ist dünn, als würde ich zum Ende des Satzes keine Luft mehr bekommen.

»Die Füße sind zum Stampfen da!«, kreischt Linus sofort los und beginnt damit, seine Schuhe nacheinander in den Sand zu drücken.

»Ist ein Kindergartenlied«, erklärt Ella. »Danach kommen die Hände dran.«

Ich könnte meine Hände jetzt dazu nutzen, um mich zu verabschieden, aber dafür müsste ich Linus davon überzeugen, dass Ella es nicht wert ist, noch ein paar Minuten länger hierzubleiben. Und das kriege ich ja noch nicht einmal in meinen eigenen Kopf, weshalb ich das Gespräch wieder zurück auf eine sicherere, aber nicht weniger peinliche Bahn lenke. »Lass mich raten: Die Hände sind zum Massieren da?«

»Zum Klatschen«, korrigiert Ella mich, lacht dann aber auf. »Aber es gibt einen Teil etwas weiter hinten im Song, für den die Kids eigene Strophen erfinden können.«

»Perfekt.« Mein Blick schwenkt kurz zu Linus, der gerade in die Hocke geht und ein Sandförmchen aufhebt.

»Du hast meine Frage vorhin nicht beantwortet. Woher kennst du Linus?«

Ich zucke zusammen. »Ich babysitte für, äh, seine Eltern, seit … dem Studium bei der Polizei.«

Ella grinst. »Es wird dich verwundern, aber so etwas Ähnliches stammeln auch jene Typen, die wir in der Nähe von Kindergärten und Schulen ganz und gar nicht gern sehen. Ich empfehle dir auf der Wache eine bessere Ausrede.«

Jetzt zuckt es auch um meinen Mund, denn dieser Satz könnte im Duden als Beispiel unter *Retourkutsche* stehen.

»Also, woher kennt ihr euch?«

Linus ist mein Halbbruder, verdammt. Das kann ich Ella nicht sagen, weil Gloria oder mein Vater ganz sicher ein Vorrecht auf diese Information haben. Mein Leben ist nicht so privilegiert, wie Ella vielleicht denken mag. Ich gebe meine ganze Kohle aus, damit mein Vater nicht wegen seiner Spielschulden im Knast landet. Die nächste Rechnung lag heute im Briefkasten. Keine Ahnung, wie viel es diesmal ist, aber die Summe wird mich geregelte Mahlzeiten kosten und meinen Vater trotzdem nicht davon abhalten, heute Abend zu Herta in die Kneipe zu fahren.

Mir graut es jetzt schon vor einem Anruf später. Ich habe meine allererste Nachtschicht allein mit Maxim, was ich bisher immer vermeiden konnte. Ich weiß nicht, wie ich ausgerechnet ihm erklären soll, dass wir kurz bei Herta stoppen müssen, um einen Mann abzuholen, mit dem mich im Grunde absolut nichts verbindet. Und jetzt erinnere ich mich auch noch daran, dass Gloria ihre Hilfe angeboten hat, weil ich das Chaos alleine nicht mehr bewältigt bekomme.

Was habe ich ihr eigentlich zu bieten, wenn sie erst einmal weiß, dass wir keine richtigen Geschwister sind? Braucht sie mich dann überhaupt noch? Sie verdient bald ihr eigenes Geld, will nicht, dass ich ihr bei den Studiengebühren unter die Arme greife. Sorge ich mich eigentlich wirklich um Glorias Zukunft oder geht es nur um meine Panik, dass sie mich aus ihrem Leben schmeißen könnte, wenn sie erst mal die Wahrheit kennt? Scheiße.

Das Letzte, was ich gerade brauche, ist Kontakt zu jemandem, die spielend leicht hinter meine Fassade blickt. Die mir das Gefühl gibt, ihr Mamas drei dämliche Fragen beantworten zu wollen, damit sie mich versteht. Doch das werde ich nicht zulassen und ziehe meine Maske deshalb lieber tiefer ins Gesicht.

»Hast du was an den Ohren?«, zische ich leise. »Das hier war mein Nebenjob im Studium und ja, ich habe hin und wieder so etwas wie Gefühle, weshalb ich noch immer, sooft es geht, Zeit mit Linus verbringe.«

Ich kann genau sehen, wie Ella eine Million Gedanken und Worte runterschluckt. »Ich verstehe.«

Es ist nicht okay, dass sie jetzt weiter davon ausgeht, dass ich ein engstirniger Mistkerl bin. Weil das nicht stimmt und weil ich mir wünsche, dass Ella mehr in mir sieht als den besoffenen Typen vom Festival oder den sexistischen Polizisten. Das würde alles komplizierter und besser zugleich machen.

Hölle, meine Gedanken werden mir allmählich zu anstrengend. Deshalb gehe ich ohne einen weiteren Kommentar zu Linus in die Hocke.

»Alles gut bei dir? Dir ist bestimmt kalt, oder? Sollen wir mal so langsam nach Hause?«

Seine Antwort ist ein Flüstern, aber ich verstehe ihn klar und deutlich. Mein Herz fällt drei Etagen tiefer.

»Deine Mutter holt dich ab?«, hake ich nach.

»Ja.«

Wieso weiß ich davon nichts? Ich überschlage im Kopf schnell die Tage, aber heute ist Freitag, oder nicht? Ich hole Linus jeden

Freitag vom Kindergarten ab, weshalb ich mir meine Schichten absichtlich so einteilen lasse, dass ... der Museumsbesuch. Der war heute. Und genau deshalb hat Ella eben den Schlüssel hergebracht. Sie arbeitet wohl für den Partnerkindergarten. Linus' Vater meinte vorletzte Woche, dass seine Mutter ihn ausnahmsweise nach dem Museumsbesuch abholen kommt. Wieso habe ich das vergessen? Ist eigentlich scheißegal, weil sie hier jede Sekunde auftauchen wird. Wenn sie Ella die Wahrheit sagt, dann ...

»Ist bei euch beiden alles in Ordnung?« Ella kommt zu uns runter und noch bevor sie fortfährt, wandern ihre Brauen skeptisch in die Höhe. »Otis' Mund sieht ja genauso verkniffen aus wie der deines Dinos, Linus.«

Der Kleine prustet los, aber das Geräusch, das Ella daraufhin von sich gibt, kann mein Verstand gerade nicht verarbeiten. Weil fuck, ich bin weder zu kognitiven noch zu körperlichen Leistungen fähig. Aber ich glaube, Ella kichert. Lacht sie mich aus? Wunderbar.

»He, Polizistenfreund!« Jetzt hat sie mir gegen den Oberarm geboxt. »Sorry, ich war nur neugierig, womit ich im Übrigen unsere Regel gebrochen habe: *Wir reden nicht über Probleme.*«

»Solange wir nicht Du-weißt-schon haben, sind deine komischen Regeln eh nicht gültig. Und so allmählich glaub ich, dass wir es eh nie so weit schaffen. Von daher ...«

»Ach, und was war das dann neulich im Flur mit deiner Hand an meinem Kinn?«

Muss Ella jetzt damit anfangen?

Ich komme nicht umhin, mich zu verteidigen. »Ich hab dich nur von etwas abgehalten, das du hinterher bereut hättest.«

»Aha.«

Damit verunsichert sie mich gewaltig. Ich lege meine Hände flach auf Linus' Ohren und beuge mich zur Sicherheit noch über seinen Körper zu Ella. »Du wolltest mich küssen.«

»Das denkst du?«, kommt es sofort zurück und mein Bauchgefühl sagt mir, dass ich gerade in ein riesiges Fettnäpfchen getreten bin, was mein dummes Ego nicht ertragen will, weshalb ich ... unfair werde.

»Ich denke, dass du erst mal die Sache zwischen dir und *Kanada* klären solltest, bevor du –«

»Was zur Hölle?!«, unterbricht Ella mich entsetzt, womit ich zu meiner Sicherheit meine Hände von Linus' Ohren löse, der daraufhin loskichert und eines der Förmchen nach mir wirft.

Dass Ella so übertrieben reagiert, macht mich sofort noch misstrauischer. Vielleicht hätte ich gleich ihren Ex mit ins Gespräch einbeziehen sollen, aber wahrscheinlich würde sie sich dann das Förmchen vor meinen Füßen schnappen und mir gegen den Kopf donnern.

»Wieso sagst du das?«, fragt sie mit kühler Stimme und weil ich mich noch immer zu ihr hinüberbeuge, spüre ich dabei sogar ihren heißen Atem. Bei ihrem Tonfall sackt mir das Herz gleich noch mal tiefer. »Du denkst also wirklich, dass du besser bist als ich, richtig? Du denkst, du kannst mir Ratschläge erteilen.«

»Quatsch.« Obwohl mich die Vorstellung, ich könnte das tun, irgendwie anmacht und – Scheiße, wie krank ist das? Mein Halbbruder stapelt neben mir im Sand Förmchen aufeinander, während mein verwirrtes Hirn eine Extrarunde in Sachen Widerwärtigkeit dreht.

»Oder ... lass mich raten ...« Ella überlegt nur eine Sekunde, bevor sie sich aufrichtet und fortfährt, ihren Blick herausfordernd auf mich senkt und ohne ein beschwichtigendes Lächeln, auf das ich irgendwie gehofft habe. »... du betrachtest Leute wie mich eben doch von Anfang an als Verbrecher, richtig?« Ella knurrt durch die Zähne. »Leute aus Plattenbausiedlungen«, fügt sie noch hinzu. »Elendiger Schubladendenker.«

Verbrecher? Wenn Ella damit meint, dass sie das ganze Gespräch über schon dabei ist, mich davon zu überzeugen, aus dem Scheißgefängnis, in dem ich festhocke, auszubrechen, hat sie recht. In diesem Fall ist sie eine Verbrecherin. Aber ich bin mir ziemlich sicher, dass sie, wie auch in der Apotheke letztes Wochenende schon, von etwas anderem spricht.

Angestrengt achte ich auf ihre Mimik, ihre Körperspannung und ihren Blick, der auf Linus ruht. Nichts verrät etwas darüber, wie sie sich gerade wirklich fühlt. Perfektes Pokerface. Es dauert eine Weile, bis sie lautstark die Luft einzieht und den Kopf dabei kurz zur Seite dreht.

»Linus, ist das deine Mama da vorn am Eingang?«, fragt sie.

»Ja!« Linus springt auf, schnappt sich nach einer kurzen Verabschiedung seinen Dinorucksack, den wir vorhin neben den Schaukeln abgestellt haben, und rast auf seine Mutter zu.

»Willst du noch irgendetwas sagen?«, fragt Ella, während ich mich aufrichte.

Ich suche händeringend nach Worten und dann sehe ich plötzlich etwas, das ich am liebsten sofort vergessen will. Ella blinzelt, wieder und wieder, ihren glasigen Blick dabei die ganze Zeit auf Linus und seine Mutter gerichtet. Es ist, als würde sie die Situation oder ihre völlig falsche Einschätzung zu meiner Meinung über sie an irgendetwas erinnern, und das sorgt dafür, dass Ella kurz die Fassung verliert. Ihre Schultern fangen leicht zu beben an, woraufhin sie sich mit der Hand wütend über die Augen fährt und ein Schluchzen runterschluckt.

»Ist alles –«

»Vergiss es. H-hast du seinen Schlüssel?« Ihre Stimme ist halb erstickt und als ich kurz nicke, atmet sie bebend aus, dreht sich wortlos um und geht.

Ich starre ihr hinterher, will ihr nachgehen und tue es doch nicht. Erst als sie außer Sichtweite ist, hole ich tief Luft und streiche mir über die Brust, als ob diese Bewegung das Gewicht darauf zur Seite schieben könnte. Scheiße. Weil ich Ella hinterherrennen will und wegen dem, was sie gerade so berührt hat.

Erst da begreife ich, wie wenig ich eigentlich über diese Frau weiß. Ist Ellas Mutter auch verstorben? Hat sie in den vergangenen Tagen irgendeine Andeutung in diese Richtung gemacht? Wenn ja, dann erinnere ich mich nicht. Was ist mit ihrem Vater? Ich weiß nichts über sie. Rein gar nichts. Und dann nehme ich mir raus, ihr diese Kanada-Nachricht an den Kopf zu werfen. Es geht ja vielleicht gar nicht um ihren Ex. Wahrscheinlich hätte ich sie genau das einfach fragen sollen.

Ich sag's ja: Das ist doch alles scheiße. Und wird auch nicht besser, befürchte ich.

»Otis!« Linus und seine Mutter kommen auf mich zu. Sie hebt kurz die Hand, um mir zu signalisieren, dass ich einen Moment warten soll, was mir ganz gut passt, weil ich mich nach der Sache mit Ella eben sowieso wie gelähmt fühle. »Hat euer Vater dir nicht gesagt, dass ich Linus heute abhole?«

Wenn ich davon ausgegangen bin, dass mein Körper in einer Schockstarre ist, dann beweist mir der Zustand jetzt das Gegenteil. Ich fühle mich nicht mehr wie auf dem Boden festzementiert, sondern eher so, als würde der Sand unter meinen Füßen mich in ein tiefes schwarzes Loch reißen. *Gut, dass Ella die Frage nicht gehört hat*, schießt es mir jetzt durch den Kopf. Damit wären es genau fünf Sekunden gewesen, bis ich vor ihr im Staub gelegen hätte.

»Das Fragezeichen in deinem Gesicht sagt mir, dass er es nicht getan hat.«

Ich schüttle den Kopf. »Doch, ich habe es nur vergessen.«

Linus' Mutter ist groß und schlank. Sie hat pechschwarzes Haar, was ein krasser Kontrast zu dem von Linus ist, und sie lächelt. Immer. Wenn auch manchmal etwas verkniffen, so wie gerade eben. Dann wirkt sie meistens unnachgiebig.

»Dann hat dir Matthias sicher auch gleich mitgeteilt, dass er das

Jobangebot in Hannover angenommen hat. Er wird dort die neue Versicherungsfiliale übernehmen und leiten. Das ist eine große Chance. Für ihn, aber auch für uns als Familie.«

»Klar, nachvollziehbar«, höre ich mich antworten, obwohl ich keine Sekunde über das nachgedacht habe, was ich eben erfahren habe. Diese Information hat mir Matthias in seiner SMS verschwiegen. Ich verschränke die Arme vor der Brust und schlucke. »Karriere ist wichtig, für mich auch.« Ich lache kurz auf, was sich total künstlich anhört. »Muss ich von ihm haben.«

»Otis.« Sie wirft einen Blick auf ihre Uhr. »Willst du vielleicht mit zu uns kommen? Dann können wir darüber reden, wie ... wir damit weitermachen.«

Auf gar keinen Fall. Aber anstatt zu erklären, dass ich keine große Lust darauf habe, mir mit Anfang zwanzig eines dieser Dein-Vater-liebt-dich-aber-du-musst-das-verstehen-Gespräche anzutun, unterdrücke ich jede Widerrede und nicke. »Ich muss allerdings um sechs auf Arbeit sein.«

»Matthias ist in einer Stunde zu Hause. Das reicht bestimmt.«

Eine Stunde ist genug Zeit, um auch das letzte bisschen Kontrolle in meinem Leben zu verlieren, schätze ich.

Sie legt ihre freie Hand auf meinen Arm, an ihrer anderen zappelt Linus hin und her. »Linus freut sich sicher auch, wenn du ihm eine Gutenachtgeschichte vorliest, oder?«

»Worauf warten wir dann noch?« Ich senke den Blick und lächle verkrampft, was Linus nicht entgeht. Er streicht sich die einzelnen Strähnen, die unter der Mütze hervorlugen, zurück und legt die Hand flach auf den Kopf.

Wieso hat er sich so einen Mist von mir abgeschaut und zur Hölle, weshalb berührt mich diese Tatsache so sehr, dass meine Scheißaugen brennen wie Feuer? Alles, woran ich jetzt denken muss, ist Linus' Augenfarbe, die fast dieselbe ist wie meine. Nur sein Haar ist etwas heller als bei mir, dafür sind meine Augenbrauen dunkler. Kann sich ja noch ändern, was ich dann aber hier in Berlin wohl nicht mehr mitbekommen werde. *Für uns als Familie,* das bedeutet: Linus' Mama plus Matthias plus Linus minus Otis. Die Situation ist einfach zum Kotzen. Den ganzen Weg nach Pankow, wo mein Vater mit seiner Familie lebt – sorry, *noch* lebt –, halte ich mit meiner Meinung und auch sonst fast jedem anderen Wort hinterm Berg. So viel wie die letzten Minuten hat Linus' Mutter noch nie geredet. Aber um ehrlich zu sein, war ich auch selten zuvor so schweigsam. Normalerweise verstehe ich mich gut mit ihr, eigentlich besser als mit meinem Vater.

Als wir das Haus erreichen, sind meine Hände mal wieder zu Fäusten geballt und mein Mund, das hat Ella vorhin schon festgestellt, eine verschlossene, gerade Linie.

»Du weißt, dass das absolut nichts mit dir zu tun hat, Otis?« Ich bekomme ein liebevolles, mütterliches Lächeln geschenkt, bevor ich das Haus betrete und Linus nach meinem »Ich lese dir gleich eine Geschichte vor« in sein Zimmer geschickt wird.

»Das weiß ich«, erwidere ich, nachdem Linus freudestrahlend die Treppe hochgestapft ist. »Es ist eigentlich nicht nötig, dass wir noch mal über die Sache reden. Ich verabschiede mich schnell von Linus und dann geh ich zur Arbeit, ja? Schreib mir einfach, wenn ihr meine Hilfe braucht. Ich kann es sicher einrichten, vor dem Umzug noch mal vorbeizukommen.« Kann ich, werde ich aber nicht. »Wann ist es denn so weit?«

»In drei Wochen.«

»Drei Wochen«, wiederhole ich tonlos. Das Blut rauscht mir in den Ohren. Wieso hat mir mein Vater nicht früher Bescheid gegeben? Einundzwanzig Tage ist eine verdammt kurze Zeit. Allein, um ihm das noch an den Kopf zu knallen, würde ich gerne bleiben, aber meine Kehle brennt jetzt schon. Und da ich bei jedem Atemzug mehr und mehr das Gefühl habe, dass mir die Heizungsluft hier drin den Hals versengt, halte ich es nicht mehr aus. Ich muss sofort raus aus der Situation. Jeder Polizist im Einsatz trägt einen Notfallknopf an seiner Uniform, den er drückt, wenn er in Gefahr geraten ist und deshalb dringend Verstärkung benötigt, und genau so einen bräuchte ich gerade.

»Otis, du hast doch ein Auto und Hannover ist nicht so –«

»Alles gut«, wiegele ich hektisch ab. »Ich werde bald befördert und dann hätte ich sowieso keine Zeit mehr für Linus gehabt. Ist besser so. Ich ... ich muss los.«

»Verstehe. Willst du Linus noch –«

»Nein.« Mittlerweile ist mir schwindelig. Ich konzentriere mich auf meine Atmung, kann aber nicht verhindern, dass der Atem hart und stoßweise aus meinem Mund strömt. Schweiß rinnt über meine Stirn. Ich wische ihn hektisch weg. Drei Wochen sind im Vergleich zu über zwanzig Jahren, in denen ich keinen blassen Schimmer hatte, dass Linus mein Halbbruder und Matthias mein Vater ist, lächerlich. Aber gerade habe ich das Gefühl, jeglichen Sinn für Zeit und Raum zu verlieren. Ich habe jetzt schon einen straffen Zeitplan, in den ich nie und nimmer regelmäßige Besuche in Hannover einplanen kann. Geht einfach nicht. Außerdem müsste ich Ria und ihrem Vater dafür noch mehr Lügen auftischen als ohnehin schon, und so muss ich der Wahrheit ins Auge sehen. In einem Jahr wird Linus vergessen haben, wer ich bin.

»Alles okay«, höre ich mich abermals beschwichtigen. »Linus wird damit klarkommen, schätze ich.«

»Und du?«, fragt seine Mutter.

»Passt schon.« Ich zwinge mich krampfhaft dazu, ihren mütterlichen Tonfall zu ignorieren, weil der mir weismachen will, dass ich ihr irgendetwas wert bin. Was nicht stimmt. Ganz sicher nicht.

Das alles ist seit dem ersten Tag eine riesige Heuchelei. Sie akzeptieren mich hier nur, weil sie Mitleid mit meiner kläglichen Situation haben. Mitleid. Das flüstert mir zumindest gerade eine Stimme zu, die immer lauter wird und schließlich über meine

Sehnsucht nach Geborgenheit und einer Familie gewinnt. Beides schiebe ich in die hinterste Ecke meines Bewusstseins und packe das ekelhafte Gefühl in meinem Magen gleich mit dazu, bevor ich mich räuspere und meine Mundwinkel zu einem Lächeln hochziehe. »Sag Linus liebe Grüße.« Ich halte ihr demonstrativ die Hand hin, und als sie einschlägt, brodelt irgendetwas in mir hoch, das mich in sachlichem Ton hinterherschieben lässt: »Frau Zehnle.«

Es ist bescheuert, dass ich mich verhalte, als wäre ich im Einsatz, und so zwischen der ganzen Situation und mir Distanz schaffe. Aber ich kann gerade keinen klaren Gedanken fassen, weshalb mein Hirn sein einstudiertes Programm abspielt. »Schönen Abend noch. Einfach melden, wenn etwas ist.«

Ich schlucke bittere Galle runter und drehe mich um.

»Otis, ich bin mir absolut sicher, dass Linus sich freuen würde, wenn wir das irgendwie hinbekämen. Ich habe ein paar Ideen, ich –«

Verdammt, ich fasse es nicht, dass ich mich nicht ansatzweise wie ein erwachsener Mann benehmen kann. Wieso kann ich mir nicht einfach anhören, was sich Linus' Mutter überlegt hat? Warum verabschiede ich mich nicht wenigstens ordentlich von meinem Halbbruder, lese ihm eine Geschichte vor, nehme ihn in den Arm oder ... oder ... vielleicht würde es ja wirklich funktionieren? Aber ich schätze mal, das werde ich nicht erfahren, denn ich flüchte gerade, irgendwo zwischen Hilflosigkeit und Wut schwankend, ohne Umwege aus dem Haus, weil ich Gloria das hier nicht antun werde, auch ihrem Vater nicht. Ich kann nicht noch mehr Lügen runterschlucken und ganz sicher keine, die das Ausmaß einer weiteren Großstadt haben.

Trotzdem bin ich mir absolut sicher, dass ich den Moment, in dem die Haustür hinter mir ins Schloss knallt, früher oder später bereuen werde.

Bei meinem Glück wohl eher früher.

»SPRICH! WERD ENDLICH ERWACHSEN!
MUT BESTEHT AUS BUCHSTABEN: M, U, T.
KEIN EINZIGER DAVON
KOMMT IN SCHWEIGEN VOR.
KEIN EINZIGER.«

Otis

Erst nach ein paar arbeitsintensiven Tagen hat mein Verstand wieder so weit aufgeklart, dass ich mir ernsthaft Gedanken darüber machen kann, wie ich das glühend heiße Eisen, das mir die ganzen Lügen in den vergangenen Monaten mitten in den Brustkorb gerammt und bis runter in den Magen geschoben haben, wieder aus mir rausgezogen bekomme.

Es ist sieben Uhr morgens, ich habe eine Zwölf-Stunden-Schicht hinter mich gebracht und klemme jetzt trotzdem noch meine Beine hinter den dichten Schaumstoff der Hantelbank im polizeieigenen Fitnessraum, auf deren Sitzpolster ich hocke. So presse ich mit ausreichend Druck gegen die bewegliche Platte, womit die Beinpresse im Drei-Sekunden-Takt hochgeschoben wird. Im Kopf zähle ich die Pushs mit und bin gerade einmal bei zwanzig, als sich meine innere Stimme dazwischenschiebt. Seit Freitag hat sie sich nicht mehr gemeldet.

Es gibt exakt drei Probleme, für die ich eine Lösung finden muss, wenn ich nicht mehr mit dem Gefühl aufwachen will, dass ich jede Sekunde durchdrehen könnte. Die erste Sache betrifft Ella, zu der ich schleunigst Abstand schaffen muss. Ghosten will ich sie allerdings nicht, weshalb ich am Dienstag zu ihrem dritten Rave gehe, um dort kurz mit ihr zu reden. Ich bin mir sicher, dass Ella sich von meiner polizeilichen Ermahnung wenig beeindrucken lässt und weiterhin unerlaubt auflegen wird. Im Grunde lässt sich diese Frau von absolut niemandem reinreden, was ausgesprochen interessant und –

Okay, hier bremse ich mich. Schubladendenken, so hat Ella solche Gedanken doch bezeichnet, und das trifft bei meinem Hirn so ziemlich ins Schwarze. Ich finde Ella spannend, weil sie anders ist als alle anderen? Peinlich. Levy hat zu diesem Thema vor ein paar Tagen ein Video auf TikTok hochgeladen. Darin stellt er unter anderem die Frage, ob ein Mann eine Frau wirklich beschützen will oder ob er nur Angst davor hat, dass er nichts mehr zu melden hat, wenn sie erst einmal weiß, was sie will.

Auch in Bezug auf Gloria geht mir die Frage seitdem nicht mehr aus dem Kopf. Was ist, wenn ich ihr nur aus diesem Grund nicht die Wahrheit sage? Will ich Gloria mit meiner Lüge an mir festketten? Würde ich mit Ella dasselbe tun, nur weil sie mich auf eine unfassbar aufregende Weise reizt? Armselig.

Aber die Möglichkeit, zu ihr in die WG zu fahren, schließe ich trotzdem auf jeden Fall konsequent aus, weil ... tja, weil ich einen Ort brauche, den ich schleunigst verlassen kann, wenn ich das Gespräch hinter mich gebracht habe. Auch peinlich.

Was die zweite und dritte Sache anbetrifft, gilt dieser Wunsch genauso, obgleich ich ihn nicht einfach so umsetzen kann. Ria und meinem Vater die Wahrheit zu sagen, ist seit Monaten zum Scheitern verurteilt, weil ich feige bin. Jetzt ist auch noch die Panik davor dazugekommen, auch aus ihrem Leben verbannt zu werden. Und so was geht schneller, als man denkt, das hat man mir ja am Freitag hinreichend demonstriert. Außer meinem Job hätte ich dann gar nichts mehr.

Die Tage bis zum Umzug habe ich mir an jedem freien Tag eine freiwillige Zwischenschicht eingetragen, was rein gesetzlich nicht erlaubt, hier auf dem Brennpunktabschnitt aufgrund des Personalmangels aber auch mal unter der Hand von Maxim durchgewunken wird. Womöglich renne ich damit vor einem Schicksal weg, das eh schon ungebremst auf mich zurast. Jede freie Minute werde ich schlafen oder arbeiten, nur unterbrochen von Ellas nächstem Rave. Damit bleibt keine Zeit für Gespräche mit Ria, meinem Vater oder Linus' Eltern. Dieser Gedanke sollte mich eigentlich erleichtern, aber warum tut er es dann nicht? Weil ich Dinge verdränge, verdammt noch mal, totschweige und das irgendwann noch mein Untergang sein wird.

Warum hast du dich in einer Welt, in der du alles hättest sein können, dazu entschieden, ein Arsch zu sein?

Ich finde keine Antwort auf Ellas Frage. Vielleicht spare ich mir bei unserer Klimasituation ja einfach die Energie, die es braucht, um kein miesgelaunter Scheißkerl zu sein? Schwachsinn, aber ich könnte mir vorstellen, dass der Spruch Ellas Mundwinkel zum Zucken bringen würde, und eigenartigerweise mag ich diese Vorstellung.

Ich wische meine feuchten Finger an meinen kurzen Shorts ab und lege den Kopf in den Nacken, um tief ein- und wieder auszuatmen. Dann vertreibe ich das wohlige Kribbeln im Magen, indem ich die Beine zurück unter die Platte klemme und zerknirscht das Tempo erhöhe, bis mir der Schweiß von der Stirn auf mein T-Shirt rinnt und das Hellgrau somit dunkel wird. Meine Unterschenkel brennen. Irgendwann ist das Kribbeln verschwunden und in meinem Magen bleibt nur noch das Loch zurück, das das glühende Eisen reingebrannt hat und das mich irgendwann noch verschlucken wird.

»Otis?« Die Tür zum Fitnessraum fällt mit einem dumpfen Laut ins Schloss und mein Kopf zuckt hoch. Gloria steht vor mir. Hoffentlich habe ich meinen Gesichtsausdruck einigermaßen im Griff.

Sie kommt auf mich zu, lässt ihren Blick einmal über meinen Körper wandern und grinst. »Hi, Bambi.«

Ich verziehe das Gesicht und löse meine Beine von der Beinpresse, um sie auf dem Sitzpolster angewinkelt abzustellen. »Wie bitte?«

»Victoria vorne meinte – Zitat: ›Bambi ist hinten im Fitnessraum.‹«

»Bitte vergiss das sofort. Was machst du hier?«

»Darf ich meinen Bruder nicht morgens um sieben von der Arbeit abholen kommen?«

Ich ziehe die Beine hoch ans Kinn und seufze leise. »Hat Papa dich wieder angerufen?«

»Meine Güte!« Gloria hockt sich auf die Vorderkante der Hantelbank. »Wenn du es genau wissen willst, dann hier bitte schön: Ich war gestern mit Freundinnen in einer Bar, hab dort eine Frau kennengelernt, der ich kurzerhand erlaubt habe, ihre Zunge in mei-«

»Danke, das reicht.«

Jetzt beäugt sie mich, als hätte ich ihr gerade irgendetwas gestanden. »Jedenfalls hab ich sie geotist und bin vor dem Frühstück abgehauen.«

»Geotist? Ich meine, das war früher eher Levys Ding«, verbessere ich sie. »Ich lass mir gern noch Kaffee und frische Croissants anbieten, bevor ich mich verziehe.« Was Ria sicher gut verstehen würde, wenn sie im Detail über unsere finanzielle Situation Bescheid wüsste. Das ist auch so eine Sache, Nummer vier also, die ich angehen muss: Ria von dem Kredit erzählen, den ich wegen Papa im Sommer aufgenommen habe.

»Widerlicher Typ, dieser Levy.«

Ich grinse, weil ich im Grunde froh bin, dass wir gerade über Alltägliches reden. Alles andere könnte ich nach zwölf Stunden Nachtschicht und dem Chaos der vergangenen Wochen nicht gebrauchen. »Sollen wir frühstücken gehen?«

»Hab keinen großen Hunger. Ich bin nur hergekommen, weil ich dich kurz sehen wollte. Irgendwie hab ich das Gefühl, dass du wegen der Studiumssache sauer auf mich bist. Hängst du deshalb ständig auf der Arbeit rum und kommst kaum mehr in unsere Wohnung?«

Ich rutsche vom Sitzpolster und schnappe mir mein Handtuch von einer der Metallstangen über mir. Dass Ria denkt, ich könnte auf sie wütend sein, macht mich fertig. Deshalb lege ich das Handtuch in meinen Nacken und zwinge mich zu einem breiten Lächeln. »Wie kommst du auf so einen Mist? Ich bin erst ein paar Wochen auf dem neuen Abschnitt hier und will einen guten Eindruck hinterlassen, mehr nicht. Meine Beförderung hängt davon ab, wie erfolgreich ich mich hier und innerhalb der Arbeitsgruppe schlage. Läuft bisher eher beschissen, weshalb ich jetzt noch härter arbeite. Hatte ich dir erzählt.«

»Gut. Ich hab nämlich mit meiner Praxisanleiterin gesprochen und sie meinte, dass ich mir keine Sorgen machen muss, weil sie mich ganz sicher nach dem Abschluss übernehmen werden. Ich habe ihnen schon mal vorzeitig zugesagt.«

»Gloria«, wüte ich ganz automatisch los. »Darüber haben wir noch nicht abgestimmt und außerdem weißt du ganz genau, dass Mama ...« Ach verdammt, wieso lenke ich Idiot denn jetzt selbst wieder auf das falsche Thema? Ich hole tief Luft und dann lächle ich wieder. »Weißt du was?«, sage ich sanft. »Mach einfach genau so, wie du willst, aber sag mir immer Bescheid, ja? Also, was ich damit meine, ist ...«

»Dass ich dir einfach immer Bescheid sagen soll?«, wiederholt Gloria meine Worte und grinst.

Ich nicke. Wieso halte ich nicht einfach die Klappe? Gloria wird sich fragen, aus welchem Grund ich mich innerhalb von Sekunden vom wütenden Orkan in Zen-Otis verwandelt habe. So einsichtig bin ich sonst nicht. Und wieder, wie viel zu oft in den letzten Tagen, brennen meine Augen. Könnte ich immerhin darauf schieben, dass ich nach zwei aufeinanderfolgenden Zwölf-Stunden-Nachtschichten kaum in der Lage bin, einen klaren Gedanken zu fassen. Wäre dann aber die nächste Lüge. Mein Kopf ist überraschend klar.»Ja«, krächze ich.»Versprich mir einfach, dass du immer mit mir redest, okay?«

»Okay? Was ist los?« Gloria springt von der Hantelbank und greift nach meiner Wasserflasche, um einen Schluck daraus zu trinken.»Bist du krank? Hast du deinen Job verloren? Ist was mit Papa? O Gott, wart ihr noch mal beim Arzt wegen ... wegen seiner Leber?«

»Nein, mach dir keinen Kopf. Es ist nichts.«

»Okay, warte ...« Ria tritt einen Schritt näher und mustert mich eindringlich, bevor sie mir auf die Narbe oberhalb des rechten Nasenflügels tippt, wodurch ich automatisch auf den Boden schaue. »Wen hast du kennengelernt?«

Fuck, was? Definitiv eine Herzaussetzfrage, die ich versuche möglichst beschwichtigend zu beantworten.»Als Polizist lerne ich ständig Leute kennen.«

»Auch Frauen?«

»Ja, natürlich. Worauf willst du hinaus?«

»Datest du jemanden? Diese Victoria?« Ria klemmt sich die Wasserflasche unter den Arm und ohne auf eine Antwort zu warten, schiebt sie hinterher:»Ach, weißt du was?«

»Ich will es nicht wissen, richtig?«

»Du nervst mich ständig damit, was Mama sich für mich gewünscht hätte, aber ich glaube genau das hier, das hätte sie für dich gewollt.«

Ich muss einen Kloß im Hals loswerden und verschlucke mich dabei fast. Während ich huste, spüre ich, wie mir das Blut in den Kopf schießt.»Das ...« Weiter komme ich nicht, weil mich abermals ein Hustenanfall unterbricht. Ich unterdrücke ein Fluchen, kralle meine Finger in die beiden Handtuchenden rechts und links auf meiner Brust und richte mich wieder auf. »Halt einfach die Klappe, Ria.«

Sie streckt mir die Zunge raus. »Jetzt siehst du mal, wie das ist, wenn dir jemand ständig mit deiner toten Mutter auf die Pelle rückt. Das nervt nämlich gewaltig. Trotzdem finde ich, dass ich recht habe. Mama hätte sich bestimmt gefreut, wenn da endlich mal jemand an deiner Seite wäre, bei der du nicht ausschließlich an irgendwelchen Löchern interessiert bist.«

Davon lasse ich mich ganz bestimmt nicht provozieren. »Wer hat dir eigentlich beigebracht, so zu reden?« Ich gehe an ihr vorbei und drehe mich dann noch mal um. »Du klingst wie jemand, der auf einer Baustelle arbeitet und nicht im Pflegeheim alten Opas den Hintern abputzt.«

»Klar. Komm mir wieder mit diesen dämlichen Vorurteilen.«

Elendiger Schubladendenker.

»Sorry.« Ich gebe ihr ein Zeichen, dass sie herkommen soll, doch mir ein einziges Mal zu gehorchen, ist Gloria schon zu viel. Sie verschränkt die Arme demonstrativ vor der Brust.

»Was ist so schlimm daran, eine liebevolle Beziehung zu führen? Mama und Papa waren auch glücklich, wie Seelenverwandte, zumindest bis Mama gestorben ist.«

»Ja«, knurre ich. Gloria weiß nichts über Mamas Seitensprung Die Wahrheit würde unsere Mutter sicher in ein anderes Licht rücken. Ein Licht, das viel zu grell ist und Gloria blenden würde. Vielleicht findet sie dann genauso wenig auf ihren Weg zurück wie ich ... aber vielleicht ist sie auch viel stärker, als ich denke. Vielleicht kette ich Gloria für mein eigenes Wohlbefinden fest? Oder ... »Vielleicht ist meine Seelenverwandte ja schon tot und ich finde sie deshalb nicht.«

»Nee, du hast keine Seele.«

»Keine Seele, klar.« Ich wende mich ab und diesmal dauert es keine zehn Sekunden, bis Gloria an meiner Seite ist. Ich weiß, dass sie damit meine Ansage eben absichtlich ignoriert.

»Mum war keine Heilige, das weiß ich selbst. Weißt du noch, als sie mir im Spanienurlaub aus Versehen ein Bier gekauft hat und ich nach ein paar Schlucken die halbe Nacht durchgekotzt habe? Papa war so, so sauer!« Sie fängt schallend zu lachen an. »Mama hat mir Jahre später erzählt, dass sie sich sicher war, dass das pinkfarbene Einhorn auf dem Etikett Hinweis genug war, um auf ein Getränk für Kinder zu schließen.«

Okay, ich werde Ria solche Erinnerungen niemals mit demselben tristen Grau einfärben, das ich ständig vor Augen habe, wenn ich an Mama denke. Ich kann es einfach nicht. »Typisch Mama.«

»Oder? Dich hat sie bestimmt vom Wickeltisch fallen lassen, so komisch wie du manchmal drauf bist.«

»Ganz bestimmt.« Ich halte Gloria die Tür auf und warte, bis sie nach draußen in den schmalen Flur getreten ist. Ich werfe einen kurzen Blick in Richtung der Umkleiden, beschließe dann aber, dass ich Ria lieber nicht alleine auf der Wache rumrennen lasse. »Lass uns nach Hause fahren, dann kann ich mich dort duschen.«

»So stinkst du dein ganzes Auto voll, wie damals, als du in Hundescheiße getreten bist und damit Mamas Autositze ruiniert hast. Nur weil dich niemand davon abbringen konnte, die Füße auf die Rückbank zu legen. Das ganze Wageninnere hat jahrelang danach gerochen und außerdem werde ich dir nie verzeihen, dass du mit deinen Kackschuhen auf Bob getreten bist.«

»Den du wie immer im Fußraum hast liegen lassen!«

»Ja und?!«, kommt es sofort empört zurück. »Der Biber war mein Lieblingskuscheltier und, ob du es glaubst oder nicht, solange er bei mir war, hat er mir und allen anderen Glück gebracht. Aber von dem Tag an hat er nach Kacke gerochen, ganz gleich, wie oft Mama ihn gewaschen hat. Jedes Mal, wenn ich – wie hast du es vorhin ausgedrückt? – im Pflegeheim alten Opas den Hintern abputze, muss ich an den Biber denken! Aber Mama hat kein einziges Mal deswegen mit dir geschimpft. Hab ich nie verstanden. Mich hat sie schon wegen Kleinigkeiten zurechtgewiesen.«

»Daran erinnere ich mich gar nicht.« Das ist gelogen, was Gloria natürlich direkt durchschaut. Allein bei dem Gedanken, dass es bei meinen übrigen Lügen auch so sein könnte, wird mir schon wieder übel. Vielleicht habe ich aber auch wirklich einfach Hunger. Oder mir setzt die Vorstellung zu, dass ich den Grund erahnen kann, weshalb unsere Mutter selten auf mich böse war. Womöglich hat sie ihr schlechtes Gewissen davon abgehalten.

Über zwanzig Jahre. Verdammte Scheiße. Zwanzig Jahre, in denen sie mich mit dem Wissen großgezogen hat, dass ich einen Mann *Papa* nenne, der nicht mein leiblicher Vater ist. Vorgestern habe ich mich bei einer fast fremden Frau verabschiedet, die meinen richtigen Nachnamen trägt. Ich bin kein Melzke-Mann und deshalb hinterlasse ich vielleicht auch kein stürmisches Chaos, wo immer ich hingehe.

Was für einen Scheiß denke ich da eigentlich? Hölle, keine Ahnung, wie Mama das all die Jahre ausgehalten, wie sie uns allen die Wahrheit verschwiegen hat. Und vor allem, warum? Hatte sie Angst, dass Glorias Vater ihr das nicht verzeiht und ihre Ehe damit in die Brüche geht? Kann man eine Lüge einfach so lange erzählen, bis sie für einen selbst zur Wahrheit wird? Geht das? Dann wüsste ich gerne, wie der Trick funktioniert. Denn mich bringt das Wissen irgendwann noch ins Grab und mit jedem Tag wird es schlimmer.

Ich hasse meine Mutter mittlerweile dafür, dass sie es mir erzählt hat, und dieser blinde Hass verdrängt fast alle schönen Erinnerungen an sie. Hätte Mama nicht einfach sterben können? Wie viel Überwindung muss es sie gekostet haben, im Krankenhaus mit mir zu reden? Seinem Kind mitsamt den letzten Atemzügen zu beichten, dass es seit über zwanzig Jahren den falschen Mann als seinen Vater bezeichnet. Der Typ, der irgendwo auf der A1 im

Stau feststeckt und deshalb nicht bei ihr im Krankenhaus sein kann.

Wenn das so weitergeht, kann ich mich bald nicht mehr anschauen, ohne blind auf mein Spiegelbild einschlagen zu wollen, weil ich den Menschen, der verwirrt zurückblickt, einfach nicht einordnen, ihn nicht greifen kann.

»Kommst du?« Zielstrebig läuft Ria mir voraus den Flur entlang, bis zur Glastür, die uns nach draußen aufs Außengelände bringt, von wo aus wir ohne Umweg über die Wache zu meinem Auto gehen können. Natürlich zögere ich keine Sekunde und folge ihr. Wenn sie wüsste, wieso ich es noch nicht einmal mehr wage, ihr einen so simplen Wunsch abzuschlagen, würde sie mich umbringen. Ziemlich sicher. Gloria neigt zu derartigen Übersprunghandlungen und als Polizist kenne ich mich mit den Konsequenzen eben solcher hervorragend aus.

Während wir nebeneinander hergehen, denke ich einmal mehr darüber nach, es ihr auf der Fahrt nach Hause einfach zu erzählen. Eine beängstigend und in ihrem innersten Kern auch befriedigende Vorstellung. Vielleicht besteht ja noch Hoffnung und irgendwann, wenn die Sterne gut stehen, rücke ich dann doch mit der Sprache heraus.

Ich bin kein Astrologe, aber ich schätze mal, in den kommenden zehn Jahren wird es nicht dazu kommen, und selbst wenn es so wäre, dann würde ich die Scheißdinger eben eigenhändig so lange am Firmament verschieben, bis ich weiter schweigen dürfte. Denn ich habe mir geschworen, Gloria zu beschützen, und wenn sie mich wegen der ganzen Lügen aus ihrem Leben befördert und ich somit nicht mehr in ihrer Nähe bin, wie soll ich das dann bewerkstelligen? Es macht mich zu einem riesigen, selbstsüchtigen Vollidioten, das zumindest für den Rückweg als Ausrede zu benutzen.

Es wird rauskommen. Tut es immer. Und dann wird die Hölle los sein.

SATURDAY NIGHT, DANCE,
I LIKE THE WAY YOU MOVE
WAS ZUR HÖLLE?

Ella

Der Schweiß läuft mir zwischen den Brüsten nach unten und dabei ist es in dem ehemals königlichen Produktionsgebäude eiskalt. Heute Nacht hat es Minusgrade und schneit. Der Schnee bleibt nicht liegen, aber ein böiger Wind sorgt für Schneeverwehungen und schlechte Sicht auf den Straßen. Auf dem Weg hierher konnte Juan kaum zehn Meter weit sehen.

Ich unterdrücke ein Stöhnen. Wegen des Wetters und der ungünstigen Lage der baufälligen Halle hat Juan nach unserer Ankunft vor ein paar Stunden ordentlich geschimpft, niemand werde sich die Mühe machen, an einem Dienstagabend für einen Rave von der Innenstadt bis auf eine Halbinsel nach Spandau rauszufahren, und ganz besonders nicht bei dem Mistwetter. Juan behält recht.

Nur gut ein Dutzend Leute tanzen heute Abend, dick eingepackt in warme Winterjacken, zu unserer Musik. Ich trage eine gefütterte Leggins und einen übergroßen Teddyfell-Pullover. Meine Hände stecken in Stoffhandschuhen, wie man sie eigentlich für Handydisplays nutzt, und zur Sicherheit habe ich noch von Leni selbst gestrickte Stulpen über meine Knöchel gezogen. Meine winzige Hoffnung, die Veranstalter könnten uns doch noch fürs Festivalfinale anfragen, ist in den Temperaturen erfroren, und wenn ich ehrlich bin, befürchte ich mittlerweile sogar, dass wir selbst im nächsten Jahr nicht gebucht werden. Hunderte Einzelgigs fanden in den letzten Wochen statt. Weshalb sollten ausge-

rechnet die *Dirty Feminists* nach dem traurigen Auftritt heute aus-
gewählt werden? Morgen kann ich noch nicht einmal ausschlafen. Doch dass
der Gig heute länger als Mitternacht geht, bezweifle ich sowieso
stark. Wir haben schon alle neuen Sets und dazu ein paar krasse
Übergänge gespielt, nun haut Juan den Mr.-Vain-Remix raus, aber
irgendwie ist heute einfach der Wurm drin. Gerade verabschieden
sich gleich vier Gäste auf einmal durch die schwere Eisentür nach
draußen, und das mitten im Song. Die Veranstalter meinten, der
Standort werde absolut kein Problem darstellen, weil die Insella-
ge ihren ganz eigenen Charme habe. Im ersten Moment fand ich
die Vorstellung logisch, dann sind wir hier vor Ort angekommen,
haben unseren Kram aufgebaut und die miese Akustik festgestellt,
womit klar war, dass selbst die Gäste, die trotz des Schneetreibens
herkommen, schnell wieder verschwinden werden.

Mein Blick fliegt von den grautönigen Betonwänden hoch an
die gleichfarbige Decke, von wo ein paar schwarze Kabel unspek-
takulär herunterbaumeln. Sie bewegen sich ein wenig hin und her,
weshalb ich davon ausgehe, dass die üble Korrosion an den Fens-
tergläsern ein Zeichen dafür ist, dass die Rahmen nicht nur uralt,
sondern auch undicht sind. Bis auf die Kabel ist die Halle komplett
leer geräumt.

Juan hat vorhin erklärt, dass fast alle übrigen Fabrikgebäude
zu Wohnungen umgebaut wurden, weshalb die Insel ihren Ruf
als ausgezeichneten Standort für illegale Partys schon seit Jahren
verloren hat. Und eigentlich hätte ich an dem Punkt definitiv meine Sachen einpacken und gehen müssen.

Trotzdem bin ich geblieben und schaue in diesem Moment drei
weiteren Gästen nach, die den Rave frühzeitig verlassen. Das ist
keine gute Werbung. Das ist so ziemlich das Einzige, worüber ich
mir gerade den Kopf zerbreche. Denn kaum dass ich den Fader
hochgezogen habe, womit der aktuelle Song in einen neuen über-

geht, verschwinden auch die übrigen Gäste und die Produktions-halle ist menschenleer.

Ich würge den Song ab und stoße ein lautes Seufzen aus. »Schei-ße.«

»Es ist nicht mal zehn und die Party ist tot.« Juan klingt ent-täuscht und auch ein bisschen so, als ob es nicht nur falsch war, diesem Gig, sondern auch allen vorherigen zugesagt zu haben. Als ob das Projekt *Dirty Feminists* hiermit gescheitert wäre.

»Passiert den Besten«, versuche ich ihn aufzuheitern, aber fühle mich dabei vermutlich genauso schlecht und nutzlos wie Juan, des-sen frostiger Gesichtsausdruck zugegeben wenigstens gut zu den Temperaturen hier drin passt. Trotz Wollsocken spüre ich meine Zehen nicht mehr. »Außerdem machen die *Dirty Feminists* Musik, um anderen zu zeigen, dass es eine dämliche Illusion ist, ständig in allem am besten sein zu wollen, und es ausreicht, wenn du Spaß hast, eine Sache mit Leidenschaft angehst und etwas mit deinen eigenen Händen erschaffst. Das ist viel mehr wert als Erfolg.«

»Wer hat mir die vergangenen Tage ständig geschrieben, dass wir uns anstrengen müssen, um womöglich doch noch fürs Festi-valfinale gebucht zu werden?« Juan guckt mit seinem mürrischen Ausdruck auf mich runter, so wie das seine Art ist, wenn er mit sich und anderen unzufrieden ist. »Außerdem zahlt Erfolg Rechnun-gen. Na ja ... diesmal kommt Lasse erst morgen vorbei, um sein DJ-Pult und die Lichter abzubauen.« Damit packt er seinen Kram in einen Rucksack, den er sich kurz darauf über eine Schulter wirft.

In wenigen Minuten verlädt er das restliche Zeug in seinem Auto, bevor er geht, ohne sich zu verabschieden oder nachzufra-gen, wie ich zurück in die Innenstadt komme.

Na wunderbar. Jetzt muss ich mir auch noch Gedanken darü-ber machen, ob Juan weiterhin mit mir zusammen auftreten wird, wo er doch allein viel erfolgreicher ist. Ihn hätten die Veranstalter ganz bestimmt fürs Festivalfinale gebucht.

Aber spätestens in einer halben Stunde wird Juans Entschuldigung auf meinem Handydisplay aufleuchten, die ich akzeptieren werde. So war das schon einmal und ich kann ihn verstehen. Jeder geht anders mit Frust um. Ich für meinen Teil hocke mich gleich mit Kopfhörern in die S-Bahn und hoffe, dass Louis Tomlinsons *Better Than Me* die sechzig Minuten Fahrt nach Neukölln über irgendwie meine schlechte Laune vertreibt.

Mit einem frustrierten Ächzen verstaue ich meinen DJ-Controller ordentlich und um meiner Enttäuschung Raum zu geben, lasse ich schließlich einen Schrei los, der von den Wänden widerhallt. Von irgendeinem Prominenten habe ich mir den Tipp abgeschaut, einer frustrierenden Sache genau vierundzwanzig Stunden Aufmerksamkeit zu schenken. In dieser Zeit ist alles erlaubt – Schreien, Weinen, Verzweifeln –, doch danach wird die ganze Angelegenheit beiseitegepackt. Ich bin selbst überrascht, aber meistens hilft mir diese Herangehensweise sehr. Derselbe Typ gönnt sich nach richtig miesen Gigs etwas unvernünftig Teures, auf das er schon länger ein Auge geworfen hat, um sich daran zu erinnern, dass es in der Vergangenheit einen Zeitpunkt gab, an dem er genau das tun wollte, was er jetzt macht, auch wenn nicht immer alles sofort funktioniert. Er hat doch recht. Vielleicht halte ich unterwegs noch bei einer Dönerbude.

Ich konzentriere mich kaum auf die nachtgraue Umgebung – immerhin ist der Wind abgeebbt –, als ich das Produktionsgebäude mit gesenktem Kopf verlasse, weshalb mir fast das Herz aus der Brust springt, als aus dem Nichts ein Schatten vor mir auftaucht. Mein Blick zuckt erschrocken hoch und ... den wollte ich definitiv nicht mehr sehen. Mein Herz rast sofort los.

»Otis?« Prompt fühlen sich meine Wangen heiß an und ich verstehe nicht warum. Eigentlich müsste sich Otis auf der Stelle bei mir entschuldigen und nicht andersherum. Mal wieder ...

»Ist die Party schon vorbei?« Otis zieht sein Handy aus der Jackentasche und überprüft das Display, auf dem zwei Nachrichten aufleuchten.

»Ist wohl das zweite Mal, dass du zu spät kommst. Ich hoffe, dass das bei dir nicht in allen Bereichen Standard ist.« Für den Spruch will ich mich am liebsten selbst ohrfeigen. Kann ich Otis nicht einfach ignorieren, ihn ein einziges Mal nicht unmittelbar angreifen? Ich tue jetzt einfach so, als wäre zwischen uns nichts passiert. Also, diesmal wirklich.

Doch Otis reagiert gerade sowieso nicht auf mich, seinen Blick auffallend lange auf die Nachrichten in seinem Handy geheftet. Erst als er das Gerät wieder wegpackt, schluckt er einmal schwer und antwortet. »Wie kommst du mit dem ganzen Zeug nach Hause?« Er deutet auf meine DJ-Ausrüstung.

»Mit der S-Bahn.«

»Damit steigst du nachts in eine S-Bahn? Bist du dir da sicher?«

Ich nicke, weil ich mir eine Taxifahrt von hier bis in die Innenstadt ganz bestimmt nicht leisten kann und deshalb die Gefahr, dass mir jemand mein Equipment klaut, in Kauf nehmen muss. »Ist noch nie was passiert.«

»Soll ich dich fahren? Ich muss eh in Richtung Innenstadt.« Otis nickt über seine Schulter hinweg zum Straßenrand, wo er sein Auto unter einer Straßenlaterne geparkt hat, deren Licht ein klein wenig flackert.

Ich schüttle aber schon den Kopf. »Musst du nicht. Ist schon okay, wirklich.«

»Eure WG liegt ja fast auf dem Weg.«

»Auf dem Weg wohin?«

Nun sieht Otis so aus, als würde er es heftig bereuen, noch mal nachgehakt zu haben. Selbst im schwachen Schein der Straßenlaternen erkenne ich sein angestrengtes Stirnrunzeln.

»Okay, sorry, du musst mir nichts erzählen. Regel fünf. Nein, vergiss einfach, dass ich gefragt habe, und den ganzen Regel-Kram gleich mit dazu.« Ich wende mich zum Gehen, doch im nächsten Augenblick kriege ich eine verdammte Gänsehaut am ganzen Körper.

»Ich muss jemanden abholen und dafür sorgen, dass meine Schwester nicht aus ihrer Ausbildung fliegt.«

»Was?« Ich bleibe stehen und drehe mich zu Otis. Ich überlege, ob Charlie mir irgendetwas über ihn erzählt hat, das mir dabei helfen könnte, ein paar Puzzlestücke in meinem Kopf hin und her zu schieben. Doch die einzige Erinnerung, die spontan auftaucht, ist die an Gloria. Otis' jüngere Schwester, die ich auf dem Festival sofort ins Herz geschlossen habe, weshalb ich mich nun nach ihr erkundige. »Was hat Gloria denn verbrochen?«

Otis' Antwort kommt sofort. »Nichts.« Er wartet keine Reaktion meinerseits ab, sondern erklärt leise flüsternd: »Ria ist nur ... seit unsere Mutter gestorben ist ...« Widerstrebend bremst er sich, muss tief Luft holen und beißt sich schließlich auf die Unterlippe. »Vergiss es.«

Doch Otis wirkt so, als ob er darüber reden will. Er presst seine Lippen krampfhaft aufeinander und trotzdem habe ich das Gefühl, dass er sich nur schwer zurückhalten kann. Weil ... vielleicht will er mir von seiner Mutter erzählen? Dass er es seitdem nicht einfach hat. Dass ich nichts über ihn weiß und ihn deshalb die ganze Zeit über schon verurteile? Vielleicht will er auch einfach, dass ich nicht merke, wie auffällig oft er gerade blinzelt. Er wird es vermutlich auf die Schneeflocken schieben, die ihm in die Augen fallen. Ich würde das zumindest behaupten, wenn ich er wäre.

»Das tut mir leid.« Ich fühle mich elend, weil ich Otis' Mutter nicht kannte. Und so wie sich unser Verhältnis in den vergangenen Wochen entwickelt hat, wird er mir gleich sagen, dass mir nichts leidtun muss, und anschließend gehen.

»Danke«, presst er stattdessen hervor und jetzt bin ich ehrlich irritiert. »Ist ein paar Jahre her. Wir kommen zurecht.« Aber das klingt freudlos, wodurch ich mich noch schlechter fühle.

»Okay.« Wahrscheinlich sollte ich es dabei belassen. Ja, ganz sicher wäre es besser, wenn ich mich mit einer lahmen Ausrede aus dem Staub mache. Doch aus irgendeinem Grund möchte ich die Dinge gerade lieber ansprechen, bevor auch dieses Gespräch wieder eskaliert und ich Otis ernsthaft wehtue ... oder er mir. Denn genau das passiert ständig.

Zugegeben, ich ertrage es sowieso nicht besonders gut, wie er gerade den Mund öffnet, um etwas zu erwidern, und es sich dann doch anders überlegt. Wir sehen uns an. Und ich hasse es noch viel mehr, dass er mir in meiner WG plötzlich nicht mehr fremd war, es auch jetzt nicht ist. Otis ist mir nah. So nah wie auf dem Festival.

Aber das sind alles nur einzelne Momente, oder? Ich muss ihn einfach blind provozieren. Lag vorhin nicht ein verhöhnender Unterton in seiner Stimme, als er sich danach erkundigt hat, wie ich zurück in die Stadt komme? Hat er mir nur angeboten, mich zu fahren, um mit seinem Auto zu prahlen? An diesem Gedanken könnte ich festhalten. Was ich aber in Wirklichkeit tue, ist ... einen Schritt auf ihn zugehen.

Im selben Moment bewegt sich auch Otis entschlossen nach vorn.

»Ella, es ist scheißkalt hier draußen.«

»Du, deine Schwester und ...?« Ich stoppe mich fast in derselben Sekunde, weil Otis meine Frage mit einem leisen »Mein Vater« beendet und sich dabei so fertig anhört.

Er schluckt und fährt sich mit der Hand über die Augen, als müsste er sich erst sammeln. »Also, was ist? Entweder du lässt dich von mir fahren oder –«

»Lass uns zu deinem Auto gehen.« Ich versuche mir meine Unsicherheit nicht anmerken zu lassen, folge Otis aber nur zögernd. Wieso klingt Otis wie ein versteckter Ermittler, der nicht mehr Informationen preisgeben möchte als unbedingt notwendig? Und gleichzeitig auch ein bisschen ertappt und schmerzhaft traurig. Wie neulich im WG-Flur.

Ich bleibe ruckartig stehen und das liegt vor allem daran, dass mein Verstand gerade ein paar Dinge umsortiert: In der WG hat Otis auf sein Handy gestarrt. Heute ebenso. Otis' Mutter ist tot. Nun sorgt er sich um seine Schwester und wenn ich nicht völlig danebenliege, dann sicher auch um seinen Vater. Wen sonst sollte er abholen müssen? Da er eben so abrupt von ihm abgelenkt hat, gehe ich davon aus, dass es ihm unangenehm ist, über seinen Vater zu reden. Weil er den Grund dafür, dass dieser Unterstützung braucht, gerne verdrängen möchte? Eine Verletzung durch einen Unfall? Bei dem womöglich seine Mutter gestorben ist? Abhängigkeit? Alkohol?

Okay, jetzt glüht mein Gesicht, und das trotz der eisigen Kälte. Das Gefühl, Otis unrecht getan zu haben, kann ich nun nicht mehr wegschieben und gleichzeitig werde ich die Frage in meinem Kopf nicht los, warum um alles in der Welt er dann neulich meine Füße massiert hat, wenn seine Hilfe doch eigentlich dringend woanders gebraucht wurde? Vielleicht interpretiere ich viel zu viel in diese Sache hinein.

»Du musst schon herkommen, wenn du mitfahren willst.«

Erst als ich zu ihm aufschließe, bemerke ich seinen veränderten Gesichtsausdruck, der mich mal wieder komplett überfordert. So sehr, dass ich die Bordsteinkante übersehe und stolpere. Ich rudere wild mit den Armen und schlinge sie kurz darauf umständlich um Otis' Hüfte, der im gleichen Moment nach meinen Schultern greift, sodass wir nun beide das Gleichgewicht verlieren und ich mit dem Rücken gegen sein Auto pralle. Wir müssen beide über unsere Unbeholfenheit lachen, ständig kommen wir uns in die Quere.

Aber wow.

Irgendetwas löst unser gemeinsames Lachen in mir aus. Und ich weiß auch ganz genau, wer schuld daran ist. Bei ihrem letzten Besuch hat uns Charlie dazu gezwungen, *Love Actually* mit ihr anzusehen, ihren Lieblingsfilm. In dieser Sekunde komme ich mir vor wie Keira Knightley, die im Schneegestöber diesem Typen hinterherrennt, um ihn nach dessen Schilder-Liebeserklärung ... zu küssen?

Bitte, was? Dass Otis noch immer eine Hand an meiner Schulter hat und mit der anderen blind hinter meinem Rücken nach dem Griff der Beifahrertür tastet, erinnert mich also an die »süßeste Ich-liebe-dich-Situation der Filmgeschichte« – Charlies Worte, nicht meine. Großartig.

Ich hätte den Tag über mehr essen sollen, mein Körper ist völlig unterzuckert und ich damit zu keinem vernünftigen Gedanken mehr fähig.

»Willst du dein Equipment hinten reinlegen?« Otis' heißer Atem trifft erst auf meine Wange, dann auf meine Lippen, und das Geräusch, das er macht, als ich meinen Blick nicht abwende, während ich nicke und anschließend den Controller in sein Auto bugsiere, lässt einen Schauer über meinen Nacken laufen.

»Dann fahren wir mal«, sagt er, aber so richtig überzeugt klingt er dabei nicht.

Obwohl er noch immer so unnahbar aussieht, wirkt der eindringliche Blick, mit dem er mir nun einen spielerischen Stoß gegen den Oberkörper verpasst, trotzdem. In meinem Unterleib zieht es, als ich kurz darauf Otis' Oberschenkel dort spüre. Himmel, irgendwann muss er sich doch bewegen, wenn wir heute noch zurück in die Stadt wollen.

Was ist los mit mir?

Kontere mit einem lässigen Spruch! Sei genauso herablassend wie sonst auch.

Verdammt, das kriege ich nicht hin.

Deshalb drehe ich den Kopf zur Seite und suche sein Gesicht nach irgendetwas anderem ab, das beweist, dass Otis genauso verwirrt ist wie ich. Aber er wirkt vollkommen entschlossen.

»Zwischen uns ist es sogar unangenehm, wenn wir schweigen«, stellt er fest, was ich auch schon bemerkt habe.

»Ich glaube ... ich weiß gerade nicht, was ich sagen soll.« Es kostet mich einiges an Überwindung, das zuzugeben. »Eigentlich will ich dich gerne nach deinem Va-«

»Dann übernehme ich das Reden einfach.« Otis hebt die Hände und rubbelt sich mit der linken durchs schneefeuchte Haar. »Es tut mir leid, dass ich dir ständig herablassendes Zeug an den Kopf werfe, wenn du die offensichtlich besseren Argumente hast. Seit dem Festival im Sommer versuche ich ernsthaft, den Scheißsexismus aus meinem Kopf rauszubekommen, doch um ehrlich zu sein, gibt es Tage, an denen mich selbst das zu viel Kraft kostet. Ich ziehe mir jedes von Levys Videos rein, manche kapiere ich nur einfach nicht.

Aber das tut ja jetzt auch eigentlich nichts zu Sache, denn es ist doch so: Wenn du mir nichts über Kanada erzählen willst, dann geht mich das auch überhaupt nichts an. Schweigen ist Gold. Ich hab genauso wenig Lust, meinen privaten Kram vor dir auszubreiten. Ist doch scheißegal, ob wir uns ständig belügen oder was in unseren Leben sonst so passiert. Wir schulden uns nichts, keine Regeln und kein einziges Gespräch, also warum lassen wir es nicht einfach und ... ficken? Hier und jetzt. Ich hab dir neulich eine einzige Frage gestellt, nur wegen ihr bin ich überhaupt zu dir in die WG gefahren. Und die, Ella, musst du mir nur endlich beantworten«, fordert er schnell. »Hast du Bock?«

LET ME HEAR YA SAY YEAH!
HARD TO THE CORE,
ICH FÜHLE GAR NICHTS MEHR.

Ella

Aktuell habe ich gar nichts mehr, noch nicht einmal Puls. Ich registriere nur, wie sich Otis' Körper neben mir anspannt. Er wartet ab, was ich antworte, und das jagt das Kribbeln von meinem Unterleib einmal durch meinen ganzen Körper. Meine Überforderung vermischt sich mit Erregung. Mein Verstand verabschiedet sich.

Nach einem Moment des Zögerns presse ich mich an ihn und spüre sofort den Druck seiner Hände an meinen Schulterblättern. Langsam gleiten sie unter dem Pullover an meinem Rücken nach unten bis zu meinem Hintern. Er packt mich vorsichtig, greift nicht richtig zu, als ob er sich vergewissern möchte, ob ich das wirklich will. Ihn wirklich will.

»Ja«, raune ich. Und dann ist Otis plötzlich hinter mir.

Er schiebt seinen Fuß zwischen meine Beine und zwingt sie so auseinander. Sein Körpergewicht legt er ohne Rücksicht auf meines, womit meine Brüste gegen eines der Seitenfenster gedrückt werden. Mit den Fingern streift Otis an meinem Hals entlang bis zur Schulter und dann liegt seine Hand ohne Umschweife auf meinem Hintern und drückt fest zu. Er presst sich noch enger an mich, bis ich stöhne und er seine linke Hand zwischen meine Beine hindurch nach vorn an meine Mitte schiebt. Die andere Hand rutscht unter meinen Pulli und streicht über meinen Rücken nach oben, legt sich um meinen Nacken und lenkt meinen Körper so erst ein Stück zur Seite, bevor er seine Linke von meiner Mitte löst und nach irgendetwas tastet.

Ich will protestieren, doch im selben Moment, in dem Otis die hintere Wagentür öffnet und mein Kopf nach unten gedrückt wird, begreife ich, was er vorhat. Er schubst mich auf die Rückbank und das sorgt dafür, dass ich einen erstickten Laut von mir gebe. *Überraschend warm hier drin*, schießt es mir kurz durch den Kopf. Dann steht Otis so vor mir, dass er meine Knie berührt, und beugt sich über mich. Mein Atem kommt sofort stoßartig.

Seine Lippen sind nur Zentimeter von meinen entfernt, als er ganz kurz seine Stirn gegen meine presst. »Keinen Kuss, einverstanden? Kein Scheißkuscheln oder Vorspiel. Nur Sex, sonst nichts.«

Sein Atem riecht frisch, nach Minze oder irgendeiner Art von Mundspülung. Ich könnte meine Erregung spielend leicht auf seinen unnachgiebigen Befehlston schieben, aber ich schätze mal, ich will ihn gerade genauso heftig wie er mich, und nicke deshalb.

»Ja.« Ich drücke meinen Körper, so gut es geht, bis nach hinten gegen die andere Wagentür, presse die Schulterblätter gegen das harte Plastik und winkle die Knie ein Stück an, um sie anschließend leicht zur Seite zu öffnen. »Nur Sex, mehr nicht.«

»Dann zieh verdammt noch mal die Hose aus«, fordert Otis keuchend.

Während ich ihm gehorche, bis ich nur noch in Pullover und Unterhose unter ihm liege, öffnet er ebenso den Knopf seiner Jeans, um sie sich nur bis unter den Hintern runterzuziehen. Am liebsten will ich sie ihm samt Boxershorts direkt von der Hüfte zerren.

Ein frustrierter Laut sitzt mir deshalb in der Kehle, den Otis sofort mit einer Bewegung seiner warmen Finger ersticken lässt. Unnachgiebig gleitet er mit ihnen unter meinen Slip und schiebt sie in mich. Für einen Moment hält er still, doch als ich mich ihm sofort entgegenschiebe, beginnt er damit, auszuprobieren, mit welchem Tempo er mir ein Stöhnen entlockt. *Es ist scheißegal*, will ich ihm entgegenbrüllen, weil Otis' ganze Präsenz mich im Augenblick fast schmerzhaft erregt.

Meine Brustwarzen ziehen sich sofort zusammen, als er mit der anderen Hand den Verschluss meines BHs öffnet und die Finger dann zu meinen Brüsten schiebt. Völlig atemlos bemerke ich, dass sein Daumen in einer ganz anderen Geschwindigkeit über meine Brustwarze reibt, als er mit den Fingern in mich stößt, und das macht mich wahnsinnig. Ich spüre seinen Druck überall. Seine Finger, die mich jetzt heftiger ficken, und die Härte, die sich dabei durch den Stoff seiner Boxershorts gegen meinen Oberschenkel drängt.

»Kondom«, stoße ich irgendwie hervor, was eigentlich eine Anweisung sein soll, die Finger endlich durch seinen Schwanz zu ersetzen, doch Otis erwidert meine Forderung damit, seine Hand abrupt in mir zu drehen. Fuck. Ich schreie auf und will meine Hände nach vorn ziehen, um ihm so die Jacke vom Körper zu reißen, doch ich habe keine Chance. Wahrscheinlich besser so. Wenn der eiskalte Wind, den ich an den Beinen spüre, an seinem Hintern nur halb so sehr brennt ...

Er lässt meine Brust los und fixiert meine Hände kurzerhand unter meinem Po. Selbst im Dunkeln begreife ich, was mir sein Blick sagen will. Zur Sicherheit beugt er sich kurz zu mir runter, seine Hand noch immer in mir, und allein zu hören, wie schnell sein Atem dabei geht, sorgt dafür, dass ich meine Hände automatisch bewege. Erregung pulsiert in mir.

»Lass das«, sagt er und damit schlägt mir das Herz bis zum Hals. Bei der Intensität, mit der ich ihn jetzt in mir spüren will, wundere ich mich, was ich eben noch für absurde Gedanken hatte. Ihn küssen? Mit ihm über unsere Probleme reden? Es ist Otis. Belangloser-Sex-Otis.

Mein Stöhnen wird heftiger, als seine Finger durch die Position tiefer in mich gleiten, bis sie an eine raue Stelle stoßen, über die er mit der Fingerspitze reibt.

Noch fester presst er seine Härte gegen mich. Das fühlt sich so verdammt gut an. Obwohl in diesem Augenblick Otis allein die Spielregeln vorgibt, habe ich nicht das Gefühl, mich an der Hitze, die er in mir auslöst, zu verbrennen. Ganz im Gegenteil. An diesem Punkt ordne ich mich ihm ganz freiwillig unter, weil wir das Spiel vorhin gemeinsam ausgesucht haben: *Nur Sex, sonst nichts*.

Plötzlich höre ich das Knistern einer Kondomverpackung, die aufgerissen wird. Otis stöhnt leise auf, als er dafür kurz von mir ablässt und ich meinen Rücken automatisch noch fester an die Wagentür hinter mir drücke, bis ich irgendetwas Kantiges zwischen meinen Schulterblättern spüre. Als ich zu Otis aufblicke, sehe ich, wie er mit der rechten Hand seine Erektion umfasst. Seine Faust bewegt sich daran auf und ab. Ich schlucke hart, öffne meine Beine, so gut es geht, und schiebe mit dem Daumen den feuchten Slip zur Seite.

»Hör damit auf und fick mich!«

Sofort lässt sich Otis auf mich sinken. Mit einer Hand stützt er sich an der Glasscheibe neben meinem Kopf ab und die andere ist wieder an meiner Mitte, um dort seine Penisspitze einmal über meine Haut zu streichen.

Ich spreize die Beine noch weiter, bis mein linkes Knie gegen den Schaumstoff des Sitzpolsters drückt und ich deshalb mein volles Gewicht auf die Wagentür verlagern muss. Dann endlich bringt sich Otis in die richtige Position. Langsam schiebt er seine Eichel vor. Und stößt zu. Nur einmal, nur ein winziges Stück. Aber es reicht, dass sich der kantige Widerstand in meinem Rücken zwischen meine Schulterblätter schiebt und ich prompt vor Schmerzen wimmere.

Deshalb scheiße ich auf Otis' dämliches Verbot und taste blind nach dem störenden Teil in meinem Rücken. So gleitet Otis fast ganz aus mir heraus, weshalb er mit einem frustrierten, beinahe verzweifelten Keuchen nachrückt, nur um im nächsten Moment laut zu stöhnen, als er wieder in mich eindringt und jetzt unser beider Gewicht gegen die Tür drückt. Einmal, zweimal ... Und als ich das Scheißteil in meinem Rücken beim dritten Mal endlich zu greifen kriege, baut sich so viel Druck in mir auf, dass ich beinahe wieder loslasse.

Im selben Augenblick hält sich Otis mit Tempo und Intensität nicht mehr zurück. Hart und schnell versenkt er sich in mir. Stöhnend kralle ich mich fest, atme seinen keuchenden Atem ein und kann nichts mehr an meinem Körper beherrschen, am allerwenigsten meine Hände. Ohne nachzudenken, drücke ich das, woran ich mich festklammere, runter, und in dem Moment, in dem ich begreife, dass ich einen Griff in der Hand halte, öffnet sich die Autotür hinter mir schon.

Otis' Körper über mir zu haben, während ich jeglichen Halt verliere, ist eine Herausforderung, an der ich kläglich scheitere. Mein Oberkörper kippt nach hinten weg. Nur ein Stück, ich kann mich irgendwie in der Luft halten, trotzdem schlingen sich augenblicklich zwei Arme um mich und ziehen mich zurück. Otis' Brust prallt dabei sanft gegen meine, sein Atem streift meine Wange und die Lippen. Ich reiße überrascht die Augen auf und bemerke nicht, dass ich ihn nicht mehr in mir spüre, denn was da gerade bis tief in meine Seele runtersaust, ist sein Blick. Der ist ... Ich finde keine Worte dafür.

»Alles okay?«

Ich antworte nicht, starre ihn nur an. Wie hypnotisiert schaut er zurück. Minutenlang. Was wird das? Wir hatten gerade Sex, zur Hölle noch mal. Das ist intimer als ... ein harmloser Blick.

Harmlos?

Mein Herz flattert und plötzlich stellen sich die Haare an meinen Armen auf. Ich bekomme eine Gänsehaut, nur weil Otis mich ansieht.

»Das war dann wohl der Türgriff«, versuche ich irgendwie die Situation unter Kontrolle zu bekommen, woraufhin Otis seinen Griff lockert und auf den Knien rückwärts von mir wegrobbt. Obwohl er dabei unfassbar lustig aussieht, bleibt mir ein Lachen in der Kehle stecken. Ich schaue ihm dabei zu, wie er zurück auf die Füße kommt und hektisch Boxershorts und Hose hochzieht. Umständlich ziehe ich mich ebenfalls an. Währenddessen tasten Otis' Hände hektisch an seinen Seiten hoch und runter, den Blick schwenkt er ruckartig durch den Innenraum, bis er schließlich auf sein Handy fällt, das ich ihm reiche, ohne dabei auf das erleuchtete Display zu schauen. Aber dass etwas ganz und gar nicht stimmt, erkenne ich an seinem Gesichtsausdruck.

»Ich fahr dich jetzt in die Innenstadt, einverstanden? Das hier ...« Er stockt und tippt mit derart gerunzelter Stirn etwas in sein Handy ein, dass ich ihn erlöse.

Betont locker zucke ich mit den Schultern. »Das hier ist nur Sex, sonst nichts.«

I'VE GOT THIS FEELING –
SOMEBODY DANCE WITH ME
I'VE GOT THIS FEELING –
SOMEBODY MUSS MAL LOCKER WERDEN
SOMEBODY BIN ICH.

Ella

Am liebsten will ich Otis darum bitten, auf der Stelle anzuhalten, damit ich aussteigen und vor dieser unangenehmen Situation wegrennen kann. Allerdings fahren wir gerade mit einhundert Sachen auf dem Stadtring, weshalb ich meine Finger in den Stoff des Beifahrersitzes kralle und mich zusammenreiße.

Wir hatten Sex. Otis und ich hatten gerade Sex. Egal, wie oft ich es still in Gedanken wiederhole, ich finde keine Erklärung, wie zur Hölle das passieren konnte. Aber die Angelegenheit wird noch schlimmer ... Dreimal habe ich mich jetzt schon dabei ertappt, dass ich mir unverhohlen vorstelle, wie es sich wohl angefühlt hätte, wenn unsere Blicke in einem Kuss geendet, wenn seine Lippen ganz vorsichtig meine berührt hätten. Und ehrlich? Ich bin schockiert über mich selbst. Ich kann das alles nicht mehr auf Charlies Lieblingsfilm schieben, daran bin ich schon ganz allein schuld.

Meine Lippen prickeln. Wir sind erst vor ein paar Minuten losgefahren, nachdem Otis im Stockdunkeln eine halbe Ewigkeit bis zum nächsten Mülleimer gejoggt ist, um das Kondom zu entsorgen. Danach ist er so schnell durch die Stadt gerast, dass es ebenso einer Flucht gleichkam. Und er hat bisher kein einziges Wort gesagt, was mich wahnsinnig macht.

Ich beobachte ihn, wie er mit wachsamem Blick die Straße

scannt, rechts und links die Umgebung überprüft, und nur hin und wieder fällt mir auf, dass er ganz kurz Luft holt und sie gepresst wieder ausatmet. Seine Hände umklammern dabei das Lenkrad und wenn ich vorhin das Gefühl hatte, mich vor Otis wie eine Schwerverbrecherin zu fühlen, dann beweist mir dieser Moment mit ihm, wie richtig ich lag. Das Wageninnere ist gefüllt mit unserem angespannten Schweigen. Die einzige Sache, die mich im Augenblick von einer Straftäterin unterscheidet, ist meine Sitzposition. Denn soweit ich weiß, harren Verbrecher auf der Rückbank aus.

Die Anzahl meiner Blicke in Otis' Richtung nimmt zu und als er sie bemerkt, runzelt er die Stirn. Ich weiß nicht, was in seinem Kopf vorgeht. Als wir zehn Minuten später den Stadtring verlassen und noch immer schweigen, halte ich es nicht mehr aus.

»Wir können auch zuerst wen auch immer abho-«

»Ist schon geklärt«, wehrt er mein Angebot ab, bevor ich es ganz ausgesprochen habe, und fixiert dabei weiterhin krampfhaft die Straße vor uns. »Ria hat die nervige Angewohnheit, genau das Gegenteil von dem zu tun, was ich ihr rate.«

»Verstehe.« Ich schaue aus dem Fenster und wünsche mir, dass mein Verstand ein klein wenig mehr auf die Reihe bekommt als den gedanklichen Aussetzer, der mich am Weiterreden hindert. Wahrscheinlich nimmt Otis unser angespanntes Schweigen im Gegensatz zu mir gar nicht wahr. Als Polizist ist er es doch sicher gewohnt, minutenlang Seite an Seite mit fremden Leuten zu hocken und ins Nichts zu starren. Wobei er vorhin selbst meinte, dass wir richtig mies darin seien, uns anzuschweigen. Fast so schlecht wie im Miteinanderreden.

Ich könnte etwas sagen. Dass er mir von Gloria erzählen darf, von seiner Mutter oder dem Vater. Ich könnte auf den Sex eingehen, sollte es vielleicht sogar. Aber ich tue es nicht und zähle lieber still in Gedanken die Gebäude mit, an denen wir mit noch immer überhöhter Geschwindigkeit vorbeifahren.

Mir ist klar, dass mein Zögern schwachsinnig ist, und mir ist genauso bewusst, dass wir vorhin eine Grenze überschritten haben. Nicht der Sex. Ich meine die Intimität zwischen Otis und mir, nachdem er mich an sich gezogen und minutenlang angeschaut hat. Normalerweise durchbreche ich solche Situationen sofort mit einem lockeren Spruch, weil ich weiß, dass sie mich irritieren und im schlimmsten Fall über Tage in meinem Kopf kleben bleiben. Aber vorhin wollte ich mich in Otis' intensiven Blick fallen lassen, was er hoffentlich nicht mitbekommen hat. Sonst ... verdammt.

Ich beiße die Zähne zusammen und als wir an Gebäude Nummer 24 – ein geschlossener Dönerladen – vorbeifahren, schwöre ich mir, mich endlich an Otis' professionelles Verhalten anzupassen.

Es ist nur Sex, mehr nicht.

»Wenn es okay für dich ist, würde ich dich an der nächsten Ecke rauswerfen.« Er schaut kurz in meine Richtung. Weil ich die Augen dabei verenge, schüttelt er mit einem Mal den Kopf und wendet sich, ein leises »Passt schon, ich fahr dich bis vor die Tür« murmelnd, ab.

»Kannst du wenigstens so tun, als ob das hier nicht völlig schräg ist?« Ich überlege krampfhaft, warum zur Hölle ich jetzt doch darauf rumreite, und komme zu dem Entschluss, dass ich schlichtweg wissen muss, ob Otis gerade genauso ein komisches Gefühl im Magen hat wie ich.

Aber dann zerstört er meine Hoffnung kurzerhand. »Von mir aus können wir unter das Ganze auch einfach einen Strich ziehen. Wir wollten Sex, wir hatten Sex. Ende.«

Was er damit sagen will, ist offensichtlich. Einsatz erledigt, keine weiteren Nachfragen. Schönes Leben noch.

»Entschuldige bitte, dass ich dir ein winziges bisschen Verständnis und Interesse entgegenbringen wollte«, knurre ich, weil ich mir jetzt wieder einmal vorkomme, als wäre ich ganz allein daran schuld, dass unser Gespräch in einer Sackgasse gelandet ist. Was nicht stimmt, so viel steht fest. »Würdest du mir zur Abwechslung mal eine Frage stellen, dann würde ich mir zumindest die Mühe machen und versuchen sie zu beantworten.«

»Magst du Hunde?«, presst Otis ohne Zögern hervor.

»Was?«

»Hunde? Magst du sie?«

Es ärgert mich, dass er meinen Einwand nicht ernst nimmt und jetzt mit so einer albernen Frage um die Ecke kommt. »Ja, unsere Nachbarn hatten zwei, obwohl Haustiere in der Mietwohnung nicht erlaubt sind. Als Kind habe ich es geliebt, mit ihnen zu spielen.«

Otis tastet mit den Fingern nach dem Blinker und biegt in meine Straße ein. »Was tust du, wenn es regnet?«

»Wenn es regnet?« Ich betrachte ihn prüfend, doch er wirkt vollkommen ernst. *Was zur Hölle*, fluche ich innerlich. Dann antworte ich ihm. »Im Kindergarten sind wir bei Regen immer zumindest für ein paar Minuten mit den Kids draußen und springen von einer schlammigen Wasserpfütze in die nächste.«

»Weil Kinder so was eben gern machen?«, hakt er nach und fährt in eine freie Parklücke an den Rand unweit der WG. Natürlich schnallt er sich nicht ab, sondern atmet, kaum dass die Reifen stehen, tief durch und trommelt anschließend mit den Fingern auf das Lenkrad.

»Nicht nur Kinder«, halte ich dagegen. »Ich liebe es, wenn der Matsch gegen meine nackten Beine klatscht und die Gummistiefel dieses Geräusch machen, du weißt schon …«

Wenigstens lacht Otis kurz auf, als ich versuche, den schmatzenden Laut nachzuahmen, und als er daraufhin seinen Kopf zu mir dreht und mich ansieht, rauscht für einen Moment das Gefühl durch mich hindurch, dass ich genau das jetzt mit Otis tun will.

Aus dem Wagen springen, nach seiner Hand greifen und durch die vom Schnee aufgeweichte Erde hüpfen. Gemeinsam mit Otis lachen. Für den Bruchteil einer Sekunde bilde ich mir ein, dass sich derselbe Wunsch in seinem Blick widerspiegelt.

Doch als ich mich zurücklehne und kurz die Augen schließe, höre ich, wie er geräuschvoll ausatmet. »Wovor hast du Angst, Ella?«

Ich reiße die Augen auf. »Ich hab vor nichts Angst.«

»Jeder hat vor etwas Angst. Wer nichts fürchtet, der vertraut auch niemandem.«

Okay, weshalb klingt er wie einer dieser verdammten Sprüchekalender, aus denen Juan so gerne zitiert? Und warum berührt mich das, was er eben gesagt hat, trotzdem ein bisschen zu sehr?

Otis beugt sich zu mir rüber. Ganz automatisch spanne ich mich an und er lehnt seinen Körper sofort wieder zurück. Dabei grinst er, als ob er ganz genau wüsste, wie viele Gedanken ich mir jetzt über diesen einen dämlichen Satz machen werde und auch über seine Fragen.

»Also?«, hakt er nach. »Wovor hast du Angst?«

»Ich schätze, bis vor Kurzem hatte ich Angst davor, bei etwas Illegalem von der Polizei erwischt zu werden und deshalb im Knast zu landen. Das hat sich erledigt.« Mit dieser Antwort scheint Otis nicht so recht zufrieden zu sein, weshalb ich den Drang habe, ein paar mehr Dinge aufzuzählen. »Wespen sind schrecklich und ich fürchte die Stimme in mir, die mir mein Talent miesredet. Wegen ihr verliere ich viel zu oft den Mut, Dinge nur aus dem Gefühl heraus zu tun, irgendetwas erschaffen zu wollen.« Ich halte kurz inne, um Luft zu holen. »Was im Übrigen die schönste Form von Kunst ist. Und sonst ... oh, ich hab auch Angst davor, dass ich irgendwann die Schranke in meinem Kopf, die mich davon abhält, an mich selbst zu glauben, nicht mehr geöffnet bekomme. Das wär scheiße.«

»Warum?«

»Weil mir dann andere erklären müssten, wer ich bin.« Kaum habe ich die Worte ausgesprochen, schnalle ich mich hektisch ab und springe, ohne auf eine Antwort zu warten, aus dem Wagen, weil es mir in dessen Innerem gerade viel zu echt wurde. Die Straße ist menschenleer und es ist eiskalt. Ich öffne die hintere Tür, klemme mir mein DJ-Equipment unter den Arm und werfe den Rucksack über die Schulter. Otis hatte recht. Unsere Gespräche dauern keine fünf Minuten, bevor sie richtig unangenehm werden. »Nun gut«, sage ich deshalb kurz angebunden. Als ich höre, wie lautstark Otis daraufhin ausatmet, schlage ich die hintere Autotür zerknirscht ins Schloss und rücke nicht nur von seinem Wagen, sondern auch von meinem Plan ab, mich von ihm zu verabschieden. Es kostet mich selbst gedanklich Überwindung, das zuzugeben, aber die Fragen, die mir Otis eben gestellt hat, berühren mich. Ich glaube, er hat es gar nicht bemerkt, aber seine Stimme hat bei der letzten einen leisen Kiekser von sich gegeben, den ich von mir kenne. Er ist immer dann zu hören, wenn mich jemand auf meine Eltern anspricht und ich aufpassen muss, dass ich nicht emotional überreagiere. Ging es Otis gerade genauso?

Und wennschon ... was interessiert mich die Antwort darauf? Zu viel, viel zu viel. Und deshalb verabschiede ich mich nicht, sondern frage: »Wieso warst du überhaupt beim Rave?«

Er lehnt sich über den Beifahrersitz in meine Richtung. »Der Tag heute ist mein einzig freier in den kommenden zwei Wochen und ...« Er räuspert sich und schiebt still eine Erklärung beiseite, die, da bin ich mir sicher, eher der Wahrheit entsprochen hätte als: »... ich mag deine Musik wirklich gern.«

Ich befördere meine freie Hand in die Hosentasche, lege den Kopf schief und atme auch tief ein und aus. »Du kommst an deinem einzigen freien Tag zu meinem Rave, wirklich?« Mir entfährt ein ungläubiges Seufzen, das Otis mit einem Nicken beantwortet.

Ich bin so überrascht, dass ich nicht sofort antworten kann. Otis will seine Freizeit mit mir verbringen? Ich möchte ihn das am liebsten noch mal fragen, nur um sicherzugehen, dass ich mich eben nicht verhört habe. Nein, eigentlich möchte ich ihm ins Gesicht schreien, ob sich belangloser Sex mit ihm immer so nah und echt anfühlt.

Ich halte die Worte zurück, bevor sie etwas anrichten können. Stattdessen entweicht mir eine Frage, die zugegeben nicht weniger Zerstörungspotenzial in sich trägt.

»D-dann sollten wir«, beginne ich stotternd, »... zur Hölle, wir müssen unbedingt noch irgendetwas aus dem Abend machen.«

Er guckt überrascht und ja, ich wundere mich auch, weshalb ich es nicht einfach gut sein lassen kann. Bis zu dem Moment, in dem Otis aufgetaucht ist, war es ein ziemlich frustrierender Abend, der dank ihm schlagartig besser wurde. Und verdammt, ich glaube, er kann noch viel, viel, viel besser werden. Ich will, dass es so ist.

»Möchtest du, dass ich mit hoch in die WG komme?«, raunt er.

»Das geht nicht«, erwidere ich schnell, sofort kapierend, woraus er hinauswill. »Leni muss mit dem Reiseunternehmen ihrer Eltern von morgen früh bis nächstes Wochenende an die Ostsee fahren. Wenn wir sie jetzt noch wecken, dann reißt sie uns die Köpfe ab.«

»Sollten wir nicht riskieren.« Er schnallt sich ab, steigt schließlich aus, legt die Hände flach auf sein Autodach und guckt mich an. »Was machen wir stattdessen?« Das fragt er mit einem Grinsen, das heute zum ersten Mal auf seinen Lippen liegt. Ich muss ihn einfach fragen, sonst platzt mir der Kopf.

»Auf einer Skala von eins bis zehn, wie sehr hast du vorhin darüber nachgedacht, irgendwo an der Spree im Schneematsch herumspringen zu wollen?«

»Ich bin ein seriöser Polizist und kein Kleinkind.« Otis' Blick wandert in Richtung Nachthimmel, er verschränkt die Arme hinter dem Kopf und dann hält er für einen Moment die Luft an. Erst nach ein paar Sekunden lässt er sie zusammen mit einem Wort entweichen: »Elf.«

Ich wusste es. »Wieso stehen wir dann noch immer hier rum?«

»Weil es albern ist, als erwachsener Mensch kurz nach Mitternacht irgendwo in Berlin im Schneematsch herumzuspringen«, sagt er. »Außerdem ist jedes Ufer in der Nähe vollständig betoniert und die nächstgelegene Flachwasserstelle ein gutes Stück entfernt.«

Kurzerhand öffne ich die hintere Wagentür erneut und lege mein Zeug zurück auf die Rückbank. »Du hast ein Auto.«

»Aber keine Gummistiefel.«

»Dann nehmen wir eben unsere Füße«, antworte ich, öffne die Beifahrertür und füge lachend an: »Die sind zum Stampfen da, schon vergessen?«

Ich höre Otis noch irgendetwas murmeln, vielleicht, wie kalt es ist, doch schließlich lässt er sich mit einem leisen Ächzen zurück auf seinen Sitz fallen und beugt sich ein paar Sekunden später abermals zu mir rüber. »Wartest du darauf, dass ich in die Hände klatsche? Steig ein, auf geht's!«

Klar, tolle Idee. Ganz bestimmt steige ich ein. Mit einem *super-seriösen* Polizisten, der offensichtliche Straftaten nicht zur Anzeige bringt und selbst illegale Raves besucht, mit dem ich Sex in seinem Auto hatte, der mir Blicke zuwirft, bei denen mir die Luft wegbleibt, und den ich schon zum zweiten Mal ganz vielleicht küssen wollte – nun, mit so jemandem durch die Berliner Nacht zu streifen ... was kann da schon groß schiefgehen?

»VERTRAU IHR NICHT.
SIE BRINGT DICH AN DIE SCHÖNSTEN ORTE,
NUR DAMIT DU NIE WIEDER DORTHIN
ZURÜCKKANNST,
OHNE SIE DABEI ZU SCHMECKEN.«

Otis

Ellas Nähe zu suchen, um Abstand von ihr zu verlangen, war eine bescheuerte Idee. Eigentlich wollte ich mir doch nur nicht anmerken lassen, was es mir alles abverlangt, vor ihr ganz ehrlich zuzugeben, dass mich die Sache mit ihr im Augenblick überfordert. Aber allein schon den Mund für dieses Geständnis aufzubekommen, hätte offensichtlich ein zu großes Opfer für mich bedeutet. Ging nicht.

Der Plan war, kurz zu diesem Rave zu fahren und dort den richtigen Moment abzupassen, um Ella ganz sachlich mitzuteilen, dass es leider nicht funktioniert, eben so emotionslos, wie ich als Polizist Hunderte Male reagieren musste. Wie oft bin ich ab dem Moment, in dem sie vor dem Produktionsgebäude beinahe in mich reingestolpert ist, dann eigentlich falsch abgebogen, um am Ende mit ihr auf dem Rücksitz meines Autos zu landen? *Trottel.* Und was zur Hölle ist aus meinem Scheißvorsatz geworden, drei Dinge in den Griff bekommen zu wollen?! Hatte ich, die Angelegenheit mit Ella zu klären, nicht als *am leichtesten* eingestuft? Wenn es schon so anfängt, dann können die anderen beiden Punkte nur beschissen enden. Jetzt bin ich ganz sicher nicht so bescheuert, es bei

Gloria oder meinem Vater freiwillig auch nur mit der Wahrheit zu versuchen.

Die Autofahrt in die Innenstadt war die reinste Tortur. Ella hat nicht viel gesagt, als ich das Kondom in irgendeinem Mülleimer entsorgt und anschließend noch mal darauf bestanden habe, sie zu fahren, aber ihre Blicke sind mir nicht entgangen. Wie schafft sie es, meinen Verstand nur mit ihren Augen von meinem unmissverständlichen Tu-es-nicht abzubringen und dafür von ihrem Auf-gehts zu überzeugen? Ich sollte da nichts hineininterpretieren, wahrscheinlich ist sie einfach gut darin, bockiges Kleinkindverhalten auszubremsen. Sie ist schließlich Erzieherin. Was dann wohl bedeutet, dass ihr den Tag über ziemlich viele Fragen gestellt werden, wenn ich so an die Zeit mit Linus denke. Deshalb haben sie meine bestimmt nicht weiter beeindruckt.

Trotzdem, keine Ahnung, was ich mir dabei gedacht habe, Ella mit genau *diesen* drei Fragen zu konfrontieren. Offenbar nicht viel. Aber immer noch ein bisschen mehr als vor fünfundzwanzig Minuten, denn da haben sich noch ein paar mehr Gehirnzellen verabschiedet. Anders kann ich es mir jedenfalls nicht erklären, wieso ich auch noch zugestimmt habe, mit ihr an die Spree zu fahren. Aber bei der Aufregung, die sie plötzlich versprüht hat, konnte ich nicht Nein sagen. Gloria kümmert sich um unseren Vater, weshalb ich sozusagen unerwartet einen freien Abend gewonnen habe, den ich nun wohl mit Ella verbringe. Und somit verlängere ich also eine Sache, die ich schon längst beendet haben wollte. Glanzleistung.

Ich schätze, ich hätte Ghosting einfach in Kauf nehmen sollen. Denn das hier werde ich so was von bereuen.

»Vorsicht, da ist eine Stufe«, warnt Ella, als sie nach kurzem Suchen eine Stelle gefunden hat, wo eine Lücke im brusthohen Gebüsch klafft. Weil ich nichts antworte, zeigt sie auf eine Steinstufe vor sich, die beinahe mit dem Boden verwachsen ist, so viel Moos und Gras wuchert darüber. Als ich wieder aufblicke, sehe ich, wie

Ella sich kurzerhand zuerst durch das Gestrüpp quetscht, das eine naturgewachsene Abgrenzung zwischen dem Flussufer und dem Straßenrand bildet, wo ich mein Auto unerlaubterweise abgestellt habe. Ich folge ihr, lockere dabei meine angespannten Schultern und beobachte, wie sie erst in geduckter Haltung energisch Zweige beiseitedrückt und sich schließlich mit winzigen Seitschritten die Böschung hinuntertastet.

Als sie das Flussufer erreicht, erkenne ich nur noch ihre Umrisse und sehe dennoch, wie sie in die Hocke geht und sich dort über die Schulter nach mir umsieht. »Was ist los, Herr Polizist? Kneifst du?« Lachend versucht sie ihr Gleichgewicht zu halten. Nur dass sie dafür jetzt die Hände in den Matsch drücken muss, der anscheinend so glitschig ist, dass sie wegrutscht und auf ihrem Hosenboden landet.

Mit wackligen Knien klettere ich zu ihr runter, doch als ich Ella erreiche, hat sie sich schon wieder lachend aufgerappelt. Erst da merke ich, wie gern ich ihr meine Hand entgegengestreckt hätte, um sie hochzuziehen und somit noch einmal ihre weiche Haut berühren zu dürfen. Sie festzuhalten, anders als vorhin im Auto. Nicht nur Sex, sondern …

Okay, was zur Hölle denke ich da? Themawechsel. Sofort!

Geht nicht, verdammt. Außer …

»Weißt du, weshalb das Spreeufer an manchen Stellen in Berlin abgesenkt wurde?«, frage ich und ja, ich muss wohl eine äußerst masochistische Seite besitzen, jetzt mit so einem Thema anzufangen. »Durch die ehemalige Trennung der Stadt gibt es sowohl im Osten als auch im Westen Berlins eine Biberpopulation. Ursprünglich waren Biber nicht gern im Stadtgebiet gesehen. Erst seit Kurzem stehen sie unter Naturschutz. Deshalb setzt Berlin alles daran, die Tiere zu schützen und vor allem die Westbiber mit denen aus dem Osten zu verkuppeln, damit sie sich in Ruhe fortpflanzen dürfen und die Biberpopulation wieder anwächst. Aber

Biber schaffen es nicht, das ganze Stück durch den Spreekanal von Ostberlin in den Westen zu schwimmen, weshalb extra dafür Flachwasserstellen eingerichtet wurden. Eine Biber-Sex-Luftbrücke sozusagen.«

Biber-Sex-Luftbrücke? Wenn ich auch nur einen Funken Verstand übrig habe, sollte ich mich nach der Scheiße jetzt umdrehen und dafür sorgen, dass Ella mich nie mehr wiedersieht. Ich habe schon viel Unangebrachtes von mir gegeben, aber selten war es mir so peinlich wie gerade eben. Es ist nur so: Hier unten fühlt man sich vollkommen abgeschieden von der Stadt. Der Ort verschluckt jedes Geräusch, dazu die reine Schneeluft, das leise Wasserrauschen in der Dunkelheit, das mir eigenartigerweise nicht sofort die Kehle zuschnürt, und der modrige Geruch von feuchter Erde – das alles lässt mich keinen Gedanken überprüfen, bevor er meine Lippen verlässt. Mein Kopf fühlt sich irgendwie genauso matschig an wie der Boden unter meinen Sohlen und ich bin einfach ... lockerer.

»Wär mir irgendwie unangenehm, wenn wir jetzt Biber beim Sex stören.« Ella deutet auf einen umgestürzten Baum. Einige der Äste ragen ins Wasser, tote Blätter sind überall auf der Erde verteilt und auf der dicken Blätterdecke fühlt es sich sicher so leicht an, wie auf einem Federkissen zu stehen. Das erklärt, weshalb Ella eben weggerutscht ist.

»Ich glaube, die paaren sich im Wasser.«

Sie guckt auf den Fluss, der wegen des umgefallenen Baums und der Wolkendecke über unseren Köpfen wirkt, als läge er im Schatten. »Schräg. Ist bestimmt arschkalt da drin.«

»Jep, nur dass wir das nicht herausfinden werden, weil niemand so blöd ist, um diese Jahreszeit in die Spree zu hüpfen, und bei dem ganzen Dreck und Müll im Wasser auch bei sonst keiner Gelegenheit.«

Daraufhin zieht Ella etwas Unverständliches murmelnd ihre

Schuhe aus und stellt sie neben einen dürren Ast, der uns am nächsten ist. Ich sehe ihr dabei zu, wie sie die Socken von den Füßen streift, sie zusammenknüllt und in ihre Schuhe stopft. Die Hosenbeine krempelt sie an beiden Seiten bis zu den Knöcheln hoch und Himmel noch mal, man könnte meinen, dass ich wirklich ein unerfahrener Jugendlicher bin, so neugierig starre ich ihr auf das bisschen nackte Haut.

Sie trägt ein kleines Tattoo unterhalb ihres linken Knöchels, ein Unendlichkeitszeichen, das mir beim Massieren gar nicht aufgefallen ist. Mehr gibt es eigentlich nicht zu sehen. Dennoch habe ich den Drang, zu ihr in die Hocke zu gehen und ihren Knöchel mit meinen warmen Händen zu umschließen. Vor zwei Stunden hatte ich Sex mit dieser Frau und habe deshalb ihren halb nackten Körper gesehen. Näher geht es wohl kaum.

Ist das hier trotzdem etwas ganz anderes? Scheiße, ja! Warum? Es ist viel, viel intimer als Sex.

»Worauf wartest du? Willst du dir lieber deine weißen Schuhe im Matsch versauen?«, fragt Ella mich, als sie sich wieder aufrichtet und ich noch immer den Blick fest auf das Tattoo an ihrem Knöchel geheftet habe.

»Ich schau mir das erst mal bei dir an.« Was mir ein wenig Abstand verschafft, den ich bei meinen Gedankenentgleisungen sehr dringend benötige.

»Klar. Das Zögern kenne ich aus dem Kindergarten, aber meistens geht's da eher ums Wirsingessen.«

Ella hockt sich auf den umgefallenen Baumstamm und vergräbt beide Füße kurzerhand tief im Matsch. Ich schätze, damit habe ich nicht gerechnet, wobei ich aber auch nicht sagen kann, was ich stattdessen erwartet habe. Jedenfalls nicht, dass sie jetzt allen Ernstes aufsteht und einen Moment später im Dreck auf und ab springt. Atemlos fängt sie an zu lachen, dann zu kreischen. Sie schnappt nach Luft, reißt die Arme hoch, quiekt dabei und lacht noch lauter. Es wirkt, als könne sie gar nicht mehr damit aufhören, und dazu unfassbar erleichternd und befreiend. So, als müsste ich genau das auch erleben: den kurzen Schockmoment vor Kälte, dann der glitschige Matsch, der unter meinem Gestampfe Körpertemperatur annimmt, und vor allem das Gefühl, einen Augenblick lang loslassen zu dürfen.

Im nächsten Moment kickt Ella Dreck in meine Richtung. Dafür klammert sie sich an einem Ast über ihrem Kopf fest und pflügt ihr Bein einmal tief durch den Matsch, der kurz darauf meine Hose sprenkelt. Sie johlt euphorisch und das gibt den Ausschlag.

Hektisch streife ich mir die Schuhe von den Füßen und befördere sie irgendwo neben Ellas. Dann sind die Socken dran und ich springe, ohne zu zögern, zu ihr in den Matsch. Aber ...

»O fuck. Fuck, fuck, fuck ist das kalt.«

Ella lacht auf. »Du musst dich bewegen.« Sie streckt ihre Hand nach meiner aus und als ich sie ergreife, zieht sie mich ein Stück zu sich. Beinahe verliere ich dadurch das Gleichgewicht, doch Ella hält mich fest.

Keine Minute später springen wir gemeinsam. Am Anfang halte ich die Luft an, so lange, bis es nicht mehr geht, weil ich Sorge habe, dass ich sonst der Kälte wegen genauso laut loskreische wie Ella gerade. Vielleicht noch schriller. Doch irgendwann schmerzen meine Lungen und ich spüre meine Füße nicht mehr, was exakt der Moment ist, in dem ich drauf scheiße.

Weshalb ist Sex kein Problem, aber mich ins Hier und Jetzt fallen zu lassen, stellt mich vor riesige Herausforderungen? Keine Ahnung, ob es auf diese Frage eine bessere Antwort gibt als den Schrei, den ich gerade loslasse, während ich mich im Matsch um die eigene Achse drehe und die Arme ausbreite. Das tut gut, richtig gut. Ich fühle mich so lebendig wie ... seit Mamas Tod nicht mehr. Völlig frei. Gloria, mein Vater, Linus, der in wenigen Wochen nicht mehr in meiner Nähe wohnen wird, und alle anderen Sorgen entweichen für diesen Moment mit dem nächsten Schrei in den Berliner Nachthimmel. Wir könnten hier unten splitternackt rumspringen, es würde oben in Berlin niemanden interessieren, was ein absolut krasses Gefühl ist. Es gibt nur noch Ella und mich. Die mich – das fällt mir erst auf, als ich mich zu ihr drehe – beobachtet. Anscheinend schon länger, denn das Lächeln auf ihren Lippen wirkt gefestigt und überzeugt.

»Halt mich für verrückt«, ruft sie und lacht lauthals über meinen Gesichtsausdruck. »Aber ich glaube, das war gerade mit das Niedlichste, was ich in meinem ganzen Leben gesehen habe, und ich arbeite im Kindergarten.«

»Wooohooo!« Das ist meine Antwort. Ein Schrei, der sich so bescheuert anhört, dass es mir peinlich sein sollte. Das ist es aber nicht und deshalb schreie ich gleich noch mal. So laut, dass Ella sich spielerisch die Ohren zuhält. Und dann greife ich nach ihren Handgelenken und ziehe diesmal sie zu mir, damit wir uns zusammen um die eigene Achse drehen können. Wir schreien, wir lachen wie verrückt über diesen Moment, über uns, über alles. Schließlich reißt sich Ella los.

Ich warte darauf, dass sie sich auf den Ast hockt und sich wieder Socken und Schuhe anzieht, aber sie krempelt ihre Hosenbeine noch ein Stück weiter hoch, stemmt ihre Hände daraufhin in die Hüften, beugt den Oberkörper nach vorn und …

… rennt plötzlich ohne Vorwarnung in den eiskalten Fluss. Ich bekomme fast eine Herzattacke, als sie auf halbem Weg ausrutscht und im seichten Wasser nahe dem Ufer mit einem lauten Platsch auf dem Hosenboden landet.

»Was zur Hölle, Ella? Alles okay?«

Keuchend rappelt sie sich auf, versucht irgendwie aus dem knöchelhohen Wasser zu kommen und dann, als ich zu ihr aufgeschlossen habe, um ihr die Hand zu reichen, schlägt sie breit grinsend ein.

»Fehler«, raunt sie. Im nächsten Moment werde ich von Ella ins Wasser gerissen und o Gott, das ist ja noch viel schlimmer, als es bei ihr ausgesehen hat.

Ich stolpere, kann mein Gleichgewicht aber ausbalancieren und stoße dabei einen Laut aus, der irgendetwas zwischen Kreischen und Stöhnen ist und sich mit Ellas Jubelschrei vermischt. Dann spüre ich, wie sich meine Hose mit eiskaltem Wasser vollsaugt. »I-ich spüre m-meine Scheißz-zehen nicht m-mehr«, bringe ich irgendwie zitternd hervor. Dabei bin ich gerade mal bis zu den Knöcheln im Wasser, wohingegen Ellas Hose durch ihren Sturz ganz sicher bis zum Bund durchnässt ist.

Auch sie japst nach Luft. »Ich wette, du machst nie wieder so was Verrücktes.«

Die Wette würde sie gewinnen. Ich nicke und Ella grinst, woraufhin sie sich eigentlich an mir vorbei raus aus dem Wasser zurück ans Ufer hangeln will. Ihre Hüfte stößt dabei gegen mein Bein und weil sie die ungeplante Berührung erschreckt, verliert sie abermals den Halt. Diesmal jedoch habe ich sie. Ich halte Ella fest, ziehe ihren eiskalten Körper erneut an mich. Nur viel enger diesmal.

»Sorry, ich dachte, das wär ein dämlicher Biber«, flucht sie und dann merkt auch sie, wie nah wir uns sind. Ich spüre, dass sie hektischer ein- und ausatmet. Sie schlingt beide Arme um meinen Körper. Keine Ahnung, was hier gerade passiert, aber meine Hand legt sich wie von selbst auf ihre linke Seite, um von dort über den dicken Kapuzenpullover hoch bis zu ihrem Gesicht zu gleiten. Als müsste ich sie jetzt festhalten und berühren, weil sie es mir vorhin nicht erlaubt hat. Was natürlich bescheuert ist. Ich war einfach zu spät dran. Deshalb sollte ich sofort die Finger von ihr nehmen, damit sie das kurze Stück aus dem Wasser laufen kann. Sie zittert, ihr Körper vibriert vor Kälte. Bestimmt hat sie ganz blaue Lippen.

Okay, was tue ich hier? Wieso denke ich genau jetzt an El-las Mund? Bemerkt sie, dass ich meinen Kopf leicht vorgebeugt habe?

Die Antwort darauf lautet: Ja.

Sie grinst. Das hier ist ihre Rache dafür, dass ich sie neulich im Flur fast dazu gebracht hätte, mich zu küssen. Voll erwischt. Um es mir noch mal zu demonstrieren, beißt sie sich herausfordernd auf die Unterlippe und stöhnt ganz leise. Natürlich bin ich ihrem Grinsen gegenüber völlig machtlos und ziehe auch meine Mundwinkel hoch.

Doch weil da jetzt wieder der Drang ist, irgendetwas zu tun, das Ella signalisiert, wie wenig ernst das hier zwischen uns ist, lasse ich sie vorsichtig los und verschränke, kaum dass sie einen festen Stand hat, demonstrativ die Arme vor der Brust. Ihr Blick ist dunkel, und dennoch fühlt es sich so an, als wäre ich ein Reh, auf das zwei grelle Autoscheinwerfer gerichtet sind. Es kostet mich einiges an Kraft, ihr nicht nachzusehen, während sie sich nun aus dem Wasser kämpft. Zerknirscht konzentriere ich mich auf meinen großen Zeh, der mir vermutlich jede Sekunde abfällt. Die schmerzhafte Taubheit hilft immerhin dabei, zurück zu einfacheren Gedanken zu finden.

»Otis?«

Ich fasse es nicht, dass ihre Stimme nach der Eisdusche eben so fest und herausfordernd klingen kann. Sie hat Socken und Schuhe schon wieder angezogen und wartet mit nasser Hose auf dem Baumstamm. Für die Autofahrt werde ich ihr gleich meine Kleider geben müssen.

Aber fürs Erste muss ich mich zwingen aus dem Wasser zu steigen. Ich schwöre, dass ich noch nie Feuer und Eis zugleich gefühlt habe, aber genau so beschreibt sich das Gefühl in mir gerade am besten. Bis zu den Knöcheln sticht und brennt meine Haut vor Kälte und überall dort, wo Wassertropfen meine Kleidung sprenkeln, ebenso. Doch mein Gesicht glüht. Die Wangen, die Stirn, vor allem meine Lippen brennen, weil ich keine Ahnung habe, wie zum Teufel ich mich dieser Situation entwinde.

»Ja, Ella, du hast recht mit dem, was du mir gleich sagen wirst«, komme ich ihrer Provokation einfach zuvor, kaum dass ich es irgendwie auf den Baumstamm neben sie geschafft und meinen Kopf zu ihr gedreht habe. Angriff ist die beste Verteidigung. »Es ist kein bisschen albern, im Schneematsch rumzuspringen. Ganz im Gegenteil.« Ich konzentriere mich darauf, meine Stimme locker klingen zu lassen. »Es hat Spaß gemacht.«

»Stimmt.« Sie zieht ihre Beine hoch auf den Baumstamm, um die Arme um ihre Knie zu schlingen. »Aber eigentlich wollte ich dich fragen, ob du mich gerade küssen wolltest.«

Ich schlucke. Dass sie die Dinge mal wieder einfach so direkt anspricht, macht mich fertig. Ich muss mich mit aller Kraft darauf konzentrieren, überhaupt irgendeine Antwort aus meinem Kopf zu fischen. Eine, die bitte auch ohne Sarkasmus funktioniert.

»Ich schätze mal, die Antwort bleibt eh dieselbe.« Diesmal kontert Ella schneller als ich. Ihre Stimme ist viel ruhiger als der Sturm, den ihre Worte in meinem Brustkorb auslösen.

Ich bin kein Melzke-Mann, schießt es mir schon wieder durch den Kopf. Ich entfache keine Stürme, sondern harre kümmerlich in ihrem Auge aus und hoffe, dass ich das Chaos irgendwie überlebe.

Keine Chance. Denn Ella zerstört mich auf die schönste Art und Weise, die ich kenne: mit ihrem Lachen.

»Dass ich recht habe, meine ich«, fügt sie hinzu.

Hätte sie nicht gemusst, denn meine Kehle ist auch so schon staubtrocken geworden. Sie springt vom Baumstamm und klettert ohne ein weiteres Wort den Abhang hoch zum Straßenrand, um sich oben wieder zu mir zu drehen. »Ist es eigentlich illegal, nur mit einem Slip bekleidet auf dem Fahrersitz zu hocken?«

»Keine Ahnung.« Ich starre zu ihr hoch und denke darüber

nach, was ich neulich festgestellt habe: *Dinge totschweigen wird mein Untergang sein.*

Nun, ich schätze mal, Worte haben auch das Zeug dazu, mich zu vernichten.

Zumindest, wenn sie aus Ellas Mund kommen.

Den, da hat sie recht, ich verdammt noch mal gerade küssen will.

MA-I-A HI, MA-I-A HU
MA-I-A HO, MA-I-A VERDAMMT NOCH MAL, ICH VERLIEB MICH NICHT!

Ella

Mein Zimmer ist in schummriges Licht getaucht. Auch den zweiten Abend nach der Nacht mit Otis an der Spree verbringe ich damit, ein Geschenk für Charlie und Levy vorzubereiten. Wenn alles klappt, landen sie morgen früh in Berlin. Im Keller des Kindergartens habe ich gestern mit Belas Hilfe nur einen einzigen passenden Holzrahmen gefunden, dessen Acrylglasscheibe nicht eingerissen oder gar nicht mehr vorhanden war. Er ist in schlichtem Schwarz lackiert, das an den Seiten schon leicht abplatzt, und dünner als mein kleiner Finger, doch für meine Zwecke passt er perfekt. Außerdem weiß ich, dass Charlie nicht viel Wert auf irgendwelche Äußerlichkeiten legt, und das Bild, das in den Rahmen eingespannt ist, wird ihr gefallen, da bin ich mir sicher.

Wahrscheinlich habe ich mir absichtlich ein besonders aufwendiges Geschenk für sie ausgedacht, um mich so von Otis abzulenken. Funktioniert hat das allerdings kein bisschen. Zwei Tage sind seitdem vergangen, aber mein Verstand hat die vielen besonderen Momente zu einem Film zusammengeschnitten und wäre mein Kopf ein Kino, dann würde ich behaupten, dass der Otis-Film ein richtiger Kassenschlager ist.

Ich könnte ihn umbringen, weil er mir seine Jacke gegeben und die Heizung im Wagen voll aufgedreht hat, damit ich auf der Rückfahrt nicht krank werde. Keine Ahnung, ob er mitbekommen hat, dass ich heimlich an der Jacke gerochen habe, oder ob er gedacht hat, mein leiser Seufzer wäre in dem Schweigen begründet, das sich in der stickigen Heizungsluft ausgebreitet hat. Dabei war die Stille zwischen uns nicht mal leer. Sie war voller Antworten. Er ist kein Mistkerl. Ich hasse ihn weniger als ursprünglich geplant. Wir beide haben gelogen. Denn zwischen uns ist selbst Schweigen etwas Besonderes. O Mann.

Mit schneeweißem Lackstift zeichne ich auf einer schwarzen Pappe zuerst eine Art Straßenliniennetz für das *Rock Never Dies*, auf dem sich Levy und Charlie vergangenen Sommer kennengelernt haben. Den Bühnenbereich, also dort, wo auch das Riesenrad steht, hebe ich hervor, indem ich um ihn ein Herz male. Andere wichtige Orte, von denen ich weiß, dass sie den beiden etwas bedeuten, kennzeichne ich mit weiteren, kleineren Herzen. Was jetzt noch fehlt, ist ein schlichter, schöner Schriftzug am unteren Rand der Pappe.

Wo alles begann: Levy & Charlie, Rock Never Dies.

Ich schicke Leni ein Foto, weil wir uns das Geschenk gemeinsam überlegt haben, und bekomme kurz darauf ein Daumen-hoch-Emoji und eins mit kleinen Zs über dem Kopf, das mir wohl sagen soll, wie müde sie von der Ostsee-Tour ist. Immerhin schreibt sie, dass sie es bis zur Überraschungsparty für Charlie morgen Abend schafft.

Unter der Woche hat Leni ein Bild aus Hamburg in unsere WG-WhatsApp-Gruppe geschickt, auf dem sie vor einem Musicalgebäude steht, zusammen mit der Frage: *Bewerbung abgeben?* Charlie und ich haben sie daraufhin eifrig darin bekräftigt, endlich ihre Traumausbildung zur Musicaldarstellerin anzugehen, doch Leni hat alle unsere Versuche mit einem müden *Meine Eltern brauchen meine Hilfe* abgeblockt.

Deshalb belasse ich es jetzt auch bei Lenis Nachricht, putze das Acrylglas sauber, bis es fast neu aussieht, und wickle das Geschenk anschließend in Winnie-Puuh-Geschenkpapier. Danach schlüpfe ich in meinen Schlafanzug und anschließend unter die Bettdecke.

Morgen ist Samstag und Charlie ist endlich wieder für ein paar Tage zurück in Berlin und damit auch hier in der WG. Vielleicht vertraue ich mich ihr an. Erzähle ihr von den Beinahe-Küssen und der eigenartig verwirrenden Situation, in der ich gemeinsam mit Otis stecke. Allerdings müsste ich ihr dann auch beichten, wie heftig mein Körper in seiner Umarmung gezittert hat, und das ganz bestimmt nicht nur wegen der Kälte des Wassers. Ich stand völlig unter Strom, weil ... ja, mittlerweile habe ich mir eingestanden, dass ich ihn wohl ebenso dringend küssen wollte wie er mich. Das kann ich aber jetzt nicht auch noch vor anderen zugeben. Erst recht nicht, wenn ich die Überraschungsparty morgen nicht mit meinen Problemen sprengen will.

Im Moment sind da so viele Sorgen in meinem Kopf, dass es wohl besser ist, wenn fürs Erste keine einzige davon meine Lippen verlässt. Die Party ist dazu da, um Levy und Charlie zu feiern. Außerdem gibt es Regeln in diesem Spiel, rufe ich mir eindringlich ins Gedächtnis, und die wichtigste ist noch nicht gebrochen: kein Kuss. Und mit diesem Gedanken schlafe ich irgendwann weit nach Mitternacht endlich ein.

»Wann genau wolltet ihr mit der Nicht-Überraschungsparty starten?«

Ich merke, wie mich Charlies gespielt empörter Tonfall selbst im Halbschlaf zum Lächeln bringt. »C-Charlie?«

»Ja, ich bin's«, flüstert sie zurück. »Ich hab mich selbst reingelassen.«

Ihr Stirnrunzeln wird kurz sichtbar, als ich ein paarmal blinzle und mir schließlich den Schlaf aus den Augen reibe. »Du wohnst hier!«

»Ich weiß, aber ich meine dein Zimmer.« Sie hockt sich auf mein Bett und ich rücke, so eng es geht, an sie ran. Den bekannten blumigen Geruch ihres Waschmittels habe ich sofort in der Nase, aber ich könnte schwören, dass ich auch den von Stroh, Pferd und Leder wahrnehme.

Charlie zieht das Gummi aus ihren Haaren und fährt mit den Händen hindurch, bis die hellblonden Strähnen zu allen Seiten abstehen. Jetzt bin ich mir sicher, dass sie nach Stall und, keine Ahnung, Farmleben riecht.

»Ich bin direkt vom Flughafen hergekommen«, erklärt sie.

Ich richte mich auf. »Ist Levy auch mit dabei?«

»Nein. Er ist zu seiner Mama in den Schrebergarten gefahren. Vorgestern hat sich ein Interessent gemeldet, der die Parzelle kaufen möchte. Levys Mutter wohnt ja sowieso schon seit Wochen mit seinem Kater Joe bei seiner Tante, von daher ...«

»Sie braucht dringend eine richtige Wo-«

»Lass uns erst mal frühstücken«, unterbricht mich Charlie lächelnd. »Oder wenigstens kuscheln.« Sie schlägt meine Decke zur Seite und krabbelt kurzerhand darunter, woraufhin die Matratze unter unserem gemeinsamen Gewicht ächzt. »Für alles andere haben wir in den nächsten Tagen noch genug Zeit. Meine Familie hat mir auch schon tausend Nachrichten geschrieben, aber ich wollte zuallererst nach Hause kommen. In die WG.«

Ich kuschle mich eng an Charlie.

Es ist total surreal, dass ich sie nicht mehr durch einen Bildschirm anschaue. Ich brauche einen Moment, bis ich mich an die Veränderung gewöhne. Kichernd schiebt Charlie währenddessen ihren Arm unter meinen Oberkörper und ich lege automatisch den Kopf an ihre Seite und seufze.

»Geht's dir gut?«, erkundige ich mich irgendwann.

»Dasselbe wollte ich auch gerade fragen.«

Jetzt kichern wir zusammen. »Es ist ein bisschen unfair«, murmelt Charlie. »Ihr wisst über alles, was Levy und ich in Irland tun, Bescheid, weil ihr euch dafür einfach seinen TikTok-Kanal anschauen müsst. Aber ich hab keinen blassen Schimmer, was hier in Berlin und vor allem in unserer WG abgeht.«

»Nichts.«

Ich kann Charlies Grinsen zwar gerade nicht sehen, aber deutlich hören, als sie mir darauf antwortet. »Das kam schnell – zu schnell.«

»Lass uns lieber über ... Irland reden. Oder Levys Kanal. Also, so oft, wie du dort auftauchst, müsstet ihr den vielleicht bald gemeinsam führen. Ich lese häufig Kommentare, die nach etwas in der Richtung fragen.«

»Darüber haben wir sogar auf dem Rückflug gesprochen und wenn es sich für mich gut anfühlt, dann probieren wir es nach unserer Rückkehr in Irland einfach mal aus.« Ihre Stimme entfernt sich kurz. Ich kann ein Rascheln hören und kurz darauf hält mir Charlie ihr Smartphone unter die Nase. »Ich hab übrigens eure krassen Fotos gesehen.«

»Die Dirty-Feminists-Rave-Bilder?« Da mein uraltes Smartphone sich bei den meisten Apps ständig aufhängt, betreut Juan die Social-Media-Kanäle, weshalb ich anscheinend nicht ganz auf dem neuesten Stand bin.

»Jep. Zwei vom Teufelsberg, eines aus einer ... Rumpelkammer und noch eins vom letzten Wochenende. Ihr tragt auf allen Bildern eine Maske. Ich hätte dich nie im Leben erkannt.«

»Zur Sicherheit, falls die Polizei noch mal auftaucht.«

»Noch mal?« Charlie legt ihr Handy zur Seite und beugt sich über mich. »Sag mir nicht, dass du jetzt vorbestraft bist.«

Ich stöhne laut auf. »Natürlich nicht!«

»Gut, sonst hätte ich nämlich einfach Otis nach einem Rat gefragt.« Sie schluckt. »Vielleicht würde so was ja dabei helfen, dass Levy und er endlich einen Schritt aufeinander zugehen.«

Kurz ist es still, hoffentlich nicht deshalb, weil mein ganzer Körper bei Otis' Namen erstarrt ist.

»Na ja«, fährt Charlie schließlich fort. »Das geht mich eigentlich nichts an, aber so wie ich das sehe, leiden beide unter der Situation, wollen es sich aber nicht eingestehen.«

»Ja«, krächze ich.

»Alles gut?«

»Klar! Ich hab nur kurz darüber nachgedacht, wie dämlich es ist, eine Sache totzuschweigen, über die man auch einfach reden könnte.« Ich beiße fest auf meine Unterlippe und hoffe, dass Charlie nicht weiter nachhakt.

»Miscommunication steht auf meiner Liste von Lieblings-tropes in Büchern definitiv an letzter Stelle.«

Um möglichst weit von Otis abzulenken, frage ich Charlie nach den Büchern, die sie in Irland gelesen hat, und auch wie es ihrer Schwester Alex, deren Verlobter Linn und ihren Eltern geht. Alex steckt in den letzten Planungen der Hochzeit, was ich mit einem Freudenschrei quittiere. Weil die Paranoia, dass Charlie irgendetwas kapiert hat und nun jede Sekunde nach Otis fragen könnte, aber trotzdem immer größer wird, lenke ich letztendlich auf Charlies Zukunft.

»Fürs Erste wollen wir in Irland auf der Farm bleiben. Wenn es uns dort nicht mehr gefällt, bauen wir einen Bulli um, so wie Leni ihn für das Reiseunternehmen hat, und fahren damit durch Europa. Und zwar so lange, bis wir wissen, was wir studieren oder arbeiten wollen.«

»Und deine Eltern haben dich deshalb noch nicht enterbt?«

Charlie lacht auf. »Ich glaube, sie sind kurz davor.«

Ich gebe ein verständnisvolles »Oje« von mir, als ich die Bettdecke zur Seite schlage und über Charlie hinweg aus dem Bett klettere. Mittlerweile ist mein Magenknurren nicht mehr zu überhören.

»Leni war die ganze Woche über nicht in der WG, deshalb könnten wir noch Chai Latte dahaben. Soll ich dir einen mitmachen? Dazu Bagels?«

»O ja!« Charlie nickt und dann greift sie wieder nach ihrem Handy, um auf dem Display herumzutippen. »Wer kommt heute Abend eigentlich alles?«

»Nicht viele.« Ich höre sie erleichtert durchatmen, bevor ich fortfahre. »Leni, Gloria, Levy auf jeden Fall, Alex natürlich und vielleicht auch Linn.«

»Was ist mit Otis? Er ist Levys bester Freund. *War*«, verbessert sie sich und schluckt erneut. »Ich würde mich freuen, wenn die beiden sich auf der Party aussprechen könnten.«

Ich murmle meine Zustimmung und Charlie richtet sich auf und legt ihr Handy weg. »Ich hab ihm mal geschrieben und ihn eingeladen.«

»Okay.« Ich hole tief Luft, was natürlich nicht unbemerkt bleibt.

»Ja, er war auf dem Festival ein Arsch, und Himmel, die ganze Sophie-Angelegenheit ist einfach nur beschissen gelaufen. Aber du weißt doch, was mein Lieblingsbuchtrope ist.«

»Second Chances«, sage ich und als Charlie daraufhin eifrig nickt, muss ich lachen. »Vielleicht hast du recht.« Anscheinend laufe ich prompt knallrot an, denn nun beäugt mich Charlie skeptisch.

»Du hast Otis seit dem Festival nicht mehr wiedergesehen, oder?«

»Wie kommst du darauf?«

»Nur geraten. In meinem aktuellen Buch reagiert die Protagonistin exakt wie du. Ich wette, wenn ich seinen Namen noch mal sage, kann ich deinen Puls bis hierher schlagen hören.«

»Quatsch! Was ist das denn für ein dä-«

»O Gott! Deshalb hast du vorhin *noch mal* gesagt.« Aus dem Nichts lässt Charlie einen spitzen Schrei los. »Otis hat einen eurer Raves hochgehen lassen? Sag mir, dass ich danebenliege, oder nein, sag mir lieber, dass ich recht habe!«

»Würde dich das glücklich machen?«

»Und wie! Wenn du vorhin nicht gelogen hast, dann hätte Otis euch bestimmt rausgeschlagen … und das wäre irgendwie niedlich, oder nicht? Oh, oh, warte: Wie sieht Otis in Uniform aus? Das kann ich mir null vorstellen.«

»Das ist eine total alberne Frage und eigentlich will ich sie nicht beantworten, sondern uns lieber Chai und Bagels machen, aber … ja, er sieht, na ja, professionell aus.« Und so wie manche Männer in Uniform eben aussehen: heiß. *Hi, Schubladendenken, lange nicht gesehen.* Mist, Mist, Mist.

Charlie springt kreischend aus dem Bett und lässt gleich eine ganze Tirade an Nachfragen auf mich los, aber so wirklich gern will ich keine davon beantworten. Zumindest anfangs. Als wir dann bei dampfendem Chai Latte in der WG-Küche hocken, ist mein Verstand schließlich so aufgeweicht, dass ich ihr ein paar Dinge verrate. Mit jeder Situation, die ich aufzähle, wird mir wärmer und wärmer, doch da habe ich noch keinen einzigen Schluck vom Chai genommen.

»Nach dem miesen Auftritt vergangenes Wochenende sind wir an die Spree gefahren und haben dort getanzt.« Mein Plan war, den Sex auszulassen, aber jetzt komme ich mir so vor, als ob ich vor Charlie dafür den weitaus intimeren Moment preisgegeben habe. »Es war nichts Besonderes, wirklich nicht«, wiegele ich schnell ab, woraufhin Charlie kurz lächelt. »Otis wirkt auf mich wahrscheinlich einfach genauso traurig und niedergeschlagen wie Levy auf dich und du weißt, wie schnell ich Mitleid mit jemandem habe. Vermutlich hast du recht! Die beiden müssen endlich miteinander reden.« Wir beide, Otis und ich, das wollte ich eigentlich damit sagen.

Charlies Lächeln wird breiter. »Und da gibt es schlimmere Orte als eine Party. Levy trinkt keinen Alkohol, Otis dafür zu viel. Sollte also passen.«

Sofort habe ich den Drang, Otis zu verteidigen. Ich kann mich daran erinnern, wie schrecklich betrunken er auf dem Festival war, aber seit ich ihn auf dem Teufelsberg wiedergesehen habe, erkenne ich den Festival-Otis sowieso kaum mehr wieder.

Ich höre mich kurz aufseufzen. »Dann hoffen wir mal, dass Otis zusagt.«

Charlie führt ihre Tasse an die Lippen. »Wegen Levy natürlich.«

»Natürlich.«

Jetzt lachen wir beide und wenn ich mich nicht vollkommen täusche, dann werde ich mich heute Abend mit aller Kraft darauf konzentrieren müssen, Charlies prüfendem Blick zu entgehen.

Nachdem sie sich eine halbe Stunde später verabschiedet hat, drehen sich meine Gedanken nur noch um Otis. Weil ich die vergangenen zwei Tage so wenig wie möglich an ihn gedacht habe, fühlt sich, das jetzt wieder aus dem Nichts zu tun, exakt so an, als würde ich wieder im eiskalten Spreewasser stehen.

Ich stöhne innerlich auf und nehme mir mein Smartphone, das neben Charlies leerer Tasse liegt. Um mich abzulenken, logge ich mich mit meinem Instagram-Account ein und überprüfe den Account der *Dirty Feminists*. Vor fünf Minuten hat Juan ein Bild hochgeladen. Es ist komplett schwarz und in der Mitte prangt ein weißes Fragezeichen. Darunter hat er einen knappen Text geschrieben.

**1,2 und 3 – ob es das wirklich schon war,
ist noch nicht absehbar …**

Ich klicke mich zu Juans Privataccount weiter und frage kurz nach. Keine Minute später schreibt er mir auf WhatsApp.

Ich versuche dich seit einer halben Stunde
anzurufen, aber dein Handy ist besetzt …

Es ist alt und kaputt, sei froh, dass du noch nie einen Arsch-Anruf von mir bekommen hast. Was ist los?

Schockmoment! Lasse hat mich vorhin angerufen …

Der Typ, der uns bei den Indoor-Gigs sein DJ-Pult ausgeliehen hat? Wer ist dieser Lasse?

Einer der Festivalveranstalter?!

Was?!?!

Ich hab dir doch gesagt, dass ich einen von ihnen privat kenne. Aber das ist gerade egal, weil … Warst du schon mal an der Rummelsburger Bucht?

Nein. Nein, nein, nein … Ehe ich antworten kann, kriege ich eine weitere Nachricht.

Fürs Festivalfinale in neun Tagen ist ein Act abgesprungen. Lasse will, dass wir von 15–16 Uhr in der Fernsehfabrik auflegen. Ich bekomme alle genaueren Informationen, sobald der Termin näher rückt. Wenn ich Lasse richtig verstanden habe, finden die Raves diesmal auf drei Etagen statt, wir sollen im Keller spielen. Zur selben Zeit treten noch andere Kleinkünstler auf und

natürlich sind die richtig wichtigen DJs erst
für den Abend gebucht, aber das ist im
Grunde egal, weil ... Schockmoment!!

Oookay. Ich kriege keine Luft. Das gerade ist der passende Augenblick, um völlig durchzudrehen. Die *Dirty Feminists* werden allen
Ernstes beim diesjährigen Festivalfinale auftreten. Das werden
wir doch, oder?

Ich lese Juans Nachrichten erneut, als eine weitere reinkommt,
in der er noch einmal Lasses Vorgaben zusammenfasst. Ja. Ja, wir
dürfen beim größten illegalen Rave Berlins spielen. Ich finde keine
Worte, außer ... was auch immer während der Party heute Abend
passieren wird, dieser Tag ist der schönste in meinem Leben.
Punkt.

MA-I-A HI, MA-I-A HU
MA-I-A HO, MA-I-A NEIN, NEIN, NEIN!
ABER SCHEISSE, IST DAS SÜSS.

Ella

Dirty Feminists dröhnen aus gegebenem Anlass aus einer kleinen Musikbox, die ich auf dem Wohnzimmertisch platziert habe, es ist heizungsluftstickig und fast jede Sitzmöglichkeit in unserem winzigen Wohnzimmer wird auch genutzt. Den ganzen Nachmittag habe ich damit verbracht, neue Sets zu mischen, die noch mehr überzeugen müssen als alles zuvor. Wie krass ist das alles bitte? Nach dem beschissenen Gig in Spandau hatte ich absolut keine Hoffnung mehr, und jetzt das. Die *Dirty Feminists* werden in wenigen Tagen beim Festivalfinale den größten und gleichzeitig wichtigsten Gig ihrer kurzen Existenzgeschichte abfeuern. Jede Sekunde bis dahin werde ich üben. Na ja, fast jede. Der bevorstehende Abend ist eine Ausnahme und er dämpft meine ausgelassene Freude ein kleines bisschen.

Die ersten fünf Minuten nachdem Otis zusammen mit Gloria in die WG gekommen ist, war noch alles halbwegs in Ordnung, doch vor ein paar Sekunden hatten er und ich das erste Mal Blickkontakt. Seitdem zieht sich mein Brustkorb immer enger zusammen und gleichzeitig flattert es darin angenehm warm, was aber auch an den aufregenden Neuigkeiten liegen kann. Wenn ich das Gespräch zwischen Leni und Otis gerade richtig mitbekommen habe, ist er direkt nach seiner Spätschicht hergekommen, die dann wohl gegen zehn enden muss, denn die Uhr auf meinem Handy zeigt an, dass es jetzt kurz nach elf ist.

Jedenfalls lag da ein Funkeln in Otis' Augen, zu uneindeutig, um mit Sicherheit sagen zu können, dass es ihm genauso ergeht wie mir, und doch mit einer stillen Botschaft, als würde er mich auf der Stelle packen und in mein Zimmer ziehen wollen. Aber das Einzige, was seine Finger im Augenblick festhalten, ist ein Glas, in das er gerade eben eine helle Flüssigkeit gegossen hat – ich tippe auf einen Energydrink – und das er jetzt an seine Lippen führt. Ein paar lose Haarsträhnen fallen ihm dabei in die Stirn. An ihren Spitzen wird das fast weiße Blond dunkler, was ein bisschen so aussieht, als hätte Otis seine Haare nur dort aus dem Fenster in den Schneeschauer gehalten.

Was tust du, wenn es regnet? Gestern habe ich die Fragen, die mir Otis gestellt hat, gegoogelt und einen Gedichtband einer jungen Amerikanerin gefunden, die Worte auf eine unfassbar berührende Art und Weise zusammenbringt. Ich habe mir nur ein paar wenige ihrer Gedichte durchgelesen, die mich allesamt zum Weinen gebracht haben. Eines hängt jetzt auf ein Stück Papier gekritzelt über meinem Schreibtisch:

Entschuldige dich niemals für die grimmige Liebe,
die du für dich selbst empfindest. Entschuldige dich
niemals für den Weg, den du dafür gehen musstest.

Otis kann gerade noch einen winzigen Schluck aus seinem Glas nehmen, bevor seine Schwester auf ihn zustürmt und ihn aus dem Wohnzimmer zerrt. Sie trägt einen hübschen senfgelben Hosenanzug und sieht genauso aufgeregt aus, wie ich mich fühle. Was auch immer sie mit Otis zu besprechen hat, es scheint ihn ziemlich unter Druck zu setzen. Er lächelt gezwungen, als er, die freie Hand in der Hosentasche seiner schlichten Jeans vergraben, nachgibt und Gloria schließlich hinterhertrottet.

Wieso habe ich so große Angst davor, zu ihm zu gehen? Sein

Blick eben hat meine Panik jedenfalls nur noch verstärkt. Weshalb ich ihm jetzt auch, kaum sind Gloria und er wieder zurück im Wohnzimmer, lieber still dabei zusehe, wie er die Augen zusammenkneift, als er seine Schwester sanft an einem der Hosenträger zurückhält. Mit dem Kopf deutet er warnend in Levys Richtung. Der steht mit dem Rücken zu den beiden da und unterhält sich mit Charlies Schwester Alex. Ihrem schlichten weißen Hemd zufolge ist sie direkt von ihrer Schicht im Café am Neuen See hierhergefahren.

Gloria zuckt mit den Schultern, nimmt Otis sein Glas weg, trinkt es leer und wirft ihm dann einen entschuldigenden Blick zu.

Kann ich nicht einfach froh darüber sein, dass Otis trotz allem hergekommen ist? Zwar ist es mir unendlich peinlich, ihn inmitten unserer Freunde wiederzusehen, aber seine Freundschaft mit Levy ist viel, viel wichtiger.

Allerdings wollte Otis mich an der Spree küssen und ich habe ihn deshalb aufgezogen. Ich habe ihn aufgezogen, nachdem ich damals wiederum in genau dem Flur, in dem wir vor ein paar Minuten eine tonlose Begrüßung ausgetauscht haben, meinen Mund auf seinen drücken wollte. Womit ich anscheinend noch immer nicht so recht klarkomme. Noch weniger begreife ich, dass es am Dienstag vor dem Produktionsgebäude in Spandau schon wieder fast passiert wäre.

Das Problem dabei ist ... ich kriege den Kontrast einfach nicht aus dem Kopf. Ständig stelle ich mir vor, wie warm und fest sich Otis' Körper an meinem Rücken angefühlt hat, als er mich gegen die Wand im Flur oder gegen sein Auto gedrückt hat, und wie feucht und eiskalt seine Haut im Gegensatz dazu im Fluss war.

Das Schlimme dabei ist eigentlich, dass ich das nicht über unseren Sex behaupten kann. Dabei hat er mich auch unendlich oft angefasst und ich ihn, was doch im Grunde exakt dasselbe ist. Aber ich schätze, die anderen beiden Male hat Otis mich eben auch tief im Inneren berührt, und genau deshalb kann ich alles, was er in mir auslöst, nicht einfach so abstellen. Aus diesem Grund war belangloser Sex ja auch der Plan.

Ich muss aufhören, Löcher in die Luft zu starren und über Otis nachzudenken, bevor Charlie mich noch dabei ertappt. Besonders schwer wäre es nicht, weil ich gerade ganz sicher noch bescheuerter aussehe als bei meiner unschönen Landung auf dem Hosenboden an der Spree.

»Ella?« Leni tritt mit einem Cocktail in der Hand an meine Seite. »O Gott, ich bin so aufgeregt! Wann willst du Charlie unser Geschenk geben? Ich kann gar nicht abwarten, dass sie es endlich auspackt. Sie wird ausrasten. Hoffentlich rastet sie aus! Aber ich glaube, die anderen haben den beiden nichts mitgebracht, deshalb wird das ganz, ganz toll.«

»Wenn sie vom Klo zurückkommt, dann überreichen wir es ihr, einverstanden?« Ich muss lachen und erlaube Leni nach meiner Hand zu greifen und sie beinahe zu zerquetschen.

»Deine Haare riechen total gut!«, stellt sie fest. »Ist das diese australische Shampoo-Marke? Ich dachte, Charlie meinte, die gebe es nirgendwo in Deutschland.«

»Die machen Tierversuche, also nein.« Ich schüttle den Kopf und fasse an die Kapuze meines Hoodies. »Aber wenn du drei Bio-Shampoo-Sorten aus dem Drogeriemarkt mischst, kommt fast derselbe Kaugummiduft bei raus.«

»Zeigst du mir das mal?«

»Klar, Charlie hat vorhin auch schon danach gefr-«

»Oh, sie kommt zurück.« Leni drückt meine Hand noch fester und zieht mich aufgeregt quietschend zum Wohnzimmertisch, auf den sie unser Geschenk legt. »Charlie!«, ruft sie jetzt, woraufhin sich alle zu uns herumdrehen.

Schlagartig bekomme ich einen heißen Kopf. Auch Otis sieht uns an und natürlich rumort es deshalb sofort wieder in meinem

Magen. Am liebsten will ich Charlie das Geschenk in die Hand drücken und mich dann so lange alleine in meinem Zimmer verstecken, bis sie es ausgepackt hat. Keine Ahnung, weshalb mir meine süße Idee vor Otis plötzlich so unfassbar peinlich ist. Man könnte ja fast meinen, ich habe Sorge, es würde so rüberkommen, als hätte ich einen weichen Kern. Oder etwas anderes, das mich vor Otis angreifbar macht. Was für ein Quatsch!

»Können wir zuerst?«

»Äh, ja.« Leni nickt perplex in Glorias Richtung, die im nächsten Moment dankend lächelt und die Musik runterdreht. Dann dauert es nur wenige Sekunden, bis aus der Bluetooth-Box eine bekannte Klaviermelodie zu hören ist und eine Kinderstimme fragt: *Elsa? Willst du einen Schneemann bauen?* Das Lied ist aus dem Eisköniginnen-Musical und weil Leni und ich einen anderen Song aus dem Soundtrack für Charlie umgeschrieben haben, bevor sie nach Irland geflogen ist, erwischt mich die Melodie sofort. Ich bin kein so großer Musical-Fan wie Leni, aber als die Musik nun abrupt endet und Ria daraufhin Otis in Levys Richtung schubst, befürchte ich, dass sich das genau in diesem Moment ändern könnte. Levy jedenfalls sieht mindestens genauso irritiert aus wie alle anderen.

»Bereit?«, fragt Ria, woraufhin sich Alex schnell aus der Schusslinie und an die Seite ihrer Schwester rettet.

Levy wirkt nicht wirklich so, als hätte er auch nur die kleinste Geste von Otis erwartet oder als wäre er für das, was jetzt gleich kommt, bereit. »Ey, was wird das?«, murrt er. Als er fortfährt, klingt er beinahe barsch. »Singst du mir was vor?«

Ich schnappe leise nach Luft, aber Otis streckt ihm nur ungerührt den Mittelfinger entgegen.

»Fick dich und hör mir zu.«

Ist das sein Ernst? Geschockt schaue ich zu Gloria, deren Finger wiederum weiterhin auf der Bluetooth-Box liegen. Schnell lasse ich den Blick weiter zu Charlie wandern. Ich glaube, sie ist auch kurz davor dazwischenzugehen. Doch Glorias Gesichtsausdruck hält sie zurück. Ich habe den Drang, wenigstens etwas zu sagen. Sollte nicht irgendjemand diese unangenehme Anspannung auflockern? Aber andererseits ... Gloria scheint genau zu wissen, was jetzt kommt, und solange sie weiterhin so ruhig bleibt, kann es ja nicht so schlimm sein, oder?

»Sag schon, was hast du mir mitgebracht?« Levys Kiefermuskeln mahlen, während seine Augen den Wohnzimmertisch abscannen, auf dem nur mein Paket liegt.

Schließlich zuckt Otis mit den Schultern. »Ist kein Geschenk im herkömmlichen Sinne«, erklärt er. »Wie gesagt, hör einfach zu.«

Levy lässt angespannt die Schultern kreisen und ich glaube, jeder von uns hält gemeinsam mit ihm die Luft an, als Otis sich leise räuspert. Für einen Moment ist es still, doch dann zieht Otis seinen Freund ein Stück zu sich.

»Scheiße, das ist ...« Seine Stimme bricht und er fährt sich über die Augen und danach durchs Haar, um es auf dem Kopf platt zu drücken, so wie er es häufig macht. Doch dann beginnt der Song von vorn und Otis fängt sofort an mitzusingen.

»Levy?« Klopf, klopf. »Willst du Schafe scheren? Los, komm und tanz mit mir! Ich sah dich schon so lang nicht mehr, vermiss dich sehr! Was ist nur los mit uns? Wir waren wie Pech und Schwefel. Doch jetzt nicht mehr. Und Scheiße, ich bin schuld daraaan.«

»Otis, was wird das?«, fragt Levy genau passend zu Elsas Einsatz, was zu Gelächter führt.

Otis ist ein richtig beschissener Sänger, aber jetzt greift er nach Levys Kopf, zieht dessen Stirn an seine und hält seinen Blick fest. Dabei kreisen seine Hüften. Ich kann nicht glauben, dass Otis seinen Kumpel gerade irgendwie, na ja, sexy antanzt. Zu einem Kinderlied. Eigentlich sollte das unfassbar lustig sein, aber statt zu lachen, starre ich die beiden an. Otis so zu sehen ... Mein dämlicher Herzschlag verdoppelt sich mit jeder seiner Bewegungen, bis er so schnell geht, dass ich befürchte, mein Herz wäre mir irgendwie nach oben in die Kehle gerutscht. Zumindest fühlt es sich dort plötzlich eng an.

Levy sieht völlig überrumpelt aus, auch weil der Song schon längst weiterläuft, ohne dass Otis dem Text Beachtung schenkt. Aber er lässt zu, dass Otis nun seine Hüfte umfasst und ihn somit zum Tanzen noch enger an sich zieht.

Dann holt Otis tief Luft und singt mit kratziger Stimme vollkommen neben dem ursprünglichen Text: »*Ich schätze, ich bin mies darin, wichtige Dinge zu sagen. Ein* Vermiss dich, *das fällt mir schwer. Deshalb hab ich dich nur still angestarrt, hab dich nie gefragt, wie's dir geeht. Du bist mein bester Freund. Dafür lieb ich dich, aber o Mann* ...« Otis lacht, fasst sich an die Narbe oberhalb seines Nasenflügels und wartet kurz, bis er im passenden Takt sein Lied beendet. »*Ich hab einfach keinen Plan, wie ich dir das zeige.*«

Irritiert streicht auch Levy sich das Haar glatt und dann beginnt er aus dem Nichts damit, in den Song einzusteigen. »*Dann sprich mit mir und zieh den Schwanz nicht ein.*« Er sieht viel gerührter aus, als seine Worte vermuten lassen. »Fuck, Otis«, stößt er hervor, zieht ihn zu sich und drückt ihm einen fetten Kuss auf den Mund. »Ich lieb dich auch, aber ich schätze, du musst aufhören, Angst vor deinen Gefühlen zu haben, und mit mir reden.«

Bei Levys Worten bekomme ich eine Gänsehaut. *Wovor hast du Angst, Ella? Vor nichts!* Nein, das stimmt nicht. Gerade habe ich riesige Angst vor meinem Wunsch, diesen Abend auch noch mit Otis tanzen zu wollen. Mehr mit ihm zu wollen. Alles zu wollen. Ich schlucke.

»Klar, cool«, sagt Otis, als Gloria die Musik ausschaltet. »Geht absolut in Ordnung, definitiv. Lass uns reden. Ich freu mich. Cool«, wiederholt er.

»Ich glaube dir kein Wort, aber es ist *cool*, dass du dich drauf einlässt. Wirklich cool.« Levy grinst und drückt ihm abermals einen Kuss auf die Lippen.

»Halt die Fresse«, gibt Otis zurück und löst sich von Levy. »Mehr kriegst du von mir heute nicht.«

»Das will ich hoffen.« Charlie taucht neben den beiden auf und schlingt ihren Arm um Levys Hüfte, bevor sie für uns andere kurz übersetzt. »Auch wenn sich das nicht ganz so angehört hat, glaube ich, dass wir einen weiteren Grund zum Feiern haben, oder?«

»Definitiv, aber sorry Leute, den Versöhnungssex gibt's wann anders.« Levy seufzt. »Ich hab euch alle vermisst.« Doch dabei schaut er nur Otis an und die beiden umarmen sich erneut.

Irgendetwas murmelt Otis als Antwort in Levys Ohr, woraufhin sich beide Tränen aus den Augen wischen und Otis schließlich erleichtert aufatmet. Er entfernt sich ein Stück von Levy, nur um kurz darauf seinem besten Freund johlend auf den Rücken zu springen. Beide lachen, drehen sich um die eigene Achse und ... zum zweiten Mal in einer Woche stelle ich mir die Frage, ob ich jemals etwas Niedlicheres als Otis' verlegenes Grinsen gesehen habe, als er dabei ganz kurz in meine Richtung schaut.

MA-I-A HI, MA-I-A HU
MA-I-A HO, MA-I-A IST JA GUT!
ICH GEB AUF, VERDAMMT NOCH MAL.

Ella

Nach Otis' Gesangs- und Tanzeinlage ist die Stimmung viel entspannter. Nur mein Gänsehautgefühl lässt nicht nach. Die ganze darauffolgende Stunde nicht. Einmal hat Otis noch meinen Blick gesucht, als Charlie mein Geschenk ausgepackt und es sofort kreischend an die Wand über unser Sofa gehängt hat. Seitdem geht er mir aus dem Weg oder ich ihm, keine Ahnung. Erst als sich Alex verabschiedet und auch Leni gähnend in ihr Zimmer verschwindet, wird es bei der geringen Anzahl an Gästen schwierig, unbemerkt nach ihm Ausschau zu halten, und irgendwann absolut unmöglich. Ich vermisse Alex' ansteckendes Lachen sofort, weil das Wohnzimmer, nachdem sie es verlassen hat, ganz plötzlich nur noch halb so groß wirkt und viel zu still.

Schließlich hockt Otis sich mit einem Seufzen neben mich auf die Couch und wischt sich die verschwitzen Strähnen aus der Stirn. Sein Brustkorb hebt und senkt sich schnell und an seiner Narbe bilden sich feine Schweißperlen. Bis eben haben Levy und er so etwas wie Wett-Liegestütze gemacht. Jedes Mal, wenn sie ihre Körper langsam in Richtung Boden gesenkt haben, führten sie die Hände blitzschnell aneinander, um sich so abzuklatschen, was, wie Charlie eben meinte, bevor sie in die Küche verschwunden ist, um Chips zu holen, unfassbar beeindruckend und heiß ist. Letzteres vor allem dann, wenn Levy dabei nackt ist und es über ihr macht, sagt sie. Deshalb muss ich mich jetzt zusammenreißen, mir nicht vorzustellen, wie Otis seinen Körper quälend langsam auf meinen sinken lässt. Wunderbar.

Doch gerade greift er eh nur nach einer Getränkedose und öffnet sie. Ein Energydrink, wie vermutet. Das mache ich dann einfach auch, aber weil ich viel zu fahrig bin, sprudelt die klebrige Flüssigkeit über den Metallrand. Auf dem Tisch bildet sich deshalb eine kleine Pfütze.

Otis sieht kurz überrascht aus, aber dann wischt er einmal mit den Fingern durch die Flüssigkeit und zieht seine Hand zu seinen Lippen. O Gott, ich hoffe, er kann nicht hören, wie heftig mir das Herz dabei gegen den Brustkorb hämmert, als zwei Finger kurz und ohne Zögern in seinen Mund gleiten. Ich starre ihn die ganze Zeit über an. Das Geräusch, das seine Lippen an seinem Finger verursachen, hilft mir kein bisschen dabei, mich zu entspannen. Ganz im Gegenteil. Jetzt mache ich mir wieder tausend Gedanken und auch mein Puls will sich einfach nicht beruhigen.

Demonstrativ rücke ich ein Stück ab, was Otis natürlich merkt. Er sieht mich einen Moment stirnrunzelnd an und ich bin kurz davor, aufzuspringen und in meinem Zimmer zu verschwinden, als er wie als Entschuldigung sagt: »Das Lied umzuschreiben, war Rias Idee.« Langsam führt er die Dose an seine Lippen und trinkt einen Schluck. »Ich hätte nicht gedacht, dass ich so einen Scheiß nüchtern durchziehen könnte. Aber nachdem ich mit dir bei Minusgraden in die Spree gerannt bin ...« Otis grinst schief und mein Gesicht glüht. »Danke, schätze ich.«

Okay, ich hatte gehofft, dass er nicht noch mal damit anfängt, und auch, dass er mich dabei nicht schon wieder so eindringlich ansieht. Schnell lenke ich den Blick auf die Dose in meiner Hand. Hauptsache, weg von den dunklen Augenbrauen, die sich gerade in Richtung seiner im künstlichen Licht unmöglich hell schimmernden Iriden senken.

»Und Biber beim Sex gestört hast«, provoziere ich, nur um

nicht mehr die Einzige zu sein, die mit der Situation überfordert ist. »Wahrscheinlich sterben die Viecher jetzt wegen uns aus.«

»Mmh. Das würde ich in Kauf nehmen.«

Wie meint er das denn jetzt? Dass er dabei kein bisschen verlegen klingt, macht mich wahnsinnig. »Warum?«, frage ich deshalb.

»Weil mich Biber kein Stück interessieren.«

Natürlich werde ich bei seiner Antwort sofort nervös. Verdammter Polizist, der berufsbedingt bei jedem Thema übermenschlich sachlich bleiben kann. Mir fällt auf die Schnelle keine bessere Erwiderung ein als eine weitere Stichelei. »Dafür weißt du aber ziemlich viel über sie.«

»Liegt an Gloria. Als Kind war sie völlig besessen von den Tieren. Sie hatte diesen Brockhaus für Kinder und ich musste ihr ständig den Eintrag über Biber vorlesen. Jeden Abend.«

»Ich mag deine Schwester. Ich meine, welcher Normalsterbliche hat denn etwas gegen Biber einzuwenden? Die sind supersüß.«

Beim ersten Satz fährt Otis zusammen, dann zuckt sein Blick kurz zu Gloria, die mit Leni, Charlie und Levy Irland-Fotos auf dessen Handy anschaut. Als sie Otis' Blick auffängt, streckt sie ihm die Zunge raus.

»Ria hatte diesen unfassbar hässlichen als Kuscheltier.« Er atmet tief ein. »Tausendmal hässlicher als der Dino von Linus.«

»Im Ernst?« Ich muss lachen. »Der mit den komischen Augen und dem Cowboyhut?«

»Sheriffhut«, verbessert Otis mich. »Aber ja, sie hatte ihn seit ihrer Geburt, deshalb war er total zottelig und am Kopf ganz kahl, weil Ria ihn dort ständig abgeleckt hat.« Jetzt lächelt er schief. »Unsere Mutter durfte ihn nicht in die Waschmaschine packen und jedes Mal, wenn sie es heimlich versucht hat, hat Ria es irgendwie vorher mitbekommen und ist ausgerastet. Erst als das blöde Teil mit Hundekacke verschmiert war, hat sie nachgegeben.«

»Mit ... was? Wie ist das denn passiert?«

»War meine Schuld«, sagt er knapp. »Jedenfalls wollte sie den Biber nach dem Waschen nicht mehr und hat deshalb ständig behauptet, dass er immer noch nach Kacke riecht, bis Mama aufgegeben und ihn weggeworfen hat. Was denkst du wohl, was dann passiert ist?«

»Ria ist nicht damit klargekommen?«

»Als sie es rausgefunden hat, hat sie drei Tage lang mit niemandem geredet und nichts gegessen. Sie behauptete, dass der Biber uns allen Glück gebracht habe. Ich bin mir sicher, dass sie heimlich bei ihren Freundinnen Fast Food in sich reingestopft hat, während wir uns Sorgen gemacht haben, aber vor uns hat sie jedes Mal das perfekte Pokerface aufgesetzt. Und okay, ich gebe zu, dass ich bis heute deshalb ein schlechtes Gewissen habe und überall verzweifelt nach diesem Scheißding suche. Falls du also mal irgendwo ein sehr hässliches Biberkuscheltier siehst, gib mir gern Bescheid.«

»Klingt nach ganz großer Geschwisterliebe«, sage ich. Otis wird es jetzt bestimmt nicht zugeben, das weiß ich, weil er gerade schon wieder das Gesicht verzieht, aber ich glaube, Gloria kann ziemlich froh sein, einen Bruder wie ihn zu haben. Als Teenager habe ich mir so jemanden an meiner Seite gewünscht, der auf mich aufpasst. Und ganz offensichtlich hat Otis genau das sein Leben lang getan, denn anders erklärt sich mir die liebevolle Beziehung nicht, die er zu Gloria hat. Wahrscheinlich spielt der Tod ihrer Mutter eine große Rolle dabei.

»Klingt vor allem nach: Sprich sie bloß nicht darauf an, sonst heult sie mir die kommenden Tage wieder die Ohren voll.«

»Keine Sorge! Bestimmt hat es eure Mutter ziemlich bereut, den Biber weggeworfen zu haben.«

»Ich weiß nicht. Sie war ziemlich gut darin, eine Sache durchzuziehen, wenn sie fest davon überzeugt war, dass sie gut für uns ist. Koste es, was es wolle.« Otis leert seinen Energydrink, stellt die Dose auf den Tisch und lehnt sich zurück. »Aber ich schätze, immer hat das nicht geklappt.«

Ich will ihn fragen, was er damit meint, doch er stößt einen leisen Seufzer aus, weshalb ich es lasse. Ich frage mich, warum er selten über seinen Vater spricht, aber in meiner Position ist es wohl besser, so weit von diesem Thema wegzulenken wie irgendwie möglich. Obwohl meine Situation wahrscheinlich kein bisschen mit der von Otis zu vergleichen ist. Mein Vater ist einfach nur nicht für mich da. Aber bei Otis ... ich kann es nicht sicher sagen, doch ich glaube noch immer, dass ihm seiner aus Gründen Sorgen bereitet, die ich vermutlich gar nicht kenne und über die ich weiterhin nur mutmaßen kann.

Meine Mutter jedenfalls ist ganz anders, als Otis seine eigene beschreibt. Sie würde nichts tun, was sie nicht vorher mit mir besprochen hat. Ihre ganze Erziehung baut auf einem lockeren Regelsystem auf, das sie so früh wie möglich zusammen mit mir aufgestellt hat. Ich glaube, so wirklich habe ich mich nie an auch nur eine dieser Vorschriften gehalten, weshalb die irgendwann zur Nebensache wurden. Denn allein schon die Tatsache, dass wir alles gemeinsam entschieden haben, gab mir immer das Gefühl, dass ich über alles mit ihr reden darf – eine einzige Sache ausgeschlossen.

Ich würde Otis so gerne fragen, was ihn denn die Entscheidungen seiner Mutter gekostet haben, aber ich weiß, wie wenig angebracht diese Frage ist. Wahrscheinlich hat er das gerade eh nur so dahingesagt.

»Ich werde mich auf jeden Fall melden, wenn ich irgendwo einen hässlichen Biber entdecke. Ich finde aber, dass der Dino, den du Linus geschenkt hast, schon ziemlich weit oben auf der Hässlichkeitsskala rangiert. Aber um ehrlich zu sein ... ich finde es richtig schön, dass du Linus dieses Kuscheltier mitgebracht hast. Du babysittest ihn schon seit deinem Studium, meintest du, oder? Woher kennst du denn seine Eltern?«

Otis schließt abermals die Augen und ich merke sofort, dass ich mit meiner eigentlich harmlosen Nachfrage eine Grenze überschritten habe. Er kneift die Lippen zu einem schmalen Strich zusammen, als ob er aufpassen muss, dass ihnen nichts Falsches entweicht.

»Bei uns im Kindergarten wollen Eltern hin und wieder wissen, ob wir gute Babysitter kennen, deshalb frag ich.« Es freut mich, dass seine Mundwinkel sich auf meine Worte hin wieder entspannen, aber gleichzeitig bildet sich ein unangenehmer Druck in meinem Magen. So als müsste ich jetzt besonders vorsichtig sein mit dem, was ich anfüge. »Ich könnte dich das nächste Mal empfehlen. Denn wenn ich Linus so zuhöre, weiß ich, dass du deinen Job gut machst.«

»Was hat Linus denn erzählt?« Otis' winziges Lächeln ist sofort verschwunden und er wirkt wieder verkrampft.

»Dass er den coolsten Polizisten der Welt kennt, glaube ich.« Und weil ich Otis zum Lachen bringen will, füge ich schnell an: »Da stimme ich ihm voll und ganz zu.«

»Als ob«, stößt er lachend aus, beugt sich nach vorn und reibt sich über das Gesicht.

»Doch, definitiv. Dass du keine Anzeige geschrieben hast ... Ich schätze, ich hätte mich umfangreicher dafür bedanken sollen.«

»Hast du doch schon.«

»Nein«, wende ich ein. »So richtig bedanken, meine ich. Aufrichtig und ohne Sarkasmus.«

Otis steht auf, schiebt seine Hände in die Hosentaschen und stellt sich vor mich. Von oben schaut er einen Moment lang auf mich runter und lächelt dabei ganz leicht. Seine Augen funkeln. »Du hast dich schon bedankt, Ella, mehr als das«, sagt er. »Letzten Dienstag, als du mit mir im Matsch getanzt hast.«

»ES ENDET ODER ES ENDET NICHT.
WENN SIE NICHT ZURÜCKKOMMT,
LERNST DU,
FÜR DICH ALLEINE ZU SORGEN.«

Otis

Letzten Dienstag, als du mit mir im Matsch getanzt hast. So ein peinlicher Bullshit. Doch wenn es wirklich Quatsch ist, wieso hat Ella dann gelächelt, bevor sie aufgestanden und zusammen mit Charlie, Ria und Levy in die Küche gegangen ist? Habe ich mir vielleicht nur eingebildet. Wenn sie zurückkommt, sollte ich wohl ganz schnell irgendetwas ergänzen, das nicht nach einer grottenschlechten Folge von *Berlin – Tag & Nacht* klingt, oder besser gleich von der ganzen Sache ablenken. Aber weil die Angelegenheit mit Levy mittlerweile geklärt ist, habe ich nun nichts mehr, wegen dem ich mich stattdessen verrückt machen kann. Gott, ich wünschte, irgendetwas würde meine Gedanken von dem Gespräch mit Ella eben weglenken.

Ächzend stemme ich mich von der Couch hoch und schaue mich um. Hinter dem Sofa breitet sich über die ganze Wandseite vom für Altbauwohnungen wie diese typischen karamellfarbenen Dielenboden bis hoch an die Deckenstuckleiste eine Bildertapete aus. So ganz genau kann ich nicht sagen, was sie abbildet, aber wenn man sich an die Sofakante stellt und raufguckt, hat man das Gefühl, inmitten des Universums zu stehen. Ich erkenne keines der Sternbilder wieder und auch die skizzenhaften Planeten sind nicht bis ins Detail ausgearbeitet, aber ihr Anblick beruhigt mich eigenartigerweise.

Als ich irgendwann den Blick von der Tapete abwende, tritt Leni an meine Seite.

»Otis?«

Ich drehe den Kopf zu ihr und muss lachen, weil sie verzweifelt versucht, eine Flasche Lillet und dazu vier Gläser in ihren Händen zu transportieren.

»Levy trinkt ja keinen Alkohol, meinte aber eben in der Küche, du wärst auf jeden Fall mit dabei.«

»Ich hab morgen um sechs die Frühschicht von einem Kollegen übernommen.« Schnell schiebe ich ein paar benutzte Teller auf dem Wohnzimmertisch zur Seite und nehme Leni drei Gläser ab, um sie darauf abzustellen. »Ich muss also auch passen.«

Sofort zieht sie einen Flunsch. »Aber es ist keine Nicht-Überraschungs-Überraschungsparty, wenn wir nicht irgendein Trinkspiel spielen.«

Hinter Leni höre ich Levys Stöhnen. Auch Charlie entweicht ein leiser Protest, doch Leni zuckt mit den Schultern und ignoriert beide.

»Ich wär dabei!« Gloria kommt zusammen mit Ella aus der Küche und schließt zu den anderen auf. Natürlich. Ich erkenne ein Glas mit roséfarbener Flüssigkeit in Rias Hand, und nun muss ich wiederum ein Stöhnen unterdrücken. *Irgendwann*, erinnere ich mich in Gedanken, *muss ich sie alle alleine laufen lassen.*

»Wenn ich mich richtig erinnere, hast du morgen auch Frühschicht, Gloria.« Okay, irgendwann bedeutet ja nicht unbedingt ab heute. Eindringlich schaue ich sie an und prompt fliegt mir ein Kissen gegen die Schulter.

»Sei kein Spielverderber-Bruder«, ruft Leni und weil ich mir einbilde, Ellas Blick dabei wie ein Brennglas auf meinem Rücken zu spüren, schlucke ich Protest und Frust runter.

Ich schiebe die Gläser auf dem Tisch zusammen, fülle sie alle bis zum Rand mit Lillet und reiche jedem außer Levy eines. Das letzte Glas behalte ich für mich. Wird schon irgendwie gehen. »Wir trinken einfach alle entspannt, ohne dabei irgendetwas Bescheuertes zu spielen, einverstanden?«, schlage ich vor, als ich die anderen erreiche. »Dann übertreibt auch keiner.«

Gloria zeigt mir dafür sofort einen Vogel, woraufhin alle lachen, und natürlich sieht sie deshalb mehr als zufrieden mit sich aus. »Hast du Angst davor, dass jemand deine dreckigen Geheimnisse aufdeckt?«

Unter ihrem belustigten Blick zucke ich mit den Schultern und setze mich zurück aufs Sofa. Ja, habe ich.

»Wir können eine harmlose Variante von *Wahrheit oder Pflicht* spielen«, rettet mich Charlie und hockt sich zu mir. »Niemand muss ehrlich sein oder etwas tun, wenn er es nicht will.«

Darauf stößt Leni einen leisen Fluch aus. »Warum zur Hölle spielen wir dann überhaupt?«

»Niemand hat gesagt, dass wir müssen«, mischt sich Levy ein, woraufhin ich einfach nur froh bin, dass er wieder auf meiner Seite steht. Grinsend verschränkt er die tätowierten Arme vor der Brust und lässt sich so zwischen Charlie und mich aufs Sofa fallen. »Aber wenn du müsstest, Otis, würdest du dann Wahrheit oder Pflicht wählen?«

So ein Scheißkerl.

Augenblicklich spüre ich Ellas Blick abermals auf mir, weshalb mein ganzer Körper zu kribbeln beginnt.

»Wahrheit oder ... nein, Pflicht ... oder ...« Verdammt, ich höre mich an, als würde ich gleich keine Luft mehr bekommen und umkippen. Ich sollte nicht so ein Theater darum machen, etwas trinken und Levy dabei für seinen Vorstoß den Mittelfinger zeigen. Ich könnte auch einfach lügen, das habe ich doch seit Jahren ziemlich gut drauf. Aber mein Blick schweift automatisch zu Ella.

Interpretiert sie mein Gestammel richtig? Wenn ja, dann hat sie gerade das perfekte Pokerface aufgesetzt. Ihre Lider sind halb geschlossen, die Augen dabei auf mich gerichtet. Ihre Mundwinkel zucken ganz leicht.

»Was jetzt von beidem?« Ria fängt an zu lachen. »Pflicht ist öde, weil du Levy ständig auf den Mund küsst. Wenn ich dich jetzt herausfordere und darum bitte, ihm die Zunge in den Hals zu stecken, würdest du das auch tun.«

»Solange ich dich nicht küssen muss«, fauche ich sie an, woraufhin sich Rias Gesicht sofort angewidert verzieht.

Sie stiert kurz auf ihr Glas und schließlich quetscht sie sich rechts neben mich und boxt mir ihren Ellbogen unsanft in die Seite. »Bah, Otis. Das ist widerlich und illegal und – wir sind Geschwister, du ekelhafter Arsch.«

»Ich hätte eine Frage.«

Sofort schießt mein Blick zurück zu Ella. Sie hat sich auf einen Stuhl gesetzt und die Beine locker übereinandergeschlagen. Ihr Glas führt sie gerade an die Lippen und trinkt einen Schluck, bevor sie die Kordel ihrer Kapuze über ihre Schulter nach hinten schlägt und mich wieder anlächelt. Ihr Blick sagt so viel wie: *Keine Sorge, ich kümmere mich darum*.

»Wenn du wählen müsstest, magst du ein Dino- oder Biberkuscheltier lieber?«

»Was?«, kreischt Ria auf der Stelle los und kriegt rote Flecken im Gesicht, da ist Ellas Frage noch gar nicht richtig in meinem Verstand angekommen. »Das ... Otis, du Mistkerl! Du hast Ella von der Bibersache erzählt?«

Leni starrt mich irritiert an und auf Ellas Lippen zeichnet sich ein Schmunzeln ab. Ich hoffe, sie kann nicht sehen, wie es hinter meiner Stirn arbeitet. Es ist nur eine harmlose Frage, ermahne ich mich. Ella wollte mich aus der Schusslinie ziehen, indem sie Gloria mit etwas Offensichtlichem ablenkt, und doch kann ich nicht verhindern, dass ich den Blick ertappt senke und eindringlich die Holzmaserung der Bodendielen studiere.

Dino oder Biber, Linus oder Gloria. Fuck, es ist so bescheuert, dass mein Kopf gerade so einen Vergleich zieht, weil Ella ganz sicher nicht darauf angespielt hat. Dafür müsste sie die Wahrheit kennen...

»Sorry«, krächze ich.

»Dein Kuscheltier, das Otis mit Hundekacke verschmiert hat?«, fragt Levy und fängt an laut zu lachen. »Ria, die Geschichte hast *du* mir schon hundertmal erzählt, mindestens, und auch sonst jeder Person, die wir beide kennen.«

Alle anderen, bis auf mich und Ella, fallen in Levys Gelächter mit ein. Ella schaut mich noch immer an, das kann ich ganz genau spüren. Wahrscheinlich wollte sie nur verhindern, dass irgendwer auf die Idee kommt, uns aufzufordern, den Wangenkuss vom Festival zu wiederholen. Damit würden wir ihre Regel brechen und auch wenn ich mir sicher bin, dass sie die nur zum Spaß aufgestellt hat, ist die Nicht-Küssen-Sache der letzte Rettungsanker, bevor das, was zwischen uns ist, uns beide mit Schwung die Böschung runterreißt. Ich schätze mal, meine Aussage vorhin hat uns schon einen leichten Schubser verpasst, den Leni in diesem Augenblick zu einem heftigen Hieb erweitert.

»Anscheinend will Otis das nicht beantworten.« Als ich meinen Namen höre, blicke ich auf und sehe, wie Leni grinsend von Charlie zu Levy und dann zu Ella schaut. »Hätte er Pflicht genommen, hätte ich vorgeschlagen, dass Otis Ella noch mal küssen soll. Das war so süß auf dem Festival.«

»Scheiße, nein! Im Leben mach ich das nicht noch mal. Vergiss es!«, entfährt es mir barsch, bis mir dämmert, dass meine Reaktion völlig drüber ist. Nicht weil Lenis Forderung nur eine rein hypothetische gewesen ist und damit nichts, was ich in die Tat umsetzen muss, sondern weil ich beim Antworten Ellas Blick auffange.

Sie erstarrt und mir zieht sich das Herz schmerzhaft zusammen, weil ich dabei zusehen kann, wie sie meine Worte treffen. Dabei sind sie noch nicht einmal wahr.

»Du bist so ein Arsch, Otis.« Charlies Stimme ist ganz ruhig, als sie aufsteht und ihrer Freundin einen Arm um die Schultern legt. Okay, was habe ich hier verpasst? Auch Leni erhebt sich gerade und stellt sich zu Ella. Ich weiß nicht, ob die beiden das tun, weil Ella so bedient aussieht, oder ... vielleicht hat sie ihren Freundinnen in der Küche irgendetwas erzählt? Über uns?

Mein Blick wandert zu Levy, der überrascht die Augenbrauen hochzieht, weiter zu Gloria, die anscheinend auch nicht einschätzen kann, ob die Situation Ernst oder Spaß ist, und dann wieder zurück zu Ella. Ihre Augen sind noch immer auf mich gerichtet, als ob sie darauf wartet, dass auch ich sie direkt ansehe. Ich tue ihr den Gefallen und hoffe, dass nichts in meinen aufflackert, das Ella richtig deuten kann. Etwas, das verrät, wonach ich mich gerade wirklich sehne. Falls sie was bemerkt, dann darf sie es mir gerne verraten, denn ich habe keinen blassen Schimmer, wie ich das, was in mir abgeht, beschreiben soll. Doch Ella ist still und das ... ertrage ich gerade nicht.

»Ihr könnt mich mal«, höre ich mich sagen. »Ich hab morgen Frühschicht und muss mir das hier nicht geben.« Damit stehe ich auf, greife nach meinem Glas, leere es in einem Zug und schüttle den ganzen Scheißabend, die Scheißwoche, das Scheißjahr, mein ganzes Scheißleben von mir ab. Nachdem ich das Glas zurück auf den Tisch geknallt habe, quetsche ich mich an Ella vorbei nach draußen in den Flur. Eine Minute später fliegt die Haustür hinter mir ins Schloss und ich bin wieder ganz allein.

»ES ENDET ODER ES ENDET NICHT.
WIE ES AUCH IST.
DU KOMMST DESHALB NICHT UM.«

Otis

»Ist ... ist alles okay bei dir?«

Das Licht im Hausflur springt knisternd an. Es ist schon vor einigen Minuten ausgegangen, ich habe es einfach nicht wieder eingeschaltet. Jetzt drehe mich nach der Stimme um und sehe, dass Ella zögernd die Treppe herunter auf mich zukommt, ohne dabei eine Miene zu verziehen. Und das fällt ihr ganz sicher nicht leicht, denn sie schluckt zweimal, als sie mich erreicht. »Ich dachte, du wärst längst gegangen.«

Ella geht eine Stufe über mir in die Hocke und berührt vorsichtig meine Schulter. Ich lasse es zu, selbst wenn ich mich richtig mies dabei fühle. War ich nicht derjenige, der sie vor einer halben Stunde angegangen ist? Unnötige Frage. Ja, war ich.

Ellas Finger streichen warm und sanft über meine Schulter, wieder und wieder, was sich unfassbar gut anfühlt. Viel zu gut. Erst unter ihrer Berührung merke ich, wie ausgekühlt mein Körper mittlerweile ist. Und aus irgendeinem Grund hört sie nicht mehr damit auf, mich zu berühren. Weil sie sicher selbst durch den Stoff meines Hemdes spürt, wie eiskalt die Haut darunter ist, sage ich mir. Nicht weil sie irgendetwas versteht, das sie in diesem Augenblick dazu bringt, ihre Finger behutsam von meinem Schlüsselbein hochgleiten zu lassen, über die Bartstoppeln an meinem Kinn bis zu meiner Wange. In meiner Vorstellung drehe ich genau jetzt den Kopf, schüttle Ellas Nähe ab, denn …

Ich bin nicht derjenige, der getröstet werden muss.

Ich habe Ella vorhin angegriffen.

Ich trage seit vier Jahren eine Lüge mit mir herum.

Ich bin niemand, der es verdient, dass irgendwer auch nur einen Funken Mitleid mit mir hat.

Nur dass das alles ganz plötzlich wie eine beschissene Ausrede in meinem Kopf klingt. Ich weiß nicht, was gerade passiert, und noch weniger, wie ich dieses Gefühl aushalten soll, das Ella mit ihrer Berührung in mir aufbricht. Eine halbe Stunde lang war es in mir totenstill. Das Einzige, was ich wahrgenommen habe, war mein Atem. Jetzt schmecke ich auf meiner Zunge Säure, die sich mit der Luft vermischt, nach der ich verzweifelt schnappe. Ich blinzle und damit kommt die Erinnerung an den Moment zurück, als meine Mutter neben mir gestorben ist. Das Blut pocht in meinem Hals und rauscht in meinen Ohren. Mein Kopf fühlt sich an, als würde er von dem Gedanken zerquetscht, den ich mir vor vier Jahren genau zwei Atemzüge lang genehmigt habe.

Einatmen. *Mama ist tot.*

Ausatmen. *Ich habe keine Mutter mehr und auch keinen Vater. Beides verloren. An ein und demselben Tag.*

Einatmen. *Ria braucht mich. Wer ist mein Vater?*

Ausatmen. *Mein Leben lang könnte ich nun jede Sekunde an Mamas Lüge zerbersten, aber ich darf nicht. Ich darf nicht. Ich darf nicht …*

»Otis?«

Es ist totaler Bullshit, dass ich Ellas Nähe immer länger erlaube und sich dabei Hitze in meinen Eingeweiden ausbreitet. Dass ich erstarre, als sie ihre Arme um meinen Oberkörper schlingt, sodass ich ihren weichen, warmen Körper schützend an mir spüren kann. Ich dränge mich ihm entgegen, dränge mich Ella auf. Und sie hält mich fest.

Vermutlich, weil das ihr Job ist. Wie oft heulen sich Kinder wegen Eelanglosigkeiten an ihrer Schulter aus, wie häufig streicht sie ihnen behutsam übers Gesicht und verspricht, dass die Welt morgen wieder besser aussieht? Wenn es so ist, bedeutet das wohl auch, dass ich sie gerade nur deshalb nicht loslasse, weil ich als … Polizist die Nähe anderer Menschen brauche? Ich habe es selbst gemerkt.

Am besten konzentriere ich mich schleunigst darauf, was jetzt wichtig ist. In meinem Job funktioniert das doch auch. Aber Ella ist keine zufällige Frau, deren Wohnung gerade ausgeräumt wurde und die deshalb getröstet werden muss.

Sie ist diejenige, die gerade für *mich* da ist. Die mir so nah ist, dass ihr Geruch mich umhüllt. Er ist eine Mischung aus Kaugummi und Rosen, wie sie Rias Vater jede Woche vom Blumenladen mitgebracht hat, weil Mama es als gutes Omen betrachtete, wenn frische Blumen im Haus sind. Die Blumen haben genauso wenig Glück gebracht wie Glorias Biber. Mama ist tot. Wahrscheinlich werde ich bei Ellas Geruch für den Rest meines Lebens daran denken, wie sehr sich Rias Papa für unsere Mutter aufgeopfert, wie bedingungslos er sie geliebt hat. Ich denke ja jetzt schon ausnahmslos daran, obwohl ich vermute, dass Ella sich einfach nur mit der australischen Shampoo-Marke die Haare wäscht, auf die Ria so abfährt und die ich ihr letztes Jahr deshalb online bestellt und zum Geburtstag geschenkt habe.

Wie verrückt ist es, dass mir solche belanglosen Dinge an Ella so schnell unfassbar vertraut geworden sind. Ich mag zum Beispiel, wie sich ihre leicht gewölbte Stirn in Falten legt, wenn sie etwas in meinem Blick aufflackern sieht, das sie nicht deuten kann. Wie in diesem Moment, in dem ich mir vorstelle, nach ihren Händen zu greifen, um zuerst die feinen Linien auf ihrer Stirn zu glätten, bevor ich sie an mich presse und sie küsse.

Etwas hat sich vergangene Dienstagnacht an der Spree in mir

drin gelöst, das macht mir mein Puls deutlich, der sich in Ellas Armen nun beschleunigt. Und dieses Etwas wird in ihrer Umarmung größer und größer, viel *zu* groß. Ich will Ella sagen, was in mir vorgeht.

»Otis?«, wiederholt sie da, legt ihr Kinn dabei vorsichtig in die Senke an meiner Schulter, sodass ihr heißer Atem nun in meinen Nacken strömt. Noch immer hält sie mich fest. »Wahrscheinlich wirst du es mir nicht sagen und ganz bestimmt geht es mich nichts an, aber: Ist alles okay bei dir?«

Spätestens jetzt muss ich mich losreißen, aufstehen und dann wirklich gehen. Stattdessen ertaste ich erst mit meinem Daumen, dann mit der Handkante blind Ellas Gesicht. Bei der nächsten Bewegung ruht mein Daumen für einen Augenblick auf ihren Lippen und streicht schließlich sanft darüber. Sie sind unendlich weich.

»Nein«, antworte ich. »Aber ich schätze, ich bin gerade nicht in der Position zu jammern, oder?«

»Warum?«

»Weil ich dich vorhin unnötig angefahren habe und mein ganzer Kopf deshalb dröhnt.« Vor Reue, vor Scham. »Es tut mir leid, ich fühle mich scheiße deswegen. Solltest du deshalb nicht, keine Ahnung, sauer sein? Ich habe dich völlig überrumpelt, und das nur, weil mich die Wahrheit-Pflicht-Scheiße verwirrt hat.« Gut, wir reden also über Gefühle. Dann muss ich Ella mit einbeziehen, denn das, was da in mir los ist, wenn ich sie anschaue, scheiße noch mal, das würde ich durchaus als Gefühle bezeichnen. Das wird so was von gar nicht passieren! Ich kann ihr doch nicht sagen, dass ich sie am liebsten küssen will, oder?

»Ich bin wütend und ich werde es sicher auch noch in zehn Minuten sein«, sagt sie in diesem Augenblick. »Aber ich bin nicht blöd. Deshalb ist es gerade okay.«

Nichts ist in Ordnung. Ich begreife Ellas Worte ja noch nicht einmal richtig. Sie ist wütend, aber ihr Zorn steht im Moment nicht an erster Stelle? Kategorisiert sie Gefühle in Farben und Rängen oder wie soll ich mir das vorstellen? Wut ist rot und Rot ist gerade nicht so wichtig wie Blau, was wiederum für Mitleid steht? Ich werde schon wieder unfair. Auch weil ich immer mehr Panik davor habe, dass sie begriffen hat, dass mein Ausbruch vorhin gar nicht ihr galt, sondern mir selbst. Mir und meinen Scheißlügen. Ella ist clever.

Will sie mir das damit sagen? Und wenn ja, wie bescheuert ist das dann? Ich ... verdammt, ich ... ich ...

Ich vertraue Ella.

Wo kommt das jetzt her und wie bekomme ich es schleunigst wieder aus meinem Kopf?

Ellas Lippen. Die helfen. Gottverdammt, ja.

Sie berühren noch immer glühend heiß meine Finger. Dann löst sie ihren Mund, nur um ihn unter mein Ohr zu legen, auf meinen Wangenknochen, dann ganz kurz auf die Narbe oberhalb meiner Nase und wieder zurück zum Ohr. »Wenn ich vor einer Sache wegrenne«, flüstert sie, »dann nur, weil sie mich mehr überfordert, als mir meine überstürzte Flucht peinlich sein kann. Ist das bei dir auch so?«

Ich rede mir ein, dass das kein Regelbruch sein kann. Dass diese Küsse uns beiden nichts bedeuten. Nur winzige Küsse, keiner davon auf den Mund.

Ich beantworte ihre Frage mit einem Nicken. Dann streichen ihre Lippen wieder entlang meiner Hand, fangen meinen Daumen auf diese Weise ein. Ich keuche leise. Mein Daumen scheint an ihrem Gesicht festzukleben. Wahrscheinlich ist es Ellas Atem, der ihn dort hält. Er ist heiß und verführerisch. Ich möchte ihn, solange es geht, auf meiner Haut spüren, an meinem Hals, an den Lippen – vor allem dort.

In diesem Augenblick will ich sie so sehr küssen, dass es mich innerlich versengt. Ich kann nicht mehr klar denken, und zur Hölle, es ist doch eigentlich mittlerweile scheißegal, ob ich noch an mich halten kann. Sie hat mich eh längst durchschaut und ... Ich habe mich ihr auf die intimste Art genähert, die ich bisher kannte: Sex. Doch danach ist der Aufzug mit uns beiden darin ein Stockwerk tiefer gerauscht. An einen Ort, der mir völlig fremd war. Hier darf ich Ella alles erzählen und ich würde mir nicht falsch dabei vorkommen. Kein bisschen. Was das genaue Gegenteil von dem ist, wie ich mich die vergangenen vier Jahre gefühlt habe. In Rias Nähe und auch unter meinen Kollegen. Bei ihnen bin ich sonst wer, aber nie war ich Otis. Otis ist unsicher, irgendwie unbeholfen und jetzt auch noch bereit dazu zu reden.

»Meine Mutter ist an Krebs verstorben, der erst viel zu spät erkannt wurde«, stoße ich hervor.

Als wolle sie mir beweisen, wie verlässlich sie ist, küsst Ella meinen Daumen, ganz sanft, ganz kurz.

»Wir dachten, es würde funktionieren, der Krebs würde verschwinden. Doch dann ist sie irgendwann aus dem Nichts zusammengebrochen, ihre Werte waren miserabel, die Ärzte haben sie im Krankenhaus noch stabilisieren können, doch nicht lange genug, dass Gloria sich verabschieden konnte.«

Zu reden sorgt dafür, dass sich mein Brustkorb zusammenkrampft. Ich muss die Augen schließen und konzentriere mich auf Ellas Geruch. »Sie und ... und ...« Ich stocke und lasse meinen Daumen zu Ellas Kinn gleiten, um ihn schließlich von ihrer Haut zu lösen und ein Stück zurückzuweichen. Das, was ich jetzt mit nur einem Wort sagen könnte, schafft es nicht meine trockene Kehle hoch. Unterhalb meines Adamsapfels steckt es fest, bildet einen fetten Kloß.

»Dein Vater?« Ellas Stimme klingt ganz anders als zuvor. Gepresst und ... ängstlich? In der nächsten Sekunde setzt sie sich neben mich auf die Treppenstufe und schiebt ihre Hand in meine.

»Nein.« Und mit diesem Nein zerreißt das unbekannte Etwas in mir. Mein Körper vibriert unter der Wucht. »Glorias Vater, nicht mein eigener.« Ich bin so erschrocken über meine Worte, als hätte ich gerade zum ersten Mal in meinem Leben ihren Inhalt begriffen. Es zu denken, ist das eine, die Sache laut auszusprechen, ist ... es ist ... ich muss hier raus. Sofort. Weg.

Ich öffne den Mund, um irgendetwas Dämliches loszulassen, das die Situation entschärft oder zumindest beweist, wie gut ich mich im Griff habe, aber dann bleibt mein Blick an Ellas Gesicht hängen. Und darin kann ich ablesen, dass ihr Hirn gerade ein paar Puzzlestücke hin- und herschiebt.

»Gloria ist deine Halbschwester und sie weiß es nicht«, sagt sie. »Linus, o Gott, ist er dein Bruder? Deshalb hast du ihn vom Kindergarten abgeholt. Ihr verbringt Zeit zusammen ... Die Farbe an deinen Fingern ... der Plüschdino ...« Die Worte verlassen nur noch abgehackt Ellas Mund, als ob sie sich nicht mehr zu ganzen Sätzen zusammenschieben lassen wollen. Abschließend kommt dann doch noch ein vollständiger Satz heraus: »Du ... du musst es Gloria sagen!«

Ach, ist das so? Ihre Augen verraten mir, dass sie genau in diesem Augenblick die Ähnlichkeit zwischen Linus und mir begreift, das weißblonde Haar und die Art, wie auch Linus ebenjenes vor dem Kindergarten platt gedrückt hat. Es dauert kurz, dann sieht sie aus, als würde sie am liebsten losheulen.

»Dann war das im Museum dein ... Vater. Aber ...«

Ella dreht sich von mir weg, um Sekunden später mit zitternden Lippen und blinzelnd den Kopf zu senken. Sie erstarrt neben mir. »Da hast du ja Glück, er scheint doch nett zu sein.«

Wie bitte?! Warum sagt sie das? Ist ihrer nicht *nett* oder was ist hier das Problem? Warum zittert ihre Hand plötzlich unkontrolliert und wieso entzieht sie mir diese, als ob sie nicht will, dass ich merke, wie verletzlich sie ist? Ella hat in mir drin alles aufgebrochen und ich darf also nicht dabei zusehen, wie sie ... ja, was eigentlich?

Ich kapiere es nicht und das löst den Fluchtreflex erneut aus. Es ist bescheuert, aber gerade habe ich das Gefühl, dass mein Kopf platzen wird, wenn ich nur noch eine Sekunde in diesem Hausflur hocke.

Ich springe auf und merke noch, wie Ellas Körper deshalb ein Zucken durchfährt. Damit setzt anscheinend ihr Denken wieder ein und ihr wird klar, was sie da eben gesagt hat. Wie in Zeitlupe schiebt sie sich die Hand vor den Mund. Die Worte, die jetzt daraus entweichen, verstehe ich trotzdem.

»Scheiße, Entschuldigung. O Gott, ich hab nicht nachgedacht, ich ... das war so dumm.«

War es das? Ich kann es nicht mehr einordnen und noch weniger kann ich Ella in die Augen schauen. »Schon gut«, sage ich. »Immerhin sind wir damit quitt.«

»Nein. Bitte, Otis, das ... lass uns bitte in Ruhe reden.« Ella steht auf und will nach mir greifen, doch ich weiche ihr aus und gehe zur Tür. Was bleibt, ist ein bisschen Luft in einem eiskalten Berliner Hausflur, die bis eben noch vor intensiver Spannung und gedankenschwerer Worte gesurrt hat. Regel fünf: Wir reden nicht über unsere Probleme.

»Lieber nicht. Ich fühle mich einfach nicht wohl dabei, Regeln zu brechen.« Mein Lachen klingt tonlos und deshalb künstlich. »Vielleicht suchst du dir das nächste Mal keinen Polizisten aus, wenn du wieder welche aufstellen und dich anschließend nicht daran halten willst.«

Ich hoffe, das habe ich gerade nur sehr, sehr laut gedacht. Der elendige Sarkasmus ist so unnötig und dämlich, dass ich Ella allein deswegen nie wieder unter die Augen treten sollte.

Anscheinend sieht sie das ähnlich, denn sie gibt abermals ein gequältes »Okay« von sich. Und diesmal hält sie mich nicht auf, als ich durch die Tür nach draußen in die kalte Nacht trete. Einen Moment lang starre ich über meine Schulter auf das im Laternenlicht gelbe Marmorglas, hinter dem Ella steht. Ich kann nur ihren regungslosen Schatten erkennen.

Als irgendwann drinnen das Licht ausgeht, halte ich die Tränen nicht mehr zurück. Ich fühle mich, als würde ich im Kino den Abspann eines Films schauen, dessen Inhalt ich nur zur Hälfte begriffen habe und der nur eine einzige Frage in meinem Kopf zurücklässt: Was zur Hölle war das?

OH WHOA, OH WHOA,
YOU WANT TO KISS, KISS, KISS – OTIS?
HEILIGE SCHEISSE.

Ella

Verdammt. Ich habe über Otis' Vater geurteilt, ohne ihn zu kennen und ohne zu wissen, in welchem Verhältnis die beiden zueinander stehen.

Eine Sekunde lang war ich so mit der Situation überfordert, dass ich Otis blind meinen massivsten Schutzschild entgegengeschleudert habe. Probleme anderer, die meinem Geheimnis zu ähnlich sind, abzuwerten, ist genau das, was ich tue, wenn ich Panik kriege, zu viel von mir preisgeben zu müssen. Und womöglich wird mir Otis deshalb nie mehr anvertrauen, was ihn beschäftigt, weil ich sonst wieder so tue, als wäre nichts davon wichtig. Dabei ist *nichts* exakt das Gegenteil von dem, was mir Otis bedeutet.

Seit er fortgegangen ist, geht mein Atem keuchend, als wäre ich kilometerweit gesprintet. Ich muss nach Luft ringen, als ich irgendwann meine Arme hilflos um meinen Körper schlinge, um mich zu wärmen. Mir ist eiskalt.

Otis ist in einer ganz ähnlichen Situation wie ich, schießt es mit erneut durch den Kopf. Allerdings sucht er Kontakt zu seinem Vater und damit auch zu seinem Halbbruder, ich wiederum bin einfach nur feige. Das ist es, was mich gerade so fertiggemacht hat. Der Vergleich, den mein Verstand auf Otis' Geschichte hin prompt zu meiner eigenen Situation gezogen hat, hat mich kurzzeitig von den Füßen gerissen. Nur deswegen habe ich Otis wehgetan und ich hasse mich selbst dafür. Ich habe nur an mich gedacht, obwohl er gerade verzweifelt nach jemandem gesucht hat, der ihn nicht nur festhält, sondern auch hochzieht. Doch so eine Stütze kann ich wohl selbst dringend gebrauchen.

Vielleicht sollte ich jetzt einfach die Treppe hoch und zurück in die WG gehen. Wie besessen die Eingangstür anzustarren, wird mir jedenfalls nicht dabei helfen, irgendwie dieser aberwitzigen Situation zu entkommen.

Mehrfach hämmere ich auf den Lichtschalter neben mir, als ob er eine Art Resettaste wäre, die ich drücken kann, um zurückzuspringen und die vergangenen Wochen zu vergessen.

Ich betätige ihn ein letztes Mal, doch nichts passiert. Dann ist das hier wohl die Realität. Großartig.

Meine Augen brennen, mein ganzes Gesicht glüht vor Überforderung und irgendwann muss ich mich an der Wand abstützen, um nicht auf die Knie zu fallen und in Tränen auszubrechen.

Ich hätte nicht nur an mich denken dürfen. Je häufiger sich der Gedanke in meinem Kopf wiederholt, umso schrecklicher schmerzt er. O Gott, was ist, wenn sich Otis genau wie ich für die Wahrheit schämt und ich jetzt alles nur noch schlimmer gemacht habe? Er wollte reden, vielleicht das erste Mal überhaupt.

Ich weiß gar nichts mehr, und das ehrlicherweise schon seit Lenis Vorschlag. Es hat mich erschreckt, wie heftig ich mich gefreut habe, als sie mir eine Ausrede geliefert hat, Otis zu küssen. Ganz gleich, ob es ein Fehler wäre. Doch eine Sekunde danach war mein Kopf so voll mit wirrem Zeug und Panik.

Und dann ... ist Otis aus der WG geflohen. Obwohl mir das einen Moment lang das Herz zerquetscht hat, kann ich ihn verstehen, weil das Ganze unfassbar verrückt ist. Solange wir uns kennen, feinden wir uns an. Da war immer so viel Wut und Sarkasmus. Und ganz plötzlich reichen ein paar Blicke aus, damit der Abstand zwischen uns sich in Luft auflöst? Damit wir einander blind verstehen und ich Otis hinterherlaufe? Weil ich das Gewitter in seinen Augen sehe, dessen Auslöser ich begreifen will?

Sich das alles in Erinnerung zu rufen, hilft kein bisschen dabei, endlich wieder einen klaren Kopf zu bekommen. Sollte ich Otis nachgehen? Schon wieder?

Als er mich gerade festgehalten hat und ich ihn, kam es mir so vor, als würde sich mein Herz losreißen und frei in meinem Brustkorb umherflattern. Es war umwerfend. Besser als Sex, besser als jeder Kuss, besser als Otis zu schmecken. Ich hoffe, dass es sich für ihn genauso sicher und warm angefühlt hat wie für mich. Hätte er sonst die Wahrheit gesagt und mir seine Ängste anvertraut? Und ich habe sie kurzerhand mit einem unsensiblen Spruch ins Lächerliche gezogen.

Abermals erlischt das Licht und mir wird klar, dass meine Gedanken sich im Kreis drehen. Ehrlich, was soll's?

Mit schnellen Schritten haste ich zur Tür und drücke die Klinke hinunter. Als ich draußen aus den Augenwinkeln einen Schatten erkenne, schaue ich zur Seite. Otis steht, den Blick auf sein Smartphone gesenkt, unter einer Straßenlaterne, feiner Schneestaub liegt um ihn herum auf dem Gehweg. Er sieht einsam aus. Mit der freien Hand streicht er sich ein paar Haarsträhnen aus der Stirn, bevor er aufsieht. Ich erstarre, während mein Herz wieder durchdreht.

»Ria hockt alleine oben in der WG«, sagt er, als er nach einem Moment wieder den Blick senkt. »Sie fragt, wo ich bin. Ich ... also ich schätze, ich sollte sie kurz runterbitten und dann nach Hause fahren.«

»Otis, es tut mir leid.« Ich hole tief Luft und gehe beim Weitersprechen Stück für Stück auf ihn zu. »Ich fühle mich schrecklich, weil ich nie und nimmer so hätte reagieren dürfen. Ich habe nur an meine eigenen Probleme gedacht, dabei ... sind die doch in diesem Moment ganz egal.«

Jetzt sieht er mich wieder an.»Welche Probleme?«

Scheiße. Für einen Moment habe ich komplett vergessen, dass ich ihm nicht einfach so davon erzählen kann. Wie soll ich über etwas sprechen, wenn ich nichts von dem begreife, was ich diesbezüglich denke und fühle.

Automatisch beiße ich mir auf die Lippe und senke verlegen den Kopf. Als mir das bewusst wird, zwinge ich mich dazu, Otis anzusehen. Er steckt sein Handy zurück in die Hosentasche und dabei ist sein Blick noch immer auf mich gerichtet. Wieder schaue ich weg.

»Wir müssen nicht darüber sprechen«, murmle ich den größten Bullshit, der mir hätte einfallen können,»weil ... Reden ist ja gar nicht Teil unserer Abmachung, oder? Ich sollte meine Regeln nicht schon wieder brechen ...«

»Das ist doch scheiße, Ella. Du bist die erste Person, die jetzt die Wahrheit über mich weiß. Ich kann nicht einfach so tun, als wäre es nicht so. Wie soll ich Ria nun jemals wieder in die Augen sehen? Sie hätte es vor allen anderen erfahren müssen.«

Ich kann nicht anders und riskiere einen Blick aus dem Augenwinkel. Er sieht verzweifelt aus und so, als würde er sich wünschen, dass ich ihm die Hand auf den Mund presse, damit er nicht weiterspricht.

»Du hast mich im Flur mit deinem unverdienten Verständnis vollkommen überrumpelt«, fährt er fort, bevor er einmal tief seufzt.»Ich könnte jetzt behaupten, dass du mich in eine Ecke gedrängt hast und ich nur deshalb mit der Wahrheit herausgerückt bin. Aber das passt nicht. Genauso wie am Dienstag habe ich mich wegen dir sicher gefühlt. So sehr, dass ich reden *wollte*. Aber jetzt, verdammt, jetzt weiß ich nicht, wie wir aus der Scheiße wieder rauskommen sollen. Und ob ich das überhaupt will.« Den letzten Satz flüstert er so leise, dass ich Mühe habe, ihn zu verstehen. Aber wenn ich richtig gehört habe, dann ...

»Ich will es nicht«, bricht es aus mir heraus. »Die ganzen Regeln, die Provokationen und den Sarkasmus, das alles will ich nicht mehr. Weil ich … dich offensichtlich mag. Zu sehr mag, um nicht mindestens viermal in der Stunde an das zu denken, was am Spreeufer und davor passiert ist.«

Ich verschränke die Arme vor der Brust, als Schutz und zur Abwehr, doch löse sie schnell wieder, um mir mit den Händen übers Gesicht zu fahren. Ich habe keine Ahnung, wieso ich Otis so plötzlich anvertraue, wie viel er mir mittlerweile bedeutet. Liegt es daran, dass ich damit von dem eigentlichen Problem ablenken kann? Dass ich nicht so mutig bin wie er, was meinen Vater anbetrifft? Ich wünschte, das wäre der einzige Grund. Viel mehr liegt es aber an Otis selbst.

»Das ist so peinlich, aber ich mag dich und dass du mir vertraust. Deine Nähe tut mir gut und noch mehr wünsche ich mir, dass ich dir auch irgendwie guttue. Nicht unser Sex, das meine ich nicht. Zumindest nicht ausschließlich. Mir ist völlig klar, dass ich allein diese Regeln aufgestellt und als Erste fast gebrochen habe. Du hast dich wahrscheinlich nur darauf eingelassen, weil ich rumgeprahlt habe, wie wenig du mir bedeutest, was anscheinend nicht ganz stimmt. Du wolltest keine der Regeln brechen, ich weiß. Deshalb tut es mir leid, dass ich dich eben gedrängt habe, mir von deinem Vater zu erzählen. Damit habe ich dich in eine unangenehme Situation gebracht, aus der du schon in der WG geflohen bist. Aber ich musste dich ja unbedingt mit dem Lasso einfangen und, na ja, zurückholen.« Ich schüttle über mich selbst den Kopf. »Okay, was rede ich da eigentlich für einen Mist? Alles, was ich sagen will, ist: Es tut mir leid, Otis. Ich habe keine ausreichende Begründung für das Ganze.« Zumindest keine, die ich bereit bin zu erzählen. »Am liebsten würde ich … Ich will keine Regeln mehr. Ich will … ich will …«

Das Geräusch, das Otis daraufhin von sich gibt, lässt meinen

Satz unbeendet. Es ist eine Mischung aus einem Seufzen und einem überraschten Laut.

Hektisch hole ich mein Handy hervor und öffne die Nachrichten-App. Ich kopiere meinen Text von damals, schreibe ihn um und ... sende ihn.

> Regel 1: Kuss.
> Regel 2: Kuss.
> Regel 3: Kuss.
> Regel 4: Kuss.

Kurz darauf zieht Otis sein Handy aus der Hosentasche. Das aufleuchtende Display erhellt sein Gesicht und er lacht. »Was ist mit Regel fünf?« Seine Stimme zittert und ich kann kein bisschen einschätzen, ob mir das signalisieren soll, wie unfassbar gern er auch diese brechen will, oder ob es eher ein Bitte-lass-uns-für-immer-schweigen-Zittern ist.

»Willst du denn über alles reden?«, frage ich deshalb, als Otis das Handy zurück in die Hosentasche steckt und den Kopf schüttelt.

»Ist schon okay.«

Dass er mir jetzt nichts mehr über seinen Vater anvertrauen will, erinnert mich sofort wieder an mich.

Kaum habe ich den Gedanken zu Ende gebracht, tut sich die Frage auf, ob ich ihn laut ausgesprochen habe, denn Otis tritt an mich heran und schlingt die Arme um meine Taille. Sein Blick sucht mein Gesicht ab, bevor er ausatmet.

»Vielleicht habe ich mich in der Hoffnung auf deine Regeln eingelassen, sie früher oder später zu brechen.«

»Meinst du das ernst?«

Er atmet aus und ich inhaliere seinen Atem. Dann schluckt er. »Ich weiß es nicht. Wenn du bei mir bist, kann ich nicht richtig denken. Es ist nur ... das hier ist kein belangloser Sex. Das hier ist Angst davor, dass du dich für immer an diese beschissenen Regeln halten willst, verbunden mit der Hoffnung, dass du die Sache mit dem Reden niemals einforderst. Es ist die Panik, dass einer von uns den anderen wegstößt, so weit weg, dass kein Lasso lang genug ist, um sich wieder einzufangen. Ich weiß nicht mehr, ob ich das aushalten würde. Ich möchte, dass das hier alles ist, alles darf, alles soll ... weil es schön ist. Mit dir.«

Dass Otis das einfach so sagt, wirft mich fast aus der Bahn. Ich muss lächeln. »Dann haben wir wohl doch ein bisschen was gemeinsam.«

Und prompt enttarnt mein Verstand die Lüge. Wenn ich wie Otis wäre, dann würde ich ihm hier und jetzt von meinem Vater erzählen. Ich würde, wenn nötig, gemeinsam mit ihm auf den Kern meiner Probleme blicken und nicht zulassen, dass sein Griff um meine Taille fester wird, als er sich zu mir vorbeugt, bevor er auch meine Wahrheit kennt. Nur wird er die nie erfahren. Ich kann es ihm nicht sagen, weil ich mir damit eingestehen müsste, dass ich mein Leben nicht auf die Reihe kriege. Ich kann nur hoffen, dass er nie mehr wieder danach fragen wird.

Bin ich eigentlich komplett bescheuert? Ich verarsche Otis also, nur weil ich weder ihm noch mir selbst eingestehen kann, wie es wirklich in mir aussieht? Weil ich mir meine Gefühle, meine Gedanken, ja sogar meine Worte verbiete? *Klar, zieh das ruhig durch, Ella. Wenn es dabei hilft, dein eigenes Leben zu leugnen.*

»Darf ich dich küssen?«, fragt Otis mich da plötzlich.

Für einen Moment bin ich unschlüssig. Ich ziehe meine Unterlippe zwischen die Zähne und warte. Dabei kämpfe ich gegen den Drang an, ihm die Wahrheit zu sagen. Wie wild klopft mein Herz dabei gegen meine Rippen. Wenn Otis mein Zögern richtig deutet, wenn er hinter meine Maske blickt, dann traue ich mich vielleicht. Das wäre meine einzige Chance.

Doch dann seufzt er.

»Bitte. Ich will dich nicht bedrängen, aber ... bitte.«

Ich darf es uns nicht erlauben. Nicht, solange Otis nicht die Wahrheit kennt. Nur will ich es so sehr, ganz gleich, ob es ein riesiger Fehler ist. Und das ist es, keine Frage.

»Ja«, hauche ich.

Otis zieht mich an sich. Ich kann zusehen, wie sich das Braun in seinen Augen verdunkelt. Ganz automatisch hebe ich einen Moment später eine Hand und fahre ihm mit dem Daumen über die dichten Augenbrauen. Von dort aus streiche ich über seine Stirn. Ich glätte jede einzelne Falte, bis Otis die Augen schließt und ich so auch seine Lider sanft berühren kann.

Plötzlich stößt er ein Raunen aus und dann liegen seine Lippen auf meinen. Heiß von seiner Hitze bilden sie den heftigsten aller Kontraste zur Kälte, die ich das erste Mal so wirklich wahrnehme und sofort wieder vergesse. Nur die Gänsehaut in meinem Nacken bleibt und wird stärker, als ich meinen Mund leicht öffne und Otis in mich dringt. Immer heftigere Schauer durchlaufen mich. Ich schmecke Otis, fühle seine Zunge und spüre ganz eindeutig, wie tief ihn unsere Berührung bewegt.

Auch mir fährt sie in den Unterleib und am liebsten will ich Otis auftragen, nie wieder damit aufzuhören, meine Zunge mit seiner zu umkreisen. So wie gerade eben. Ganz sanft im ersten Moment, bis er sich zurückzieht und abermals vorstößt. Dieser Kuss ist ein Versprechen. Das Versprechen, nie wieder von Otis loszukommen.

Als er seine Hände von meinen Hüften an meinen Hintern führt und mich so gegen die Eingangstür drängt, wird Glaube Gewissheit. Ich streiche ihm durchs Haar, halte mich daran fest und wiege mich voll und ganz in seiner Sicherheit, als er mich gegen die Hauswand links neben dem Eingang drückt und abermals küsst. Die Wand ist kühl und hart, doch Otis' heißer Atem umhüllt mich wie ein Schutzschild. Dass es ihm ganz ähnlich geht, merke ich, als seine Lippen plötzlich an meinem Ohr sind.

»Regel Nummer eins«, flüstert er, doch sein Flüstern ist vielmehr ein sehnsuchtsvolles Stöhnen. »Ich darf dich irgendwo festbinden.«

»Ja«, erwidere ich überrascht. In diesem Moment ist es mir ganz egal, welche Regeln auf die erste folgen. Ich will verdammt noch mal alles mit Otis machen, weil ich das Gefühl von bedingungsloser Sicherheit, das er mir gibt, ab heute wie Wasser zum Leben brauchen werde.

»Regel Nummer zwei«, fährt er mit einem Raunen fort. »Du wirst mir dabei zusehen, wie ich dich ausziehe, um dich dann tief und langsam zu lieben.«

»O Gott, ja«, hauche ich. Otis' Anweisungen schießen mir unmittelbar in den Unterleib.

Alles an mir steht unter Strom.

»Regel Nummer drei: Ich mache das in meinem eigenen Tempo, ganz gleich, wie sehr du mich anflehst, wie ungeduldig du vor Erregung wirst. Denn das wird mich alles nur anstacheln, mir noch mehr Zeit mit dir zu lassen.«

»Fuck, Otis.« Meine Hand rutscht von seinem Hinterkopf in seinen Nacken, wo ich mich festkralle. »Wo zur Hölle hast du geparkt?«

Als Antwort auf meine Frage zieht er die Mundwinkel hoch, während seine Hand unter meinen Hoodie und BH gleitet. Er berührt meine Brustwarze, nimmt sie zwischen seine Finger und lässt mich ganz sanft spüren, wie ernst er das meint, was er als Nächstes sagt.

»Regel Nummer vier: Ich entscheide, wann das passiert.« Er lächelt und wieder drückt er die harte Spitze zusammen. »Aber keine Sorge, ich will mehr von dir, Ella. Viel mehr als das bisschen Sex neulich. Ich will alles. Dich mit meinen Fingern zum Kommen bringen, mit der Zunge, bis du alles und jeden vergisst. Und ich will dich küssen.«

Ich reagiere mit einem Stöhnen, das sich kein bisschen nach mir anhört. Viel zu tief, zu losgelöst, frei und doch grollend. Alles vergessen. Jeden vergessen. Nur Otis und ich. Das klingt allzu verlockend. Meine kognitiven Fähigkeiten verabschieden sich. Wenn Otis jetzt Regel fünf anfügt ... o Gott, wenn er mich darum bittet, ihm die Wahrheit zu sagen, dann tue ich es. Ohne Zweifel. Seine Nähe, der Kuss, all das schlägt etwas in mir an. Und in diesem Moment ist es der Drang, mit ihm zu reden.

»Regel Nummer fünf«, beginnt er im selben Augenblick, als im Hausflur neben uns das Licht anspringt und unsere Körper hinter Otis zu zwei langen Schatten werden. Wir erstarren und ich kann an meiner Wange spüren, wie heftig Otis dabei schluckt.

Doch so schnell, wie im Moment danach die Tür geöffnet wird und sich eine helle, klare Stimme neben uns räuspert, schaffen wir es nicht, uns voneinander zu lösen. Ich kann kaum glauben, dass wir beide nun wie zwei heimlich verliebte Teenager ertappt dreinblickend und heftig atmend zur Seite schauen, wo Gloria zwischen uns hin und her sieht.

»Ich verstehe«, sagt sie trocken, nur an Otis gerichtet.

Kurz bilde ich mir ein, dass er daraufhin zusammenzuckt, dann konzentriere ich mich wieder auf Glorias Gesicht. Zig Emotionen sind darin abzulesen – darunter, da bin ich mir sicher, ein sehr bestürztes *Was zur Hölle?* –, bevor sie sich offenbar für *belustigt* entscheidet und mit einem Kichern hinterherschiebt: »Ihr habt euch also für *Pflicht* entschieden.«

»VERLIEB DICH NICHT.
NICHT IN MICH.
ICH VERGESSE MEINEN EIGENEN NAMEN
FÜR DEINEN.
DENNOCH IST AN MEINER SEITE
SCHMERZ DIE BESSERE WAHL.«

Otis

Eine Frühschicht dauert eine halbe Ewigkeit, wenn du die Nacht davor kein Auge zubekommen hast. Nachdem Gloria mich mit Ella vor dem Hauseingang erwischt hat, konnte ich sie weder die Autofahrt zurück in unsere WG noch die darauffolgenden Stunden bis zur Morgendämmerung davon abhalten, alle Details aus mir herauszuquetschen. Ich habe es aber auch nicht ernsthaft versucht.

Es tut gut, mit Gloria zu reden. *Vielleicht bin ich auf dem richtigen Weg*, schoss es mir ganz kurz durch den Kopf, *vielleicht erzähle ich ihr jetzt alles*. Über mich. Über ihren Vater. Und darüber, dass sie und mich nur eine einzige Person verbindet, die vor vier Jahren gestorben ist. Aber direkt nach diesem Gedanken klingelte mein Handy und Glorias Vater hat gefragt, ob ich ihn abholen komme. Sie begleitet mich, hat Ria daraufhin verkündet, weil das Geschwister so machen und wir als Team besser funktionieren. Damit war meine Angst dann doch wieder größer als das bisschen Mut, das ich bis dahin aufgebracht hatte, weshalb ich einmal mehr die Klappe gehalten habe.

Jetzt kommen Victoria und ich gerade von unserem letzten Einsatz für heute zurück auf die Wache, wo uns Maxim am Ende des Gangs abfängt. Am liebsten will ich ihn direkt fragen, ob ich noch die Spätschicht dranhängen darf, allein schon, damit ich mich noch ein bisschen länger davon abhalten kann, auf mein Handy zu schauen, wo seit drei Stunden eine Mitteilung aufleuchtet, mit der ich nicht gerechnet habe. Es ist eine Sprachnachricht von Matthias, meinem leiblichen Vater. Seinen Anruf gestern Nachmittag habe ich ignoriert. Auch seine Sprachnachricht kann ich mir nicht anhören. Entweder fragt er mich, ob ich Linus noch einmal sehen will, bevor sie in zwei Wochen nach Hannover ziehen, oder ... keine Ahnung. Bisher ist mir kein anderer Grund eingefallen als der erste, und der versetzt mich schon ausreichend in Panik.

»Hey«, begrüßt uns Maxim und ich erkenne direkt, dass etwas nicht stimmt. Sein Gesichtsausdruck ist noch düsterer als sonst. Die abstehenden Härchen seiner dichten Brauen reichen ihm in die Augen, so weit nach unten zieht er sie. »Otis? Können wir kurz reden?«

»Ich wollte eh mit dir sprechen. Du kannst mir heute nicht zufällig noch die Spätschicht geben?«

»Ich schätze, das werde ich nicht tun, aber danke für die Überleitung, denn damit sind wir direkt beim Thema.« Beim Sprechen wird sein Mund zu einer grimmigen Linie, weshalb ich den letzten Teil des Satzes nicht sofort verstehe und Maxim so lange dämlich anstarre, bis Victoria für mich reagiert.

»Lief die Einsatzplanung heute scheiße oder was hat dir die Stimmung versaut?« Sie boxt ihm gut gelaunt den Ellbogen in die Seite, bevor sie beide auf dem Tresen vor uns abstützt und ihren Kopf in die Hände legt. »Der Chef hat ordentlich Ansprüche an die Nummer am übernächsten Wochenende, oder?«

Aus dem Aufenthaltsraum neben uns höre ich Gelächter, dann ein schrilles Telefonklingeln, das es sofort beendet. Einen Moment lang herrscht Stille und schließlich trabt der Wachleiter entspannt aus dem Raum und kommt auf uns zu. »Seid ihr frei?«

»Mit Sonder- und Wegerechten?«, will Maxim sofort wissen, woraufhin Jonas kurz den Kopf schüttelt.

»Kein Blaulicht nötig, nur ein Einbruch in einer Lagerhalle. Ist alles schon vorbei, Täter nicht mehr vor Ort.«

Zuerst zögert Maxim kurz und dann zuckt er mit den Schultern, was mich überrascht. »Wenn das so ist, sind wir schon im Feierabend.«

»Hab ich mir gedacht.« Jonas lacht auf und reißt einen Zettel aus seinem Spiralblock. »Dann schreib ich der Spätschicht ein Briefchen, die müssten eh schon beim Umziehen sein. Sonst alles gut?«

»Klar«, antworten wir alle drei fast gleichzeitig das, was man auf diesem Abschnitt eben sagt, wenn es nichts Akutes gibt und der Rest niemanden etwas angeht.

»Schön«, sagt Jonas und macht kehrt in Richtung Schreibraum.

»Also was ist los?«, wiederholt Victoria ihre Frage, kaum dass Jonas außer Sichtweite ist. »Gibt's Stress?«

»Bei mir gibt's nie Stress«, murmelt Maxim abweisend. »Es lief letztes Mal nicht besonders gut und wenn die Zahlen nicht stimmen, dann fällt die Scheiße auf die Arbeitsgruppe und damit auf mich zurück.« Wahrscheinlich meint er die Teufelsberg-Nummer, sonst würde er jetzt nicht leise in meine Richtung grunzen. »Bevor du nervst: Nein, wir brauchen keine weitere Unterstützung beim Einsatz in zwei Wochen. Hab gestern alles vollgeplant, wir holen uns ein paar Leute aus der Hundertschaft in Moabit dazu.«

Eigentlich wollte ich gerade genau deswegen nachhaken. In meinem Hals fängt es sofort an zu pochen. Ich weiß nicht, um welchen Einsatz es sich genau handelt, aber an diesem bestimmten Wochenende ist mir jede Ablenkung recht.

»Dann frag bei meiner Hundertschaft nach, notfalls auch bei

denen in Moabit, ob ich im Gegenzug dort aushelfen kann. Ich erledige alles und ich mach Überstunden, ich –«

»Das Dienstplanungssystem lässt keine weiteren Schichten zu. Schon das letzte Mal musste der Zähler mit ein paar Tricks überlistet werden. Das funktioniert nicht mehr, sorry.« Maxims Tonfall lässt keine Widerrede zu und deshalb erstarre ich. »Wie gesagt: Wir sollten kurz mal miteinanderreden.«

Weil Jonas beim Rausgehen vorhin die Tür zum Aufenthaltsraum offen gelassen hat, kann ich das Gerede im Zimmer jetzt deutlich verstehen.

»Leute, ich glaub, Maxim fickt Otis gerade«, sagt eine tiefe Stimme, die ich nicht sofort zuordnen kann. Ich dachte, ich hätte mir mittlerweile alle eingeprägt. Aber anscheinend nicht.

»Wird mal Zeit.« Das ist jetzt definitiv Gretas Stimme, Auszubildende im zweiten Lehrjahr. Ich weiß nicht, was ihr Problem ist. Wir sind ein paarmal miteinander im Streifenwagen gefahren, zuletzt vor ein paar Tagen, und eigentlich dachte ich, sie wäre in Ordnung, aber jetzt sagt sie: »Am Mittwoch hätte ich fast Stress bekommen, weil Otis unseren Bericht nicht richtig ausgefüllt hat. Ich könnt kotzen. Aber Hauptsache, dann überpünktlich Feierabend machen und die Wache im Eiltempo verlassen. Lieben wir!«

Am liebsten will ich in den Aufenthaltsraum stürmen und es Greta und den anderen erklären.

Sorry, aber mein Vater hat sich über meinen Laptop auf einer Onlinekasino-Plattform angemeldet. Wie ich es gemerkt habe? Der Laptop hat meine Adressdaten inklusive Telefonnummer vorgespeichert und mein Vater war an diesem Abend wohl zu sehr neben der Spur, um den Unterschied zu bemerken, weshalb die Verifizierung an mein Smartphone geschickt wurde.

Deshalb habe ich die Wache sprungartig verlassen und den Bericht nicht sachgemäß zu Ende ausgefüllt. Das Einzige, was in solchen Fällen passiert, ist, dass er wieder in meinem Fach zur Überarbeitung landet. Halb so wild, würde ich meinen. Aber während der Ausbildung hätte es mich wohl genauso beschäftigt wie Greta.

Genervt knallt Maxim die Tür zum Aufenthaltsraum zu, woraufhin sich Victoria mit einem entschuldigenden Lächeln in Richtung der Umkleiden verabschiedet.

»Otis, mein Guter, hör zu«, beginnt Maxim einen Moment später und dass die Kollegen eben recht behalten werden, wird mir spätestens klar, als er mich mit diesem albernen Kosenamen anspricht. Wann ist das zuletzt vorgekommen? Nie. Ich bin so was von gefickt.

»Wegen des falsch ausgefüllten Berichts? Bin ich hier, um Berichte zu schreiben oder illegale Raves hochgehen zu lassen?«, provoziere ich einfach über die Tatsache hinweg, dass sich etwas in mir vor Angst zusammenkrümmt.

»Geht eher um deine Scheißverfassung. Junge, was ist los? Hast du Stress zu Hause? Brauchst du Hilfe? Wird es dir hier zu viel?«

»Nein.« Ich räuspere mich, weil meine Kehle selbst für dieses eine Wort schon fast zu eng war, und ganz plötzlich ist das Einzige, woran ich denken kann, Ella, und daran, wie gut es gestern getan hat, ihr die Wahrheit zu sagen. Unkontrolliert sprudelt es aus mir heraus. »Also, doch, ja. Ist im Moment privat nicht so leicht. Aber ich krieg das hin, okay? Kein Problem. Teil mich für den Einsatz in zwei Wochen ein, ich weiß, dass es so was wie *vollgeplant* bei der aktuellen Personallage gar nicht geben kann.«

Bitte. Ich brauch die Ablenkung, schwingt es ganz deutlich zwischen den Zeilen mit. *Bitte nicht genau jenes Wochenende, an dem Linus wegzieht. Bitte nimm mir jede Chance, dem Drang nachzugeben, zu ihm zu fahren. Gib mir eine Ausrede, die ich seinen Eltern reumütig präsentieren kann, um mich nicht verabschieden zu müssen.* Doch als ich Maxim anschaue, kapiere ich, dass keine der Botschaften bei ihm angekommen ist. Im Gegenteil:

»Ich muss dir für das Wochenende frei eintragen, Otis«, lautet seine Antwort auf meine Bitte und ich schätze, die ist endgültig. Doch dann atmet er tief ein, fährt sich durchs Haar und fügt an: »Wenn es bei dir im Moment privat Probleme gibt, dann ist es das Beste.«

Okay, jetzt liege ich im Staub. Warum zur Hölle war ich eben ehrlich? Das habe ich davon, unbedingt mit der Wahrheit rausrücken und über überflüssige Gefühle reden zu müssen. Danke, Ella, für nichts. Danke, danke …

»B-bei mir gibt's nie Probleme«, stammle ich und meine Augen brennen wie Feuer. Ich will nicht losheulen und vor allem will ich nicht, dass Maxim mich so sieht: *Pussy, Weichei, Schwächling*. In mir drin bläht sich ein unangenehmes Gefühl auf. Ich bin mir sicher, dass mein Gestammel Maxims Meinung nur verfestigt und ich deshalb irgendetwas sagen muss, das sein Bild von mir wieder zurechtrückt.

Auch wenn es sich falsch anfühlt.

»Dann ruf ich am besten gleich eins der Weiber an, die ich im Moment ficke.« Keinen Plan, weshalb ich auch noch in Maxims raues Lachen einstimme. Aber … fuck, ich bin keine Pussy, okay? Ich befolge gerade nur Victorias Rat, den sie mir an meinem ersten Tag gegeben hat. Anpassen. Nicht beschweren. Ihre Botschaft war eindeutig und es gab in den vergangenen Wochen kaum eine Situation, in der mich nicht irgendwer daran erinnert hat.

Vom ersten Tag an will ich den Kollegen deshalb etwas beweisen, indem ich alles mitmache, was sie verlangen. Okay, das war in der Hundertschaft auch schon so, wenn es mir dort auch viel leichter fiel. Und warum das alles? Die ständigen sexistischen Sprüche? Der herablassende Charakter? Einfach nur, weil meine Sorge, sonst auch auf der Arbeit nicht mehr dazuzugehören, so verdammt groß ist. Aber muss ich mich deshalb unbedingt wie das letzte Arschloch verhalten? Anscheinend schon, denn als Maxim kurz anerkennend nickt, fühle ich mich stark und wichtig. Die Tatsache, dass ich seit dem Tod meiner Mutter meinem Umfeld jemanden präsentiere, der ich nicht bin, lösche ich aus und schiebe zusammen mit einer offensichtlichen Geste hinterher: »Die brauchen immer was Hartes zwischen den Beinen.«

Ich blinzle, weil mein dummer Verstand aus dem Nichts Glorias Worte hervorkramt, die sie mir vor ein paar Tagen im Fitnessraum gesagt hat: *Du nervst mich ständig damit, was Mama sich für mich gewünscht hätte, aber ich glaube, genau das hier, das hätte sie für dich gewollt.* Nein, verdammt, Mama hätte sich ganz sicher nicht gewünscht, dass aus ihrem Sohn ein unreflektiertes, sexistisches Arschloch wird. Ohne darüber nachzudenken, wische ich mir über die Augen und als mich Maxim deshalb beäugt, wende ich den Kopf ab und laufe mit gesenkten Schultern und ohne eine Antwort abzuwarten zur Umkleide.

Ich habe vor Maxim Schwäche gezeigt, die ich kurzerhand mit Sexismus überspielt habe. Ersteres wäre gar nicht schlimm, wenn dieser Scheißabschnitt hier nicht derart vehement auf das Gegenteil pochen würde: Stärke und Unnahbarkeit. Wenn ich mich deshalb nicht gerade schon wieder verbogen hätte.

Wieso komme ich nicht mehr damit klar? Weshalb erledige ich nicht kommentarlos meine Arbeit, kümmere mich um Gloria und ihren Vater und höre auf damit, aus dem Nichts so überempfindlich zu sein? Nur weil Ella mich auf eine Art berührt hat, die viel zu tief ging? Ist es das? Offensichtlich verwirrt mich Ella. Kann passieren, schätze ich. Ist ja nicht so, dass mich irgendjemand dazu zwingt, Gefühle zu haben. Ich muss einfach damit aufhören. Was am besten funktioniert, wenn ich einfach weiter das performe, was ich nicht bin, und bei diesem Gedanken bleibt es jetzt. Ende. Schluss.

Nachdem ich die Waffe sicher verwahrt habe, hole ich in der Umkleide mein Handy aus der Uniformtasche, um die Nachricht meines leiblichen Vaters wegzuwischen, und sehe dabei, dass eine weitere von Levy hinzugekommen ist. Er will wissen, ob ich heute noch Zeit habe, zu reden und danach mit ihm und Charlie ins Kino zu gehen. Ich improvisiere und antworte ein knappes *Hab Dienst*, und natürlich zeigt mein Smartphone, kaum dass ich Uniform gegen Straßenkleidung getauscht habe, Levys Anruf an.

»Du kannst auch Ella ins Kino mitbringen, wenn du magst.«

»Halt die Klappe!«, fahre ich Levy sofort an und stöhne innerlich, weil das wie ein verdammtes Eingeständnis klingt.

Ihm entgeht meine harsche Reaktion natürlich nicht, ich höre ihn leise seufzen. »Ria war heute in Charlies WG und meinte beim Mittagessen, du und Ella hättet gestern Abend noch rumgemacht. Ernsthaft?«

»Und wenn es so wäre?« In mir drin brodelt eine Mischung aus Frust darüber, dass Maxim jetzt sonst was von mir denkt, und Wut, weil Gloria ihre verdammte Klappe nicht halten kann. Wenn es nicht so traurig wäre, dann hätte ich gelacht, denn an dem Punkt zeigt sich, dass sie definitiv nicht meine richtige Schwester sein kann. Wo sie zu viel redet, tue ich es zu wenig. Haha, ist mein Leben erbärmlich.

»Weißt du was, ich hab keinen Bock, dir alle Details auszubreiten, und wahrscheinlich hat das Gloria eh schon getan, aber ... Ja, ich habe Ella geküsst und offensichtlich deshalb gerade vor Maxim fast die Fassung verloren. Ich könnt kotzen.«

»Wär das nicht eher Ellas Aufgabe?«, zieht Levy mich auf, doch als ich nicht darauf antworte, seufzt er erneut. »Was war mit Maxim? Du klingst fertig.«

»Er hat mich aus einem wichtigen Einsatz rausgenommen, weil ich seiner Meinung nach zu erschöpft bin. Vielleicht liegt es auch daran, dass ich im Moment kein stumpfer Wichser sein kann wie der Rest hier. Oder ... okay, sorry, das ist eben erst passiert, du erwischst mich auf dem falschen Fuß. Es ist kein bisschen hilfreich, mich da in etwas reinzusteigern.«

»Otis.« Am anderen Ende der Leitung ist es kurz still, dann höre ich Levys Stimme nur noch gedämpft, weshalb ich davon ausgehe, dass er sich, wie sonst auch immer, das Telefon zwischen Schulter und Ohr geklemmt hat. »Du heulst, weil dich Maxim aus der Einsatzplanung rausnimmt, aber die Sache mit Ella wirst du lieber leugnen, statt sie zu regeln, wenn ich dich richtig einschätze.«

»Was gibt es da bitte zu regeln?« Die Frage kann ich mir auch selbst beantworten. Wir haben uns geküsst und damit die letzte Vorschrift gebrochen, die uns vor einem Absturz bewahrt hat. Und dass wir daraufhin sofort gefallen sind, beweist doch mein bescheuertes Verhalten gestern. Einfach damit rauszuplatzen, wie viel sie mir bedeutet, und danach neue Regeln aufzustellen, als würde es nicht ausreichen, dass wir die alten allesamt ignoriert haben. Die Erinnerung lässt den Sauerstoff in meiner Brust knapp werden. Weil ich mir wünsche, dass wir es diesmal nicht verkacken ... Scheiße, was?!

»Warum hast du Ella geküsst?«

»Weil ich sie mag, schätze ich.« Mit der flachen Hand schlage ich gegen die Spindtür, die krachend zufällt. Und weil mich meine Lügen schon einmal fast die Freundschaft mit Levy gekostet hätten, sage ich es jetzt einfach. »Ich würde sogar behaupten, dass ich mich in Ella verlieben könnte. Aber ich habe keinen Kopf dafür. Die Arbeit ist sauanstrengend und ... ich muss endlich mit Gloria reden.«

»Wieso?« Es dauert einige Sekunden, bis Levy die völlig falschen Schlüsse zieht. »Ria hat vorhin ziemlich zufrieden geklungen, als sie von ihren Plänen erzählt hat, nach der Ausbildung aufs Studium zu verzichten und dafür im Pflegeheim anzufangen. Das ist etwas Gutes, oder? Ihr braucht das Geld. Damit kann sie euren Vater genauso unterstützen wie du, was ich sehr erwachsen von ihr finde. Du unterschätzt deine Schwester einfach und außer-«

»Ihren Vater«, flüstere ich dazwischen. »Er ist nicht mein Vater.«

Levy gibt einen leisen Fluch von sich und dann wartet er einfach, bis ich von selbst weiterrede. Ich erzähle ihm von dem Gespräch mit meiner Mutter vor ihrem Tod im Krankenhaus, und wie ich das Gefühl hatte, dass mit dem ständigen Wasserrauschen im Nebenraum auch mein Leben weggespült wird. Dass ich seitdem nicht mehr weiß, wer ich eigentlich bin, und Gloria deshalb nichts davon erzählt habe, weil ich riesige Angst davor habe, dass ich nach dem Gespräch noch nicht einmal mehr ihr Bruder sein darf. Weil sie mir ja auch Linus weggenommen haben. Nur deshalb stürze ich mich krankhaft in Arbeit, blocke meine Gefühle für Ella so gut es geht ab und raste gerade wegen eines freien Wochenendes aus, über das sich die meisten hier freuen würden.

»Du willst es Ria also nicht erzählen?«

»Ich kann nicht, Levy.« Mit dem Rücken lehne ich mich gegen die Spinde und winkle ein Bein so an, dass ich die Fußsohle gegen das scheppernde Metall pressen kann. »Dass du es jetzt auch noch weißt, ist doch schon beschissen genug. Sie wird mich allein deshalb hassen, weil ich es ihr nicht zuerst gesagt habe.«

»Auch?«

»Ich hab Ella gestern von der Sache erzählt. Wie sie darauf reagiert hat ... Ich kann dir sagen, dass das ungefähr jene abweisende Reaktion war, vor der ich mich bei Ria fürchte. Und du kennst Gloria. Sie würde nicht nur abweisend reagieren, sondern wahrscheinlich ausrasten und Dinge nach mir werfen, bevor sie, genau wie damals bei diesem verdammten Biberkuscheltier, jeden Gesprächsversuch abblockt. Nur dass ihre Wut diesmal nicht Tage anhalten würde, sondern Wochen, Monate, Jahre. Und ihr Vater würde dabei auf ihrer Seite stehen. Vielleicht reden beide nie wieder nur ein einziges Wort mit mir und brechen den Kontakt ab. Dann wäre mein Leben nur noch ein schwarzes, großes Nichts!

Und weil ich eben bei Maxim einmal zu viel nachgedacht habe, kann ich meinen Job wahrscheinlich gleich mit dort reinwerfen.«

»Was Ria will, ist dabei völlig egal?« Ich höre, wie Levy schluckt. »Finde ich nicht fair.«

»Scheiße, deshalb rede ich nicht darüber.« Weil Levy recht hat und weil mir schon wieder die Tränen über die Wangen laufen. »Genau aus dem Grund halte ich die Fresse und mache einfach meinen Job.«

»Wenn du meinst.« Levy klingt so, als würde er nur darauf warten, dass ich es einsehe, aber dass das zumindest heute auf keinen Fall passieren wird, dafür sorgt Victoria, die vor der Umkleide meinen Namen ruft.

»Ich denk drüber nach, okay?«, presse ich noch hervor, bevor ich Levy für heute Abend noch mal absage und, ohne seine Antwort abzuwarten, das Gespräch beende.

Mit dem Hinterkopf lehnt Victoria an der Wand gegenüber der Herrenumkleide und wartet auf mich. »Wegen Maxim eben«, ruft sie mir beim Rausgehen unvermittelt zu, womit sie mich zwingt, neben ihr stehen zu bleiben. »Vielleicht ist er ein Arsch, aber irgendwo hat er recht, oder?«, fragt sie. »Nicht, dass du ein schlechter Polizist bist, aber Augenringe bis zum Kinn sind im Allgemeinen ein ziemlich eindeutiges Zeichen für Überarbeitung. Ich weiß, das willst du jetzt nicht hören, weil du, keine Ahnung, ein Mann bist? Das wär ziemlich bescheuert, ich hasse es, wenn jemand ständig das Geschlecht als Ausrede nutzt, um über gewisse Dinge noch nicht einmal nachdenken zu müssen.«

»Maxim behauptet, ich bin kein guter Polizist?«

»Das ist das Einzige, was du gehört hast?«, hakt sie genervt nach, kommt auf mich zu und boxt mir zur Strafe gegen den Oberarm. »So genau hat er es nicht gesagt, aber nach dem Einsatz am Teufelsberg meinte er im Schreibzimmer, dass er sich fragt, ob du dir den richtigen Job ausgesucht hast, und dass er dich zurück zur

Hundertschaft schickt, wenn es nicht besser wird. Aber seitdem hat er nichts mehr in diese Richtung erwähnt und du bist ja noch hier. Von daher –«

»Was?«, unterbreche ich sie. »Maxim ist kurz davor, mich zurückzuschicken?«

Victoria zuckt mit den Schultern. »Ich hab mich nicht noch mal mit ihm darüber unterhalten. Er war neulich einfach genervt, dass das einzig Konkrete, das er als Beweismittel in seinem Bericht erwähnen konnte, die Jacke war, die du auf dem Boden gefunden hast, als dir … jemand vor der Nase weggerannt ist. Mit dem Einsatz in zwei Wochen kann sich das wieder komplett ändern. Du kennst doch Maxims schroffe Art. Er ist zu niemandem freundlich. Zu Beginn hat er mit allem Probleme, was seine Routine durcheinanderbringt. Mach dir keinen Kopf! Mich hat er genauso wenig akzeptieren wollen und ich hab mich auch durchgebissen. Wie gesagt: Maxim ist einfach ein Arsch.«

Einer, der kurz davor ist, mir meine Empfehlung zu versauen. Wie kann das sein? In der Hundertschaft funktioniere ich einwandfrei, während des Studiums war ich einer der Besten, doch in der Arbeitsgruppe habe ich null Erfolg.

Dort bin ich ein Komplettversager.

Klasse, jetzt brennen meine Augen erneut.

»Alles okay, Bambi?«

Scheiße, kann sie bitte nicht noch näher kommen und aufhören, dabei meine Schulter zu tätscheln? Bambi. Das hilflose, schwache Reh mit der toten Mutter …

»Du musst dich wirklich mal ausruhen.«

Unbemerkt wische ich mir übers Gesicht. »Einen Scheiß muss ich. Ich sitze das hier aus und wenn der Wichser mir keine Empfehlung gibt, dann lässt er es eben.«

Ich höre Victoria nur mit einem Ohr dabei zu, wie sie mir abermals versichert, dass Maxim heute bloß einen miesen Tag hat.

»Also, was ist?« Ihre Hand taucht plötzlich in meinem Sichtfeld auf. »Kommst du mit? Bisschen abreagieren?«

»Wohin?«

»Berghain heute Abend? Tanzen und Sex?«

Belangloser Sex ist die banale Lösung, um alle wirren Gedanken und Gefühle, die gerade in mir umherschwirren, einen Moment lang abzustellen. Es ist so einfach. Wäre es. Dafür müsste ich jetzt nur eine knappe Zustimmung murmeln.

Doch stattdessen höre ich mich sagen: »Ich glaube, ich will heute Abend einfach alleine sein.«

TRAGEDY
WHEN YOU LOSE CONTROL
AND YOU CAN'T BE DIE VERDAMMTE LÜGNERIN,
DIE ICH EBEN BIN

Ella

Eigentlich habe ich den heutige Filmabend nur arrangiert, weil Leni vorhin beim WG-Abendessen, offenbar im Glauben, dass sie niemand bemerkt, eine halbe Minute lang dämlich grinsend auf ihr Handy gestarrt hat. Ich sollte vermutlich lieber am neuen Set für den Auftritt der *Dirty Feminists* am Festivalfinale übernächsten Samstag feilen, weil ein paar der Übergänge noch nicht passen, aber jetzt bin ich neugierig.

Kaum dass sich Charlie zu ihrer Schwester Alex verabschiedet hat, habe ich Leni unter dem Vorwand eines superspannenden neuen Netflix-Films aufs Sofa gelockt. Ehrlich gesagt musste ich improvisieren und habe einfach den Namen jenes Films genannt, den ich vor ein paar Tagen beim Überfliegen einer E-Mail des Streaminganbieters aufgeschnappt habe. Wenigstens ist der elendige Spam damit für etwas gut. Verständlicherweise hat Leni sich aber eben in der Küche trotzdem beschwert, dass sie den Namen des Films noch nie zuvor gehört hat – obwohl sie sich bei so was hervorragend auskennt.

Gerade greift sie in eine der Schüsseln vor uns auf dem Tisch, nimmt sich eine Handvoll und lehnt den Kopf gegen das Sofapolster. »Los, zeig mir mal, welchen grandiosen Film du dir ausgesucht hast.«

Ich ziehe eine Grimasse, schnappe mir dann aber die Fernbedienung und zappe durch das Angebot, bis ich den Titel *Fall* entdecke und den dazugehörigen Text vorlese.

»Ein Thriller?«, stößt Leni aus, als ich fertig bin. »Ihr habt mir geschworen, dass wir nie wieder irgendetwas Gruseliges zusammen schauen, aber ich wusste, dass ich euch nicht trauen kann. Ihr habt mich damals ausgelacht, als ich bei *Das Geheime Fenster* angefangen habe zu weinen.«

»Doch nur, weil du nicht verstanden hast, dass der Typ den Film über eine Persönlichkeitsspaltung entwickelt hat und selbst für die Morde verantwortlich war.«

»Ja, aber ich hab die Handlung nur deshalb nicht kapiert, weil ich mir die Hälfte des Films die Augen zugehalten habe. Ihr musstet mich ständig beruhigen. Und ... O Gott, weißt du noch, als wir im Zoopalast bei der Sneakpreview waren und die da einen Thriller gezeigt haben? Ich hab mir schon beim Vorspann in den ersten drei Minuten fast in die Hose gemacht.« Leni fängt an zu lachen.

»Und fünf weitere Minuten später mussten wir den Saal verlassen«, sage ich. »Okay, kein Thriller. Hast du eine andere Idee?« Ich schiele auf Lenis Smartphone, das neben der Chipsschüssel liegt. »Wie wär's mit einem Liebesfilm? Ich hab so ein Gefühl, dass so was im Moment gut passen könnte.«

Leni lacht noch ein bisschen lauter und da erst bemerke ich das Eigentor, das ich mir gerade geschossen habe. Bevor Charlie vor einer Stunde los ist, um ihrer Schwester bei den Hochzeitsvorbereitungen zu helfen, haben mich beide wegen Otis ausgequetscht. Gloria hat wohl Levy davon erzählt und der dann wiederum bei Charlie geplaudert, die vorhin unmittelbar so getan hat, als wäre ein Kuss zwischen Otis und mir das Schönste, was ihr seit Langem passiert ist.

»Nicht wegen Otis«, rechtfertige ich mich deshalb schnell und beäuge abermals Lenis Handy. »Es ist nur ... Während des Abendessens habe ich dich eine Weile beobachtet, und –«

Wie aufs Stichwort leuchtet das Display des Geräts auf, weshalb Leni sofort nach Luft schnappt und viel zu hektisch danach greift. Prompt gleitet ihr das Smartphone aus der Hand und fällt scheppernd zurück auf den Tisch.

»O Gott, ich kann hellsehen.« Ich pruste los. »Ich wusste, dass es gleich aufleuchtet. Dein Geheimnis und ich haben eine übernatürliche Verbindung. Vielleicht bin ich ein Medium. Frag mich was!«

»Bist du doof?« Leni greift nach ihrem Handy, um kurz dessen Zustand zu überprüfen und es dann auf ihrem Oberschenkel abzulegen. »Also das ist die einzige Frage, die ich an dich hätte, weil ich noch nie so einen Mist gehört habe. Aber wenn du es unbedingt wissen willst: Das eben war mein Vater. Er hat in der Arbeitsgruppe nachgefragt, wer die große Frühlingstour durch Deutschland in vier Monaten fahren will.«

»Na, ganz sicher nicht schon wieder du, oder?«, wende ich sofort ein. Leni übernimmt mittlerweile fast jede zweite Tour. »Kann das nicht mal jemand anders machen? Ist dein Bruder immer noch auf Bali? Er nutzt seinen Nesthäkchen-Vorteil ziemlich aus, oder?«

Jetzt ist Leni plötzlich still und dann wird ihr Hals auf einmal knallrot.

»Warte ... Du willst die Tour fahren! Wieso?«

Leni wird so verlegen, dass sie sich beide Hände vors Gesicht presst. »Okay, ich sag's dir, aber du darfst nicht lachen, einverstanden?«

»Versprochen.« Und natürlich muss ich sofort loskichern, als Leni auf mein Versprechen hin eine aufrechte Körperhaltung einnimmt und sich räuspert.

»Hey!«, beschwert sie sich, weshalb ich mir eine Hand auf den Mund drücke und so den Lacher, der mir fast rausgerutscht wäre, abfange. »Sorry«, murmle ich. »Du hast gerade so ausgesehen wie irgendein Politiker, der über eine ernst zu nehmende Notlage spricht.«

»So fühl ich mich auch.« Jetzt wird Leni wieder rot. Und dann nimmt sie ihr Handy vom Bein und tippt ein paarmal auf den Bildschirm. »Mein Vater hat während des Abendessens die ersten Anmeldungen per E-Mail geschickt, damit ich sie in eine Excel-Tabelle eintragen kann«, flüstert sie so leise, als ob zig Neugierige um uns herumstünden und lauschen würden. »Normalerweise überfliege ich die Namen nur kurz und beachte die Liste dann nicht weiter, aber diesmal ...« Sie scrollt auf dem Bildschirm bis zum Ende der E-Mail. »Diesmal ist das passiert.«

Schnell überfliege ich den Text und kontrolliere die Sätze unterbewusst auf irgendetwas, das Leni so aus dem Gleichgewicht bringt. Aber ich finde nichts. »Da ist ni... Ach du Scheiße«, entfährt es mir, als ich begreife, was Leni meint. »Edward. *Der* Edward?«

Sie nickt und legt das Handy zurück. Ihr aufgewühlter Blick wandert zu mir, ihre Schultern beben leicht. »Ja, Edward Meyer. Ich glaube, das ist ein Zufall. Nach der Tinder-Geschichte auf dem Festival ein ziemlich extremer, das gebe ich zu, aber ganz bestimmt trotzdem noch einer. Als ich die E-Mail vorhin am Küchentisch überflogen habe, sind mir fast die Augen rausgefallen. Weil ... es ist doch ein Zufall, oder?«

»Auf dem Festival ...« Ich räuspere mich. »Da hast du Edward bei Tinder entdeckt, ihn gematcht und danach ist nichts mehr passiert, richtig?« So wirklich haben ihr das Charlie und ich nie geglaubt, aber wenn ich in Lenis Position gewesen wäre, hätte ich mir gewünscht, dass mit solchen Dingen behutsam umgegangen wird, weshalb ich Charlie und auch mich selbst seitdem vom Nachfragen zurückgehalten habe.

Jetzt sucht Leni meinen Blick.

»Ja, Edward war auf dem Festival, und ja, es ist nichts mehr passiert. Allerdings liegt das ganz allein an mir.«

»O mein Gott! Tja, jetzt will ich alle Details hören, schätze ich.«

»Da gibt es gar nicht so viel zu erzählen.« Leni hebt demonstrativ abwehrend die Hände. »Wir haben nur ein wenig mehr über Tinder geschrieben. Edward meinte dann plötzlich, dass er mich sehen will, und hat den Supermarkt als Treffpunkt vorgeschlagen.« Mit einem Stöhnen beugt sich Leni nach vorn und versteckt ihr Gesicht wieder hinter ihren Händen. »Ich hab zugestimmt und bin auch zur abgemachten Uhrzeit am Supermarkt gewesen, aber –«

»O nein, er hat dich versetzt?«, frage ich. »Das ... ach Scheiße, es tut mir le-«

»Ich habe ihn sitzen lassen.«

Weil ich daraufhin sofort ein überraschtes »Was? Warum?« ausstoße, murmelt Leni ihre Antwort zwischen ihre Finger hindurch.

»Er war da. Vor dem Supermarkt. Aber ... aber ... er sah vollkommen verändert aus. Da stand ein sportlich-muskulöser Typ mit braun gebrannten Beinen und das ... es hat einfach nicht zu dem Edward gepasst, den ich kennengelernt habe. Daher habe ich ihn eine Weile wie ein Alien aus der Ferne angestarrt. Eigentlich war er überhaupt nicht mehr wiederzuerkennen, na ja, bis auf seine Kappe eben. Trotzdem sind da ganz plötzlich alte Erinnerungen hochgekommen und ... Ella, ich bin weggerannt und hab ihn dort einfach stehen lassen. Was soll man dazu sagen?«

Ich nicke und versuche irgendwie nach Worten zu suchen, aber wenn selbst Leni keine findet, dann wird es schwer. Ich könnte sie danach fragen, wie der Klischee-Kalifornier, den sie da eben beschrieben hat, denn bitte vorher ausgesehen hat, aber das lasse ich definitiv und sage stattdessen: »Aber Edward hat sich jetzt für die Tour angemeldet, oder nicht? Und anscheinend stehst du ja voll auf ihn.«

»Tu ich nicht. Himmel, auf gar keinen Fall! Es war einfach eine peinliche Situation, mehr nicht. Bestimmt stand ich nur unter Schock und ganz sicher ist das auch nicht derselbe Edward.«

»Also solltest du die Tour auch fahren«, übergehe ich ihren Einwand einfach. »Absolut. Ich bin mir sicher. Sag zu!« Doch bevor ich ihr noch mehr Zuspruch vermitteln kann, werde ich von Lenis Handy unterbrochen, das aus dem Nichts losschrillt, weshalb wir beide einen erschrockenen Schrei von uns geben.

»Das ist schlimmer als jeder Thriller«, stellt sie lachend fest, als sie das Display überprüft. »Aber ist nur mein Bruder. Er hat vorhin gefragt, ob wir heute noch facetimen können. Wahrscheinlich ist er auf einen giftigen Seestern getreten und liegt im Krankenhaus.«

Ich muss lachen. »Hoffentlich nicht!« Ich beäuge Leni und als sie das Gespräch annimmt, sieht sie ehrlich gesagt nicht gerade traurig darüber aus, dass ihr Bruder genau jetzt anruft.

»Wir reden darüber noch mal«, drohe ich deshalb und hebe spielerisch den Zeigefinger, weshalb Leni mir die Zunge rausstreckt.

»Deine Sets klangen heute übrigens schon richtig großartig. Wenn du magst, kannst du die ganze Nacht daran feilen, ich hab ein paar Tage frei ... nein, Jakob, ich hab mit Ella gesprochen. Hi ...«

Den Rest bekomme ich nicht mehr mit, weil Leni vom Sofa aufgestanden ist und gerade durch den Flur in ihr Zimmer geht. Ich höre eine Tür zuschlagen, dann lehne ich mich zurück und schließe für einen Moment die Augen, bevor ich mein eigenes Handy aus der Hosentasche ziehe und es auf eingegangene Nachrichten kontrolliere. Aber von Otis ist heute noch nichts gekommen. Er muss mir auch nicht schreiben, ermahne ich mich sofort, aber es wäre schön, wenn er es tun würde.

Den ganzen Tag habe ich über ihn und uns nachgedacht. Was, wenn Otis den Kuss bereut und sein Schweigen mir das sagen will? Vielleicht ist er auch einfach genauso verunsichert wie ich.

Mir wird warm, weil ich jetzt wieder daran denken muss, dass er mir nach unserem Kuss mitten in der Nacht, gegen vier Uhr, glaube ich, alle vier Regeln auch noch einmal per WhatsApp aufs Handy geschickt hat. Vermutlich hat Gloria ihm meine Nummer gegeben. Eine fünfte hat er jedenfalls nicht angefügt und dafür bin ich sehr dankbar. Gestern haben er und ich uns geküsst. Otis wirkte wie am Spreeufer einen Moment lang ganz frei und losgelöst. Er hat wunderschöne Dinge gesagt und er schien auch nichts zu bereuen. Selbst nachdem uns Gloria erwischt hatte.

Stimmt das?, würde ich ihn am liebsten einfach fragen. *Wirst du mich jetzt jedes Mal küssen, wenn wir uns sehen? Und ... meinst du die Regeln ernst? Weil wenn ja ...*

O Mann, mein Herz pocht mir bis zum Hals und ganz plötzlich wird mir noch viel heißer. Weil ich mir nun vorstelle, dass Otis abermals meine Hände mit seinen verschränkt, wie damals hier in der WG, um sie so auf meinen Rücken zu ziehen und dort zu fixieren. Nur dass es dann keine alberne Retourkutsche sein, sondern viel weiter gehen wird. Ich male mir aus, wie er sich von hinten gegen mich presst und ich seine Härte an mir spüre. Überall spüre. Mein Unterleib kribbelt.

In meiner Vorstellung legt Otis seinen Mund an meinen Hals, hinterlässt dort seine feuchte Spur, die er quälend langsam nach oben zieht. Bis zu meinem Mund. Wir küssen uns und bei der Vorstellung schwanke ich selbst auf dem Sofa. Ich unterdrücke den Drang, mich hier und jetzt anzufassen.

Ich muss Otis wieder küssen, nur kann ich ihm das jetzt nicht einfach so schreiben? Wahrscheinlich liegt mein Zögern an der Tatsache, dass Gloria uns entdeckt hat und ich ein Geheimnis sie betreffend kenne, von dem Gloria wiederum nichts ahnt. Ich komme mir so falsch vor, aber Otis muss sein eigenes Tempo in dieser Sache finden. So hat er es doch gestern beschrieben, oder?

Ich presse die Lippen zusammen und drücke den Kopf fest in

das weiche Sofapolster, weil ich die Gesprächsfetzen falsch zusammengeschoben habe. Er wird mich in seinem eigenen Tempo zum Kommen bringen – das meinte er. Ria betreffend – ach, keine Ahnung, was er dazu gesagt hat. Ich kann nicht mehr klar denken. Und diesmal halte ich mich auch nicht zurück. Ich streiche mit dem Daumen langsam auf Höhe meiner Mitte über den Stoff der Jogginghose und stöhne leise. Ich wiederhole die Berührung, fester diesmal, dann schnappe ich mir mein Handy, dessen Display anscheinend schon wieder hängt, und stehe auf.

Hörbar stoße ich dabei den Atem aus, bevor ich mich in mein Zimmer zurückziehe, um mich dort sofort ins Bett zu legen. Hektisch will ich meine Hose von den Hüften streifen, doch der Stoff verheddert sich prompt mit der Bettdecke, weshalb ich wild strample, bis ich die Hose irgendwie losgerissen bekomme und kurzerhand zusammen mit meinem Slip zur Seite befördere. Beides landet auf der einzigen Pflanze in meinem kleinen Zimmer – eine Monstera. Aber die ist so groß, dass sie meinen uralten Plattenspieler verdeckt und fast bis zur Decke reicht. Ich muss endlich in den Baumarkt fahren, um einen neuen Übertopf zu besorgen. Egal. Das ist ja gerade mal so was von nicht wichtig.

Ich platziere mein Handy zwischen meinem angewinkelten Oberschenkel und meinem Bauch, und dann öffne ich den Whats-App-Chat mit Otis.

Schon als ich die erste Regel erneut lese, setzt mein Denken vollends aus. Ich kann nichts anderes mehr vor mir sehen als ihn, der über mir ist, mich küsst, dabei seufzend in meinen Mund atmet. Ich nehme alles in mich auf. Otis zu inhalieren, ist das Einzige, was ich mit festgebundenen Händen tun kann. Unendlich langsam strömt seine Hitze in mich.

Ich stelle mir vor, wie er mir danach in mein Haar fasst und fest zupackt, als er rechts und links von meinem Oberkörper auf die Knie geht und mir so seine Mitte entgegenbringt. Sanft und fordernd zugleich dirigiert er meinen Kopf nach oben und dann ganz genau dorthin, wo er meinen Mund haben will. Meine Lippen öffnen sich unter seinem eindringlichen Blick ganz automatisch, aber Otis hält meinen Kopf fest, als ich verzweifelt versuche, seinen Schwanz zu erreichen.

In mir kribbelt es vor Erregung, obwohl nichts unbefriedigender ist, als ihn nicht schmecken zu können und trotzdem von seinem Geruch umnebelt zu sein. Eine halbe Ewigkeit wartet er, dann raunt er leise: »In meinem Tempo, Ella.« Und das bringt mich zum Aufstöhnen.

Otis nutzt den Moment, mit der Spitze stößt er sacht gegen meine Oberlippe. Und als ich fordernd mit der Zunge gegen seine warme Haut drücke, erlaubt er mir endlich ihn ganz zu umschließen. Mein Unterleib zieht sich zusammen, in meiner Fantasie und auch jetzt gerade, weshalb ich die Hand zu meiner Mitte führe.

Stöhnend lege ich den Kopf in den Nacken, als die Situation sich plötzlich vor meinem inneren Auge auflöst und ich mir jetzt vorstelle, wie ich den Spieß umdrehe und nun auf Otis hocke. Mein Puls rast und stolpert, weil ich mir ausmale, dass nicht mein Daumen über meine empfindliche Stelle kreist, sondern Otis' Zungenspitze. Nicht meine Finger dringen einen Moment später tief in mich und spüren, wie feucht ich bin, sondern Otis'. Erst mit seiner Zunge, dann den Fingern, und kurz darauf jammere ich auf, denn … jetzt ist er ganz in mir. Ich könnte schwören, dass in meinem winzigen Zimmer die Erinnerung an unseren Sex plötzlich wieder real wird. Ich zucke unter ihr zusammen.

Mit dem Daumen reibe ich weiter über meine Mitte und massiere mich fester, so fest ich kann. Rhythmisch bewege ich mich so gegen meine Hand. Alles in mir pulsiert. Mir ist unfassbar heiß. Doch das reicht nicht.

Hektisch taste ich mit einer Hand blind neben mir entlang meines Nachttischs, bis ich endlich den winzigen Knopfgriff gefunden habe. Ich reiße das Teil auf, womit die dämliche Schublade mit rausgerissen wird und sich ihr gesamter Inhalt, immerhin beinahe lautlos, auf dem Teppich verteilt.

Scheiß drauf!

Hastig strecke ich eine Hand nach meinem Vibrator aus und weil das Handy dabei von mir runterrutscht, schiebe ich es blind zwischen meine Beine, um es gegen die zusammengeknüllte Bettdecke zu lehnen. Normalerweise platziere ich es dort auf diese Weise, wenn ich sehen will, was mir auf seinem Display angezeigt wird. Doch meine Fantasie reicht heute mehr als aus.

Mit noch immer geschlossenen Augen führe ich den Vibrator an meine Mitte, streiche so lange über die empfindliche Haut, bis ich überall am Körper Gänsehaut habe. Die andere Hand muss ich in die Matratze krallen, weil sich mein Körper bei fast jeder Berührung heftig stöhnend aufbäumt. Ich glaube, ich war noch nie so erregt. Mein Atem geht keuchend und schwer, als ich den Vibrator ohne Zögern tief in mir versenke.

Ich steigere den Rhythmus sofort, weil ich es nicht aushalten würde, jetzt noch irgendetwas quälend langsam zu tun. Mein Herz pocht viel zu schnell, ich nehme die freie Hand zu Hilfe, streichle mich. Fahre mir mit Daumen und Zeigefinger abwechselnd über die Brust, so wie es Otis gestern getan hat. Die Erinnerung lässt mich abermals wimmern. Dann halte ich es nicht mehr aus und führe auch die Hand weiter runter.

Es dauert einen winzigen Moment, dann versenke ich den Vibrator ein letztes Mal tief in mir und verkrampfe um das Plastik. Heftig ein- und ausatmend lasse ich das Teil los und warte, bis das Zucken abebbt. Erst dann ziehe ich es zurück. Noch immer muss ich nach Luft ringen und schlucken. Als mein Herzschlag sich endlich beruhigt, öffne ich die Lider und ...

Mein geschockter Blick trifft den von Otis, der mich von meinem Handydisplay aus anschaut. Seine Augen sind dunkel, fast schwarz. Unfassbar intensiv. Er mag, was er eben gesehen hat und ... Scheiße, bin ich beim Weglegen auf das Anrufsymbol gekommen oder was ist hier los? Wieso hat mein Handy keinen Ton von sich gegeben, als ich Otis über den WhatsApp-Videochat angerufen habe? Weil das Teil seit Monaten hinüber ist, verdammt noch mal.

»Ella?«, raunt Otis da plötzlich. »Regel Nummer vier: Ich entscheide, wann du kommst.«

THEY SAY IN HEAVEN LOVE COMES FIRST, WE'LL MAKE HEAVEN A PLACE IN MEINEM ZIMMER

Ella

Ich sehe, wie sich Otis' Mund unter meinem immer noch überraschten Blick zu einem Lächeln verzieht, und da legt sich auch ein Teil meines Schocks. Ich nehme das Handy an mich und wickle die Beine in meine Bettdecke, um nicht noch mehr von mir preiszugeben. Falls das überhaupt geht.

»W-was hast du alles ge-?«, beginne ich und werde sofort von Otis unterbrochen.

»Sei still«, fordert er mit einem Knurren.

Einerseits möchte ich ihm dafür irgendetwas in genauso drohendem Unterton entgegenschleudern, andererseits nimmt das Pulsieren in meinem Unterleib bei seinen Worten sofort wieder zu.

»Sag mir einfach, ab welchem Zeitpunkt du –«

»Ich habe die ganze Zeit über nur dein Gesicht angeschaut, ich war zu gefesselt von deiner Mimik«, unterbricht er mich abermals und haucht dann ganz leise: »Das war das Intimste, was ich je beobachtet habe.«

Fieberhaft überlege ich, was ich darauf sagen soll. Ich öffne den Mund, aber dann merke ich, dass ich gerade automatisch versuche die Kontrolle über die Situation zurückzugewinnen, und schließe ihn wieder. In meiner erotischen Fantasie eben habe ich Otis auch nicht davon abgehalten, mich zu dominieren – ganz im Gegenteil. Ich schätze, das war der heftigste Orgasmus, den ich bisher in meinem Leben hatte. Weshalb sollte ich es also jetzt tun? Außerdem höre ich gerade, wie eine Gürtelschnalle geöffnet wird. Stoff raschelt, für einen kurzen Moment sehe ich nichts und höre nur, dass eine Tür abgeschlossen wird. Einen Moment später hält Otis sein Handy so, dass er mit der Hand die Kamera verdeckt, weshalb erneut ein paar Sekunden lang alles schwarz wird. Als ich ihn wieder sehen kann, stockt mir der Atem.

Mit der Hand fährt Otis entlang seines Brustkorbs bis zum Bauch. Er nimmt sich Zeit, hält den Kopf dabei gesenkt. Ich bin wie erstarrt, als sich mein Blick auf seinen nackten Körper heftet. Nur ganz schwach nehme ich wahr, dass er nicht wie ich in seinem Bett liegt, sondern direkt hinter ihm weiße Kachelfliesen zu erkennen sind. Er steht nackt unter der Dusche. Der Raum ist in ein kühles, viel grelleres Licht getaucht als mein Zimmer. Aber das stört nicht, denn das Einzige, was mich im Augenblick bannt, ist Otis' nackter Körper, den er mit der Schulter an den Fliesen abstützt. Ich glaube, er hat sein Smartphone in eine Duschablage geklemmt, denn jetzt nimmt er seine zweite Hand hinzu. Quälend langsam gleitet sie an der anderen vorbei nach unten über die hellen Haarstoppeln und ...

Otis fasst sich an. Ich kann hören, wie er dabei schluckt, und als mein Blick deshalb hoch zu seinem Gesicht schießt, sehe ich, wie sich sein Adamsapfel bewegt, weil er abermals schluckt. Heftiger diesmal. Blonde Haarsträhnen verdecken seine Stirn, die Ader an seinem Hals pocht zu schnell, doch auch mein Herz schlägt wie wild, als meine Aufmerksamkeit zurück zu seiner Hand wandert, die in diesem Moment eine Faust um seinen Schwanz bildet. Fordernd lässt er sie daran auf und ab gleiten. Ich sehe, wie sich die Muskeln unter seiner Berührung anspannen, bevor er ganz plötzlich ... aufhört.

»Mach weiter!«, fordere ich und mit einem leiseren Tonfall flüstere ich: »Bitte.«

»Wenn du hier wärst, würden das deine Lippen übernehmen.«
Jetzt male ich es mir unverhohlen aus und sofort wandern meine Finger zurück zu meiner Mitte.

»Du würdest vor mir auf die Knie gehen, die Hände auf deinem Rücken zusammengebunden. Anfangs versuchst du sie daraus zu befreien, doch dann klemme ich deinen Körper zwischen meine Beine. Mein Fuß liegt jetzt auf deinem Hintern. Ich gebe dir einen Stoß. Behutsam, zärtlich. Ich würde dir niemals wehtun. Dein leises Raunen ist die Bestätigung, auf die ich warte, bevor ich meinen Fuß von deinem Hintern hoch zum Steißbein schiebe, und wieder drücke ich ganz sanft. Dein Oberkörper kippt nach vorn und so berühren deine Lippen endlich meinen Schwanz.«

Ich höre, wie Otis' Atem schneller geht. Meiner tut das auch, weil seine Fantasie so klingt, als hätte er sehr lange darüber nachgedacht. Die Vorstellung, dass er es sich jeden Abend auf diese Weise besorgt, lässt meine Finger automatisch in mich gleiten.

»Deine Lippen streichen über meinen Schwanz. Von unten schaust du zu mir hoch. Deine Position gefällt mir, aber noch viel mehr liebe ich die Vorstellung, dass du dich in mich fallen lässt und mir blind vertraust. Ich erkenne es in deinen Augen: Du weißt ganz genau, welchen Einfluss du auf mich hast. Zu wissen, dass du damit recht hast, erregt mich. Denn es stimmt: Seit Wochen muss ich lächeln, immer wenn jemand deinen Namen sagt, und jedes Mal, wenn ich ihn selbst laut ausspreche, klinge ich, als würde ich in Wirklichkeit Danke sagen.«

Meine Kehle ist staubtrocken. Ich bin so überrascht von seinen Worten, dass ich von mir ablasse und mich nicht mehr rühre, blinzle und Otis dann dabei beobachte, wie er die Augen schließt. Diesmal geht sein Atem sofort schwerer und meiner ganz genauso.

»Ella ... Ella«, wiederholt er. Seine Lider flattern leicht, als er den Hinterkopf gegen die Fliesen lehnt und abermals meinen Namen stöhnt. Sein Arm bewegt sich dabei in einem schneller werdenden Rhythmus, bis er ganz plötzlich stoppt.

Otis öffnet die Augen, räuspert sich angestrengt. »Schau mich an«, sagt er, weil ich so gefesselt bin von seiner Erektion. Jetzt konzentriere ich mich wieder auf Otis' Profil und achte auf seine Mimik, seine Anspannung und darauf, wie sich seine Wangen röten, als er keuchend ein- und ausatmet. Seine Gesichtszüge spiegeln mir jede einzelne Bewegung wider, die seine Hand gerade macht. Ich passe auf jedes Detail auf, das etwas darüber verrät, wie intensiv er sich anfasst, und berühre mich dabei wieder selbst.

Auch ich erhöhe mein Tempo, als Otis seine Lippen fest zusammenpresst und wieder öffnet. Sein Keuchen beantworte ich mit meinem tiefen Stöhnen, das nur mühsam zu keinem Schrei wird. Wahrscheinlich werde ich das nicht mehr lange aushalten. Ich schließe die Augen, kralle die freie Hand in die Zudecke und prompt knurrt Otis mit drohendem Unterton: »Schau mich an, Ella.«

Als ich die Augen sofort wieder öffne, sehe ich, dass auch er mit sich kämpft und schließlich ... aufgibt. Sein Ausdruck verrät, dass seine Bewegungen fester werden, schneller, und auch ich krümme meine Finger so, dass ich die kleine raue Stelle in mir erreiche, die mich verzweifelt aufstöhnen lässt. Seine Schultern zucken und auch mein Körper bebt. Fuck.

Minutenlang schweigen wir. Erst als sich Otis' Atem allmählich beruhigt, stellt er ganz kurz das Wasser an. Noch immer beobachte ich sein Gesicht und nur deshalb erkenne ich den Schmerz, der sich ganz kurz über seine Züge legt, aber so schnell wieder verschwindet, dass ich mich frage, ob ich überhaupt richtig geschaut habe.

»Alles okay?«, stoße ich aus. Weil Otis daraufhin sofort das Wasser ausstellt, erkläre ich mich. »Du siehst nicht ... glücklich aus.«

Er gibt ein seltsam verzweifeltes Geräusch von sich, bevor er nach einem Handtuch greift und es sich um die Hüften bindet. Dabei beugt er den Oberkörper ganz nah an die Kameralinse heran, was mich die angestaute Luft mit einem Beben ausatmen lässt.

»Das Geräusch erinnert mich nur an etwas, mehr nicht.«

»An was?«, frage ich.

»Nichts, das in diesem Moment angebracht wäre zu erzählen.«

»Sag es mir!«

Otis steigt aus der Dusche und ich glaube, jetzt geht er rüber in sein Zimmer. Ich höre, wie eine Tür geschlossen wird, dann seufzt er leise. »Als meine Mutter mir im Krankenhaus die Wahrheit gesagt hat, rauschte im Nachbarzimmer irgendein Scheißrohr ununterbrochen. Seitdem bin ich etwas empfindlich, was das Geräusch von Wasser anbetrifft.«

»Das verstehe ich«, entweicht es mir unkontrolliert. »Bei mir ist es das schreckliche Piepen bei der automatischen Ticketkontrolle an Flughäfen ... oder auch Bahnhöfen«, füge ich schnell an und ergänze: »Ganz spezielle Bahnhöfe, äh, in England, zum Beispiel. Die piepen, wenn du das Ticket dagegenhältst oder es abgescannt wird.« Ist das vage genug?

Es gibt nur eine einzige vollständige Erinnerung, die ich an meinen Vater habe. Sie spielt sich in unregelmäßigen Abständen in meinen Träumen ab – am Tag und in der Nacht – und genau die dränge ich jetzt Otis auf. Mit meiner Mutter stehe ich, gerade drei Jahre alt, im alten Flughafengebäude in Berlin Tegel, welches sie heute nicht mehr nutzen. Es ist eine Woche vor Weihnachten. Mein Blick wandert von meiner Mutter zu meinem Vater, zurück zu Mama und landet wieder bei Papa, der sein Ticket der Dame am Einlass zum Sicherheitsbereich vorzeigt. Sie scannt es – *Piep* –, während mein Blick noch immer auf ihm ruht. Er dreht sich um, winkt mir und ich winke zurück.

»Bis Weihnachten bin ich wieder zurück«, sagt er über die Schulter hinweg, bevor er verschwindet. Er sagt es mit einem Lächeln. Daran kann ich mich nur deshalb so gut erinnern, weil mein Vater es wie ein Versprechen hat klingen lassen: *Ich komme zurück. Versprochen.* Ich habe ihn seit diesem Tag nie wieder gesehen, und doch ist er mir seit Wochen näher als die Jahre davor.

Ich befürchte, das alles spiegelt sich für wenige Sekunden in meinem Blick wider, bevor die Starre einsetzt, weil ... Otis kennt einen Teil dieser Erinnerung nun. Trotz des gedimmten Lichts in seinem Zimmer sehe ich es in seinen Augen: Er hat etwas begriffen. Zu viel begriffen.

»Das klingt nach einem ziemlich ausgefeilten Problem«, sagt er. »Sehr viele Nuancen, äußerst detailreich.«

Aus Angst, wieder zu viel zu sagen, versuche ich nicht noch einmal mich zu erklären. Stattdessen presse ich die Lippen auf eine Art zusammen, die verrät, dass ich nichts mehr dazu sagen will. Auch das bemerkt Otis und ich schätze, als Polizist ist es sein Job, die Mimik seiner Mitmenschen richtig zu deuten und auch darauf zu reagieren. Vermutlich kann diese Fähigkeit einem Polizisten das Leben retten.

Bei dem Gedanken muss ich schlucken, was Otis nur falsch deuten kann, denn er fügt hinzu: »Bei Regeln bist du allerdings auch sehr empfindlich.« Er lacht leise. »Zumindest fühlt es sich für mich so an.«

»Das ist alles die Schuld meiner Mutter!« Ich stimme in sein Lachen ein, aber verdammt, ich kann selbst hören, wie erleichtert ich dabei klinge. Ich will nicht über meinen Vater reden – das schwingt sogar in meinem Lachen mit und Otis ... er hat es gehört und akzeptiert meinen Wunsch. Gott, ich bin froh, dass er mir die Zeit lässt und mich nicht ausquetscht.

»Was hat sie denn verbrochen?«, fragt er.

»Sie ist der Meinung, dass viele Regeln den Effekt haben, dass man sich zu sehr nach ihnen richtet und nicht mehr selbst denkt. Aber vermutlich siehst du das als Polizist ein wenig anders.«

»Ich, also ... Ich schätze, ich würde deine Mutter gern kennenlernen.«

Das kommt so urplötzlich, dass ich das Gefühl habe, es reißt mir vor Überforderung das Herz aus dem Brustkorb. Auch Otis wird das in diesem Moment anscheinend bewusst, denn er hebt kurz die freie Hand vors Gesicht.

»Ich will mich nicht einladen ... ganz bestimmt nicht. Ich brauch keinen Mutterersatz, falls du das jetzt denkst.«

Bei seiner Erklärung ziehe ich scharf die Luft ein, denn das habe ich ganz sicher nicht gedacht. Aber sein verkniffener Gesichtsausdruck verrät mir, dass ich jetzt nur das Falsche sagen kann. Also schweige ich einmal mehr. Ich glaube, es dauert eine Ewigkeit, bis Otis wieder etwas sagt.

»Ella?«, beginnt er zögernd. »Es ist schon fast zehn, aber ... Würde es dir etwas ausmachen, noch vorbeizukommen? Ria hat heute Nachtschicht. Wir können auch einfach nur reden, wenn du magst. Ich ... ich meine ...« Er stockt. »Ich möchte heute Nacht nicht alleine sein, glaube ich.«

»Gib mir zwanzig Minuten.«

Ohne seine Antwort abzuwarten, beende ich das Gespräch und ziehe mich in Rekordgeschwindigkeit an. Kurz bevor ich mein Zimmer verlasse, überprüfe ich mein Handy noch mal auf eingegangene Nachrichten.

Eine Telefonnummer ist auf dem Display abgebildet, dazu ein Kontaktname. *Unzuverlässiger Arsch.*

Mein Display wird wieder dunkel, ich atme tief durch ...

... doch zehn Sekunden später erhellt es sich erneut. Wieder und wieder.

»MANCHMAL KOMMT ES MIR SO VOR, ALS WÜRDE DER HIMMEL BLUTEN, UND ICH HABE KEINEN BLASSEN SCHIMMER, WAS ICH DAGEGEN TUN KANN.«

Otis

Kurz nach elf und Ella ist noch immer nicht hier. Hätte ich während unseres Videochats auch nur eine Sekunde lang befürchtet, dass sie mich versetzen könnte, ich hätte sie niemals darum gebeten, herzukommen. Alle fünf Minuten überprüfe ich mein Smartphone nach Nachrichten. Es kommen keine. Vielleicht habe ich irgendetwas falsch interpretiert? Ich hatte das eindringliche Gefühl, mit Ella über alles reden zu wollen, und eigentlich kam es mir so vor, als würde es ihr ähnlich ergehen. Aber ...

Zwanzig Minuten. So lange braucht Ella von ihrer WG bis zu mir. Und weil unser Telefonat jetzt schon über eine Stunde her ist, gebe ich auf und frage kurz und sachlich bei ihr nach, ob alles in Ordnung ist. Ihr könnte auf dem Weg etwas zugestoßen sein – das ist eine berechtigte Sorge, oder? Berlin ist gefährlich, vor allem nachts, aber ...

Mein Problem liegt gerade ganz woanders, wenn ich ehrlich bin.

Ich habe Angst. Warum kann ich Ella das eigentlich nicht einfach sagen? Ich habe Angst, dass es wehtut, wenn sie mich versetzt, nachdem ich ihr anvertraut habe, wie viel sie mir bedeutet, und auch dass dieser Schmerz andere grauenvolle Erinnerungen hoch ins Jetzt schießt. Keinen Plan, ob ich die erdrückenden Gefühle noch einmal so vehement niederringen kann wie vor vier Jahren. Sie verdrängen kann. Mir einreden kann, dass sie an mir abprallen und ich ihretwegen ganz sicher nicht verzweifle.

Warum kann ich Ella nicht anvertrauen, wie schwer es wirklich für mich ist, im Stich gelassen zu werden? Wieso mache ich mir ständig vor, dass mir so was nichts ausmacht, wenn ganz offensichtlich genau das Gegenteil der Fall ist? Wenn mein Herz doch gerade schon wieder kurz davor ist zu brechen?

Ich überprüfe den Chatverlauf nach einer Nachricht und tja, jetzt bin ich mir wenigstens sicher, dass ich Ella nicht noch einmal mit meinem Leben belasten werde. Denn es ist Absicht, dass sie nicht hergekommen ist. Meine Nachricht hat mittlerweile zwei blaue Haken, was bedeutet, dass Ella sie gelesen hat. Ich hätte mich ihr niemals so öffnen dürfen. Sie hat genug Probleme. Und vermutlich ist die peinliche Frage, ob alles in Ordnung ist, sowieso die allerletzte, die sie mir ehrlich beantworten wird.

Ich bin mir sicher, weil ich wahrscheinlich auch so handeln würde. Ein paar Momente lang hatte ich vorhin gehofft, ich könnte das zumindest bei Ella ändern, aber ... sie ist mindestens genauso gut darin, Dinge totzuschweigen, die sie zu heftig berühren, wie ich. Vielleicht hat sie auch Angst davor, dass andere zu viel in ihr Verhalten hineininterpretieren. Denn genau das tun Leute ständig. Sie heucheln Verständnis und am Ende bist du ja doch allein mit den Erinnerungen, die ohrenbetäubend laut scheppern, wann immer sie angefasst werden. Niemand versteht, wie es ist, seiner eigenen Familie in die Augen zu blicken und dabei vehement die Wahrheit zu unterdrücken. Wie es ist, nicht mit ihnen weinen zu können, ohne sich dabei wie ein Heuchler zu fühlen.

Wieso nehme ich mir eigentlich raus anzunehmen, dass Ella ein genauso verkorkster Mensch ist wie ich? Wir kennen uns erst seit ein paar Wochen. Und was heißt eigentlich kennen? Wir sehen uns hin und wieder, trifft es eher. Mehr ist da nicht, oder?

Und wir hatten Regeln, Sex-Regeln.

Diese zu brechen, Ella zu küssen und sie vorhin mit der Info zu bedrängen, wie sehr ich sie brauche – das alles war eine ganz und gar beschissene Idee. Weil ... es funktioniert einfach nicht. Sonst wäre Ella jetzt hier. Zumindest interpretiere ich das so. Kann natürlich falsch sein, weiß ich selbst. Dafür müsste ich aber mit ihr darüber reden und da sie mir nicht auf meine Nachricht antwortet, schließt sich der Kreis für mich erst mal.

Pure Ablehnung. Ich werde im Stich gelassen, bin es nicht wert. Etwas anderes kann ich gerade nicht sehen, was ich eigentlich nicht zulassen will, aber ich schätze, da habe ich wenig mitzureden. Abgelehnt zu werden, das rede ich mir zumindest erfolgreich ein, ist eben genau das, was ich kenne und verdiene. Das stimmt so nicht, weil ich doch derjenige bin, der in Wirklichkeit ständig ablehnt. Aber wer will denn so einen Scheiß hören?

Noch einmal kontrolliere ich mein Handy. Ella lässt noch immer nichts von sich hören. Nichts zu sagen, ist aber auch eine Antwort, oder? Damit kenne ich mich aus.

Ich schiele auf die Ginflasche im Regal gegenüber meinem Bett, weil ich gerade nicht weiß wohin mit den ganzen Fragen im Kopf und den Gefühlen, die schwer gegen meinen Brustkorb drücken. Die Flasche ist nur noch zu einem Viertel gefüllt. Ich habe ungewohnt lange keinen Alkohol mehr getrunken und wenn ich vernünftig bin, dann fange ich auch nicht wieder damit an. Ria muss die ganze Nacht über arbeiten, sollte ihr Vater also Hilfe brauchen, muss ich das übernehmen. Es ist nur ... ein, zwei Schlucke würden bestimmt genügen, um von diesem verdammten Trip runterzukommen – früher war das zumindest so.

Seit ich Zeit mit Ella verbringe, hat sich das verändert. Wie angreifbar mich diese Erkenntnis machen könnte, ist mir bewusst, und genauso registriere ich eine weitere Sache: Ella ist nicht hier, die Flasche Gin hingegen schon.

Manchmal sind Entscheidungen anscheinend einfacher als gedacht oder ich bin schlichtweg ein so guter Schauspieler geworden, dass ich mich mittlerweile auch ausreichend glaubwürdig selbst belügen kann.

Ich stehe auf, greife nach der Flasche, öffne den Verschluss und trinke direkt daraus. Ein riesiger Schwall bitter-scharfer Flüssigkeit dringt in meinen Mund und von dort unmittelbar in die trockene Kehle. Der Scheiß brennt auf der Zunge wie Feuer. Jetzt könnte ich mich noch zurückhalten, stattdessen setze ich den kühlen Flaschenrand erneut an und trinke, trinke, trinke. Bis nur noch ein winziger Rest Flüssigkeit darin zurückbleibt und ich mir wünsche, sie würde sich einfach von selbst wieder auffüllen.

Ich gehe zurück zu meinem Bett und nehme gerade mein Handy in die Hand, als es einen Signalton von sich gibt. Perplex starre ich aufs Display. Ich habe vorhin absichtlich die Lautstärke hochgedreht, damit ich sofort darauf reagieren kann, falls Ella sich meldet. Ich habe eine neue Nachricht von Matthias, die ich aufgrund des Alkohols ohne Zögern lese.

Konntest du die Sprachnachricht schon
abhören? Es tut mir leid, Otis, aber Linus'
Mutter findet sicher eine Lösung.

Es dauert ein paar Sekunden, die ich mich gegen die weiße Wand neben meinem Bett lehne und mit leicht geöffneten Lippen an die Zimmerdecke starre, bevor ich mich zu der Entscheidung durchringe, seine Sprachnachricht abzuhören. Das sollte ich in meinem aktuellen Zustand wahrscheinlich nicht tun, denn ... es kann nicht sein, dass ich mich erst betrinken muss, um in der Lage zu sein, eine Nachricht von meinem Vater anzuhören. Wie lächerlich ist das eigentlich?

Mit ein paar Promille im Hirn ist da nämlich urplötzlich die schwache Hoffnung, dass ich der zu erwartenden Einladung zu ihrer Verabschiedung in zwei Wochen gelassener entgegentreten kann, als mir das bisher möglich war. Wenn ich mir davor auch etwas einschmeiße, dann –

Jetzt fluche ich, weil es doch nicht so schwer sein kann zuzugeben, wie sehr ich Linus in meinem Leben brauche, genauso wie einen Vater. Wie schlimm ich meinen Bruder jetzt schon vermisse und wie groß meine Panik davor ist, ihn zu verabschieden. Was ist, wenn er weint? Wenn ich weine? Wenn …

Ellas Abwesenheit nährt meine Ängste und der Alkohol sorgt kein bisschen dafür, dass das Gedankenwirrwarr endlich die Fresse hält. Vielleicht wirkt der Gin zusammen mit zu wenig Schlaf ja wie ein Katalysator? Gott! Warum benehme ich mich denn so albern? Wieso macht mir das alles so sehr zu schaffen? Kann ich nicht so tun, als wäre alles in Ordnung? Warum mache ich mir nicht weiterhin vor, dass ich klarkomme? Und wieso zur Hölle habe ich die Sprachnachricht noch immer nicht abgehört?

Es ist doch mittlerweile egal geworden, ob ich nach rechts, links, nach vorne oder zurück laufe … überall nur Lügen, Angst und Selbsthass. Daran ändert eine winzige Sprachnachricht meines Vaters auch nichts mehr.

Das hier ist alles meine gerechte Strafe.

Ich scrolle im Chatverlauf ein Stück hoch und tippe auf das Abhörsymbol, nur um die Nachricht augenblicklich wieder zu stoppen, bevor ich Matthias' Stimme überhaupt hören konnte. Nur ein trockenes Räuspern. Das ist sehr, sehr geil. Ich bin ein voll ausgebildeter Polizist mit Panik vor einer verfickten Sprachnachricht.

Mit beiden Händen fahre ich mir übers Gesicht und schiebe die Strähnen, die mir in die Stirn hängen, so heftig zurück, dass ich trotz Alkohol Schmerz fühle. Ich kämpfe dagegen an, mein Haar platt zu drücken, und dann … spiele ich die Nachricht ab.

»Hallo, Otis«, sagt er und die Anspannung in seiner Stimme ist nicht zu überhören. »*Ich mache es kurz: Wir sind bereits gestern nach Hannover umgezogen.*« Lange Pause. Ein Räuspern. Noch eins. Er atmet tief ein und wieder aus. »*Es tut mir leid, nun ging doch alles schneller als geplant. In der Zweigstelle haben zwei Leute gekündigt und sie haben mich dort zügig gebraucht. Nun, ich schätze, das kannst du nachvollziehen. Es blieb keine Zeit mehr, mich zu verabschieden. Ich hoffe, es macht dir nichts aus, dass es nun nur eine Sprachnachricht geworden ist. Du kannst uns jederzeit besuchen, kündige dich einfach ein paar Tage vorher an, damit Linus' Mutter Bescheid weiß.*« Wieder eine Pause. »*Sie meint, er würde sich bestimmt freuen …*«

Und Matthias nicht oder wie soll ich seine Worte begreifen?

Ich schmeiße das Handy aufs Bett, womit die Stimme meines Vaters abrupt verstummt. Was ich gehört habe, reicht aus, um meinen Brustkorb endgültig zu zerquetschen. Meine Kehle ist staubtrocken und ich habe keinen Tropfen Alkohol übrig, um das Problem anzugehen. Die Nachricht sollte mir nichts ausmachen. Matthias kennt mich ja kaum. Wir sind uns vor einem Jahr das erste Mal begegnet und seither hatte ich im Grunde mehr Kontakt zu Linus oder dessen Mutter. Aber es tut höllisch weh. Dass er wegzieht, der verfickten Arbeit wegen. Dass er glaubt, ich hätte Verständnis dafür. Dass er mich damit im Stich lässt, sich nicht verabschiedet, mir nicht sagt, dass er mich wiedersehen will, und dafür Linus vorschiebt. Dass ich mich in seinem Verhalten auch noch wiedererkenne.

Wahrscheinlich geht es hier gar nicht um meinen Vater. Ich habe einfach eine riesige Sehnsucht nach einem Ort, an dem ich nicht ausschließlich verzweifelt das bisschen Otis, das seit dem Tod meiner Mutter übrig geblieben ist, am Laufen halte. An dem ich keine Scheißmaschine sein muss. Ich will nur, dass mir irgendwer sagt, dass allein der Versuch, genau das jahrelang für Ria und ihren Vater versucht zu haben, mutig ist. Und nicht erbärmlich und verlogen und asozial.

Ich unterdrücke ein Schluchzen, das sich trotz trockener Kehle anbahnt. Ich will nicht heulen.

Also schalte ich mein Handy ein und antworte meinem Vater auf seine Sprachnachricht ein knappes *Geht klar.* Sicher kann ich mich einfach wieder an den Gedanken gewöhnen, keinen leiblichen Vater oder Halbbruder zu haben. Das hat doch die drei Jahre zwischen Mamas Tod und unserem ersten Treffen auch gut funktioniert? Aber das tut es jetzt nicht mehr. Selbst in ein paar Jahren wird da noch immer die Lücke sein, die er und Linus in mir hinterlassen. Das erste Mal seit ich beide kenne, entwickelt sich in mir ein Gefühl, das mich bereuen lässt, nach jahrelangem Ringen mit mir selbst Kontakt zu ihnen gesucht zu haben. Ich hasse es. Flucht, Verdrängen, bloß nicht mit mir auseinandersetzen – das ist alles, was ich draufhabe, oder?

Ich habe meine Mutter verloren und gemeinsam mit ihr auch das selbstverständliche Gefühl von Geborgenheit innerhalb einer Familie. Nie habe ich so eindeutig kapiert wie in diesem Augenblick, dass ich damit auch mich selbst verloren, mich im Stich gelassen und aufgegeben habe. Warum kommt die Erkenntnis so spät? Und wieso erst nach viel zu viel Gin?

Ich schätze, bisher empfand ich meinen erbärmlichen Zustand als nicht weiter tragisch.

Jetzt dominiert er plötzlich meinen benebelten Verstand, womit ich nicht besonders gut umgehen kann. Und in dem Moment leuchtet auch noch mein Handydisplay auf.

Ella: Es tut mir leid, dass ich dir erst jetzt schreibe, aber mir ist etwas dazwischengekommen. Ich weiß nicht, ob ich dir das einfach so in einer Nachricht erklären kann oder überhaupt jemals. Es wäre keine gute Idee, wenn ich jetzt noch vorbeikomme, weil ... okay, ich habe keine Begründung und auch keine Entschuldigung dafür. Ich verhalte mich unfair und dafür schäme ich mich. Eigentlich will ich bei dir sein. Du hast nichts getan, um mich davon abzuhalten. Das war jemand anders. Es ist nicht deine Schuld.

Das war jemand anders. Der Unbekannte aus Kanada? Ellas Ex? Wieso habe ich eigentlich nie weiter nachgefragt? *Es ist nicht deine Schuld.* Was denn genau, Ella? Es gibt so viele Dinge, die ich in meinem Leben verbockt habe, dass ich die Realität wohl mittlerweile aus den Augen verloren habe. Ich kann nichts dafür, dass wer auch immer unbedingt jetzt dazwischenfunken muss. Ich kann nichts dafür, dass er Ella so aus der Bahn wirft, dass sie keine Zeit mehr für mich hat. Oder dass mir das mehr zusetzt, als es womöglich sollte. Ich kann nichts dafür, dass ich mich verflucht noch mal in diese Frau verliebt habe. Und dass das vielleicht das Dümmste ist, was ich je getan habe.

Das stimmt nicht. Nichts toppt die Tatsache, dass ich Gloria und ihren Vater seit vier Jahren belüge und jetzt auch noch zu feige bin, für den anderen Teil meiner Familie zu kämpfen. Das lastet alles schwer auf meinen Schultern. Aber ich bin nicht schuld, dass meine Mutter mir die Wahrheit so lange verschwiegen hat, bis es nicht mehr ging. Oder dass sie mich ungefragt vor eine unmögliche Wahl gestellt hat: Linus oder Gloria, Papa oder der Mann, der meine Windeln gewechselt hat, Dino oder Biber. Ich habe mir das alles nicht ausgesucht! Es ist nicht meine Schuld.

Ich will heulen und das tue ich jetzt auch. Ich bin einfach nur ein stinknormaler Typ, der eine Familie will. Eine, die ich nicht belüge und in der alle voneinander wissen.

Erst nach Mitternacht habe ich mich ausreichend beruhigt, dass ich eine Nachricht an Ella hinbekomme.

Das hast du jetzt davon, Ella. Ich erzähle dir von meinen Träumen, was so ungefähr das Intimste ist, das man tun kann, oder? Manchmal träume ich, dass ich in einem riesigen Gebäude stehe. Um mich herum tanzen Zigtausend Menschen. Sie sind alle frei und ausgelassen. Doch sie starren mich an. Nur eine einzige beschissene Frage spiegelt sich in ihren Blicken wider: Was zur Hölle versteckst du hinter deiner Maske?
Bisher endete der Traum jedes Mal mit ihren fragenden Blicken. Doch in der Nacht, in der wir zusammen am Spreeufer tanzten, da träumte ich ihn weiter. Ich sah, dass ich in Wirklichkeit ganz alleine in dem riesigen Gebäude stehe, wie in diesem Psychothriller mit Johnny Depp, in dem er am Ende begreift, dass er selbst der Mörder ist.
Die Frage nach dem, was hinter der Maske verborgen liegt, stelle ich mir ganz allein selbst. Da ist sonst niemand. Da war immer nur ich. Ich und die Angst, dass ich das, was irgendwann einmal hinter der Maske existierte, vor vier Jahren zusammen mit meiner Mutter beerdigt habe …

WHAT HURTS THE MOST
WAS BEING SO CLOSE
AND HAVING SO MUCH TO SAY
ABER WIE … WIE UM ALLES IN DER WELT
KRIEGE ICH DAS HIN?

Ella

Mein Vater.

Perplex starre ich auf das Handydisplay. Der plötzliche Drang, seinen Anruf anzunehmen, ergibt null Sinn. »W-was willst du?«, flüstere ich mir selbst zu. »I-ich darf nicht mit dir reden wollen. Ich brauche dich nicht.«

Mama und ich sind, seit ich drei bin, alleine, aber ich hatte nie das Gefühl, dass irgendjemand fehlt. Ich habe keine festen Papa-Umarmungen gebraucht, keine sicheren Papa-Küsse auf den Scheitel. Keine peinlichen Papa-Witze, keine Papa-Begeisterung, als ich das erste Mal ohne Stützräder Rad fuhr. Ich habe das alles nicht vermisst – es war jedes Mal genug, wenn meine Mama da war.

Aber das hat sich verändert, als Papa sich vor Wochen zum ersten Mal bei mir meldete.

Und es war auch nicht immer alles schöner ohne einen Vater. Viel zu oft habe ich im Internet nach seinem Namen gegoogelt, habe versucht jemanden kennenzulernen, der mich bis vor Kurzem nicht in seinem Leben wollte. Meine Mutter hätte mir alles über ihn erzählt, hätte ich sie jemals nach ihm gefragt. Das nicht zu tun, war richtig, denke ich.

Manchmal hat es mich regelrecht unter Druck gesetzt, dass sie nie schlecht über meinen Vater gesprochen hat. Sie muss doch schrecklich unter der Trennung gelitten haben, was sie mich nie auch nur den Bruchteil einer Sekunde hat spüren lassen. Mama war immer stark und sie war immer für mich da.

Ich brauche keinen Vater.

Der Bildschirm ist noch immer von seinem eingehenden Anruf erhellt.

Ich brauche keinen Vater. Ich sollte nicht, aber ich ... ich ... kann nicht verhindern, dass meine Finger über das Display wischen. Es ist eine Sehnsucht, ein Reflex. Es geschieht einfach so.

»Ella?« Papas Stimme.

Meine Finger zittern, als ich das Plastikgehäuse mit ihnen umfasse und mein Handy so stumm ans Ohr führe.

»Ella?«, wiederholt mein Vater. Er hat eine tiefe Stimme, die ein ganz kleines bisschen knarzt. Knarzen – so nennt Mama das Geräusch, das hin und wieder auch in meiner liegt. Und das Schlimmste ist, dass dieses eine Wort, mein Name, etwas in mir auslöst, das ich nicht so recht greifen kann. Wärme? Etwas Väterliches? Liebevolles? Noch mehr Sehnsucht? Es ist ein Gefühl, als würde er mir mit einem kleinen Lächeln direkt in die Augen sehen.

Bis Weihnachten bin ich wieder zurück. Die Erinnerung lässt mein Herz stolpern, denn er ist nie mehr aus Kanada zurückgekehrt. Vor lauter Aufregung entfährt mir ein leises Schluchzen.

O Himmel, bin ich komplett übergeschnappt, auf meinen Namen hin ins Telefon zu jammern und ... seinen Anruf überhaupt erst anzunehmen?

Natürlich fühlt er sich dadurch nun gezwungen, irgendetwas zu sagen ... etwas Beschwichtigendes, eine lahme Entschuldigung. Ich weiß es nicht. Aber in der Sekunde, als auch er schluchzt, kaum wahrnehmbar, sodass ich denke, vielleicht auch nur das hohle Echo meines eigenen quälenden Geräuschs zu hören, öffnen sich in meinem Kopf alle Schleusen.

Ich presse schnell die flache Hand gegen meinen Mund, nehme

noch ein Kissen zu Hilfe und versenke mein glühend heißes Gesicht darin.

Mein Vater weint.

Ich weiß nicht, ob ich deshalb wild schreien oder lachen soll. Ist es das erste Mal, dass er wegen mir eine Träne vergießt oder ... Nein, stopp, jetzt wird es lächerlich. Es ist nach zehn, ich hocke, das tränennasse Gesicht in mein Kopfkissen gepresst, auf meinem Bett und telefoniere das erste Mal seit siebzehn Jahren mit meinem Vater. Das ist schon absurd genug. Niemand von uns beiden sagt auch nur ein einziges Wort und vielleicht denkt sich mein Vater ja gar nicht so viel dabei wie ich. Außer dass er die vergangenen Wochen über zigmal angerufen und unzählige Nachrichten geschrieben hat und es verrückt ist, dass ich gerade heute ans Telefon gehe.

Das Ganze ist so bescheuert, dass ich augenblicklich auflegen würde, wenn ich nicht selbst davor Angst hätte. Wahrscheinlich geht es meinem Vater ähnlich, denn er sagt abermals meinen Namen.

Um mir wenigstens ein bisschen Restwürde zu bewahren und meinen Vater davon abzuhalten, erneut etwas ins Telefon zu stammeln, räuspere ich mich zweimal und sage: »Hi.«

Nicht. Mein. Verdammter. Ernst?

»D-du bist rangegangen«, erwidert er sofort, als hätte er Sorge, dass ich sonst auflege. »Ich hab so viele Fragen, aber –«

»Ich will keine davon hören.«

»Das ist in Ordnung.«

Dass ich die ganzen Jahre vollkommen danebenlag, was meine Erinnerungen an ihn anbetrifft, beweist mir diese Reaktion. In meiner Vorstellung hat er pausenlos auf mich eingeredet, mir eine Million Entschuldigungen präsentiert und mich mit seinen Worten in eine Sackgasse gedrängt, wo ich mir hilflos und einsam vorkam.

Doch ... anscheinend habe ich keinen blassen Schimmer, wie

mein Vater wirklich ist. Also der Mann, der am anderen Ende der Leitung schon wieder schweigt und der mich und meine Mutter in meinem dritten Lebensjahr einfach für eine Frau in Kanada hat sitzen lassen. Die hatte er in den Monaten zuvor während ein paar seiner Geschäftsreisen kennengelernt und ein Kind mit ihr gezeugt, das ihm wichtiger war als ich. Ich weiß nicht, wie ähnlich ich meiner Halbschwester bin. Aber ich bin mir ziemlich sicher, dass ich auch das niemals herausfinden will.

Manchmal habe ich mich gefragt, ob es ausreichen würde, wenn ich an einer unheilbaren Sache erkrankt wäre. Hätte mein Vater sich wenigstens dann für mich interessiert? Oder hätte er auch in diesem Fall nie Kontakt zu mir gesucht und sich lieber um meine Halbschwester gekümmert? Sie geliebt und ...

Wieder schluchze ich. Abermals imitiert mein Vater das Geräusch.

Ich höre ihn schlucken, weshalb ich darauf warte, dass jetzt endlich die beschissene Entschuldigung kommt, die ich ohne unnötigen Kommentar annehmen und ihn danach nie wieder hören und erst recht nicht sehen werde. Aber er sagt kein einziges Wort. Stattdessen weint er und auch ich merke, wie sich immer mehr Tränen ihren Weg durch meine Wimpern bahnen.

Ich hatte eine Mutter, hämmere ich mir verzweifelt ins Hirn. Das ist doch ... es ist genug, oder nicht? Es war immer genug. Sie hat mir nie den Kontakt zu meinem Vater verboten – im Gegenteil, das habe ich schon ganz alleine getan. Mama hat mich oft gefragt, ob ich Papa sehen will, und mir versprochen, genügend Geld zusammenzukratzen, damit ich ihn in den Ferien besuchen kann.

Ich will die ganzen alten Wunden nicht aufreißen, aber das liegt gerade gar nicht in meiner Hand. Ich habe jeden Kontaktversuch abgeblockt, weil ich Angst vor der Person hatte, die mir am Flughafen ein Versprechen gegeben hat, das sie nicht bereit war zu halten. Ich hatte Angst vor dem, was sie in mir zerstören kann, und habe das auch jetzt noch. Vielleicht schlimmer als je zuvor. Denn zum ersten Mal sehe ich ganz klar auch die Verwüstung, die ich freiwillig selbst all die Jahre in mir angerichtet habe.

Warum legt er nicht einfach auf? Dann kann ich ihn einfach weiter aus der Ferne verabscheuen. Falls das überhaupt jemals wieder geht. Vielen Dank, Papa.

»Ella? Bist du noch dran?«

»Ja.«

»Gut.«

Das war's? Mehr kommt daraufhin nicht?

Ich öffne den Mund und versuche krampfhaft darüber hinwegzulachen oder irgendetwas Belangloses zu erzählen. Aber ich kann es nicht. Und ich weiß noch nicht einmal warum. Ich will das alles nicht. Immer war ich der Meinung, dass ich ihm, sollte es je zu diesem Gespräch hier kommen, einfach eine Steilvorlage gebe, mit Hilfe derer er sich selbst verleugnen und wieder aus meinem Leben verschwinden kann. Doch urplötzlich ist mein Kopf wie leer gefegt. Wahrscheinlich habe ich unterschätzt, wie schlimm mich allein der Klang seiner Stimme fertigmacht.

»Es ist okay, dass du gerade nichts sagst«, redet er plötzlich los. »Mir fällt es auch wahnsinnig schwer, nach den richtigen Worten zu suchen, und dabei kannst du mir nicht helfen, denn, das ist nur eine Vermutung, ich glaube, du kennst sie selbst nicht.«

Als er es laut ausspricht, kapiere ich, wie sehr mich die Tatsache belastet, dass ich den Anruf aus einem Gefühl heraus angenommen habe und nun mit leer gefegtem Kopf auf meinem Bett sitze, obwohl jahrelang zig Millionen Worte für ihn durch meinen Kopf geschossen sind. »E-es ist schon ...« Nein! Alles, nur nicht das. Ich bestätige ihm ganz sicher nicht, dass es klargeht, seine Tochter in Deutschland sitzen zu lassen, weil es da ein anderes Kind mit einer, keine Ahnung, besseren Frau gibt als meine Mutter. Denn das tut es nicht! So was geht nie klar. Aber ich habe ihn ja auch nicht gebraucht, oder? Ich bin mit der großartigsten Mutter der Welt aufgewachsen und aus mir ist etwas geworden! Es ist etwas aus mir geworden, verdammt! Jemand, die sich nicht versteckt und auch nie wieder etwas verleugnet. Scheiß doch auf den Typen am anderen Ende der Welt.

»Du kannst für diese Situation nichts«, sagt er da. »Dass ich gegangen bin, ist nicht deine Schuld. Deine Mutter ...«

»Wage es nicht«, stoße ich hervor und hasse mich dafür, dass meine Stimme dabei schlimmer zittert als die Male davor. »Du bist gegangen. Du.«

»Das stimmt.« Er bestätigt es ohne Zögern und mit einer überraschenden Klarheit in der Stimme, die mich zusammenzucken lässt. Wie kann so viel zwischen den Zeilen mitschwingen, obwohl er nur zwei Worte sagt? »Es ist eine unangenehme Situation, in die ich dich mit diesem Anruf ohne Vorwarnung gebracht habe, na ja, und irgendwie auch mich«, probiert es mein Vater erneut.

»War ja nicht ganz ohne Vorwarnung.« *Warum habe ich das gesagt?* Sind wir nun doch wieder bei meinem langjährigen Plan, ihn einfach dazu zu verleiten, mir endgültig zu beweisen, was für ein Arschloch er ist?

Als hätte er meine stille Frage gehört, lacht er auf. Nur dass sein Lachen weder bitter noch überheblich klingt, sondern unsicher. »Ich habe dich in den letzten Wochen ein paarmal angerufen und auch Nachrichten geschrieben, das stimmt. Doch wenn ich ehrlich bin, muss ich zugeben, dass ich mir jedes Mal innerlich gewünscht habe, du mögest nicht rangehen oder antworten. Absurd, oder?«

Kein bisschen. »Ich wollte es und ich wollte es nicht. Mit dir reden, meine ich. Aber jetzt, wo ich deine Stimme höre ... darf ich dich fragen, ob du zurechtkommst?«

»Meine Mutter hat einen hervorragenden Job gemacht, falls du darauf hinauswillst.« Ich bin selbst überrascht, wie klar und forsch das herauskommt. »Keinen Plan, wie viel du weißt, aber sie hat sich dumm und dämlich gearbeitet und das Geld hat trotzdem nie zu mehr gereicht als einer winzigen Wohnung in einer heruntergekommenen Plattenbausiedlung. Ich weiß, was du von mir erwartest, aber ich tue dir diesen Gefallen nicht.« Ich schlucke, ziehe dann das dämliche Kissen unter meinem Kopf weg und richte mich auf. »Danke, dass du gegangen bist. Mein Leben wäre beschissen gewesen, wärst du ein Teil davon geblieben. Ich hatte die allerschönste Kindheit und jede einzelne Sekunde will ich gegen nichts in der Welt eintauschen. Ich bin glücklich. Ohne dich. Ich bin eine starke Frau, die weiß, was sie im Leben will, und die sich nicht unterkriegen lässt, am allerwenigsten von einem Mann.«

Kurz ist er vollkommen still und dann plötzlich: »Ich weiß: When boys come with the intention of hurting you, give'em hell, darling!«

Scheiße, was? Das ist das Motto der *Dirty Feminists*. Er hat sich meine Videos angeschaut und den dazugehörigen Social-Media-Kanal? Will er mir das damit sagen? Auf eine ganz seltsame Art berührt mich das nun. Obwohl mich mit ihm im Grunde nichts verbindet, obwohl ich diesen fremden Mann mittlerweile in einem vollgestopften Flughafengebäude nicht mehr wiedererkennen würde. So weiß ich jetzt eben auch, dass er sich für das interessiert, was mir alles bedeutet: meine Musik.

»Du wirst mir das nicht glauben, aber als ich in deinem Alter war, habe ich überall in Berlin kleinere Raves veranstaltet. Das war mitten in der Eurodance-Hochphase in den Neunzigern.« Er lacht. »Loveparade? Hat uns nicht interessiert! Bei uns war nichts mit fettem DJ-Pult.«

Fett? Hat mein Vater gerade ernsthaft dieses Wort benutzt?

»Anfang der Neunziger war ich stolzer Besitzer von zwei Kassettendecks und einem selbst gebauten Mischpult mit einer Klangregelung pro Kanal. Überblendung und Beat habe ich ziemlich oldschool haargenau gemixt, glaubst du mir das?«

»Im Leben nicht!«, platzt es aus mir hervor. »Wie stell ich mir das vor?«

»Wir waren auf den Berliner Straßen unterwegs, haben mitten unter den Menschen einfach Musik gemacht. Es war der Wahnsinn! Alle waren ausgelassen und frei. Und leider war es auch nicht ganz legal, aber mit der Polizei hatten wir sowieso ständig Stress.«

Ich starre auf das Kissen neben mir. Dort, wo meine Tränen den Stoff durchgeweicht haben, ist das Hellblau dunkler. Ich frage mich, ob es stimmt und ich wirklich so reif und stark bin, wie ich sein will. Denn dann gehe ich jetzt einfach auf seinen Versuch ein, eine Verbindung zwischen uns herzustellen, auch wenn ich es scheiße finde. Aber zumindest weiß ich, dass er ehrlich ist. Bei der Google-Recherche habe ich uralte Zeitungsartikel über meinen Vater gefunden, die irgendwer eingescannt und online archiviert hat und in denen genau das zu lesen ist, was er mir gerade beschrieben hat. Also ...

»Klingt aufregend.« Sorry, aber ich bringe es nicht über mich.

»Mit eurem neumodischen Kram hat das natürlich nichts zu tun. Sicher nutzt du ein Tablet –«

»Es ist schon spät«, unterbreche ich ihn mit leiser Stimme, weil es mir so unangenehm ist. Aber das Gespräch verläuft in etwa so, wie ich in der Vergangenheit befürchtet habe. Wenn wir noch mehr Gemeinsamkeiten finden, noch lockerer miteinander umgehen, dann fühlt es sich an, als würde ich meine Mutter betrügen. Mein schlechtes Gewissen meldet sich schon jetzt wie auf Knopfdruck. Ich liebe meine Mutter. Sie verdient es nicht, dass ich hinter ihrem Rücken heimlich mit meinem Vater telefoniere.

Dieser seufzt nur leise, als hätte er mit solch einer Reaktion gerechnet, und ... da ist noch etwas? Ist er froh darüber, dass sie so lange auf sich hat warten lassen? Dabei kommt es mir vor, als hätte ich seine Erzählung unmittelbar unterbrochen, doch ein kurzer Blick auf die Zeitanzeige auf dem Handydisplay beweist, wie falsch ich damit liege. Es ist kurz vor elf, was bedeutet, dass wir seit über einer halben Stunde telefonieren?

»Ich bin glücklich, dass wir miteinander reden konnten«, sagt mein Vater, einen Moment nachdem ich das Handy wieder zwischen Schulter und Ohr geklemmt habe. »Es gibt auch einen Grund, weshalb ich anrufe: Ich werde im Dezember fünfzig, und, nun, ich möchte diesen Tag mit meiner Familie feiern. Meiner ganzen Familie.«

Jetzt habe ich einen verdammten Kloß im Hals, der anschwillt, weil ich hören kann, wie mein Vater schluckt, bevor er noch anfügt: »Meine Frau und Liz wissen schon lange Bescheid, sie unterstützen meinen Wunsch, meinen zweiten Lebensabschnitt mit mehr Ehrlichkeit zu beginnen. Du musst mir jetzt nicht zusagen und selbst wenn du erst einen Tag vor dem 20. Dezember entscheidest, herkommen zu wollen ... ich werde dir einen Platz in einem Flieger besorgen. Ich ... Ella ... ich ...«

»Okay«, gehe ich dazwischen, denn verdammt noch mal, was wäre denn jetzt noch gekommen? *Ich lasse dich nie wieder im Stich? Lasse dich nie wieder los?* Das hätte ich nicht ertragen, weshalb ich ganz neutral und sachlich ergänze: »Ich denke darüber nach.«

»Du hast vorhin etwas in deiner wundervollen Rede über dich selbst vergessen: Du bist unfassbar mutig, Ella. Der mutigste Mensch, den ich kenne, der diesen Anruf angenommen und einem alten Mann gehörig in den Arsch getreten hat. Dafür danke ich dir. Ich schätze, ich kann vieles von dir lernen, und ich bin definitiv bereit dazu.« Er räuspert sich und dann knackt es kurz in der Leitung. »Dein Mut ist meine größte Hoffnung.«

Daraufhin murmelt er eine Verabschiedung, die ich knapp erwidere, und legt auf.

Nachdem ich mein Handy aufs Bett gepackt habe, atme ich tief ein und wieder aus. Definitiv mehrere Minuten lang.

Dein Mut ist meine größte Hoffnung.

Mein Vater spricht mir mehr Mut zu als sich selbst. Ich *könnte* in der Lage sein, in ein Flugzeug zu steigen, nach Kanada zu fliegen und ihm die Hand zu reichen. *Könnte*, weil ich es letztendlich nie tun werde. Oder?

Dass ich mutig bin, weiß ich. Vielleicht kennt mein Vater nicht viele Leute, denn ich bin ganz sicher nicht mutiger als meine Mutter, aber ich würde schon sagen, dass ich meistens mehr Mut aufbringe als, keine Ahnung, Otis, und der ist schließlich Polizi-Otis.

Ich komme mir plötzlich so vor, als stünde ich in einem riesigen, vollgestopften Club. Seit Beginn des Gesprächs mit meinem Vater trage ich Noise-Cancelling-Kopfhörer, weshalb ich erst jetzt wieder meine Umgebung wahrnehme, meinen rasenden Puls und die tauben Gliedmaßen. Im selben Moment erinnere ich mich an das Telefonat mit Otis, das dem mit meinem Vater vorausgegangen ist. Perplex greife ich nach meinem Handy. Ich habe Otis versetzt, nachdem er mir gestanden hat, dass er nicht alleine sein will. Wie respektlos ist das bitte? In der ganzen Aufregung um meinen Vater habe ich schlichtweg vergessen, dass ich zu ihm fahren wollte, und jetzt prallt die Scham darüber, ihn einfach sitzen gelassen zu haben, mit voller Wucht gegen mich.

Ich muss ihm genau das schreiben, denn wenn man einen Fehler macht – puh, ich schätze, dann muss man dafür geradestehen.

Nach einer halben Stunde habe ich auf meine Entschuldigung jedoch noch immer keine Antwort von Otis erhalten. Er hat meine Nachricht gelesen, aber das, was ich ihm zu sagen hatte, war vielleicht einfach nicht genug. Ich könnte es verstehen, denn es gibt keine Entschuldigung für mein Verhalten, doch ich glaube, ich wäre bereit gewesen, heute eine Maske abzuziehen, die ich seit Jahren trage. Ich verstehe, dass ich sie getragen habe, weil ich die Person, die ich mit ihrer Hilfe erschaffen habe, mag. Wirklich mag. Doch sie hat auch riesige Probleme, ihre Gefühle zuzulassen, und ist wirklich mies darin, mit anderen zu reden. Ich bin froh, dass Otis es die vergangenen Wochen über irgendwie geschafft hat, mir das bewusst zu machen. Das meine ich ernst.

Ich unterdrücke das überforderte Schluchzen, das sich in meiner Kehle anbahnt, und lenke mich damit ab, kurz ins Bad zu gehen, wo ich mir meinen Schlafanzug anziehe und die Zähne putze. Als ich zurückkomme, finde ich endlich eine Mitteilung auf meinem Display. Otis' Nachricht ist unendlich lang und sie beginnt mit: *Das hast du jetzt davon* ...

Damit, dass Otis wütend auf mich ist, habe ich gerechnet, was aber nicht bedeutet, dass ich seine Schuldzuweisungen in meinem jetzigen Zustand bereit bin zu ertragen.

Ich lege das Handy zur Seite und sammle meinen Slip von der Monstera. Ernsthaft? Ich könnte gleich schon wieder heulen. Wie schnell kann sich alles verändern? Vor drei Stunden habe ich es mir noch vor Otis' Augen selbst besorgt. Und jetzt? Jetzt bin ich zum Fünfzigsten meines Vaters eingeladen und wage es noch nicht einmal, Otis' Nachricht zu lesen.

O Mann. Scheiß drauf!

Ich schnappe mir mein Handy. Das kaputte Ding zeigt mir auf seinem Display keine Mitteilung mehr an, weshalb ich den Chatverlauf öffne. Aber ...

Nichts. Na ja, das stimmt nicht ganz, denn da steht schon etwas:

Diese Nachricht wurde gelöscht.

»DREI FRAGEN, STELL IHNEN NUR DREI FRAGEN, LIEBLING. VON ALLEN DREIEN IST DIE ERSTE DIE ALLERWICHTIGSTE. WOVOR HAST DU ANGST?«

Otis

Ella: Die Frage, wovor ich Angst habe, möchte ich neu beantworten. Es sind gelöschte Nachrichten. Die ehrlichsten Nachrichten sind nämlich die, die man vor dem Abschicken löscht. Sagt man das nicht so? Verdammt, Otis. Immerhin kam nach der gelöschten Nachricht keine weitere, in der so was steht wie: Haben Sie eine schöne Restwoche, Frau Nowak. Das hätte mich noch mehr verrückt gemacht. Okay, ich bin auch so schon völlig durch, sonst würde ich dir wohl kaum einfach das runtertippen, was mir gerade spontan durch den Kopf geht. Wahrscheinlich denkst du, dass meine Absage irgendetwas an meinen Gefühlen für dich ändert, aber das stimmt nicht. Ganz und gar nicht. Ich bin gerade einfach durcheinander und auch verletzt. Nicht wegen dir! Ich hasse es, wie kryptisch ich bin. Das ist nicht fair. Aber ich fühle mich so hilflos und einsam und ich glaube, ich kapiere gerade, dass es dir genauso geht, oder? Wir dürfen gerade eigentlich nicht alleine sein. Aber jetzt sind wir es. Wegen mir. Das ist nicht in Ordnung. Nur weil ich es nicht gebacken kriege, dir die Wahrheit zu sagen, und auch ein winziges bisschen deshalb, weil ich eifersüchtig darauf bin, wie viel besser du die Vaternummer regelst. Verzieh jetzt ja nicht das Gesicht, Otis! Ich habe recht! Denn du redest mit mir darüber und ich schweige eisern. Dabei wäre es doch ganz einfach. So einfach, dass ich es hier schreiben kann? Ja. Ich habe gerade das erste Mal seit siebzehn Jahren mit meinem Vater gesprochen und ich habe keine Ahnung, was ich deswegen fühlen soll.

Beim Lesen der Nachricht geht mir unglaublich viel gleichzeitig durch den Kopf. Ich bin vor fünf Minuten mit dickem Schädel aufgewacht und wahrscheinlich ist das schon das erste Problem. Solche Nachrichten liest niemand vor dem ersten Kaffee, oder? Immerhin haben Ellas Worte das Potenzial, meinen Kopf zum Platzen zu bringen, und mein Scheißherz gleich mit dazu.

Mit einem Stöhnen rolle ich mich herum und stemme die Füße gegen das Kopfteil des Bettes. So kann ich besser nachdenken.

Ellas Nachricht kam um vier Uhr nachts. Wahrscheinlich hat mein Herz deshalb selbst im Schlaf angefangen zu stolpern. Ich muss ihr irgendetwas antworten, aber bis auf ein *Danke, dass du mir das gesagt hast* und *Ich bin nicht so stark, wie du denkst* fällt mir nichts ein. Beides ist ja mal so was von unangebracht.

Die erste Möglichkeit: viel zu unpersönlich. Genauso distanziert und wenig empathisch wie das, was ich so ähnlich Linus' Mutter an den Kopf geworfen habe: *Frau Zehnle? Schönen Abend noch.* Die zweite Möglichkeit: Sie schließt ziemlich nahtlos an meinen Egoismus an. Es geht jetzt nicht um mich und meine Probleme. Ich ertrage es nur nicht besonders gut, dass Ella mich als Helden darstellt, der ich ganz sicher nicht bin. Sonst würde ich jetzt rüber zu Gloria gehen und ihr die Wahrheit sagen. *Dabei ist es doch ganz einfach.* Ist es das wirklich? So einfach, dass ich endlich meine Lippen auseinanderkriege, um meine Lüge ein für alle Mal zu enttarnen? Sofort habe ich Puls, denn das hier könnte der letzte Moment sein, in dem Gloria noch nicht weiß, dass ich nur ihr Halbbruder bin. Der letzte Augenblick, bevor ich zuerst ihr und später ihrem Vater die Wahrheit sagen werde. Womöglich ja auch das letzte Mal, dass ich in diesem Bett aufwache, weil Gloria mich nach dem Geständnis kurzerhand auf die Straße setzt.

Es ist nicht meine Schuld. Das hat sich anscheinend gestern Nacht in meinen Schädel eingebrannt. Ich habe mich nirgendwo freiwillig fürs Lügen eingetragen, das hat meine Mutter für mich erledigt. Nur dass ich der Einzige bin, der sich auch wieder ausschreiben kann.

Gleich heute. Ich kann heute die Wahrheit sagen. *Werde.* Ich werde Gloria und ihrem Vater heute die Wahrheit sagen.

Davor texte ich Ella zurück.

> Ich habe die Nachricht gelöscht, weil sie mir peinlich war. Das ist alles.

Wirst du mir jemals erzählen, was darin stand?

> Nicht per WhatsApp.

Wahrscheinlich auch sonst nicht.

Darf ich dich anrufen? Können wir reden?

Ich schätze, bevor ich mit dir über irgendetwas reden kann, sollte ich erst mal Gloria
und ihrem Vater die Wahrheit sagen. Das wär
wichtig, oder? Ich kann mich schlecht von dir
als Held feiern lassen, wenn ich mich in der
Realität wie ein peinlicher Loser verhalte. Du
hast mit deinem Vater telefoniert, ich brauch
ein paar Promille im Schädel, um mir eine
Sprachnachricht von meinem anzuhören. Dir
steht jetzt wahrscheinlich jeder Kontakt zu
deiner Familie offen, ich bin kurz davor,
meine für immer zu verlieren, und habe
obendrein noch meinen Halbbruder Linus
verletzt. Ich bin beschissen in dieser
Nummer, Ella. Und bevor ich mit dir spreche,
ändere ich das.

Ich überfliege die Nachricht noch nicht einmal mehr, bevor ich auf
Absenden drücke und das Handy auf meinen Nachttisch lege. Spätestens beim zweiten Mal lesen hätte ich sie wieder gelöscht.

Bestimmt sind meine Worte zu angriffslustig, zu verletzend, zu
viel von allem.

Vielleicht sollte ich doch ... aber da kommt schon Ellas Antwort.

Rede mit ihnen! Und wenn du dazu bereit
bist – und mich nicht angelogen hast, was
meine Musik anbetrifft –, dann komm am
übernächsten Samstag zur Rummelsburger

Bucht ins Telelux. Das ist die alte Fernsehfabrik dort. Das Finale des *Secret Rave Festivals* findet dort statt. Ich werde da sein und ja verdammt, die nächsten Tage verbringe ich jede Sekunde damit, zu hoffen, dass du es auch sein wirst.

Damit steht fest: Ella ist die eigentliche Superheldin hier. Sie ist hundertmal stärker als ich und bringt mir bei, auch stark und mutig zu sein. Obwohl sie den gleichen Schmerz kennt, den ich seit Jahren mit mir herumtrage. Ella vertraut mir. Sonst würde sie mir wohl kaum verraten, wo das Festivalfinale stattfindet.

Wenn ich die Info an Maxim weitergebe, dann habe ich vielleicht noch eine Chance auf seine –

Nein. Ich will Ella nicht enttäuschen, weshalb ich die Neuigkeit definitiv für mich behalten werde, koste es, was es wolle.

Während ich Minuten später wie in Trance in Richtung unserer WG-Küche gehe, wechseln sich draußen Sonne und Wolken ab, weshalb durch die Fenster eigentlich genügend Tageslicht hereinfällt. Trotzdem ist es im Flur stockfinster und das ... lässt mich stutzig werden. Die Küchentür ist geschlossen. Mein Herz schmerzt, weil ich mich nicht daran erinnern kann, dass diese Tür jemals verschlossen war.

Das ist das Problem mit dem Lügen: Die Wahrheit kann jederzeit auch ohne mein Zutun ans Licht kommen. Und dann fängt der Verstand panisch zu rasen an: War es das jetzt? Ist damit die letzte Tür endgültig zu? Kann ich nichts mehr daran ändern? Hab ich Gloria längst verloren? Hockt sie in der Küche auf einem der alten, klapprigen Stühle und wartet dort in Tränen aufgelöst darauf, mich aus ihrem Leben zu werfen?

Und wenn ja, bin ich dann endgültig ... allein?

»ES GIBT KEIN SCHEISSBOOT, DAS GROSS GENUG WÄRE, UM MICH AN IHM FESTZUKLAMMERN, DAMIT ICH NICHT IN MIR SELBST ERTRINKE.«

Otis

Bevor ich durchdrehe, lege ich eine Hand an die Klinke und stoße die Tür direkt auf.

Gloria hockt tatsächlich im Schneidersitz auf einem der Küchenstühle. Sofort will ich sie zurechtweisen, weil ich ihr schon zigmal gesagt habe, dass ich den Stuhl mit dem abgeplatzten Lack nur notdürftig repariert habe und sie das Sitzpolster jedes Mal unnötig belastet, wenn sie es sich so darauf bequem macht. Aber die Klage bleibt mir im Hals stecken, als Ria zu mir aufschaut. Sie ist blass und in ihrem linken Auge ist eine feine Ader geplatzt. Die Haare hat sie notdürftig zu einem Zopf gebunden. Gerade kneift sie die Augen zusammen und schaufelt sich gleichzeitig einen Löffel Müsli in den Mund. Seltsam widersprüchliche Handlungen, die ich nicht richtig deuten kann. »Auch schon wach?«, fragt sie einen Moment später.

Mein Herz pocht wie wild. Unsere Mutter hat mich das immer gefragt, wenn ich nachts betrunken und völlig fertig zu Hause aufgekreuzt und am nächsten Tag erst nachmittags einigermaßen fit in die Küche getrabt bin. Genau jetzt fällt mir das natürlich wieder ein. Die perfekte Überleitung, könnte man sagen. Ich muss sie nur nutzen ...

»Das hat Mama ...« Ich stocke, weil es anscheinend doch nicht so supereinfach ist.

»Ich weiß«, macht Gloria meinen kläglichen Versuch zunichte. »Deshalb hab ich es gesagt.«

Jetzt bilde ich mir ein, irgendetwas in ihrem Tonfall gehört zu haben, und natürlich bricht mir deshalb der Schweiß aus, weil ich einfach nicht weiß, wie ich anfangen soll. »I-ist alles okay?«

»Ich bin seit über vierundzwanzig Stunden wach.« Sie sagt das so, als würde ich irgendetwas Offensichtliches nicht kapieren, und dabei gräbt sie die vorderen Zähne in ihre Unterlippe. »Machst du bitte die Tür zu?«

Was? Warum? Ich zwinge mich zu nicken und danach gehe ich zwei Schritte zurück und schließe die Tür. »Was gibt's?«

»Papa schläft in meinem Bett, ich will nicht, dass er durch unseren Lärm wach wird.« Sie macht eine Geste, die wohl andeuten soll, wie logisch das alles ist, während ich sie wie ein unzurechnungsfähiger Trottel anstarre. *Papa.* Kann sie mir den Gefallen tun und einfach ein Scheißpossessivpronomen davorsetzen, das meinen wahnsinnig gewordenen Verstand zur Ruhe bringt? Was weiß ich, wieso der es gerade für witzig hält, mir weiszumachen, dass Gloria die Wahrheit längst kennt.

Schließlich stolpere ich doch zu ihr und setze mich auf den Stuhl ihr gegenüber, der unter meinem Gewicht knackt. »Hat er dich heute Nacht angerufen?« Wenn mich schon bei dieser simplen Frage Scham und Überforderung überrollen, wie schlimm wird es dann erst, wenn ich ihr jene stelle, die mir seit vier Jahren auf der Zunge liegt?

»Nein, Papa hat mir eine Nachricht geschrieben und gefragt, ob ich irgendwann, wann immer es mir passt, bei ihm vorbeischauen kann.«

»Und nach deiner Nachtschicht war ein guter Moment, oder was?« Verdammt, das klingt so angreifend und wertend. Ich muss mich irgendwie zusammenreißen und meine Panik in den Griff kriegen.

»Okay, warte, was? Du darfst ihn jederzeit von überall abholen und nach Hause bringen, selbst während deiner Nachtschichten, ich hingegen soll mich erst brav ausschlafen, bevor ich zu ihm fahre? Ich dachte, das hätten wir schon geklärt!«

»So hab ich das nicht gemeint.« Ich gebe ein Geräusch von mir, das an einen genervten Laut erinnert, und am liebsten will ich mich deshalb ohrfeigen. Es war ganz bestimmt nicht der Plan, mein schlechtes Gewissen auf Ria abzuwälzen. Ich werde richtig wütend auf mich, auf diese ganze Situation, darüber, dass wir so etwas durchmachen müssen und ich mich in eine Position manövriert habe, in der ich Gloria nicht mehr schützen kann. Weil die Gefahr gerade ganz allein von mir und meinen Worten ausgeht.

»Scheiße, sorry. Meine Nacht war beschissen ...«

»Sieht man.«

Ich verdrehe die Augen, was meinem Kopf ein wenig dabei hilft, schnell ein paar Dinge zu sortieren. »Was wollte Papa dann von dir?«

Sie presst die Lippen zusammen. Sofort bleibt mir das Herz stehen. Kennt sie die Wahrheit? Woher? Hat ihr Vater ... nein, er kann es ja nicht wissen, oder?

»Er wollte mit mir reden.«

»Über was?« Ich stehe auf und lehne mich mit dem Rücken gegen die Anrichte.

»Über die Situation.« Rias Blick schießt mir ungebremst ins Herz und quetscht es zusammen. »Ich hab ihn angerufen und er hat schon am Telefon sofort losgeweint und ...« Jetzt schluckt sie und mein Herz krampft deshalb noch weiter und weiter.

»Und was?« Ich spüre, wie meine Schultern in sich zusammensacken, weil ich kapiere, dass ich den Verlauf des Gesprächs nun nicht mehr ändern kann. Mir wird richtig übel und ich keuche leise.

Darauf reagiert Gloria sofort. »Otis? Wie viel hast du denn getrunken? Du siehst aus, als ob du dich gleich übergeben musst! Und vor allem ... O nein. Ist es wegen Ella? Mann, Otis! Da ist mal ein Mädchen, das dich mag, und andersherum offensichtlich genauso, und du ...«

»Lenk nicht ab!«, fahre ich sie überfordert an. Ich hasse es. Ich hasse, wie mein Verstand gerade völlig freidreht. Wäre ich bis vor ein paar Sekunden nicht noch glücklich über jede Ablenkung gewesen? Jetzt bin ich es nicht mehr. Warum auch immer. »Was wollte Papa?«

»Er will eine Therapie anfangen.« Gloria richtet sich auf und stützt den Kopf auf ihren Händen ab. Ich sehe, wie viel Mühe sie dabei hat, die Augen offen zu halten. »Wir reden schon eine Weile darüber und heute Nacht hat er mich endlich darum gebeten, gemeinsam mit ihm einen Therapieplatz zu finden. Daraufhin habe ich ihn in unsere WG geholt, damit er sich ausschlafen kann und wir danach gleich darüber reden können. Er ist in meinem Zimmer.«

»Das ist doch ... Papa wird niemals ...«

»Doch! Verdammt, ich bin viel häufiger bei ihm, als du weißt, okay? Diese Info schleppe ich schon seit unserem ersten Gespräch im Altersheim mit mir rum und ich wusste nicht, wie ich es dir sage, ohne dass du gleich wieder durchdrehst oder versuchst, etwas über meinen Kopf hinweg zu regeln. Das war nicht okay und dafür entschuldige ich mich auch. Es ist nur ... Ich krieg das viel besser hin als du, finde ich. Papa vertraut mir und ich glaube, dass wir in den vergangenen Wochen richtig gute Fortschritte gemacht haben. Er hat mir von seinen Schulden und dem Kredit erzählt. Ich weiß Bescheid, Otis. Wir werden das hinbekommen, ich glaube an uns. Die Klinik, die wir uns letzte Woche zusammen angeschaut haben, hat Papa gut ge-«

»Ihr habt was?«

Gloria haut mich gerade völlig um, und das obwohl ich bis eben noch dachte, dass ich die scharfe Granate in der Hand halte. »Ja, wir haben uns schon eine Klinik angeschaut. Levy hat einen Therapeuten dort empfohlen, mit dem er in Irland Onlinekurse macht. Weißt du, Otis, ich war es einfach leid! Ständig hast du mich behandelt wie ein Kleinkind. Aber das bin ich nicht. Ich kann meine eigenen Entscheidungen treffen und ich ... ein bisschen habe ich auch das Gefühl, auf diese Weise Mamas Rolle zu übernehmen. Papa hat mich nie darum gebeten, das zu tun, und auch du fragst ganz sicher nicht nach einem Aufpasser, auch wenn du genauso dringend einen nötig hast. Ich schätze, wenn ich mich für euch verantwortlich mache, fühle ich mich Mama einfach näher. Das war immer ihr Job, oder? Auf uns aufzupassen, meine ich.«

Wieso schafft es Ria, mein Problem so leichtfertig zusammenzufassen? Sie hat recht, sie weiß viel besser, was in mir vorgeht, als ich selbst. Es ist nicht fair, ihr die Wahrheit zu verschweigen. Sie wird eher damit klarkommen als ich.

»Ria, ich ...«

Ihr Gähnen unterbricht mich. »Eigentlich wollte ich nur warten, bis du aufwachst, weil ... ich hab vorhin bei dir reingeschaut und dein Zimmer hat gestunken wie ein ranziger Club. Ich dachte, ich frag dich auch noch kurz, was los ist, bevor ich mich schlafen lege, aber offensichtlich ist unser Gespräch jetzt etwas anders verlaufen.« Sie lächelt und gähnt abermals. »Darf ich dir den Rest später erzählen? Ich kann mich jetzt schon keine Sekunde mehr konzentrieren.« Demonstrativ legt sie den Kopf auf dem Küchentisch ab und murmelt. »Machst du dir selbst Kaffee?«

»Wenn du jetzt ohne Meckern in mein Bett gehst.«

Es dauert nur ein paar Sekunden, bis sie sich aufrappelt und mir die Zunge rausstreckt. »Ist ja gut. Bis später.«

Später klang selten so verlockend. Es ist peinlich, wie erleichtert ich bin, es einmal mehr geschafft zu haben, um das Gespräch herumzukommen. Großartig, Otis. Richtiges Superheldenverhalten.

Ria mustert mich noch einen Moment, dann gähnt sie erneut und schleppt sich von der Küche in mein Zimmer. Die Tür lässt sie einen Spaltbreit offen.

Minutenlang starre ich auf meine Hände und lasse zu, dass mir Tränen über die Wangen laufen. Irgendwann wische ich sie energisch weg. Scheiße. Jetzt habe ich das Gefühl, mich nur noch tiefer in meine Lügen verstrickt zu haben. Ich setze Kaffee an, schnappe nach Luft und reiße mich vom Wasserkocher los. Dann schüttle ich über mich selbst den Kopf und lasse mich zurück auf den Stuhl fallen.

»Ich muss dir auch was sagen.« Immer wieder wiederhole ich den Satz, den ich vor Gloria nie und nimmer über die Lippen gebracht hätte. »Ich muss dir auch etwas sagen.«

Keinen blassen Schimmer, wie lange ich da hocke, die Worte wie ein Mantra wiederhole und hemmungslos heule, bis plötzlich ...

»Otis?«

Ich drehe mich um. Mein Vater steht unschlüssig im Türrahmen. Er atmet mehrmals tief ein und aus, bevor er etwas fragt. »Was ist los? Was musst du sagen?«

»Ich ...« Ich lache auf, dann stockt meine Stimme und wieder fange ich an zu heulen. »Ich ...«

»Du weißt es, oder?«

Ich senke den Blick auf meine Hände. Sie sind so fest miteinander verschränkt, dass die Knöchel weiß hervortreten. Eine Welle von Schuldgefühlen und Angst überschwemmt mich, als ich die Finger nun langsam voneinander löse, einen nach dem anderen. Ich bin zu geschockt, um nachzufragen, wovon Papa redet. Er könnte alles meinen.

Am liebsten will ich aufspringen und wegrennen, aber damit ist

Schluss. Keine Geheimnisse mehr und so einfach wie jetzt wird es mir nie wieder gemacht, das Versprechen an mich selbst einzuhalten. Also ...

»Was meinst du?«

»Ich bin nicht dein Vater, Otis.«

»Ich weiß«, erwidere ich und das klappt nur so gut, weil ich auf seinen Adamsapfel starre, der sich hoch und runter bewegt, während er ein paarmal heftig schluckt. »Mama hat es mir gesagt ... kurz bevor sie gestorben ist.«

Ich zittere am ganzen Körper. Würde ich nicht sitzen, vermutlich läge ich schon längst zusammengerollt auf den Küchenfliesen. Noch nie war ich so fertig wie in diesem Moment. Nicht mal, als Mama gestorben ist. Nicht mal, als eine Stunde danach Gloria und ihr Vater in den Wartesaal gerannt kamen und ich vor ihnen die Fassung wahren musste. Er wusste es? Er wusste es die ganze Zeit und hat nichts gesagt. Wie ich.

Ich weiß nicht, wie ich das finden soll. Welche Gründe hatte er, mir die Wahrheit zu verschweigen? Angst? Hat er ernsthaft gedacht, ein Leben lang belogen zu werden, würde mir helfen? Ich verstehe nicht, wie er darauf kommt. Andererseits ... Die Erleichterung eben, ein paar weitere Stunden um ein klärendes Gespräch herumgekommen zu sein, meine erbärmlichen Ablenkungsversuche, die vielen kleineren Lügen, um die eine große zu vertuschen. Vielleicht verstehe ich es doch.

Und so, wie er mich gerade ansieht, ehrlich, so hat er mich noch nie angeschaut. »Eure Mutter hat es mir noch vor deiner Geburt erzählt. Wir haben nie einen Vaterschaftstest gemacht. Sicher hätten wir uns anders entscheiden können, aber für mich stand fest, dass ich mich um dich kümmere, und sie, na ja, ...«

Er redet weiter auf mich ein, aber in dem Moment, in dem ich begreife, wie weit das unerwünschte Erbe, das Mama mir da übertragen hat, schon zurückliegt, macht etwas in mir dicht. Sie lügen mich seit meiner Geburt an. Nie im Leben wäre ich auf die Idee gekommen, dass Papa die Wahrheit kennen könnte. Mama war diejenige, die uns alle betrogen hat. So habe ich es immer gesehen. Alles andere ergab in meinen Augen einfach keinen Sinn.

»Seit vier Jahren überlege ich, wie ich es dir sage«, unterbreche ich ihn mitten im Satz. »Vier verfickte Jahre. Hast du eine Ahnung, wie schwer das war? Kapierst du das irgendwo in deinem versoffenen Verstand?«

Ich verabscheue mich dafür, dass ich so wütend werde. Aber in diesem Moment rasen zig unterschiedliche Szenarien durch meinen Kopf. Dass ich Papa erst zuhören muss, bevor ich ihn für etwas verurteile. Dass ich ihn schlagen will. Dass er mich in seine Arme ziehen soll, damit wir beide heulen können. Oder dass ich mich umdrehe, die Haustür aufreiße und für immer gehe. Aber ich bleibe.

»Ich kapier's einfach nicht. Wie verdrängt man so was? Wie schaut man jemandem jeden Tag ins Gesicht und sagt kein einziges Wort? Redet man sich einfach ein, dass der Junge es nie herausfinden wird? Oder säuft man so lange, bis –«

Er zuckt heftig zusammen. »Otis.« Soll er mich ruhig hassen. »Man biegt sich die Realität so zurecht, wie es erträglich ist, um irgendwie zu überleben. Ich schätze, also ... vielleicht erkennst du dich in dieser Sichtweise wieder, vielleicht auch nicht. Du arbeitest sehr viel. Deine Mutter kann nichts mehr dazu sagen. Alles, was ich dir jetzt erzähle, sind meine eigenen Gefühle. Ich habe gehofft, dass wir es dir beide irgendwann in Ruhe erklären können, und am liebsten hätte ich es dir zum erstbesten Zeitpunkt erzählt. Aber deine Mutter ...« Er lacht bitter. »Gloria kommt ganz nach ihr. Wenn sie sich etwas in den Kopf setzen, die beiden, dann ziehen sie es ohne Rücksicht auf Verluste durch.«

Er atmet tief durch, bevor er weiterspricht. »Ich schätze, deine Mutter wollte mir einen Gefallen tun, indem sie es dir vor ihrem

Tod endlich sagt. Ich gebe zu, dass ich sofort begriffen hatte, was los ist, als du im Krankenhaus auf mich zugestolpert bist. Es war dumm, mir einzureden, dass ich überreagiere und mir nur etwas einbilde. Ich hatte gehofft, dass sich in den darauffolgenden Tagen ein passender Zeitpunkt ergeben wird, aber dann war erst ihre Beerdigung und schließlich habe ich nie wieder das in deinen Gesichtszügen erkannt, was ich geglaubt hatte nach ihrem Tod gesehen zu haben. Da war nur noch die aalglatte Maske, bis heute. Du kannst mir das gerne vorwerfen, Otis. Aber ich hatte Angst, dass ich nicht nur Wunden aufreiße, sondern dir auch noch neue zufüge. Deshalb habe ich geschwiegen.«

In dem Moment, in dem Papa es laut ausspricht, wird mir klar, dass alles, was ich ihm davor an den Kopf geworfen habe, auch mir selbst galt. Ich bin keinen Deut besser als er oder ... wir beide sind einfach gleichermaßen in der Hoffnung verloren, andere durch unser Schweigen schützen zu können. Gloria zu beschützen. Verzweifelt schüttle ich den Kopf, eine Entschuldigung liegt mir schon auf der Zunge. Doch bevor ich auch nur die Lippen auseinanderbekomme, redet Papa schon weiter.

»Du wirst mich dazu bringen können, mich für vieles zu entschuldigen. Mir ist klar, dass es unmöglich ist, zu verstehen, wieso ich die vergangenen vier Jahre geschwiegen und euch im Gegenzug lieber noch mehr Probleme aufgehalst habe. Genauso darfst du mich dafür anklagen, dass ich das Spiel die ganze Zeit über mitgespielt habe. Deine Mutter und ich ... wir haben in diesem Punkt wohl beide versagt. Aber ich bereue es nicht, dich großgezogen zu haben, Otis. Ich bewundere dich.

Du bist dreiundzwanzig und schon jetzt ein vernünftigerer und clevererer Mann, als ich es je war. Du kümmerst dich um Gloria, ganz gleich, was euch verbindet. Ich bin stolz auf dich und wenn ich nur eine einzige Sache in meinem Leben richtig gemacht habe, dann ist es die, deiner Mutter damals gesagt zu haben, dass ich dein Vater sein werde, als sich dein leiblicher nicht mehr bei uns gemeldet hat. Ich verstehe es, wenn du das nicht willst. Das ist ganz allein deine Entscheidung. Es ist auch meine Schuld, falls du das Wrack, das ich in den letzten Jahren geworden bin, nicht mehr als deinen Vater annehmen möchtest.

Ich wollte das alles nicht. Es tut mir unendlich leid. Ich bereue den Weg, den ich seit dem Tod deiner Mutter eingeschlagen habe, und könnte ich die Zeit zurückdrehen, ich würde es nie so weit kommen lassen. Ich kann an nichts anderes denken und das macht mich beinahe noch mehr kaputt als der Scheißalkohol.«

»Es macht nicht nur dich kaputt.« Mit einem leisen Schnauben verschränke ich die Arme vor der Brust. »Ich –«

Papa unterbricht mich. »Ich weiß, Otis. Es ist ...« Sein heiseres Auflachen klingt alles andere als glücklich. »Du kannst mich hassen, in Ordnung? Nur dass mich nichts bereuen lässt, wie ich mich nach deiner Geburt entschieden habe. Ich werde mein Leben lang stolz darauf sein, dass ich der Mann war, der dich zum ersten Mal hat lachen sehen.«

Habe ich gerade noch behauptet, dass mein Kopf leer gefegt ist? Das sickert jetzt aber definitiv durch.

»Ich liebe dich, und daran ändert ein Seitensprung deiner Mutter rein gar nichts.« Mit den Worten zieht er einen Stuhl zurück und lässt sich darauf fallen.

Ich persönlich finde selbst sitzen gerade viel zu anstrengend. Und als seine Schultern plötzlich beben und er beide Handballen auf die Augen drückt, brennen meine ganz genauso. Doch er ist noch nicht fertig.

»Deine Mutter hat häufig versucht Kontakt zu deinem Vater aufzunehmen, auch schon vor deiner Geburt. Es war meistens ... schwierig. Du musst wissen, dass er oft zugesagt hat vorbeizukommen und letztendlich ließ er uns die ganze Nacht warten. Ihr hat viel daran gelegen, alles irgendwie unter einen Hut zu kriegen.

Nur sah das dein leiblicher Vater wohl anders. Ein einziges Mal haben wir dich für ein paar Stunden bei ihm gelassen. Du kamst mit der Verletzung an deiner Nase zurück, dort, wo du jetzt die Narbe hast. Und da haben wir beschlossen, dass wir dich ihm nie mehr ohne unsere Aufsicht anvertrauen.

Irgendwann hat deine Mutter dann auf einen Vaterschaftstest gepocht. Aber dein Vater war der Meinung, dass sie ihn auf Unterhalt verklagt, wenn er einem Test zustimmt. Er hat ernsthaft gedacht, dass es uns nur darum geht. Um Geld oder irgendwelche Ansprüche. Mit zig Anwälten hat er uns gedroht. Aber alles, was wir jemals von ihm wollten, war die Möglichkeit, dir das Versprechen zu geben, dass dein leiblicher Vater für dich da ist, wenn du ihn brauchst. Dem wollte er nicht zustimmen und schließlich ist er weggezogen. Er ist regelrecht vor uns geflohen. Das war der Zeitpunkt, zu dem wir uns gemeinsam für eine Lüge entschieden haben. Wir konnten nicht ahnen, wie groß deren Ausmaß sein würde ...

Erst ein paar Jahre später hat deine Mutter den Grund herausgefunden, weshalb dein Vater uns auf Abstand hielt. Sie hat sich mit ihm treffen wollen, aber er hat sie versetzt und, nun, ... Er war verheiratet, und das schon lange, bevor er und eure Mutter sich trafen. Zwei Kinder waren zu dem damaligen Zeitpunkt innerhalb dieser Ehe geboren. Doch mit dir wollte dein Vater weiterhin nichts zu tun haben. Vielleicht hoffte er auch schlichtweg, dass ich mich ausreichend um dich kümmere. Das macht mich bis heute fassungslos. Aber letztendlich haben eure Mutter und ich auch ohne seine Unterstützung einen Weg gefunden.«

Ich kann es nicht begreifen. Der Mann, in dessen Haus ich seit einem Jahr ein und aus gehe, wollte keinen Kontakt zu mir? Er ist für die Narbe in meinem Gesicht verantwortlich? Ich habe im vergangenen Jahr so viele Scheißstunden damit verbracht, Ähnlichkeiten zwischen ihm und mir festzustellen und mich an den Gedanken zu gewöhnen, dass es allein die Schuld meiner Mutter war, dass ich ihn erst so spät kennengelernt habe. Nie habe ich es in Betracht gezogen, nie, dass sie alle Bescheid wussten und mein leiblicher Vater freiwillig Distanz hergestellt hat.

Aber –

War es nicht jedes Mal Linus' Mutter, die mich angerufen und zu ihnen eingeladen hat? Hätte sie nicht nach Wegen gesucht, mir Kontakt zu meinem Halbbruder zu ermöglichen? Ja. Und es war allein mein leiblicher Vater, der mir nichts als eine Sprachnachricht hinterlassen hat.

»Für mich hat es sich nie so angefühlt, als würde ich seine Rolle ausfüllen, weil du in meinen Augen von Anfang an mein Sohn warst«, fährt Papa fort. »Ich hoffe ... also ... ich hoffe, dass ich das einigermaßen gut hinbekommen habe.«

»D-das hast du«, flüstere ich. Das meine ich ernst. Ich habe so viele wunderschöne Erinnerungen an den Mann, der zusammengesunken in unserer WG-Küche hockt. Und nachdem Mama gestorben ist, war es für mich absolut selbstverständlich, für ihn da zu sein. Obwohl ich es wusste, hatte ich immer Zeit für ihn. Ich hätte meinen Job riskiert, für ihn und für Gloria gleich doppelt. Weil ich sie beide liebe, bedingungslos, und sie in meinem Leben brauche wie ... verdammt, wie man eine Familie braucht.

Ich will nicht mehr dagegen ankämpfen. Ich kann es nicht mehr.

Dass ich aufgestanden und zu meinem Vater gelaufen bin, kapiere ich erst, als auch er sich erhebt und wir beide uns aneinander festhalten. Und das tut ... gut. Ist es nicht okay, zwei Halbgeschwister zu haben? Oder drei, vier. Da ist ein leiblicher Vater und einer, mit dem man gemeinsam bis zu diesem Punkt hier gelaufen ist. Das ist doch in Ordnung. Ich presse den Kopf gegen Papas Brustkorb, während wir beide losheulen wie kleine Kinder und ja, alles davon ist okay!

Weg mit der Maske. Weg. Weg. Weg.

»Du wirst immer mein Sohn sein, Otis.« Ich spüre, wie Papa schluckt. »Ich habe eurer Mutter das Versprechen gegeben, dich dabei zu unterstützen, wenn du deinen leiblichen Vater kennenlernen möchtest, und daran halte ich mich. Ich begleite dich jederzeit zu ihm, das wäre okay für mich.« Dabei streichelt er mir über den Rücken, wobei es mir die Kehle zuschnürt.

Trotzdem presse ich hervor:»Ich kenne ihn und auch meinen Halbbruder Linus und dessen Mutter. Nur dass ich mich beiden gegenüber nicht fair verhalte.«

Papa schiebt mich ein Stück von sich weg und ... ich glaube, es ist das erste Mal seit Mamas Tod, dass ich mich nicht dafür verabscheue, geweint zu haben. Alles in mir drin fühlt sich dadurch sofort leichter an, weniger aufgerieben und kein bisschen falsch.

Das Gefühl von Stärke und Sicherheit wird deutlicher, als er mir verspricht:»Ich bin mir sicher, dass du das ändern kannst.«

Damit zieht er mich in eine weitere Umarmung, die so lange anhält, bis sich in meinem Rücken jemand räuspert.

»Wann wolltet ihr es mir sagen?«

Ruckartig drehe ich mich zu Gloria um.

»Ria ...« Ich schlucke.»Scheiße, ich wollte ...« Sofort unterbreche ich mich, weil jetzt alles wie eine Ausrede klingt.

Ihre Augen weiten sich, als Papa hinter mir hart den Atem ausstößt.

»Gloria, Schatz, lass uns in Ruhe reden.«

Aber Ria steht unter Schock und ich tue es auch.

Sie schüttelt langsam den Kopf.»Als ich euch gesagt habe, dass ich erwachsen genug bin, um mit allen Angelegenheiten klarzukommen, da ... also ... ihr hättet euch für den Anfang auch etwas weniger Beschissenes ausdenken können!«

Ich will zu ihr gehen und Papa hat exakt dieselbe Idee, doch Gloria hebt abwehrend die Hände, weshalb wir beide stehen bleiben.

»Sagt mir nie wieder, dass der Biber uns kein Glück gebracht hat. Seit Mama ihn weggeworfen hat, passieren nur noch schreckliche Dinge! Ich bin fürs Erste bei einer Freundin.« Sie beißt sich auf die Lippe, dann dreht sie sich einfach um und geht. Wir halten sie nicht auf.

»Sie hat keine Sachen dabei.« Es ist Papa, der Minuten später zuerst die Sprache wiederfindet. »Aber sie steht das durch, oder? Sie ist stark und vernünftig. Das ist Rias Art, da ist sie wie ihre Mutter. Bei dem Biber war es doch damals dasselbe.«

Ich ertrage sein Gerede nicht, aber mir fällt gerade auch nichts Besseres ein. Denn das hier hat nichts, aber auch absolut gar nichts mit der Biber-Situation zu tun. Deshalb ist alles, was ich ihm antworte: »Ich weiß es nicht, Papa.«

Einen Moment später hole ich wie betäubt mein Handy aus meinem Zimmer und rufe auf der Wache an, um mich krankzumelden. Es ist mir plötzlich egal, was sie dort von mir denken und ob mir Maxim eine Empfehlung ausspricht oder nicht. Schwächling oder Pussy ... sollen sie mich nennen, wie sie wollen. Es reicht, wenn ich meinen richtigen Namen kenne.

In diesem Moment geht es nur um meine Familie, um Gloria, Papa, meinen Vater und seinen Sohn Linus. Auch wenn ich gerade wahrscheinlich zu sehr aus dem Bauch heraus entscheide und das alles hinterher bereuen werde.

Aber das ist Otis allemal wert.

ALL I EVER WANTED
WAS TO SEE YOU SMILING
I KNOW THAT I LOVE YOU
VERDAMMT, ICH WEISS NUR NICHT,
WIE ICH DAS ZUGEBEN SOLL

Ella

»Hat er dir echt zwei Wochen lang nicht zurückgeschrieben?«
Juan verzieht das Gesicht zu einer ungläubigen Grimasse. Beide
Ärmel seines Shirts hat er hochgekrempelt, was den Blick auf seine bronzefarbene Haut freigibt. Es ist Anfang Dezember und die
Wetter-App auf meinem Handy hat vorhin zwölf Grad angezeigt,
was absoluter Wahnsinn ist, wenn man mal darüber nachdenkt,
dass mir in dieser eiskalten Spandauer Produktionshalle beinahe
die Zehen abgefroren wären. Kein Wunder, dass Juan vor ein paar
Minuten seine Jacke ausgezogen hat. Unter meinem Pullover trage ich auch nur noch ein T-Shirt und zusätzlich eine Gänsehaut,
weil Juan mich gerade aus dem Nichts auf Otis angesprochen hat.
Kein besonders gutes Thema für einen bis zu diesem Zeitpunkt
hervorragenden Abend.

»Es gibt ja keine Pflicht herzukommen, nur weil ich ihn einla-
de.«

Juan zuckt mit den Schultern, weil er mich versteht. Er hat ein
Händchen für anstrengende Typen. »Der Abend ist noch jung.«
Er lächelt, als er einen der Regler hochschiebt, und nimmt danach
ganz kurz meine Hand. »Und ansonsten fahren wir später zu ihm
auf die Wache und machen ihm die Hölle heiß«, brüllt er gegen die
Lautstärke der Musik an.

Unterhalb der linken Armbeuge hat Juan sich eine kleine Taube stechen lassen und jedes Mal, wenn er sich wie jetzt gerade das schwarze Haar rauft, sieht es aus, als würde der Vogel fliegen. »Schon okay«, erwidere ich und dabei zieht es in meinem Brustkorb schmerzhaft. Wie selbstverständlich geht Juan davon aus, dass Otis das Problem ist. Derweil bin ich diejenige, bei der sich gerade das schlechte Gewissen auf Knopfdruck meldet. Ich habe mich noch nicht bei Otis erkundigt, wie sein Gespräch mit Gloria und ihrem Vater gelaufen ist. Gloria ist Ende letzter Woche völlig fertig bei unserer WG aufgetaucht und hat gefragt, ob sie für eine Weile in Charlies Zimmer übernachten kann. Natürlich war das für alle in Ordnung. Doch seit sie eingezogen ist, kommt es mir vor, als wäre unsere WG eine tickende Zeitbombe. Und wenn ich bei ihr oder Otis nachhake, explodiert sie.

Ich glaube, ich habe mich Hals über Kopf in Otis verknallt. Und verliebt zu sein, macht unfassbar feige. Sonst könnte ich ihm doch sagen, dass ich ihn vermisse. Seinen Kuss und das verdammte Versprechen, das er mir damit gegeben hat. Die Unsicherheit in manchen Situationen und sein Lachen damals am Spreeufer, als er kurz vergessen hat ernst zu bleiben. Als seine Maske gebröckelt ist, unser beider Masken. Und die Worte, die er für mich findet – jedes Mal klingt er dabei, als würde er mich genauso sehr mögen wie ich ihn. Während unseres ungeplanten Videochats hat er mich angesehen, als wäre ich alles für ihn.

Aber das war, bevor er mit Gloria geredet hat – wozu ich ihn ermutigt habe –, die jetzt offensichtlich wütend auf ihn ist. Vielleicht habe ich zu viel auf Otis eingeredet, habe versucht ihn zu einem Gespräch zu zwingen, zu dem er nicht bereit war. Ich erstarre kurz, als ich die Wahrheit begreife. In Wirklichkeit habe ich die ganze Zeit nur mich selbst dazu überreden wollen, die Kontaktversuche meines Vaters nicht weiter abzublocken.

O Gott, stimmt das?

Natürlich antwortet mir darauf niemand. Bis auf unsere Musik, die aus den Boxen wummert, und das Jubeln der Gäste ist es totenstill. Aber ich glaube, ich kenne die Antwort bereits. Es stimmt. Mein Herz hat das schon viel früher kapiert, weshalb ich zu ängstlich war, mich bei Otis zu melden. Doch das kann ich ihm jetzt nicht einfach so schreiben. So etwas muss ich persönlich erklären. Und das werde ich auch. Doch davor fahre ich zu einem Secondhandladen in Berlin, in dessen Onlineshop ich ein ausreichend hässliches Biberkuscheltier gefunden habe. Denn wenn Otis heute nicht auftaucht und ich deshalb in den kommenden Tagen zu ihm fahre, dann brauche ich etwas, das ich als Begründung vorschieben kann. Anders packe ich es nicht.

Bevor ich mich fragen kann, weshalb ich nur so feige bin, gehe ich Juan an seinem DJ-Controller zur Hand. Denn deshalb bin ich trotz meiner schwankenden Laune hergekommen, oder nicht? Wenn ich Musik mache, ist alles andere einen Moment lang weg. Zu hundert Prozent in die hinterste Ecke meines Verstandes geschoben. In der ersten Sekunde, in der die Leute vor zehn Minuten angefangen haben, mein neues Set zu feiern, war alles besser. Okay, bis auf den kurzen gedanklichen Aussetzer gerade eben, an dem nur Juans blöde Nachfrage schuld ist.

Unser Gig ist nämlich jetzt schon ein riesiger Erfolg. Ich kann immer noch nicht glauben, dass unsere ersten beiden Auftritte so sehr gelobt wurden, dass wir heute beim Festivalfinale auflegen dürfen. Über hundert Menschen bewegen im Heizungskeller einer stillgelegten Fernsehfabrik im Berliner Osten ihre verschwitzten Körper zu unserer Musik.

»Genießen wir erst mal den Abend!« Juan beugt sich nah an mein Ohr. »Lass dich in die Musik fallen, Ella. Sei frei!«

Den Ratschlag nehme ich gerne an. Allein die Umgebung hier! Maschinen und Geräte wurden aus dem Heizungskeller entfernt. Übrig ist nur noch ein undurchschaubares Gitternetz an mit Rost überzogenen Rohren, an denen hin und wieder ein gusseisernes Drehrad hängt, wie es auch bei U-Booten genutzt wird, um die Luke zu öffnen. Direkt hinter dem DJ-Pult stehen zwei verrottete Tanks von der Größe eines Kleinwagens. Die Wände sind aus Waschbeton und uneinheitlich grau, hin und wieder grün, an den meisten Stellen platzt der Putz ab und sammelt sich zu kleinen Haufen auf dem Zementboden. Es ist dreckig und so staubig, dass Juan beim Aufbauen kurz davor war, den Auftritt abzusagen, damit der aufgewirbelte Staub nicht die Technik angreift.

Hätte mich bis vor Kurzem irgendwer gefragt, wie Einsamkeit riecht, ich hätte ehrlich gesagt keine Antwort parat gehabt, doch jetzt weiß ich es. Das frühere Herz der Fernsehfabrik, der Heizungskeller, steht schon so lange leer, ist wie der Rest der Fabrik einfach nicht mehr wichtig, sodass sich dicke Staubschichten auf die wenigen Gegenstände im Raum gelegt haben und der verlassene Ort nach und nach verwittert ist.

Doch die *Dirty Feminists* hauchen dem Lost Place wieder Leben ein. Menschen tanzen zu unserer Musik im beleuchteten Keller, zu der uns gegenüber eine passende Meme-Lightshow abgespielt wird. Auf der Etage über uns wird in diesem Augenblick ein Theaterstück aufgeführt. Es ist abgefahren, mehr fällt mir dazu nicht ein. Das Ganze kommt mir so unwirklich vor. Die Lichter flammen um uns herum auf wie Laser und es ist absolut unmöglich, zwischendurch nicht alles an in mir aufgestauter Energie herauszubrüllen und mitzutanzen. Es kommt mir vor, als pulsiere der alte Heizungskeller im Einklang mit den Beats.

Wir haben einen totgeglaubten Ort zum Leben erweckt und dafür gesorgt, dass ein erloschenes Herz wieder schlägt.

Es ist das Klischeehafteste, was ich jemals gedacht habe, aber genauso hat Otis dafür gesorgt, dass der Trümmerberg in meinem Herzen kleiner wird. Jetzt müsste ich ihm das nur noch sagen ... aber vielleicht ja besser wirklich nicht heute. Denn es fällt mir gerade schwer, meine Gedanken zu ordnen. Wenn ich meinen Gefühlen freien Lauf, mich in meine Musik fallen lasse, werde ich Otis vermutlich euphorisch um den Hals fallen und ihn sofort küssen, und das sollte ich auf keinen Fall tun. Außerdem ...

Die Veranstalter sind heute zum ersten Mal hier und der Größere von beiden beäugt mich seit zehn Minuten.

»Lasse schaut dich die ganze Zeit an.« Juan gibt mir mit einem auffälligen Seitenblick zu verstehen, dass er denselben Typen meint wie ich.

Natürlich zuckt mein Kopf jetzt wieder in dessen Richtung, woraufhin er mir kurz zunickt. Sofort spüre ich eine Mischung aus Aufregung und Übelkeit. Und dann kommt dieser Lasse auf mich zu.

»Wer hat das Set eben gemischt?«, fragt er, kaum dass er das DJ-Pult erreicht hat, auf dem wir Juans Controller aufgebaut haben.

Weil ich innerlich erstarrt bin, drückt Juan unter dem Tisch meine Hand und flüstert: »Er meint dich.«

»Ich«, stoße ich mit einem leisen Keuchen aus. »Das war ich.«

Lasse schüchtert mich total ein. Schon damals in der verwitterten Apotheke war das so, als er, ohne ein Wort zu sagen, sein Equipment abgeholt hat. Sein Mund ist zu einem dauerhaften Grinsen verzogen, das vermutlich nur auf mich spöttisch wirkt. Denn er trägt ein lockeres, aufgeknöpftes Hemd, dazu eine Stoffhose und seine Arme sind bis auf den letzten Millimeter Haut tätowiert.

Aber selbst wenn es nicht sein Erscheinungsbild wäre, das mein Herz verkrampfen lässt, dann würde mich meine Ausgangslage verunsichern. Mir fehlt das nötige Kleingeld für einen hochwertigen DJ-Controller, wie Juan ihn besitzt. Doch um richtig krasse Sets zu mischen, brauche ich das passende Equipment. Die Vorstellung, dass Lasse den Dirty Feminists aus genau diesem Grund nun sagen wird, dass wir nächstes Jahr nicht mehr gebucht werden, lässt mich noch kleiner werden. Ich senke den Blick, in Erwartung dessen, noch vor dem offiziellen Ende den Saft abgedreht zu bekommen.

»Die Übergänge sind heftig«, sagt Lasse da. »Wenn ihr mich fragt, gibt es in Europa im Moment niemanden, der Neunziger-Eurodance auf diese Weise eskalieren lässt. Das Frauentausch-Meme vorhin war übertrieben gut eingebaut. Aber dein Stil erinnert mich einfach krass an die Loveparade-Anfänge, ihr wisst schon, als die Jungs und Mädels mit selbst gebasteltem Equipment die Straßen in Berlin blockiert und Hunderte zum Tanzen gebracht haben.«

Juan nickt sofort. »Sie ist unfassbar talentiert!«, sagt er, und ... meint der Veranstalter Leute wie meinen Vater? Das wäre ein abgefahrener Zufall. Und es ist auch ganz bestimmt einer. Aber allein die Tatsache, mit ihm verglichen zu werden, löst etwas in mir aus. Aufregung? Stolz? Ich kann es nicht deuten, weil ich gleichzeitig innerlich noch weiter schrumpfe. Das passiert gerade nicht wirklich, oder? Ich versuche zu verdrängen, dass das hier die Erfüllung meiner Träume sein *könnte*. Sonst falle ich vor Nervosität um.

»Könntet ihr euch vorstellen, regelmäßig als Kollektiv aufzulegen?« Lasse klopft mit der Faust aufs DJ-Pult. »In richtigen Clubs? Für Geld und ... legal?«, fügt er mit einem heiseren Lachen an. »Ich kenne genug Leute.«

»Ob ich was?« Wenn ich meine nervöse Energie nicht gleich in den Griff kriege, dann implodiere ich vermutlich. »Also, ich meine: Ja! Selbstverständlich, äh ...« Mein Hirn ist geschmolzen, anders kann ich mir mein Gestammel nicht erklären.

»Keine Namen«, kommt mir der Typ zuvor und lehnt sich mit einem tiefen Ausatmen gegen das Pult. »Ich melde mich die Tage bei euch über euer Social Media, einverstanden?«

Juan drückt abermals kurz meine Hand, damit ich kapiere, dass das hier unsere Realität ist und kein Traum. Ich habe soeben ein Angebot bekommen, langfristig und vor allem legal Musik machen zu dürfen, und daran kann selbst mein Zweifelkopf nichts ändern. »Einverstanden«, sagen Juan und ich im selben Moment, in dem der Veranstalter anfügt:»Dann müsst ihr auch nicht mehr aufpassen, was ihr postet. Wegen der Bullen, meine ich.«

Daraufhin macht mein Herz einen kleinen schmerzhaften Hüpfer, bevor ich mich wieder beruhige und nach Juan in die Hand einschlage, die uns Lasse hinhält.

»Nicht dein Ernst!« Juan fängt an zu weinen, als der Veranstalter sich umdreht und zurück zu seinem Kumpel geht. Juan bedeutet das hier mindestens genauso viel wie mir. Ja, er hat schon viel größere Gigs gespielt, aber bei keinem davon, das hat er mir auf dem Weg hierher erzählt, durfte er so sein, wie er ist. In seinen Mr.-Vain-Mix hat er fürs Finale heute Mariachera-Klänge eingemischt, Gitarren, die von mexikanischen Straßenmusikern gespielt werden. Bis zu seinem plötzlichen Tod war Juans Vater für genau diese Musik innerhalb Zentralmexikos überall bekannt und mit seinen Sets wollte Juan ihm ein Denkmal schaffen, auch wenn er seinen Vater kaum kannte. Die Leute sind vorhin richtig ausgerastet deswegen.

Ich nehme ihn in den Arm.»Das passiert gerade nicht wirklich, oder?«

»Doch. Ich ... ich dreh durch.«

Fest drückt mich Juan an seinen Brustkorb, sodass ich spüren kann, wie heftig sein Herz rast, als stünden wir beide am Rand einer Klippe. Irgendwie ist es auch ein bisschen so. Wenn wir jetzt springen, dann, ja, keine Ahnung, was im freien Fall auf uns wartet. Aber ich schätze, von illegalen Auftritten Abstand zu nehmen, ist ein ziemlich guter Fallschirm.

Als würden die Anwesenden unsere Freude aufsaugen, johlen, springen und feiern sie jetzt noch lauter. Mein Blick gleitet an Juans Schulter vorbei über die Menschen hinweg auf der Suche nach ...

... Otis. Am Rand der Tanzenden steht Otis. Das blonde Haar fällt ihm in die Stirn. Vielleicht ist es das schwache Licht, aber seine Haut wirkt noch heller als sonst und die Augenringe, das erkenne ich bis hierher, sind im Kontrast dazu richtig dunkel. Doch obwohl er aussieht, als müsste er ganz dringend an die frische Luft oder zurück in sein Bett, hat er diese unglaublich selbstbewusste Körperhaltung, mit der er wirkt, als würde er in seiner Polizeiuniform stecken und nicht in Jeans und weißem Hemd. Gerade hebt er die Hand, lächelt und winkt.

»Du bist in den letzten fünf Sekunden zur Statue geworden«, flüstert mir Juan leise ins Ohr und lacht. »Steht Otis da irgendwo hinter mir?«

»Ja«, antworte ich und muss dabei so hart schlucken, dass mir die Luft wegbleibt. »Otis ist da.«

I KNOW THAT I LOVE YOU
MANN, WARUM VERSTEHST DU DENN NICHT?
THAT ALL I EVER WANTED
WAS YOU AND ME

Ella

Ich löse mich aus Juans Umarmung und ziehe mir die Maske ein Stück hoch, als Otis sich durch die Menge quetscht und auf uns zukommt. Erst da realisiere ich, dass ich das kratzige Stoffteil nach dem Auftritt heute für alle weiteren nicht mehr wieder aufziehen muss. Was für eine Erleichterung. Und prompt verpasse ich natürlich den richtigen Moment für einen passenden Übergang in den letzten Song, was hoffentlich niemand außer mir bemerkt.

Fast bin ich erleichtert, dass Otis zuerst Juan begrüßt, der ihm mit einem Nicken in Richtung Lasse und des anderen Veranstalters übersprudelnd vor Freude von unserem Angebot erzählt. So habe ich noch einen winzigen Augenblick, um mich darauf einzustellen, dass –

Okay, es bleibt keine Zeit mehr. »Können wir reden, wenn du fertig bist?«

Ja, das sollten wir. Aber ich will den Moment noch ein wenig länger genießen. Vielleicht funktioniert ja beides?

Ich weiß, dass ich mit Otis über alles sprechen muss, nur möchte ich ihn in diesem Augenblick einfach an mich ziehen und mit ihm tanzen. Denn gerade habe ich allen Grund dazu, ein kleines bisschen durchzudrehen.

»Ja«, erwidere ich heiser und räuspere mich daraufhin sofort. Mit schweißnassen Fingern taste ich geistesabwesend nach den

Knöpfen und Reglern auf Juans DJ-Controller und rutsche ab. Juan rettet den Song problemlos, indem er mich ein Stück zur Seite und damit automatisch in Otis' Richtung stößt, damit er den Controller alleine bedienen kann.

Otis lächelt, dann gibt er mir mit einem Nicken zu verstehen, dass er wartet. Unbeholfen starre ich Juan an und ein paar Sekunden später ebbt die Lautstärke langsam ab, bis die Musik schließlich von frenetischem Applaus abgelöst wird.

Juan zieht mich wieder zu sich, womit sich endlich meine Starre löst. »Wir sind *Dirty Feminists*«, brüllt er den jubelnden Gästen entgegen, die daraufhin nach einer Zugabe verlangen, die wir ihnen ohne Zögern geben.

Von Otis beim Musikmachen beobachtet zu werden, fühlt sich eigenartig an. Ich will mich nicht von ihm ablenken lassen und gleichzeitig möchte ich mit meinen Bewegungen nicht übertreiben. O Mann, weshalb denke ich überhaupt darüber nach? Ich wollte bis eben doch noch den Moment genießen.

Das tue ich jetzt auch, obwohl mein Blick immer wieder zu Otis schweift. Er hat seine Schulter gegen einen der alten Tanks gelehnt und jedes Mal, wenn er registriert, dass ich ihn anschaue, lächelt er. Ganz kurz dämpft sein Lächeln die Lautstärke um mich herum, bis ich mich wieder daran erinnere, den DJ-Controller zu bedienen.

Ich reiße mich zusammen und bringe den Song zu Ende. Nach einer zweiten Zugabe ziehe ich die Maske vom Kopf und stolpere auf Otis zu. Das Gefühl in meinem Magen, als ich vor ihm stehen bleibe, kann ich nicht deuten. Aber eine Sekunde später werde ich eh von meinem Herzen abgelenkt, das immer wilder pocht.

»Herzlichen Glückwunsch«, sagt er. Ich habe noch nie bewusst wahrgenommmen, dass Otis so viel größer ist als ich. Vielleicht kam ich mir in seiner Nähe auch noch nie so winzig vor wie gerade eben. Ich hasse es, dass ich die Schultern hängen lasse, als ich Otis ein leises »Danke« antworte. Es wird Zeit, dass ich endlich ehrlich zu ihm bin. Ich hole tief Luft und starre auf die schmale Treppe hinter ihm, die mir erst jetzt auffällt. Die Veranstalter haben uns vorhin durch einen der Notausgänge reingelassen. Falls die Party gesprengt wird, können wir darüber fliehen.

»Otis, es tut mir leid, dass ich dich erst im Stich gelassen und dann fast schon dazu gezwungen habe, mit Gloria zu reden.«

»Ria musste die Wahrheit erfahren.«

Wir halten beide inne.

»Aber jetzt ist sie sicher wütend auf dich. Weißt du, dass sie im Moment übergangsweise in Charlies Zimmer wohnt?« Als er nickt, fahre ich fort. »Ich wollte sie längst fragen, ob es ihr gut geht, aber ich ... ich hatte Angst.«

»Das ist okay.« Seine Mundwinkel sind nach oben gewandert. »Ich hab auch manchmal Angst vor ihr.«

Wir müssen lachen. Und ganz kurz blitzt das Gefühl vom Abend vor meiner WG auf. Das Gemeinsam-gegen-den-Rest-der-Welt-Gefühl, weil wir einander vertrauen dürfen und keine Regeln brauchen, da wir sie ja sowieso alle brechen.

Dann hustet Otis, als bekäme er nicht richtig Luft, und fährt schließlich mit einem Krächzen in der Stimme fort: »Ich muss sie ihren Weg gehen lassen. Wenn sie mich nicht mehr in ihrem Leben haben will, dann werde ich das akzeptieren.« Er legt die Hand an eines der quer verlaufenden Heizungsrohre. »Obwohl ich keine Ahnung habe, wie ich das aushalten soll. Am liebsten würde ich Gloria befehlen, mit mir zu reden und mir anschließend zu verzeihen.« Er wartet meinen Protest nicht ab, sondern redet schnell weiter. »Ich bin kein Superheld, Ella. Ganz sicher nicht.«

»Ich noch viel weniger!«

»Weil du mit deinem Vater geredet hast?« Otis' Augenbrauen schießen irritiert in die Höhe. »Das ist –«

»Ich habe ihn davor jahrelang ignoriert, weil ich Panik vor dem hatte, was allein seine Stimme in mir auslöst.«

Er nickt langsam. »Das verstehe ich.«

Jetzt muss ich ihm die Wahrheit sagen, es gibt kein Zurück mehr. Alles andere wäre unfair. »Ich habe nur so zurückweisend auf deine Beichte reagiert, weil ich unendlich eifersüchtig auf dich bin. Ich habe es dir nicht gegönnt, das war das Problem. Dein Vater wirkte im Museum richtig freundlich, sodass ich mich einfach nur schlecht gefühlt habe, weil ich meinen eigenen abblocke. Ich glaube, das hat irgendetwas in mir drin ausgelöst.«

Mir schießen wieder Tränen in die Augen. Vor allem, weil ich Otis ansehe, wie sehr ihn meine Einschätzung seines leiblichen Vaters verletzt. Seine Stirn ist leicht gerunzelt und obwohl er äußerlich nur darauf zu warten scheint, dass ich weiterspreche, signalisieren mir die zu Fäusten geballten Hände, wie es in ihm brodelt.

»Ich hatte regelrecht Panik, dass mir dieses unbekannte Etwas tief in mir drin die Maske vom Gesicht reißt, die ich über Jahre hinweg jeden Tag getragen habe. Deshalb habe ich auch nie weiter nachgefragt.« Mein Tonfall ist ein klägliches Jammern, wofür ich mich so sehr schäme, dass ich die Hände vors Gesicht hebe. »Ich fühle mich in Bezug auf meinen Vater komplett unfähig. Alles, was ich dir vorgeworfen habe, galt in Wirklichkeit mir selbst. Ohne dich wäre ich nie ans Telefon gegangen, als er neulich angerufen hat. Nur weiß ich eben nicht, ob das gut oder schlecht war. Und selbst dafür will ich dich am liebsten verantwortlich machen. Ich möchte die Verantwortung für das, was ich meinem Vater gegenüber tue oder lasse, auf jemand anderen abwälzen. Ja, ich glaube, das ist es. Ich will mich dieser Sache entziehen, so wie ich es mein Leben lang schon mache, und gleichzeitig bin ich neugierig. Albern, oder?«

»Nicht im Geringsten!« Dieses Verständnis in Otis' Augen, als er zögernd nach meinen Händen greift, um sie fest mit seinen zu umschließen, und seine Stimme, die vor unterdrückten Tränen zittert ...»Ich kenne diese Angst, Ella. Meine gesamte Existenz fühlt sich an manchen Tagen einfach völlig falsch an. Ich will meinen Stiefvater lieben, weil er mich mit allem, was er hatte, großgezogen hat, und gleichzeitig ist da ein Mann, mit dem mich so gut wie nichts verbindet. Muss ich ihm nur deshalb alles verzeihen? Weil ich sein Fleisch und Blut bin? Oder darf ich entscheiden, dass ich ihn nicht in meinem Leben brauche, seinen Sohn Linus hingegen schon? Ich finde auch keine Antworten auf diese Fragen. Aber was ist, wenn ich das gar nicht muss? Also, zumindest nicht heute oder morgen.«

Otis' Brustkorb hebt und senkt sich, als er tief durchatmet.»Zu mehr Erkenntnissen bin ich nach zwei Wochen Grübelei nicht gekommen, sorry. Aber ganz ehrlich? Das sind mehr Antworten, als ich bis zu unserem Wiedersehen überhaupt Fragen im Kopf hatte. Ohne dich hätte ich es nie kapiert. Ich habe zum ersten Mal das Gefühl, dass die Maske fällt und mit ihr der vierjährige Winter in mir drin vorüberzieht.«

Ich bilde mir ein, dass seine Worte jede Faser in mir entzünden.

»Danke, dass du mir das gesagt hast.«

»Es gibt da noch etwas ...«

Mein Herz macht einen Satz, nur um in der nächsten Sekunde wie verrückt loszudonnern. *O nein, bitte sag mir nicht, dass es mit uns trotz allem nicht funktioniert. Bitte, Otis.*

»Was denn?«, stoße ich aus.

»Ich habe gelogen.«

Ich muss schlucken.»Weswegen?«

»Auf dem Festival im Sommer hast du mich gefragt, ob es in Ordnung war, mich zu küssen, und ich habe dir daraufhin versichert, dass du dir über einen Wangenkuss keine Gedanken machen musst, weil solche Küsse rein gar nichts zu bedeuten haben. Das stimmt nicht. Der Kuss hat mir etwas bedeutet. Nämlich, dass ich dich wiedersehen will.« Er hält inne, sichtlich überfordert von seinen eigenen Worten. »Sorry«, sagt er abermals. »Das war unangebracht, weil du zu diesem Zeitpunkt noch mit diesem –«

Ich ziehe Otis an mich. Tränen schießen mir in die Augen, während meine Lippen nach seinem Mund suchen. Seine Finger fahren in mein Haar und ziehen mich noch näher, und ich kralle mich an seinem Hemd fest. Ich kann nicht anders, als mich in ihn fallen zu lassen. Sein Wangenkuss war schon ein Versprechen und unser Kuss neulich vor der WG … mit dem hat Otis mir versichert, dass er zu mir zurückkommt. Ob er weiß, wie viel es mir bedeutet, dass er nun wirklich hier ist? Hier bei mir. Ganz offensichtlich hat er sich nämlich daran gehalten. »Ich hab mich in dich verliebt«, gestehe ich atemlos.

Ich spüre, dass er lächelt. »Das trifft sich gut, weil ich dich genauso liebe.«

Wir küssen uns.

Unsere Zungen stoßen aneinander, umkreisen sich. Otis fühlt sich so heiß und fest an und, als er seine Mitte gegen mich drängt, auch hart. Ich vergesse alles um mich herum, vergesse, wo wir sind, und nehme nur noch Otis wahr und wie sehr ich ihn brauche und liebe. Er zieht sich durch meinen ganzen Körper bis runter in meinen Schoß. Ich weiß nicht, wie er das schon von der ersten Sekunde an hinbekommen hat, in der er sich fordernd auf mich gehockt und meine Arme auf meinem Rücken fixiert hat. Doch deshalb habe ich mich in diesen Mistkerl verliebt. Otis ist leidenschaftliches Pulsieren und sichere Ruhe in perfekter Kombination. Das reicht aus.

Am liebsten will ich ihm das alles genau so sagen, aber als wir uns kurz voneinander lösen, nimmt mir jemand anderes die Entscheidung ab.

»Polizei Berlin.« Der Ausruf dringt über die Treppe vom oberen Stockwerk zu uns runter.

Otis erstarrt. Ich muss ihn nicht danach fragen, ich sehe in seinem Ausdruck, dass er keinen blassen Schimmer von dem Einsatz hatte.

»Fuck«, sagt er, die Stimme dabei erstickt. »Wenn die mich hier erwischen, obwohl ich krankgemeldet war ... ich ... fuck.«

Das Herz hämmert mir bis in den Hals, als ich, ohne nachzudenken, nach Otis' Hand greife und mit ihm zum Notausgang haste.

Auf dem Weg nach draußen stoßen wir beinahe mit Lasse zusammen, dessen Atmung sich fast überschlägt, als er gemeinsam mit uns vor der verdammten Polizei flieht.

»Polizei Berlin, sofort stehen bleiben!« Das klingt nicht nur angefressen, sondern auch beängstigend nah.

Wir erhöhen unser Tempo, aber mit einem fetten Knoten im Magen muss ich nach wenigen Sekunden feststellen, dass Otis und ich nur wegen mir immer weiter hinter Lasse zurückfallen. Der hat es mittlerweile bis zu einer kleinen Brücke geschafft. In Gedanken zähle ich bis dreißig und warte darauf, dass Otis stehen bleibt oder mich antreibt, damit ich schneller renne, doch er sagt nichts. Er läuft bloß mit mir an seiner Hand.

Das Geräusch schwerer Schritte wird lauter und mischt sich schließlich unter unser Getrampel. Anspannung jagt durch meinen Körper und weil ich nicht wirklich weiß, wie die Nummer hier ausgeht, ist mein Blick noch immer auf Lasse gerichtet, der gerade hektisch die Brücke überquert. Wenn er sich beeilt, kann er die untergehende Sonne nutzen, um im Schatten der Bäume zu verschwinden.

Ich muss Otis' Hand loslassen, damit zumindest er weglaufen kann und seinen Job nicht verliert. Doch als ich meine Finger lösen will, knurrt er leise. »Vergiss es.«

Während mein Herz deshalb einen Hüpfer macht, ist hinter uns ein lautes Keuchen zu hören und im nächsten Moment wird meine Hand unsanft von Otis' weggerissen, dessen Körper unter einem anderen wuchtigen, uniformierten zu Boden geht.

Otis wehrt sich nicht und der Polizist fixiert seine Hände genau auf dieselbe Weise auf seinem Rücken, wie Otis es vor ein paar Wochen bei mir gemacht hat. »Maxim Dede«, sagt er kurz darauf, »Abschnitt 55 – die Dame, einmal den Personalausweis, bitte.«

Tränen schießen mir in die Augen, weil ich riesige Schuldgefühle habe. Ist das eine Verhaftung? Ich hatte immer angenommen, in solch einem Fall den Standardsatz zu hören: Sie haben das Recht zu schweigen und so weiter.

Ich weiß, dass Otis jetzt allein entscheiden muss, was wir tun. Er hat heute einen der Veranstalter kennengelernt. Selbst wenn es mich Lasses Angebot kostet, werde ich Otis nicht aufhalten, wenn er ihn verpfeifen muss, um seinen Job zu behalten.

»Maxim«, sagt er in beschwichtigendem Tonfall, woraufhin dieser, ohne zu zögern, von ihm ablässt, sodass Otis problemlos aufstehen kann.

Ich starre auf seine breiten Schultern, die er in diesem Moment strafft, und versuche mir den Polizisten vorzustellen, den ich damals zum ersten Mal nach dem Festival wiedergetroffen habe. Aber so ganz gelingt mir das nicht, da Otis in den letzten Wochen zu einem Mann geworden ist, der sich nicht mehr für seine Gefühle und Worte schämt. Nur den sehe ich.

Mich überläuft eine Gänsehaut, weil Maxim plötzlich heiser auflacht. »Otis«, sagt er. »Wusste nicht, dass jemand, der krank ist, so schnell rennen kann.«

Otis zögert kurz, aber weil das wahrscheinlich nicht der richtige Moment für Ausreden ist, zuckt er mit den Schultern. »Ich war nur bis gestern krankgemeldet.« Er holt tief Luft. »Dieses Wochenende entspann ich, war dein Vorschlag.«

Ich sehe dabei zu, wie Otis den Kopf dreht und einen Moment später die Augen verengt. Ich weiß nicht, was ihn beunruhigt, weil dieser Maxim einen Oberkörper hat, der gefühlt breiter ist als meine Armspanne, und ich deshalb nichts außer ihn sehen kann.

»Netter Konter«, lobt er Otis, bevor er die Brauen zusammenzieht. Wäre er nicht ein Polizist und ganz offensichtlich Otis' Vorgesetzter, würde ich jetzt lachen. Maxims Brauen sind so dicht und er hat sie nicht gezupft, weshalb sie seine Augen halb verdecken. »Hast du einen der Veranstalter getroffen?«, will er wissen. »Ein Name wäre im Hinblick auf deine Empfehlung durchaus hilfreich.«

Ich halte die Luft an. Für genau drei Sekunden starre ich auf Maxims Dienstnummer und atme nicht. Ich bin mir sicher, dass Otis ihm Informationen liefern wird. *Das ist okay*, wiederhole ich in Gedanken. Es muss okay sein.

»Nein«, sagt Otis mit fester Stimme. »Ich bin viel zu spät gekommen, da hatten sich die Veranstalter längst verpisst.«

»Und du?« Maxim wendet sich an mich. »Kennst du jemanden?«

»Es ist ... ich ...« Ich schüttle schnell den Kopf und fühle mich richtig mies dabei. »Nein.«

»Maxim?«

»Was denn, Vici?«, knurrt dieser, als er einen Blick nach hinten wirft. »Habt ihr jemand Wichtigen drangekriegt?«

»Nee, die Veranstalter waren wohl nur kurz hier.« Jetzt endlich sehe ich die Polizistin, die uns entgegenkommt. Sie trägt ihr schwarzes Haar hochgebunden und weil die Sonne mittlerweile fast untergegangen ist, blitzt vor ihren Füßen ein Lichtschein auf, der von ihrer Taschenlampe ausgeht. »Ist das Otis?«

»Wir kommen gleich rüber«, erwidert Maxim und deutet auf mich. »Ich nehm noch kurz ihre Daten auf.«

Mein Gesicht wird schlagartig heiß. Mein Personalausweis liegt zu Hause.

»Die kann dir Otis sicher auch nennen«, sagt Vici mit einem Lachen. »Anscheinend nimmt er deine Ratschläge ja doch ernst.

Wird Zeit, dass du ihm seine Empfehlung schreibst.« Wieder lacht sie und diesmal stimmt Maxim mit ein. Daran, wie Otis sich neben mir verkrampft, merke ich, dass ihm das Thema nicht gefällt. Er sagt nichts. Deshalb ist es wieder Maxims Stimme, die an mein Ohr dringt.

»Du heulst mir jetzt aber nicht den Funkwagen voll«, sagt er an seine Kollegin gewandt, »weil Otis auch andere Weiber an seinen Schwanz lässt.«

Sofort sieht Otis mich an.

Ich spüre meinen Herzschlag. Mehr nicht. Otis hat etwas mit dieser Vici am Laufen. Er hatte Sex mit ihr, vielleicht sagt er ihr, dass er sie liebt.

O Gott.

Ich kann nicht mehr richtig atmen, als sich auch die Blicke der anderen auf mich richten. Doch ich schaffe es nicht, auf Maxims Spruch zu reagieren. Irgendetwas reißt jeglichen Sauerstoff an sich, den ich bräuchte, um Luft zu holen. Keuchend versuche ich zu atmen, versuche Beschwichtigungen zu finden. *Alles halb so schlimm. Ich hatte auch Sex mit anderen. Es ist ein Spiel mit Regeln. Nur weil man eine Regel bricht oder sogar mehrere, bleibt es noch immer ein Spiel, nicht?*

Wenn ich auch nur eine Sache davon laut ausspreche, werde ich mich auf ewig dafür hassen und deshalb ...

... drehe ich mich um und renne weg.

Alles, was ich Otis jetzt entgegenschleudern könnte, würde uns beide verletzen und es würde nichts ändern. Vermutlich sieht er das genauso, denn es folgt mir niemand, weshalb ich nach ein paar Minuten anhalte. Ich muss die Hände auf den Oberschenkeln abstützen und den Rücken krümmen, um irgendwie Luft zu bekommen.

Ich beiße die Zähne aufeinander, weil sich zu der Atemlosigkeit noch ein unangenehmer Druck in meinem Kopf aufbaut. Wäre

Charlie jetzt hier, würde sie mich ohne Zögern zurück zu Otis schleppen, allein schon deshalb, da derartige ungeklärte Situationen zu Missverständnissen führen können – Charlies Hass-Trope in Büchern.

War es gut, dass ich weggerannt bin? Nein, verdammt noch mal, es ist nie gut, vor einer Sache wegzulaufen. Unschlüssig gehe ich ein paar Schritte zurück in Richtung der Fernsehfabrik. Doch mir wird schlecht. Würgend halte ich mir die Hand vor den Mund und bleibe unter einer Laterne mit zerbrochenem Plastikgehäuse stehen. Ein paar Schritte stolpere ich dann doch noch im Halbdunkel zurück, doch irgendwann gebe ich es auf und ziehe mein Handy aus der Hosentasche. Otis hat mir schon eine Nachricht geschrieben.

Es tut mir leid. Alles.

In mir drin wird es beängstigend ruhig. Alles? Was alles? Dass er diese Vici fickt? Dass er sich neben mir mit anderen *Weibern* trifft, wie es Maxim so widerwärtig ausgedrückt hat? Dass er mir nicht hinterhergelaufen ist? Dass wir jetzt schon wieder alleine sind, obwohl wir doch zusammengehören? Oder meint er mein Herz, das gerade stolpert und dann zerbricht?

Alles ist ein unfassbar großes Wort. Und ich bin mir absolut sicher – drauf geschissen, ob es mich zu Boden ringt oder fliegen lässt –: Für mich ist alles …

Otis.

»VERLIEB DICH. IN MICH.
BITTE VERLIEB DICH IN MICH.
WAS ICH WILL?
ICH WILL DICH NICHT ZERSTÖREN.
ICH WILL DICH NICHT VERLIEREN.
DU ENTFACHST EINEN STURM.
UND ICH WILL, DASS ER MEINEN NAMEN TRÄGT.«

Otis

Ich zucke zusammen, als mein Handy vibriert. Mit zitternden Fingern hole ich es aus meiner Hosentasche, aber die angespannte Nervosität verfliegt sofort, weil mir schon auf dem Sperrbildschirm eine Nachricht von Levy angezeigt wird.

> Heute Abend Skypen geht klar. Hast du die
> Sache mit Ria mittlerweile geklärt?

Enttäuscht tippe ich ein knappes *Nein, ist nicht so leicht* zurück. Was glaubt Levy denn, weshalb ich ihn sonst um ein Gespräch gebeten habe? Gloria redet weiterhin kein Wort mit mir und Levy ist ihr bester Freund, von dem ich mir ... keine Ahnung, einen hilfreichen Ratschlag erwarte? Ratschläge kann ich nämlich einige gebrauchen, und das nicht nur Gloria betreffend.

Auch bei Ella habe ich das Gefühl, es verbockt zu haben. Seit sie sich das Recht herausgenommen hat, der Scheißsituation zu entfliehen, in die uns Maxim gebracht hat, werde ich den grässlichen Druck in meinem Magen nicht mehr los. Ständig glaube ich, dass ich mich übergeben muss. Doch egal wie heftig ich würge, es kommt nichts raus. Vielleicht, weil das Problem viel höher sitzt. Es ist mein Herz, das wehtut, und der Schmerz strahlt runter bis in den Magen.

Ich bilde mir ein, dass es mir besser ginge, würde ich mich übergeben oder Maxim die Schuld für den Ausgang der Kontrolle geben. Aber so funktioniert es nicht. Weil Maxim nicht das Problem ist. Hätte ich ihm nicht eine Person vorgespielt, die ich nicht bin, wäre es nie zu einem Gespräch wie dem bei der Telelux-Fabrik gekommen.

Und Ella hätte mir auch nicht diese verwirrende Nachricht geschickt, die als Antwort auf meine Entschuldigung kam, bevor zwischen uns Funkstille herrschte.

Sie beinhaltet nur die Adresse eines Secondhandladens, in dem ich gerade stehe. Draußen regnet es, weshalb es im Geschäft trotz gedimmter Beleuchtung düster ist.

Angeblich ist der winzige Shop im Prenzlauer Berg die beste Anlaufstelle, wenn es um hässliche Biberkuscheltiere geht.

Wahrscheinlich sollte ich Ella einfach dankbar sein, dass sie mir den Tipp mit dem Secondhandladen gegeben hat. So bringe ich womöglich endlich genug Mut auf, um mit Ria zu sprechen. Doch jetzt halte ich das gefühlt hundertste in der Hand und weiß nicht, ob ich den Teddy mit falsch herum aufgenähtem Lächeln aus Mitleid einfach mitnehmen oder gegen den Kopf des schlaksigen, gelangweilten Mitarbeiters knallen soll, der, den Blick starr auf sein Handydisplay gesenkt, am Verkaufstresen herumlungert. Aus irgendeinem Grund kommt er mir bekannt vor, aber das liegt ziemlich sicher an dem unterschwelligen Marihuana-Geruch, der mich wie eine Wolke umhüllt, seit ich den Laden betreten habe. Vermutlich lag ich schon mal auf dem Typen drauf, berufsbedingt.

Ich setze den Teddy zurück aufs Regal. Ganz ehrlich? Hier gibt es nirgendwo einen Scheißbiber.

»Entschuldigen Sie?«, frage ich in Richtung des Verkäufers, der erst ein paar Sekunden später den Kopf hebt und den bunten Schild seiner Kappe nach hinten dreht. Ein entnervter Blick trifft mich.

»Was gibt's?«

»Ich suche ein äußerst hässliches Biberkuscheltier.«

Überrascht zieht er die Augenbrauen zusammen. Wie abgefahren muss eine Nachfrage sein, wenn sie selbst so einen Typen aus dem Konzept bringt? Sein Blick wandert über meinen Oberkörper, der in einem marineblauen Polizeishirt steckt, weil ich direkt nach der Frühschicht hergefahren bin, und bleibt an den Kuscheltieren in meinem Rücken haften.

»Biber?« Er senkt den Blick und richtet seine Kappe. Was hat er denn bloß mit dem Teil?

»Hatten wir einen hier.«

»Hatten?«

»War heute Morgen schon jemand vor dir da und hat ihn gekauft«, schießt er sofort zurück und ich bin kurz davor, mich zu entschuldigen, weil ich anscheinend vorschnell über ihn geurteilt habe. Und ... Moment. Wer hat bitte diesen Biber gekauft? Ella? Die Ader in meinem Hals fängt an zu pochen. Das kann nicht Ella gewesen sein. Ich gebe zu, es ist ein extremer Zufall, dass gerade an diesem Morgen irgendjemand Fremdes ein Biberkuscheltier kauft, und zwar in genau dem Laden, den mir Ella empfohlen hat.

Aber es *ist* definitiv ein Zufall, oder?

»Die Person, die ihn gekauft hat«, beginne ich und drücke mir das zurückgestrichene Haar platt. »Das war nicht zufällig eine junge Frau?«

»Könnte schon sein.« Der Verkäufer überlegt kurz und grinst einen Moment später. »Locker, aufgeschlossen ... Nee, ganz ehrlich, wenn ich dich anschaue, kennst du sie nicht, zumindest nicht privat.«

Ach so, weil Polizisten nicht aufgeschlossen und locker sein können? Was ich dank Ella definitiv weiß, ist, dass mein engstirniges Denken in Bezug auf mich und meinen Job als Polizist auch von solchen Vorurteilen herrührt. Viel wichtiger ist aber, dass mir gerade nur eine lockere, aufgeschlossene Frau einfällt. Ella.

»Kein Ding.« Ich nicke dem Verkäufer kurz zu und verlasse mit rasendem Herzen den Laden.

Wieso schnappt mir Ella diesen Biber vor der Nase weg? Ist das so eine Art Botschaft? Ich werde es nicht herausfinden, weil ich mir geschworen habe, sie nicht zu bedrängen.

Dabei bleibt es. Trotzdem spüre ich, wie sich Hoffnung in mir ausbreitet. Kann ich das hier einfach als gutes Omen für das ausstehende Gespräch mit Gloria deuten? Vielleicht will mir Ella signalisieren, dass ich es alleine hinbekommen muss. Ohne Levys Hilfe und ohne ein Kuscheltier, in dessen Fell ich meine Finger krallen kann, wenn mir die Wahrheit zu viel wird. Man kann sich doch nur auf mich verlassen, wenn ich keine dämliche Krücke brauche, um ein Gespräch zu führen. Hat Levy nicht so etwas Ähnliches in Ellas WG behauptet? Ich soll über meine Gefühle reden und keine Angst mehr haben. Nichts mehr aufschieben.

Kann aber auch sein, dass ich bloß übermüdet bin und deshalb nur Müll denke, aber so schnell, wie ich zum Altersheim fahre und dort zum unbesetzten Anmeldetresen sprinte, muss irgendetwas an meinen Gedanken richtig sein.

»WAS ICH WILL?
ICH WILL JEDEM ERZÄHLEN,
WIE SEHR ICH DICH LIEBE.
ICH WILL DICH KÜSSEN. NICHT NUR
DEINEN MUND, AUCH DEINEN NACKEN,
DIE WANGEN, DIE STIRN.
ICH WILL MIT DIR TANZEN UND DÄMLICHE
STRICHMÄNNCHEN VON UNS ZEICHNEN.
MIT HERZEN DARÜBER: O UND E.
ICH WILL ...«

Otis

»Ist Gloria Melzke da?«, frage ich die erstbeste Pflegerin, die an mir vorbeiläuft und sich jetzt wahrscheinlich zweimal überlegt, ob sie mir weiterhilft.

»Otis, oder?« Sie deutet auf das Berlinwappen auf meiner Brust, als ich von ihr wissen will, woher sie mich kennt. »Wir haben nur eine Polizeifamilie auf der Station.«

Familie. Ich muss die Tränen mit Gewalt hinunterzwingen. »I-ist Ria hier?«

»Sie war vor ungefähr fünf Minuten kurz vorn, ist aber jetzt im Zimmer eines Patienten, glaube ich.«

»Wo?«

»Kann ich dir nicht sagen. Warte einfach hier.«

Warten? Geht nicht, sorry. »Erster Stock, zweiter ... dritter?«

»Hier unten auf der Etage«, antwortet sie mit einem Lächeln.

»Aber bitte stürm kein Patientenzimmer mit deiner Kleidung. Wir behandeln hier Menschen mit erhöhtem Herzinfarktrisiko.«

Sehr witzig, als ob ich so etwas tun würde. Okay, mein panischer Blick in Richtung Flur, auf den Rias Kollegin bis eben noch gedeutet hat, rechtfertigt deren Warnung. Ich muss runterkommen, weil ich sonst während des Gesprächs mit Gloria durchdrehe oder losheule, wahrscheinlich beides, und deshalb setze ich mich jetzt doch lieber auf einen der Stühle in der Cafeteria, statt nach ihr zu suchen. Natürlich beäugt mich Rias Kollegin dabei skeptisch.

Ist es erbärmlich, dass sie sich bei meinem verwirrenden Verhalten wahrscheinlich fragt, ob ich ein echter Polizist bin? Ja. Aber daran kann ich jetzt nicht denken.

Ich will es nicht, aber ich muss endlich über meine Ängste und Probleme reden. Ohne dass mir Levy oder sonst wer vorher vorgibt, was ich sagen soll. Ohne Biberkuscheltier. Und am besten auch noch heute.

Mein Herz krampft sich zusammen, als Glorias Stimme wie aufs Stichwort vom Flur her zu mir dringt.

»Herr List, Sie machen das ganz großartig.« Ich höre ihr an, dass sie die Lippen spitzt, und jetzt lacht sie glockenhell. »Nein, nein. Glauben Sie mir einfach, wenn ich Ihnen sage, dass wir schon viel schneller unterwegs sind als vor drei Wochen. Na, und ob das Ihren Enkel beeindrucken wird. Ich hab ihn he–«

Weiter höre ich ihr nicht zu, weil mir plötzlich die Kehle eng wird. Ich muss damit aufhören, an Gloria zu zweifeln. Sie weiß ganz genau, was sie tut und welchen Weg sie für ihre Zukunft wählen will. Meine Schwester ist erwachsen. Im selben Moment, in dem ich es denke, wird mir bewusst, dass es meine Kontrolle gar nicht braucht, und auch kein Biberkuscheltier.

Alle Erinnerungen an unsere gemeinsame Kindheit und an Mama sind unser Versprechen, dass wir gemeinsam in die Zukunft gehen. Wir müssen uns die dazugehörigen Geschichten nur immer wieder erzählen. Während des Abendessens. An Weihnachten. Bei jedem Geburtstag. Wenn wir die Erinnerungen aneinander am Leben erhalten, dann müssen unsere Wege nicht identisch verlaufen, dann reicht es aus, wenn sie sich hin und wieder kreuzen.

Ich schlucke gegen den dicken Kloß im Hals an, als es hinter mir plötzlich laut scheppert.

»Ria«, sagt eine Frauenstimme, »ich hab dir eine Brezel mit Butter zurückgelegt.«

Rias Blick schießt hoch und sie wird knallrot, als er auf die Frau trifft, die eben nach ihr gerufen hat. Sie verzieht die Mundwinkel zu einem verlegenen Lächeln, das exakt in der Sekunde, als sie den Kopf zu mir dreht, einfriert.

»O-Otis? Was machst du denn hier?«

»Hi.« Ich lege den Kopf schief und schlucke den Drang hinunter, auf die Bedienung zu lenken, die ich nur aus dem Augenwinkel erkennen kann. »Können wir reden?«

Rias Ausdruck sagt so viel wie: *Was für eine dumme Frage – ich arbeite gerade.* Und ja, ich bereue es sofort, dass ich hergekommen bin und sie bei ihrem Job störe. Wenn sie das macht, weise ich sie im Gegenzug jedes Mal zurecht. Ich schätze, das ist nicht fair, weshalb ich anfüge: »Entschuldigung. Nicht nur für meine Lügen, da muss eindeutig mehr kommen als das hier, sondern dafür, dass ich dich und deinen Job bis heute nie richtig ernst genommen habe.«

»Ist das dein Bruder? Der Polizist?«, fragt der ältere Herr, den Gloria noch immer beim Stehen stützt. Wobei das eigentlich nicht richtig so ist, denn der Mann hat eine erstaunliche Kraft und kann sich gut eigenständig auf seinem Gehwagen halten. »Meintest du gestern nicht, dass er hier erst auftauchen würde, wenn das Heim abbrennt?«

Ich unterdrücke ein Lachen und fahre mir nervös durchs Haar und dann in den vom Schweiß gekühlten Nacken. Ich habe Angstgänsehaut.

»Ja«, erwidert Gloria und schaut nur mich an, als sie fortfährt. »Ich glaube, er wird auch so schnell nicht wieder verschwinden. Ich bring Sie zurück ins Zimmer, in Ordnung?«

»Ach, ich würde einfach die Butterbrezel essen und mich solange auf den Stuhl dort setzen.« Der Herr schielt auf einen sonnigen Platz am Fenster. »Ich versuche auch den Weg alleine zurückzulegen. Pass mal auf!«

Bevor Gloria etwas tun kann, legt Herr List einen überraschenden Sprint zur Verkaufstheke hin, wo ihm die Bedienung sofort unter die Arme greift und ihn ans Fenster begleitet.

»Ich hab Ihnen immer gesagt, dass Sie das können«, sagt Ria mit einem stolzen Grinsen und kommt auf mich zu. Sie hockt sich auf den Stuhl mir gegenüber, dann schlägt sie die Beine übereinander und schaut mich erwartungsvoll an.

»Ria ich ... okay, Scheiße. Nein, ich hätte es dir unter absolut keinen Umständen früher gesagt. Ich schätze, das wirst du mir mein Leben lang vorwerfen können. Was völlig in Ordnung ist.«

»Definitiv.«

Wie leicht es wäre, ihr aufzutragen, dass mit dieser Entschuldigung wieder alles gut ist. *Ich habe meine Lektion gelernt*, will ich mich verteidigen. Aber ich habe kein Recht dazu, ihr vorzugeben, ab wann sie nicht mehr wütend auf mich ist.

»Ich bereue es, dass ich dich belogen habe. Bis ich ... na ja, bis vor Kurzem konnte ich einfach nicht aus meiner Haut.« Ich atme stockend aus. In meinen Ohren klingt es wie ein heiseres Lachen, aber Gloria schaut nur irritiert. »Ich glaube, ich habe erst durch ... also, ich habe erst vor ein paar Tagen so richtig verstanden, wie egoistisch es sein kann, aus einer Angst heraus zu schweigen. Ja, das funktioniert für eine Weile. Aber ich hab meine Angst zu einer Maske werden lassen, die ich immer dann aufgezogen habe, wenn ich verzweifelt nach einer Ausrede für mein abschätziges Verhalten gesucht habe, und auch jedes Mal, wenn ich zu feige war, etwas zu sagen oder zu tun. Ich hätte viel früher mit dir reden müssen, Ria, aber ich hatte Angst, dass ich dich dadurch verliere.«

»Angst ist etwas völlig Normales«, erwidert sie. »Du hattest allen Grund dazu, weil ... du das Ganze ja gar nicht richtig einordnen konntest.«

Während sie antwortet, beugt sich Gloria ein Stück zu mir vor. Bewusst? Unterbewusst? Ganz egal. Dass sie überhaupt auf mich zukommt, erleichtert mich. An ihrem entschlossenen Ausdruck merke ich, dass sie lange über das, was jetzt kommt, nachgedacht hat. Immerhin war es richtig, ihr die Zeit dafür zu geben.

»Unsere Mutter erzählt dir etwas und dann ... geht sie einfach. Für immer. Es tut mir unendlich leid, dass sie eine Aufgabe, die sie bis zu ihrem Tod nicht übernommen hat, einfach an dich weitergibt. Das war unfair. Und ich begreife es auch nicht. Du warst ihr immer so wichtig, während ich manchmal das Gefühl hatte, dass sie sich nicht so wirklich für mich interessiert. Das ist etwas, was ich nie kapiert habe, und das ... Mann, ich glaube, das ist auch mein eigentliches Problem bei der ganzen Sache. Wenn Mama schon Geheimnisse hatte, wieso hätte es dann nicht jenes sein können, dass sie mich genauso sehr geliebt hat?« Glorias Stirn ist gerunzelt und obwohl sie sich hektisch über die Augen wischt, sehe ich die Tränen in ihnen. »Allerdings ist das ein ganz anderes Thema. Dein Verhalten rechtfertigt sich nicht durch Mamas Lügen.«

»Da hast du recht. Aber Mama hat dich geliebt, Ria. Sie hätte dir nie wehtun wollen. Vielleicht war ihre Liebe zu gut hinter ihrer Selbstkritik versteckt. Sie war sehr hart mit sich selbst. Aber doch nur, weil mein leiblicher Vater so ein mieses Arschloch ist, dem ich und sie kein bisschen wichtig waren. Wenn Mama mich bevorzugt hat, Ria, dann doch nur aus einem schlechten Gewissen heraus.«

»Kennst du ihn?«, fragt Ria unvermittelt. »Kennst du deinen Vater?«

»Ja.« Ich zögere, aber es hat keinen Sinn, es noch länger für mich zu behalten. »Ich habe ihn vor einem Jahr das erste Mal besucht. Das hätte ich vielleicht nicht tun sollen. Ich bin glücklich mit Papa und dir, Ria. Das verspreche ich dir. Alles, was ich je wollte, war, euch vor der Wahrheit zu beschützen. Ihr solltet Mama nicht als Lügnerin in Erinnerung behalten. Aber ich habe mich mit dem Wissen, nicht wirklich zu Papa und dir zu gehören, so falsch gefühlt. Deshalb wollte ich meinen leiblichen Vater finden. Ich habe gehofft, endlich wieder Otis sein zu dürfen, wenn ich ihn kennenlerne. Mein erster Besuch war nicht wirklich geplant, das schwöre ich dir. Ich habe seinen Namen im Polizeiregister gesucht und darüber herausgefunden, dass ich einen Halbbruder habe. Diese Info gab den Ausschlag.«

»Einen Halbbruder?« Sie verzieht das Gesicht zu einer Grimasse. »Ist er wenigstens klein und süß?«

Ich muss lachen. »Ist er, aber ...« Ich breche ab und schnappe nach Luft. »Er ist letzte Woche nach Hannover gezogen.«

»Wo ist das Problem?«, will Ria wissen. »Du kannst ihn doch jederzeit besuchen, oder?«

»Ich hab mich ja noch nicht einmal ordentlich bei ihm verabschiedet.«

»Du hast ... was?« Ria sieht mich entgeistert an. »Otis Joachim Melzke, das ist nicht dein Ernst.«

»Ich weiß noch immer nicht, wie ich mit allem richtig umgehen soll«, setze ich zur Verteidigung an, lasse es dann jedoch lieber. »Mein Verhalten ist scheiße, da gibt es nichts zu entschuldigen. Und ich überlege doch auch schon die ganze Zeit, wie ich das Problem angehen soll. Doch alles, was ich in den letzten Tagen über meinen Vater erfahren habe ... ich weiß nicht, ob ich ein Wiedersehen mit ihm hinkriege oder ob ich es überhaupt will.«

»Warte ... Was meinst du damit?«

»Mama hat jahrelang versucht Kontakt zu ihm herzustellen.

Ich glaube, das ist der Grund, wieso sie oft abwesend war. Dass er nichts von mir wissen wollte, hat immer an ihr genagt, sagt Papa. Sie wollte nur das Beste für uns. Ich weiß, dass das nicht entschuldigt, dass ich dir seit ihrem Tod immer das Gefühl gegeben habe, du müsstest durchziehen, was Mama wollte. Du hast dich verändert und das hat mir Angst gemacht. Ich glaube, dass ich vor jeder Sache Panik hatte, die nicht nach Plan verlief und für die ich nicht innerhalb weniger Sekunden eine Lösung parat hatte. Ich dachte immer, solange mein Leben geradlinig ist, kann ich damit alle Probleme zur Seite schieben ...«

Gloria antwortet nicht sofort darauf. »Ehrlich gesagt, ich weiß nicht, was genau ich darauf sagen soll, und wahrscheinlich ist das hier nicht der richtige Ort für die Fragen, die ich noch habe ... aber: Lass diesen kleinen Jungen nicht im Stich! Ich bin keine Psychologin, trotzdem schätze ich, dein Verhalten richtet selbst in seinem Alter einen größeren Schaden an, als du dir vorstellen kannst. Vielleicht fragst du das mal Ella? Sie ist Erzieherin und kennt sich mit so was sicher aus.«

Ich schlucke, weil ich nicht damit gerechnet habe, dass wir auf Ella zu sprechen kommen. Mein Herz ist bei der Nennung ihres Namens kurz ins Stolpern geraten. Jetzt fühlt es sich so an, als würde es zerreißen. Plötzlich kommt es mir wie eine peinliche Ausrede vor, eine Reaktion von ihr abzuwarten. Ist es nicht meine Aufgabe, ihr zu beweisen, wie wichtig sie mir ist?

»Wieso schaust du jetzt so verkniffen?«

»Ich habe Ella neulich geküsst, weil sie mir etwas bedeutet. Nein, das ist nicht richtig so. Ella ist eine Frau, die sich Mama für mich gewünscht hätte. Alles mit ihr fühlt sich richtig an. Wirklich, Ria. Ich habe mich in Ella verliebt.«

Meine Unsicherheit verringert sofort die Distanz zwischen uns. Plötzlich umfasst Ria mein Gesicht und drückt mir einen Kuss auf die Stirn. »Weiß ich doch.«

Ich muss lächeln, als sie sich wieder von mir löst, weil dieser Kuss sich wie ein Versprechen anfühlt. Ein Versprechen, dass alles gut wird und sie mir verzeiht. Dass wir eine Familie bleiben und zusammen mit allem klarkommen. Irgendwie. Der Tod unserer Mutter war ein totaler Schock für uns beide und jetzt endlich teilen wir uns auch den Schock darüber, keine richtigen Geschwister zu sein. Was Quatsch ist. Wir sind Geschwister. Vielleicht sogar welche, die enger verbunden sind, als manche es durch ihr Blut je sein könnten.

»Ist mir schon seit dem Festival klar, dass da irgendwann was zwischen euch laufen wird«, fügt Ria an. »Hast du mit Ella darüber geredet?«

»Ich habe das getan, was ich am besten kann: dafür gesorgt, dass sie mich unter keinen Umständen will.«

Einen kurzen Moment überlegt Gloria, dann grinst sie. »Ich weiß übrigens, dass du seit Wochen heimlich Mamas Gedichtband liest. Jeden zweiten Abend steckt er anders im Regal als zuvor, was so ganz nebenbei beweist, dass du bei der Polizei ganz gut aufgehoben bist. Eine Verbrecherkarriere würde wohl eher nicht infrage kommen. Hast du das Drei-Fragen-Gedicht je zu Ende gelesen?«

Ich schüttle den Kopf. Was soll das denn jetzt? Ich würde gerne weiter über Ella reden.

Ria aber anscheinend nicht, denn sie reckt das Kinn und fragt: »Lies es zu Ende, Otis.«

»Was?«

»Vertrau mir.« Sie schielt über meine Schulter hinweg zu Herrn List. »Sorry, ich muss schauen, dass er sich nicht noch ein Stück Käsekuchen dazubestellt.«

»Sehen wir uns später in der WG?«

»Ich brauch noch ein bisschen Zeit.« Sie lächelt kurz. »Aber unsere WG gefällt mir eindeutig besser als Charlies Zimmer.«

Daraufhin fällt mir ein Stein vom Herzen, den vermutlich selbst Herr List überdeutlich aufschlagen hört.

✶ ✶ ✶

»Wieso wolltest du unseren Chat absagen?«, fragt Levy, kaum dass sich eine Verbindung hergestellt hat und ich seine verschwommene Gestalt auf dem Bildschirm meines Handys erkenne.

»Ich hab schon mit Gloria geredet«, erwidere ich, als ich mich aufs Bett werfe und gegen das Kopfende lehne. Ich seufze leise und klemme das Handy dann zwischen meine Beine, um mir durchs Haar zu fahren. »Wo bist du überhaupt?«

»Im Stall.« Levy schwenkt die Kamera kurz über das Innere des Stallgebäudes. Das Holz ist dunkelbraun gestrichen und auf die Schnelle erkenne ich drei Boxen, die durch einen langen Gang verbunden sind, in dem Levy steht. Alles wirkt sauber und ausreichend groß. Weil Levy jetzt auch den Boden filmt, sehe ich, dass er schwarze Gummistiefel trägt. Mit einem Fuß schiebt er gerade loses Stroh zu einem kleinen Haufen zusammen, dann lacht er leise. »Ich bin eigentlich dafür verantwortlich, dass der Boden ordentlich gefegt ist, damit sich kein Heu in den Hufen der Tiere sammelt. Aber das Pferd dort hinten hat eine Augenentzündung, worum ich mich zuerst gekümmert habe.«

Er bewegt das Handy so schnell, dass ich das weiße Pferd in der hintersten Box nur erahnen kann, dann sehe ich wieder sein Gesicht. »Lief gut mit Ria?«

Ich kann mir vorstellen, dass Gloria ihm schon längst von unserem Gespräch berichtet hat, und als Levy erneut ansetzt, weiß ich, dass ich recht habe.

»Sie hat es dir erzählt, oder?«, komme ich ihm zuvor.

Er nickt. »Ich musste dreimal nachfragen, ob wir von ein und demselben Otis sprechen«, erklärt er und kneift die Augen zusammen. »Aber dann hat sie Ellas Namen erwähnt und damit war alles klar.«

Sofort fange ich an zu blinzeln, weil meine Augen heiß werden und brennen.

Levy räuspert sich. »Sorry. Ich dachte, ich lenk sofort auf den Grund, weshalb ich dich trotzdem angerufen habe. Wir können aber auch weiter über Pferde reden.«

»Ist schon okay«, sage ich mit trockener Kehle. »Bringt ja nichts ... Leg los.«

»Ich hab mit Charlie darüber geredet und wahrscheinlich sollte ich dir das nicht einfach so erzählen, aber wenn du mir schwörst, dass du nicht plauderst –«

»Ich schwöre es hoch und heilig.« Das kommt mir sehr schnell und laut über die Lippen.

Levy lacht, doch dann werden seine Züge ernst. »Ella hat sich ihr wegen ihres Vaters anvertraut. Wenn ich es alles richtig verstanden habe, hat er sie und ihre Mutter im Stich gelassen und ist jetzt nach Jahren der Funkstille ungefragt wieder aufgetaucht. Wahrscheinlich ist das gerade ziemlich viel für sie.«

Ich nicke abermals, kann die Gedanken, die plötzlich wild in meinem Kopf durcheinanderschießen, jedoch nicht zurückhalten.

»Was weißt du über ihren Vater?«, platzt es deshalb aus mir heraus.

»Nicht viel.« Im Hintergrund klappern Hufe. »Aber denk mal darüber nach, Otis, wie wenige Sekunden es braucht, um ein ganzes Leben zu zerstören.«

»Hmm ...« Ich umgreife mein Handgelenk und aus irgendeinem seltsamen Grund muss ich jetzt daran denken, dass Ella davon erzählt hat, wie sehr sie das Piep-Geräusch an Flughäfen hasst, genauso wie mir Tropfgeräusche und Wasserrauschen auf die Nerven gehen. Scheiße, ich fühle mich, als würde ich erst jetzt etwas kapieren, das seit Tagen offen vor mir auf der Straße liegt.

Einen Elternteil zu verlieren, auf welche Weise auch immer, ist einfach komisch. Meine Mutter ist tot. Ich weiß, dass ich nie wieder mit ihr reden kann, und trotzdem wache ich an manchen Tagen auf und ertappe mich bei dem Gedanken, nach ihr rufen zu wollen, wie ich es früher als Kind getan habe. So etwas passiert nicht häufig und mit jedem Jahr, das vergeht, immer weniger. Aber hin und wieder trifft es mich wie ein Fausthieb: Ich werde nie wieder mit Mama reden können. In solchen Momenten fühlt es sich an, als würde ich sie ein zweites Mal verlieren.

Erlebt Ella den Verlust ihres Vaters ähnlich? Wie würde es mir damit gehen, wenn Mama nicht tot wäre, sondern jederzeit vor meiner Haustür auftauchen könnte? Und ich das gar nicht wollen würde? Ich versuche es mir vorzustellen, bis Levy sich räuspert.

»Otis ... ich hab dir das nie erzählt, aber auf dem Festival, als ich Charlie kennengelernt habe, da hatte ich keinen blassen Schimmer, welche Ängste sie quälen. Das Einzige, was mir damals zur Beschwichtigung einfiel, war ein Kuss auf die Stirn, und ich schätze, den sieht sie bis heute als mein Versprechen an, dass ich sie nicht im Stich lasse, ganz egal, was zwischen uns ist und sein wird.«

Nach dem Gespräch mit Ria heute kann ich Levys Worte nachvollziehen, aber – oh shit, ist das der Grund, weshalb Ella diese Regeln aufgestellt hat? Sie wollte um alles in der Welt vermeiden, dass wir uns irgendein Versprechen geben. Weil sie Angst hatte, dass ich sie im Stich lasse. Das hat ihr Vater getan. Er hat ihr etwas versprochen, an das er sich nicht gehalten hat, womit sie bis heute nicht klarkommt.

Wenn ich so darüber nachdenke, bin ich keinen Deut besser als Ellas Vater oder mein leiblicher. Denn ich habe nicht nur Ella, sondern auch meinem Bruder mein Wort gegeben.

»Otis? Ist dein Bild eingefroren?«

»Sorry, ich glaube, ich muss ein bisschen was geradebiegen.« Unendlich angespannt rede ich mit Levy noch kurz über Charlie, die anscheinend auf ihre spontane Bewerbung hin ein Ausbildungsplatzangebot in Berlin bekommen hat und bald Mediengestalterin wird, weshalb die beiden spätestens ab Frühling wieder zurückkommen. Mit Levys Stimme im Ohr, die mir sagt, dass ich das alles hinkriege, lege ich schließlich auf. Ohne weiter nachzudenken, hole ich Mamas Lieblingsgedichtband aus Glorias Zimmer, lese das Drei-Fragen-Gedicht zu Ende und lege ihn danach neben ein Notizbuch auf meinen Schreibtisch, in das ich seit ein paar Tagen nichts mehr geschrieben habe.

Mit klopfendem Herzen streiche ich eine Seite glatt. Schon als ich die ersten Worte schreibe, fange ich hemmungslos zu weinen an. Mein Herz schmerzt, als sich die Seite Wort für Wort füllt.

EUPHORIA
FOREVER, 'TIL THE END OF TIME
FROM NOW ON, ONLY YOU AND I
IN MEINEM KOPF IST NUR O-O-O-O-OTIS

Ella

»Worüber möchtest du mit mir sprechen, Ella?« Juliane, die Kindergartenleitung, sieht kurz von ihrem Schreibtisch auf, bevor sie mir mit einem Fingerdeut aufs Telefon zu verstehen gibt, dass ich kurz warten soll. Meistens ist sie selbst in einer der Erziehergruppen mit eingebunden, weshalb es nicht so leicht ist, sie für ein Gespräch zwischen Tür und Angel zu erwischen, doch heute habe ich anscheinend Glück. Oder ihre Anwesenheit ist schlichtweg jenes Zeichen, auf das ich seit Tagen warte.

Vor zehn Minuten bin ich erst durch die Eingangstür gehuscht und danach direkt zu Bela gerannt, um ihn darum zu bitten, den Morgenkreis alleine zu übernehmen. Denn gestern Abend ist meine Entscheidung endgültig gefallen: Ich fliege übermorgen zu meinem Vater nach Kanada. Punkt.

»Klar kriege ich die Kids bis Weihnachten auch alleine versorgt, notfalls legen wir zwei Gruppen zusammen.« Bela sah richtig besorgt aus, nachdem ich ihm kurz angebunden vom Angebot meines Vaters erzählt habe. Anstatt ein Auge auf die Kinder zu haben, lag seine volle Aufmerksamkeit auf mir. »Aber bist du dir sicher, dass du zu ihm fliegen willst?«

Natürlich nicht. Ich bin mir bei gar nichts mehr sicher.

Möchte ich meinen Vater sehen? Ich weiß es nicht.

Soll ich Otis schreiben? Ja, nein, vielleicht.

Seit der Einladung meines Vaters dreht sich das Gedankenkarussell in meinem Kopf wie wild und nur bei einem einzigen Gedanken bremst es immer wieder ruckartig: *Ich kann das doch nicht einfach so machen! Ich werde nicht zu seinem Geburtstag kommen, wenn wir siebzehn Jahre lang kein Wort miteinander geredet haben und er derjenige war, der mich damals im Stich gelassen hat.* Schon wieder schießen mir Tränen in die Augen, die ich schnell wegwische. Meine Mutter meinte gestern, dass ich tief in mir ganz genau weiß, ob ich fliegen will, und nur deshalb habe ich überhaupt zugesagt. Niemand verschließt sich im Innersten gegen den eigenen Vater. Oder? Keine Ahnung, verdammt, ich habe keinen blassen Schimmer, was ich will. Aber jetzt bleibt mir keine Zeit mehr, noch länger darüber nachzudenken.

Ich schlucke die Unsicherheit über diese Entscheidung runter und räuspere mich, als Juliane auflegt, sich ganz zu mir umdreht und die Beine überschlägt. »Es tut mir leid, wenn ich dich kurz stören muss, aber ...« Bevor ich die Frage beenden kann, schnürt sich mir die Kehle zu.

»Ist was mit einem der Kinder?«

»Nein«, sage ich sofort. »Da ist alles in Ordnung. Es geht um mich.« Ich kann spüren, wie der Kloß in meinem Hals anschwillt und in Richtung Magen wandert, als Juliane mich kurz irritiert beäugt. »Also ...« Ich schließe die Augen, atme tief durch und dann presse ich es irgendwie hervor: »Ich brauche ab morgen für ein paar Tage frei.«

»Was?«, fragt sie. »So spontan wird das schwer, Ella, es ist kurz vor den Weihnachtsferien. Oder ... ist irgendetwas passiert? Ist alles in Ordnung?«

Ich nicke schnell, dann beiße ich mir auf die Unterlippe, um nicht loszuheulen. »E-es ist nur so, dass mein Vater Geburtstag hat. Er möchte gerne, dass ich zu ihm nach Kanada fliege, aber ich weiß selbst, dass das sehr überraschend kommt. Wenn es nicht geht, ist das okay. D-dann besuche ich ihn in den Ferien.« Oder nie. Dann habe ich immerhin eine brauchbare, sachliche Ausrede. Vielleicht brauche ich einfach nur jemanden, der mir die Entscheidung abnimmt.

Juliane verschränkt die Hände im Schoß und Mist, ich kenne diese Geste. Sie macht sie immer dann, wenn sie bereit ist, über Dinge nachzudenken.

»Hast du mit Bela darüber gesprochen?«, will sie wissen.

»Für Bela und Miriam geht es in Ordnung, wenn ich bis zu den Weihnachtsferien ausfalle. Sie würden die Gruppen einfach zusammenlegen. Bei Miriam sind es im Moment sowieso weniger Kinder als sonst. Aber ich habe vollstes Verständnis, wenn meine Bitte zu spontan ist!«

Garantiert bedeutet Julianes Augenbrauenzucken, dass sie eine Million Fragen hat, die sie aber zurückhält. »Es wäre ja auch kein Problem, Rubys Vater zu fragen. Ich hab eben noch mit ihm telefoniert. Er hat ja im Herbst schon mal ausgeholfen, als Miriam für ein paar Wochen ausgefallen ist. Das hat auch den Vorteil für uns, dass Bastian sich vielleicht dazu entscheidet, nach seiner Auszeit zu uns zu wechseln. Dann geht das so in Ordnung, Ella.« Sie lächelt, und ich warte darauf, dass mich Erleichterung durchströmt, was nicht passiert.

»Ich kenne meinen Vater nicht besonders gut. Er hat sich ganz plötzlich bei mir gemeldet und er ist eben mein Vater ...«

Ich hasse es, dass ich mich jetzt auch noch rechtfertige, aber Juliane hört geduldig zu, bis ich mich schließlich selbst unterbreche.

»Eltern bleiben Eltern, ich weiß.« Sie wirft einen kurzen Blick auf ihr Telefon, wo ein Symbol angefangen hat aufzublinken. »Und da rufen auch schon wieder welche an.«

»Ich mag nicht länger stören«, sage ich schnell und habe dabei das schreckliche Gefühl, dass es jetzt kein Zurück mehr gibt. Egal.

Ohne weiter nachzudenken, erwidere ich Julianes vages Winken – sie ist schon ans Telefon gegangen und verdreht gerade die Augen – und verlasse ihr Büro.

Am hinteren Ende des Flurs ist Geschrei zu hören, als ich die Tür schließe. Eine Stimme erkenne ich sofort wieder, sie gehört Ruby.

»Weil das gar nicht verboten ist, das weiß ich!«, kreischt sie, woraufhin ich sofort in ihre Richtung haste.

»Man darf aber nur eine Frau heiraten, weil bei Mama und Papa ist es doch auch so, die sind auch ein Mädchen und ein Junge. So ist das immer.«

Als ich die beiden erreiche, wischt sich Ruby mit der Hand erst über die Nase, dann reibt sie sich die Augen und reckt das Kinn.

»Ich hab aber zwei Papas.«

»Aber das darfst du nicht.« Den Jungen, der Ruby entgeistert anstarrt, kenne ich nicht. Die orangefarbene Latzhose, die er trägt, ist an den Beinen viel zu lang, weshalb der Saum ganz ausgefranst und dreckig ist. Gerade zieht er die Nase hoch und beugt sich nach unten, um den Stoff hochzukrempeln, dann erst bemerkt er mich.

»Warum darf Ruby denn keine zwei Papas haben?«

Ich muss lächeln, als ich mich neben die beiden stelle, weil der Kleine jetzt ganz überfordert die dichten Augenbrauen zusammenzieht.

»W-weiß nicht.«

»Du darfst auch zwei Mamas haben«, erkläre ich. »Du darfst später eine Frau und auch einen Mann gern mögen, beides ist okay.«

Er überlegt kurz, dann zupft er an einer braunen Locke. »Also ist es nicht verboten, wenn ich einen Mann heirate?«

»Aber natürlich nicht!«

»Das ist ja cool!« Er stößt den Atem aus und beugt sich wieder runter, um auch das zweite Hosenbein hochzukrempeln. »Dann will ich später den Max heiraten, weil der mein bester Freund ist.« Er wirft Ruby einen Blick zu, die noch immer mit vorgerecktem Kinn dasteht, die winzigen Arme vor der Brust verschränkt. »Deine Papas sind richtig cool«, sagt der Junge nun, woraufhin sie die Arme lockert und grinst.

»Das weiß ich.«

Kaum hat Ruby das gesagt, dringt Belas Ruf bis zu uns nach hinten. »Ruby?«

»Alles gut«, erwidere ich schnell. »Ich bring sie mit.«

Ich warte, bis der kleine Junge zu seinem Gruppenraum gegenüber den Toiletten geht – seine Latzhose schleift dabei schon wieder über den Teppichboden –, dann greife ich nach Rubys Hand und wir gehen gemeinsam zurück zu Bela, der die Kleine zu den anderen in den Raum schickt und mich kurz am Arm festhält.

»Hat alles geklappt?«, will er wissen. Kaum habe ich genickt, zieht er ein in Leder eingebundenes Notizbuch hinter seinem Rücken hervor. Das hübsche rote Lesebändchen fällt mir sofort auf, weil es an einer Stelle eingelegt wurde, die ziemlich weit hinten ist. Auf dem Einband klebt ein Post-it und als Bela das Buch dreht, bemerke ich meinen Namen, den jemand darauf gekritzelt hat. Ich erkenne die Handschrift nicht, aber da steht eindeutig *Ella*.

»Liebe Grüße von Otis«, sagt Bela in diesem Moment und plötzlich schlägt mein Herz schneller. »Ich hatte heute Morgen zusammen mit Miriam die Sammelgruppe und er ist vor der Tür beinahe in mich reingestolpert. Ich dachte erst, das wär irgend so ein widerwärtiger Kerl ... sein Glück, dass er in Uniform da war. Ich schätze mal, er wollte eigentlich zu dir –«

»Was? Wieso hast du ihn nicht reingebeten?«

Bela legt zwei Finger hinter sein gepierctes Ohr und lächelt zerknirscht. »Weil du noch nicht da warst und wir nicht einfach irgendwelche Fremde ohne gute Begründung in den Kindergarten lassen, selbst die in Uniform nicht.«

»Hättest du nicht vorhin schon etwas sagen können?«

Er zuckt mit den Schultern, die heute gigantisch aussehen, weil Bela eine dieser Achtzigerjahrejacken mit Schulterpolster trägt. »Du bist nach meinem Okay sofort zur Chefin abgerauscht«, wendet er ein und reicht mir das Notizbuch.

Steif nehme ich es entgegen und streiche mit der anderen Hand über den rauen Ledereinband. Anscheinend hat Otis es ziemlich häufig genutzt, denn der Buchrücken ist ganz lose, beinahe gebrochen. »Ist das ein Tagebuch?«

Bela lacht leise. »So ähnlich ... glaube ich«, fügt er schnell an, als er meinen Blick bemerkt. »Ich war neugierig und hab nur ganz kurz reingeschaut. Ist eher so was wie ein ... selbst geschriebener Gedichtband? Schau es dir einfach in Ruhe an. Ich kümmere mich solange um die Kids.«

Ich kann nicht klar denken, als Bela mich an einem kreischenden Omar vorbei in Richtung des hinteren Bereichs des Aufenthaltsraums schiebt, den die Kids nur nachmittags nutzen dürfen. Wieso sollte mir Otis einen Gedichtband geben?

»Ich lass dich kurz allein, ja?«, sagt Bela noch mal und schlüpft an mir vorbei aus dem Zimmer, während ich perplex, das Buch fest an die Brust gedrückt, im Raum stehe und an die Wand starre. Dann gebe ich mir einen Ruck und öffne es an einer beliebigen Stelle in der Mitte.

25. November, Berlin, steht am oberen Rand der Seite.

Verlieb dich nicht. Nicht in mich. Ich vergesse meinen eigenen Namen für deinen. Dennoch ist an meiner Seite Schmerz die bessere Wahl.

O nein. Wieso musste es unbedingt diese Stelle sein? Jetzt habe ich unglaubliche Angst, denn ... das Notizbuch ist eine Art Abschiedsbrief, oder? Aber wieso würde Otis ihn mir genau jetzt schreiben, wo ich doch diejenige bin, die seine Nachrichten seit dem Festivalfinale ignoriert? Mit den Fingerspitzen streiche ich über die Schrift, die sich kantig vom Papier abhebt, als hätte Otis die Worte mit Tinte geschrieben. Den Knoten in meinem Magen kriege ich nicht gelöst, die nächste Seite schlage ich dennoch auf.

25. November, Berlin
Manchmal kommt es mir so vor, als würde der Himmel
bluten, und ich habe keinen blassen Schimmer, was ich
dagegen tun kann.

Auf diesen Satz folgen viele weitere. Diese Worte – sie schlagen alle irgendetwas in mir an, als stünde Otis unmittelbar neben mir und flüstere sie mir ins Ohr. Feine Gänsehaut breitet sich in meinem Nacken aus und weil ich gleich bei der Stelle bin, bei der Otis das Lesebändchen eingelegt hat, beschleunigt sich nun mein Puls.

Der Einband knarzt leise, als ich die Seiten behutsam auseinanderdrücke. Nicht einen einzigen Laut gebe ich von mir, während mein Blick auf zwei Strichmännchen ruht. Ein O und ein E steht jeweils in einem Herzen über ihren Köpfen. Darunter hat Otis etwas geschrieben.

11. Dezember, Berlin
Erste Frage: Wovor hast du Angst?
Ganz besonders davor, dass ein paar Sekunden die
schönste aller meiner Zukunftsversionen zerstört haben.
Ja, Victoria und ich hatten etwas Belangloses, bevor
ich dich wiedergetroffen habe, und nein, ich habe keine
zehn Frauen gleichzeitig am Start. Das habe ich nur
behauptet, damit Maxim mich wertschätzt,

*was sich sogar noch dämlicher liest, als es sich
anhört.*
Zweite Frage: Magst du Hunde?
*Ich liebe sie. Wenn ich könnte, würde ich jeden einzelnen
streunenden Hund adoptieren und aufziehen.*
Dritte Frage: Was tust du, wenn es regnet?
*Bei Regen tue ich nichts Besonderes, aber neulich habe
ich im Matsch getanzt. An der Spree. Während vielleicht
irgendwo nebenan Biber Sex hatten. Das satte Schmatzen
nackter Füße im Matsch klingt bei Regen vermutlich noch
viel schöner. Aber es müssen vier Füße sein, das ist wichtig.
Und zwei davon gehören dir.*
Vierte Frage: Was willst du?
*Nie mehr im Leben will ich irgendwem anders als dir diese
drei Fragen stellen müssen.*

Tränen laufen über meine Wangen. Mir ist ganz warm, weil das so
unerwartet kommt und mich auf eine Weise trifft, wie mich noch
nie irgendetwas berührt hat. Gleichzeitig läuft mir ein eiskalter
Schauder über den Rücken, weil Otis unter die Worte einen Pfeil
gemalt hat. *Wie albern*, denke ich mir, aber ich blättere um und was
ich jetzt lese, ist das Allerschönste. Gott, ich liebe Otis. Ich liebe
ihn so sehr.

Ich wische mir die Tränen aus dem Gesicht und lese seine Worte noch mal.

*Ella, ich will keine Geheimnisse mehr haben, weshalb ich
dir alles schicke, was ich aufgeschrieben habe, seit wir uns
wiedergetroffen haben. Ist es peinlich und unangenehm? Ja.
Könnte es dich verletzen? Ja. Zeigt es, wie sehr du mich zum
Nachdenken und Michverändern gebracht hast? Scheiße,
ja. Danke.*

Ich weiß nicht genau, was dein Vater getan hat. Dass ich trotzdem nicht wie er handeln will, liegt vielleicht nur daran, was zwischen uns passiert ist. Oder ich bin hilflos, weil ich mir seit Tagen schon so sehr wünsche, dass du mir mehr schreibst als die Adresse eines Secondhandladens. Immerhin habe ich den Wink mit dem Biber kapiert, glaube ich, und deshalb mit Ria über alles geredet.

Jedenfalls fahre ich am Dienstag – falls alles klappt, ist das zu dem Zeitpunkt, wenn du das liest, morgen – zu Linus nach Hannover, denn: Worte, Küsse und selbst Blicke können ein Versprechen sein, richtig? Ein Versprechen, zu bleiben oder zurückzukommen.

Wenn man einen Fehler macht, steht man dafür gerade, meintest du neulich, und wenn ich ein Versprechen gebe, dann setze ich ab heute alles daran, es zu halten.

Otis

Was will mir Otis mit der Biber-Sache sagen? Hat er das Kuscheltier in dem Secondhandladen besorgt, den ich ihm empfohlen habe? Ich verstehe es nicht, aber der restliche Eintrag jagt mir sofort einen warmen Adrenalinschub durch den Körper. Mit einem leisen Aufschluchzen ziehe ich mein Handy hervor. Am besten ich denke nicht lange nach und schütte Otis einfach mein Herz aus.

Doch als ich WhatsApp öffne, sehe ich, dass mein Vater ein Profilbild eingestellt hat.

Das Bild zeigt ihn neben einer jungen Frau und o Gott, sie trägt pinke Strähnen im Haar. Obwohl sie aussieht, als wäre sie gerade für eine Folge *Downton Abbey* gecastet worden, hat sie ihr Haar exakt wie ich frisiert.

Ich bin so überrumpelt, dass ich mir ihr Gesicht gar nicht richtig anschaue. Ich kann nicht glauben, dass meine … Halbschwester

mir irgendwie gleicht, und ganz bestimmt nicht auf die Art, wie sie
ihr Haar färbt. Ich weiß, dass es nur ein kleines Detail ist, das mich
in diesem Augenblick so sehr berührt.

Schluchzend lehne ich mich gegen ein buntes Spielhaus aus
Plastik. Ich bin mir noch immer nicht sicher, ob zu meinem Vater
zu fliegen die richtige Entscheidung ist, und vielleicht werde ich
darauf nie eine einhundertprozentig verlässliche Antwort bekommen. Mein Vater ist mir so fremd. Ich weiß ja noch nicht einmal, ob
ich diesen Mann brauche, ob ich ihn liebe.

Ich wische mir die Tränen aus dem Gesicht und tippe sein Profilbild an, das sich daraufhin vergrößert. Meine Halbschwester
ist bildhübsch. Sie trägt ihr pink gesträhntes Haar genau wie ich.
Sie ...

Aus dem Nichts gibt mein Handy ein Piepen von sich.

Keine Sekunde später ploppt eine Nachricht auf und währenddessen hämmert mir das Herz gegen die Rippen. Der Text ist auf
Englisch.

Unbekannt: Es ist kurz vor ein Uhr nachts. Ich
starre seit über zwei Stunden auf dein Profilbild und kann nicht glauben, wie ähnlich
wir uns sind. Ist es total verrückt, dass ich
dir einfach so schreibe, ohne zu wissen, ob
du überhaupt Kontakt zu mir willst? Himmel, keine Ahnung. Ich habe deine Nummer
schon eine halbe Ewigkeit eingespeichert,
ich kenne UND LIEBE deine DJ-Sets und
ich weiß, dass du Erzieherin bist. Ich möchte
Lehramt studieren, obwohl ich mir sicher bin,
dass dieser Wunsch zu einer Diskussion mit
Papa führen wird ... Okay, wieso schreibe ich
dir das alles? Und weshalb habe ich mir so

viel Zeit mit einer Nachricht gelassen?
Ich habe keine Antworten auf diese Fragen.
Aber ich freue mich, dich morgen kennen-
zulernen.
Liz

OH, FORGIVE, I DON'T NEED
ICH BEKOMME IN DEINER NÄHE KEINE LUFT
JUST GET AWAY FROM MY LIFE
GEH MIR ENDLICH AUS DEM KOPF!

Ella

»Pass auf, dass du mir dort drüben nicht verloren gehst, ja?« Lächelnd nimmt mich meine Mutter das dritte Mal in den Arm. Diesmal linse ich nicht über ihre Schulter zum überraschend leeren Flughafeneingang, sondern vergrabe mein Gesicht an Mamas Brust. Ich zwinge mich, nicht zu weinen, was mir nicht gelingt, glaube ich. Die Tränen müssen unter meinen Wimpern hervorströmen, doch ich bin viel zu abgelenkt von dem Chaos an Emotionen, das in meinem Brustkorb miteinander kämpft.

»Hey?«

Mamas Locken kitzeln mich an der Stirn, als sie meinen Kopf behutsam ein Stück anhebt. Ich schaffe es nicht, ihr in die Augen zu sehen. »Es wird alles gut gehen, oder? Er ist mein Vater. Es ist richtig, dass ich zu ihm fliege ... Ist es wirklich okay für dich, Mama?«

»Gürkchen«, beginnt sie und streicht mir sanft das Haar zur Seite. »Die ganze Fahrt hierher fragst du mich nichts anderes als, ob es in Ordnung für mich ist, dass du zu ihm nach Kanada gehst. Das ist es.« Sie runzelt die Stirn. »Und ja, natürlich hätte ich gerne früher gewusst, dass er Kontakt zu dir sucht, aber letztendlich bin ich einfach nur froh, dass er es überhaupt getan hat. Außerdem finde ich sein Angebot sehr nett.«

Sie meint jenes, mir ein berufsbegleitendes Pädagogik-Studium zu bezahlen.

In meinem Magen baut sich ein unangenehmer Druck auf, genau wie gestern Abend, als mein Vater plötzlich, vielleicht aus überschwänglicher Vorfreude heraus, vorgeschlagen hat, mir finanziell unter die Arme zu greifen. Mir kam es vor, als wollte er sich irgendwie für meine Entscheidung revanchieren, was natürlich völliger Blödsinn ist. Wer bedankt sich denn mit einem Tausende Euro teuren Teilzeitstudium?

»Das werde ich ganz sicher nicht annehmen«, stoße ich hervor, während neben uns Autos hupen. »Alles, was wir zusammen hatten, hat immer gereicht, Mama, und ich will, dass das auch so bleibt. Aber ich sollte allmählich reingehen, wenn ich den Flieger bekommen möchte.«

Was gelogen ist. Am liebsten will ich zurück in Mamas Auto springen und sie darum bitten, mich nach Hause in ihre Wohnung zu fahren. Dorthin, wo mindestens einmal am Tag gelacht werden muss und niemand das große Licht anschalten darf. Dorthin, wo ich ihr Gürkchen bin.

Was weiß denn ich, ob die Familie meines Vaters lacht. Oder ob überall in ihrem Haus nicht vielleicht diese hässlich grellen Lichter hängen. Mir ist speiübel. Wenn ich jetzt nicht sofort in den Sicherheitsbereich renne, dann werden mich die zwiegespaltenen Gefühle noch dazu bringen, meiner Mutter die Entscheidung zu überlassen, ob ich fliegen soll. Dabei will ich das doch. Oder? Verdammt, oder?

Mama zögert kurz, dann küsst sie mich auf die Stirn: »Du kommst aber wieder zurück, ja?« Sie lacht auf und streicht mir die Sorgenfalten glatt, als sie meinen verunsicherten Blick sieht. »Entschuldige, für mich ist es auch ein wenig aufregend. Ehrlich gesagt hätte ich nie geglaubt, dass der Tag noch mal kommt, an dem ich dich zum Flughafen fahre, damit du zu ihm fliegst. Ich habe immer angenommen, dass er ...«

Dass er zu mir kommt. Zurückkommt. So, wie er es versprochen hat. *Worte, Küsse und selbst Blicke können ein Versprechen sein, richtig? Ein Versprechen, zu bleiben oder zurückzukommen.*

Mama räuspert sich. »Nun, jetzt ist es so und wir nehmen die Dinge so, wie sie kommen.« Sie zieht sich ihre Locken über die Schulter, die dadurch perfekt ihr liebevolles Gesicht umrahmen. »Sei mir anständig dort, dein Vater lebt, na ja, er lebt ein wenig anders als wir ...«

Er ist stinkreich, das will sie mir damit sagen. Ich habe den Preis eines Erste-Klasse-Tickets nach Kanada nicht überprüft, aber ich weiß auch so, dass Mama und ich es uns selbst nach vier Jahre Sparen nicht hätten leisten können. Vielleicht kommt Papa mich mit dem Helikopter aus Vancouver abholen? O Gott, bitte nicht.

»Er soll nicht denken, dass ...« Tränen schießen ihr in die Augen, weshalb ich sie sofort an mich drücke. Ich will nicht, dass sie weint, und vor allem weiß ich wirklich nicht, wie sie darauf kommt, dass ich mich irgendwie danebenbenehmen könnte. Sie hat mir Anstand und Werte beigebracht.

In dem Augenblick realisiere ich, dass meine Mutter Angst hat. Ich schlucke. Sie hat Angst davor, dass mein Vater sie verurteilt. Dass er denkt, sie hätte mich nicht gut erzogen.

Einen Moment lang wünschte ich, mein Vater hätte sich nie bei mir gemeldet, damit alles noch wie früher wäre. Aber das ist es nicht. Wird es nie wieder sein.

»Dann schau mal, dass du ins Gebäude kommst. Vielleicht rufst du mich kurz an, bevor du in den Flieger steigst? Ich warte außerhalb der Schranke, falls noch etwas ist, ja?« Außerhalb, weil die Parkgebühren schon für die zehn Minuten, die wir hier sind, unser Budget sprengen. Ich bin trotz Minusgraden seit Wochen ohne Jacke unterwegs, weil ich mir eine gute neue im Moment nicht leisten kann. Aber ...

»Du solltest deinem Vater eine Chance geben.« Mama lächelt mich an, als ich meine Tasche geschultert – nur Handgepäck, weil ich definitiv nicht vorhabe zu bleiben – und ihr zögernd den Rücken zugewandt habe. »Ella?«

Sofort drehe ich mich wieder zu ihr um und sehe die Tränen auf ihren erröteten Wangen.

»Ich hab dich lieb und ich bin stolz auf dich.« Sie macht eine Geste, die mir wohl sagen soll, dass ich spät dran bin.

»Danke, Mama«, erwidere ich mit belegter Stimme und mache auf dem Absatz kehrt. »Ich melde mich. Hab dich lieb.«

Mit rasendem Puls renne ich zwischen zwei Autos über die Straße. Die riesige Anzeigetafel mit den Abflügen ignoriere ich, obwohl ich nicht einmal weiß, von welchem Gate ich abfliege, aus Angst, dass ich bei den ganzen Flugnummern sofort einen Rückzieher mache. Nur meinen Blick lasse ich hektisch hin und her wandern, bis ich in der Ferne den Einlass zum Sicherheitsbereich erkenne.

Ich rücke den Rucksack auf meiner Schulter zurecht, dann renne ich durch die Aufenthaltshalle zu den vollautomatischen Ticketkontrollen.

Piep. Piep. Piep.

Es ist nicht dieselbe Situation, erinnere ich mich. Ja, noch nicht einmal dasselbe Flughafengebäude. Die ganzen alten, hässlichen Erinnerungen wurden mit der Schließung des Flughafens in Tegel ein für alle Mal dort eingesperrt. Aber warum tauchen dann plötzlich so viele Bilder vor meinem inneren Auge auf? Mir wird noch schlechter, weil mein Vater jahrelang fast achttausend Kilometer von mir entfernt sein Leben durchgezogen hat, aber ich so oft an ihn gedacht habe.

Ich presse die Hände fest an meine Seiten und reihe mich hinter einer Familie ein, deren Handgepäck definitiv größer ist als die Maße, die Mama und ich gestern im Internet recherchiert haben. Zum Glück hat Bela mir auf dem Weg zum Yoga dann noch schnell seinen passenden Rucksack vorbeigebracht. Mama und ich sind nie in den Urlaub geflogen, mein allererster Flug wird der zu meinem Vater sein.

Wieso ist er nicht zurückgekommen, wenn er doch Geld hat? Nur weil er Angst hatte? Siebzehn Jahre lang? Gottverdammt.

Ich wische mir mit der freien Hand über die Augen, weil ich mir noch immer so unsicher bin. Und dann hole ich tief Luft und ziehe mein Handy hervor. Ich öffne das Flugticket. Jetzt muss ich es nur noch gegen den Scanner halten, sobald der Familienvater vor mir durch die Kontrolle durch ist, und dann ...

... gibt es kein Zurück mehr.

»WENN IRGENDJEMAND VERSUCHT DEIN HERZ ZU BRECHEN, DANN WIRD MEIN RATSCHLAG AN DICH IMMER DIESER SEIN: SCHICK IHN ZUR HÖLLE, BABY.«

Otis

Für einen Augenblick starre ich auf mein Display. Das ist nicht sein Scheißernst. Sofort rasen zig Möglichkeiten durch meinen Kopf, was ich jetzt tun könnte.

Umdrehen und zu Ella fahren? Ich muss sie sehen. Dringend. Seit sie im Besitz des Notizbuchs ist, habe ich fast durchgehend daran gedacht, zu ihr zu gehen. Aber solange sie sich nicht bei mir meldet, sollte ich die Füße stillhalten.

Endlich zu meinem leiblichen Vater nach Hannover zu fahren, um Linus wiederzusehen, war bis vor zehn Sekunden die perfekte Ablenkung. Doch jetzt ...

Zerknirscht wähle ich seine Nummer. Es geht nicht in Ordnung, mir eine Stunde vor unserem abgemachten Treffen seiner Arbeit wegen abzusagen. Es klingelt zweimal, dann werde ich weggedrückt.

Mit Schwung wird im selben Moment die Beifahrertür geöffnet. »Die beschissenen Toiletten sind außer Betrieb. Ist es okay, wenn wir ... alles in Ordnung?«, beendet Ria ihren Satz und lässt sich neben mich fallen. Sie hat darauf bestanden, mich nach Hannover zu begleiten. »Was ist los?«

»Er hat mir abgesagt.«

»Dein Vater? So spontan? Warum das denn?«

Wegen seiner Arbeit. Die ist ihm wichtiger, war ihm wahrscheinlich schon immer wichtiger als ... ich. »Keine Ahnung. Ich werf dich zu Hause raus und fahr danach auf die Wache.«

»Du hast heute frei.«

Ohne auf Gloria einzugehen, lenke ich den Wagen aus der Parklücke und fahre vom Rasthof zurück auf die Autobahn, wo ich die nächste Ausfahrt nutze, um zu wenden.

»Otis? Hallo?«

»Ich weiß, dass ich freihabe«, murre ich, »aber ich geh trotzdem hin und schreib ein paar Berichte neu, damit Maxim mir die Empfehlung gibt, oder was soll ich deiner Meinung nach sonst tun?«

»Du könntest zum Flughafen fahren.«

Mein Brustkorb zieht sich schmerzhaft zusammen und ich muss aufpassen, dass ich meinem Vordermann nicht auffahre. »Was soll ich denn da?«

»Ella verabschieden.«

»Was?« Gott sei Dank stauen sich die Autos vor uns, weshalb es nicht auffällt, dass ich abrupt abbremse. »W-wohin geht sie?«

Gloria lockert kurz ihren Anschnallgurt und zieht die Beine auf den Sitz. »Nach Kanada, aber ...« Sie wirft einen Blick auf die Uhr im Armaturenbrett. »Ihr Flieger ist mittlerweile ganz bestimmt schon in der Luft.«

»Kanada?« Mein Kopf fährt so ruckartig herum, dass ich mir einen Muskel im Hals zerre. Kanada?! Zu ihrem Vater?

Schnell richte ich den Blick wieder auf die Straße. »Kanada«, wiederhole ich flüsternd.

Meine Schwester ist sonst immer jemand, der viel zu viel redet und jedes Mal nachbohrt, selbst wenn ich nichts von mir aus erzählen will. Doch gerade beißt sie die Zähne zusammen, atmet leise aus und legt den Kopf in den Nacken.

Ich spüre eine Mischung aus Wut und Hilflosigkeit im Magen.

Mir kommen Zweifel, ob es so eine gute Idee war, Ella das Notizbuch zu geben. Ist sie überhaupt ein Typ für große Gesten? Ich hätte ihr schreiben sollen, sie viel mehr fragen müssen. Wieso bin ich nicht einfach zu ihr gefahren?

»Ich hoffe, Charlie hat ihr weitergegeben, dass sie mir was von *Tim Hortons* mitbringen soll«, murmelt Ria mit einem leisen Seufzer. »Laut Google gibt es eine Filiale im Flughafen von Vancouver, aber vermutlich hat Ella in den wenigen Tagen genug mit ihrer Familie zu tun. Sie ist wohl total nervös.«

»Sie kommt wieder zurück?«

Daran, wie Ria schluckt, erkenne ich, dass sie ein Kichern unterdrückt. »Sie bleibt nur eine Woche und wenn du meinen Rat hören willst, dann schreibst du ihr, dass du sie abholen kommst.«

Ich weiß nicht, was ich darauf sagen soll, weshalb Ria leise mit der Zunge schnalzt und sich einen Moment später ihre Handykopfhörer in die Ohren steckt, bevor sie die Augen schließt.

⋆ ⋆ ⋆

Nach drei Stunden im Schreibraum leuchtet mein Handy auf und das Einzige, was ich tun kann, ist, die unbekannte Nummer anzustarren, die mich angerufen hat, als ich kurz draußen war, um mir frischen Kaffee zu holen. Es ist mittlerweile kurz vor sechs Uhr abends. Meine Hand schmerzt vom Schreiben und die Fingerspitzen sind voller blauer Farbe, weil der Kugelschreiber vorhin ausgelaufen ist. Sofort denke ich an Linus. Eben hat mich Maxim im Vorbeilaufen gefragt, ob ich spontan auf der Wache aushelfen könnte, weil Victoria sich krankgemeldet hat und er jetzt schnell Ersatz braucht.

Eigentlich wollte ich ihm deshalb beim Rausgehen gleich zusagen, aber jetzt schaue ich aufs Handydisplay und traue mich nicht, die Nummer zurückzurufen. Es ist mir unangenehm, aber ich gebe zu, dass ich einen kurzen Moment daran gedacht habe, dass Ella doch hiergeblieben sein könnte und nun einen Fremden am Flughafen darum gebeten hat, sein Handy nutzen zu dürfen, um mich damit anzurufen. Doch wieso sollte sie nicht ihr eigenes Smartphone nehmen? Außerdem ... kann sie meine Nummer ganz sicher nicht auswendig. Peinlich. In meinem Kopfkino laufen aktuell ein bisschen zu oft kitschige Liebeskomödien.

Wahrscheinlich rede ich mir deshalb plötzlich ein, dass Ella vielleicht gar nicht mehr aus Kanada zurückkommt. Natürlich ist das Quatsch, denn sie wird in ein paar Tagen wieder in Berlin landen. Oder? Irgendwie habe ich bei der Sache ein mulmiges Gefühl. Also hole ich tief Luft und rufe die Nummer zurück.

»Otis ... gut, dass du anrufst. Entschuldige, ich habe eine neue Handynummer. Wir wollen dich nicht stören, aber –«

Es raschelt am anderen Ende der Leitung, dann krächzt eine Kinderstimme in den Hörer. »Du hast versprochen, dass du mir heute eine Geschichte vorliest. Wo bist du denn? Dino Rex vermisst dich.«

Ich atme zitternd ein und aus. *Dino Rex vermisst dich.* Ich habe Linus damals bei ihm zu Hause eine Gutenachtgeschichte versprochen, die ich ihm nie vorgelesen habe. Heute Abend wollte ich genau das nachholen, doch anscheinend habe ich es noch immer nicht kapiert. Sofort zieht sich mein Brustkorb vor Überforderung so hart zusammen, dass ich husten muss. Mir fällt keine Ausrede ein.

Ehrlichkeit. Vielleicht versuche ich es ja mal damit?

»Ich habe Matthias angerufen, weil wir uns Sorgen gemacht haben, dass dir auf dem Weg hierher etwas passiert sein könnte«, erklärt jetzt wieder seine Mutter. »Aber er hat mir gesagt, dass er dir seiner Arbeit wegen für heute absagen musste.«

Am liebsten will ich mir die Ohren zuhalten, um nicht hören

zu müssen, was sie mir jetzt gleich vorwirft. Dass mich der Mut verlassen hat und ich feige bin. Dass ich die Absage meines Vaters kurzerhand als Ausrede genommen habe, um Linus nicht in die Augen schauen zu müssen und mich selbst tief in Arbeit zu vergraben. Ich habe solche Angst, dass ich in Linus' Blick etwas erkenne, das mir beweist, wie viel ich schon zerstört habe. Dass ich nicht mehr sein Held bin, dass er mich längst ersetzt hat. Dass ich ihn verloren habe. *Dino Rex vermisst dich.*

Das war dumm. Aber zu meiner Verteidigung: Man lernt so etwas nicht von heute auf morgen. Du kriegst keine Lektion erteilt, die dich am nächsten Tag zu einem besseren Menschen macht. Das ist ein langer Weg, den ich gehen will. Ich hoffe, ich darf ihn noch gehen.

Deshalb höre ich jetzt doch hin und bekomme mit, dass Linus in sein Zimmer geschickt wird. Ich erstarre. Er beschwert sich, ziemlich laut und lange, doch dann höre ich ein leises Räuspern.

»Otis, können wir kurz miteinander reden?«

Ich nicke langsam und einen Moment später flüstere ich ein beinahe stilles »Ja«.

»Ich kann nur erahnen, was im Moment in dir vorgeht. Seit wir überstürzt ohne Verabschiedung nach Hannover gezogen sind, meine ich. Deshalb will ich mich erst einmal bei dir entschuldigen«, sagt sie. »Es war ein Fehler, mich wegen der ganzen Sache nicht früher bei dir zu melden.«

Überrascht schlucke ich.

»Wir beide hatten immer guten Kontakt, es wäre das Mindeste gewesen. Die Sache ist nur ... für mich war es ganz und gar nicht leicht, so spontan nach Hannover zu ziehen und Linus das alles irgendwie auf die Schnelle zu erklären. Dabei wäre es vermutlich das Beste gewesen, wenn ich mit ihm in Berlin geblieben wäre. Ich dachte, es wäre erst mal vernünftig, entgegen meinem Gefühl, mit Matthias nach Hannover zu gehen, damit Linus bei seinem Vater ist. Aber um ehrlich zu sein ...« Ihr Tonfall wird bitter, doch sie schiebt so schnell eine Erklärung nach, dass ich keine Zeit habe, mich deshalb zu wundern. »Ich werde mich von Matthias trennen. Das will ich schon etwas länger. Er hat mir erst vor Kurzem gestanden, dass er neben dir und Linus noch weitere Kinder hat, die er aber alle geflissentlich auf Abstand hält. Auch dich, das fühlt sich zumindest für mich so an, ruft er nur an, wenn ich ihn dazu dränge. Ja, sogar nachdem du das erste Mal vor unserer Tür standest, musste ich ihn stundenlang überzeugen, Kontakt zu dir aufzubauen ...«

Sie seufzt. »Ich kann das alles einfach nicht mehr. Anfangs hatte ich Hoffnung, dass der Umzug nach Hannover unsere Situation verbessern würde, aber Matthias war in den vergangenen Wochen kaum eine Nacht zu Hause. Er arbeitet noch mehr als in Berlin. Für Linus wäre es das Beste, wenn wir in der Nähe seiner Großeltern in Berlin leben würden. Ich könnte problemlos zurück in meinen alten Job, vielleicht dürfen wir ja hin und wieder auf deine Unterstützung hoffen und ... oje, da ist es irgendwie aus mir herausgebrochen, entschuldige. Ich wollte dich eigentlich wirklich nur fragen, ob du Linus per Skype eine Gutenachtgeschichte vorlesen möchtest. Er vermisst dich so sehr, aber aufdrängen wollen wir uns auch nicht, weil, na ja, du meintest, dass du in nächster Zeit viel Arbeit vor dir hast.

Aber Linus hat sich so auf deinen Besuch gefreut und gestern haben wir den Dino deshalb extra in die Waschmaschine gesteckt. Er wollte es so, frag mich nicht warum. Linus vermisst dich und seine Großeltern sehr, auch deshalb will ich zurück nach Berlin. Er ist mein einziges Kind, ich will nur das Beste für ihn.«

Und das bin unter anderem ich, oder was? Will sie mir das damit sagen?

Ich schlucke zitternd, als ich das Handy ans andere Ohr halte, weil ... ich glaube, ich begreife da gerade etwas.

Es ist absurd, die Aufmerksamkeit und Liebe meines leiblichen Vaters erzwingen zu wollen. Wenn ich ihn erst dazu überreden muss, sich mit mir abzugeben, ist es dann überhaupt Liebe? Kann es das jemals sein? Ich verdiene es, mich gut zu fühlen, und wenn ich das nur ohne Matthias tue, dann – ja, dann ist das eben so.

»Entschuldige.« Sie lacht erstickt auf und was sie dann sagt, fühlt sich trotz der Distanz wie eine Umarmung an. »Du bist ein toller Bruder für Linus. Ich mochte dich von Anfang an. Vielleicht will Matthias dich nicht in seinem Leben haben, doch ich will es und Linus ganz bestimmt auch. Wir können über alles noch in Ruhe reden, aber möchtest du ihm denn heute noch etwas vorlesen?«

»Ja!«, sage ich. »Nichts lieber als das.«

Ein paar Minuten später strahlen mich tiefbraune Augen an. Ich wusste nicht, wie sehr ein schlichtes Braun leuchten kann.

»Bist du bereit?«, frage ich ihn, als seine Mutter die Bettdecke bis hoch an sein Kinn gezogen und sich mit dem Tablet an ihr Knie gelehnt neben ihn gesetzt hat. »Für die allerbeste Gutenachtgeschichte der Welt?« Die erste von ganz vielen. Denn ich werde für Linus da sein. Ab heute für immer.

»Ja«, flüstert Linus und hält die winzige Hand vor den Mund, damit ich sein Gähnen nicht erkennen kann. »Leg los.«

Ich muss lächeln. »Es war einmal ein Polizist«, improvisiere ich und schwenke das Handy so, dass er das goldene Wappen auf meiner Brust sieht. »Wann immer der Polizist zur Arbeit ging, war er mutig, tapfer und stark, ein richtiger Superheld eben. Doch sobald er seine Uniform auszog, packte ihn die Angst. Denn ohne Uniform wusste der Polizist ganz und gar nicht, wer er war.« Ich gebe ein leises Brummen von mir und kann nicht verhindern, dass ich dabei die Mundwinkel hochziehe. »Zum Glück gab es da eine Prinzessin, die laute Musik und Matschtage liebte und die ganz schnell verstand, wie traurig der Polizist in Wirklichkeit war ...«

Es dauert nicht lange, bis Linus eingeschlafen ist. Sobald seine Mutter mit Matthias gesprochen hat, informiert sie mich und ich werde ihnen beim Umzug nach Berlin helfen. Das Versprechen gebe ich ihr, bevor ich auflege. Diesmal weiß ich, dass ich es auch einhalte.

Ich packe mein Handy weg und hole tief Luft. Die sauber ausgefüllten Berichte schiebe ich auf einen Haufen und lege sie in Maxims Fach, dann suche ich mein Zeug zusammen. Mein Blick verschwimmt, als ich raus in den Flur trete und nach ihm Ausschau halte.

»Heulst du?«, fragt er, kaum dass ich ihn vorne beim Wachleiter gefunden habe.

»Ja«, sage ich und wische die Tränen dabei weg. Sofort habe ich den Drang, eine Erklärung hinterherzuschieben, doch ich belasse es dabei. Mit Maxim werde ich ganz sicher nie über meine Gefühle reden, was okay ist. Aber ich weiß jetzt, bei wem es mir ganz leichtfällt, ich selbst zu sein. Deshalb will ich, dass Ella nach der Landung in Kanada als Erstes eine Nachricht von mir liest, in der genau das steht. Dass ich ihr dankbar dafür bin, dass sie zum genau richtigen Zeitpunkt für mich da war. Dass sie mich so mag, wie ich bin, und mir gleichzeitig die Chance gibt, an ihrer Seite zu wachsen. Selbst in meinem Kopf hört sich das absolut ehrlich an, weshalb ich hoffe, dass Ella es auch zwischen den Zeilen Zigtausend Kilometer von mir entfernt begreift.

»Findest du wen anders, der heute aushilft?«, frage ich Maxim aus diesem Gefühl heraus. »Ich muss ...«

Er lacht auf. »Dich an deinen Laptop setzen und versuchen, an Harry-Styles-Tickets zu kommen? Oder heulst du, weil du keine bekommen hast?«

»Genau das. Beides. Nicht zwingend in dieser Reihenfolge.«

Daraufhin greift Maxim ungerührt unter den Anmeldetresen und eine Sekunde später fliegt mir Ellas Jacke entgegen.

»Zieh dir die lieber an, bevor du frierst. Ist Größe M und für Mädchen, sollte also passen.«

Ich zeige ihm den Mittelfinger und verschwinde in Richtung Parkplatz, wo ich mein Auto geparkt habe. Die Uniform behalte ich an, weil ich sie eh dringend waschen muss und Angst habe, dass ich jede Sekunde, die ich noch länger warte, vergesse, was ich Ella schreiben will.

Als ich endlich in meinem Auto sitze, tippen meine Finger wie von selbst los ...

**BABY, BE MY LOVER
I DON'T WANT NO OTHER
WHAT I REALLY, REALLY WANT, IT'S TRUE:
SHOW YOU WHAT I REALLY WANNA DO.**

Ella

In meiner Hand fängt es erst an zu vibrieren und dann wird der Bildschirm hell.

Otis: Bei der Polizei gibt es eine Art Notfallknopf, den ich drücken kann, wenn eine Situation zu brenzlig wird und ich dringend Unterstützung brauche. Im echten Leben gibt es keinen solchen Knopf. Und selbst wenn es ihn gäbe, wäre ich vier Jahre lang zu feige gewesen, ihn zu nutzen und freiwillig um Hilfe zu bitten. Vieles, was mir im Einsatz spielend leichtfällt, ist im echten Leben eine große Hürde. Als wir zusammen an der Spree getanzt haben, hat es sich angefühlt, als würdest du mir deine Hände wie zur Räuberleiter reichen, damit ich zumindest einen Blick über die Hürde werfen kann. Es war nur ein winziger Moment, aber was ich auf der anderen Seite gesehen habe, hat mich berührt. Ich würde mich immer wieder von dir hochheben lassen, immer und immer wieder. Doch noch viel lieber will ich dich

festhalten. Und nie, nie wieder loslassen. Es
ist egoistisch und ganz bestimmt sollte ich
einfach auf Ria hören und mit Blumen und
einem peinlichen Plakat in ein paar Tagen
am Flughafen auf dich warten. Dennoch
schreibe ich dir, weil … bitte komm wieder
zurück, ja?

O Gott, ich dachte, dass der Tag nicht mehr verrückter werden
kann.

Erst als ich unmittelbar vor der Ticketkontrolle auf dem Absatz
kehrtgemacht habe und zurück zu Mamas Auto gerannt bin, ist
mir klar geworden, wie sehr es mich erleichtert, nicht nach Kanada zu fliegen. Meinem Vater habe ich noch auf der Rückfahrt eine
Nachricht geschrieben, die, das gebe ich zu, nicht gerade erwachsen ist.

Versprochen ist versprochen.

Vielleicht ist es kindisch, darauf zu hoffen, dass mein Vater auf
meine Nachricht hin in den nächsten Flieger steigt und über Weihnachten herkommt, um das Versprechen einzulösen, das er einem
dreijährigen Mädchen damals gegeben hat. Aber nur so fühlt sich
meine Entscheidung richtig an.

Zwanzig Minuten brauche ich von meiner WG zu Otis, die ich
damit verbringe, unseren Chatverlauf anzustarren. Soll ich ihm
antworten? Nein, ich muss ihn anschauen können, wenn ich ihm
sage, wie sehr ich ihn liebe.

Doch als ich aus dem Bus steige, packt mich doch die Angst.
Vielleicht sollte ich umkehren? Es war heute schon genug auf einmal. Außerdem ist es eiskalt und ich trage nur einen Pullover.

Doch dann sehe ich einen schwarzen BMW an mir vorbeifahren und kurz vor der einzigen Parklücke an der Straße langsamer
werden. Natürlich schnellt mein Puls sofort in die Höhe, als ich

auf halber Strecke zum Wohnungseingang stehen bleibe und mich in den Schatten einer Hauswand stelle. Dort, wo Otis mich nicht sofort sehen kann, ich ihn wiederum aber gut erkenne. Gerade schnallt er sich ab, dann zieht er sein Handy aus der Hosentasche und guckt drauf.

Er schaut sehr lange auf das Display.

Ohne darüber nachzudenken, öffne ich WhatsApp. Ich sehe noch, dass Otis gerade online ist, und kapiere genau in diesem Augenblick, dass *ich* eigentlich nicht online sein dürfte. Wenn alles so verlaufen wäre wie geplant, würde ich gerade ohne Internetzugang in einem Flieger nach Kanada hocken. Auch Otis scheint das zu begreifen, denn er steigt aus seinem Auto und schaut sich um. Das sieht so niedlich aus, dass ich absichtlich einen Moment länger nicht auf mich aufmerksam mache. Letztendlich führt er sein Handy ans Ohr und Sekunden später beginnt meines zu vibrieren.

Das Herz pocht mir bis zum Hals, als ich seinen Anruf annehme.

»Ja?«, flüstere ich so leise, dass er mich auf die Entfernung nicht hören kann.

»Bist du mit einer Scheißrakete nach Kanada geflogen oder –«

»Ich bin nicht geflogen«, unterbreche ich ihn schnell.

»Warum ...?« Er dreht sich um und kommt dann zufällig in meine Richtung.

»I-ich glaube nur, dass ich im Flughafengebäude etwas kapiert habe.«

Otis geht langsam auf die Stelle zu, wo ich stehe. Er schaut sich immer wieder um, entdeckt mich im Dunkeln jedoch nicht. Weil ich es liebe, wie nervös seine Finger dabei gegen seine Seite trommeln, muss ich grinsen. Manchmal sind wir beide gleichermaßen unbeholfen und wenn ich ehrlich bin, sind das die schönsten Momente.

»Ich habe begriffen, dass es mit guten Dingen ist wie in dem Blümchen-Song.« Das Lied, das ich damals auf dem Teufelsberg gespielt habe, kurz bevor Otis den Rave gestürmt und mich verfolgt hat. »*Wie ein Boom, boom, boom, boom, Boomerang kommen sie immer wieder bei einem an.*«

Otis lacht. »Ich hab dich singen gehört. Wo bist du? Versteckst du dich?«

»*Wie ein Boom, boom, boom, boom, Boomerang*«, singe ich leise weiter und bevor ich zur nächsten Zeile komme, vibriert mein Handy.

Komm ich immer näher an dich ran

Ich flieg so schnell ich kann in deine Umlaufbahn

Während ich schreibe, gehe ich ein paar Schritte aus meinem Versteck heraus in den gelblichen Lichtschein einer der Laternen vor der WG. Ich schaue auf und bekomme gerade noch mit, wie Otis schnell den Kopf senkt.

Da bleib ich einfach drauf ...

... und irgendwann fängst du mich auf.

Ich kann nicht anders, stecke das Handy weg und renne auf Otis zu, der wiederum Mühe hat, sein Smartphone schnell genug wegzupacken. Er lacht überrascht auf und im nächsten Moment halten mich seine Arme fest. Mein Herz weitet sich, weil ich in seiner Umarmung das Gefühl habe, dass Otis mich nie wieder loslassen will. Irgendwann legt er zwei Finger unter mein Kinn und zwingt mich so ihn anzuschauen.

»Warum bist du nicht geflogen?«

»Vielleicht meint mein Vater es wirklich nur gut. Aber wenn ihm ein Gespräch mit mir wichtig ist, wenn ich ihm etwas bedeute, dann wird er zurück nach Berlin kommen. Er hat es mir versprochen.«

Otis nickt, was mich sofort erleichtert und in meiner Entscheidung bestärkt. »Versprochen ist versprochen«, sagt er und atmet stockend aus. »Deshalb, Ella ... Ich weiß nicht, wie ich so was fragen soll. Also ich meine ... willst du? Mit mir zusammen sein?«

Wie kann er sich noch immer nicht sicher sein? »Ja!«

»Kein Hin und Her mehr?«, fragt er und lacht heiser auf. »Okay, entschuldige. Das klingt wie eine Anklage. Verdammt, ich meine ... das Einzige, was ich wissen will, ist: Bist du dir sicher? Ich muss vermutlich noch Hunderte von Levys Videos anschauen, bis –«

»Ich bin mir sicher«, unterbreche ich ihn und nehme seine Hand. Damit will ich ihm zeigen, wie wenig auch ich Otis wieder loslassen will. Ich möchte ihm helfen, genauso wie er es andersherum für mich tun wird.

Ich glaube, er denkt nicht darüber nach, als er meine Hand behutsam zu der feinen Narbe oberhalb seines Nasenflügels führt. Die Haut fühlt sich dort, wo das Hautgewebe zerstört wurde, ein kleines bisschen härter und rau an.

»Was ist da passiert?«

»Ist mein leiblicher Vater gewesen.« Er will unsere Hände schon wegziehen, aber ich streiche ihm mit meiner über die Narbe, als könnte ich die Haut so dazu bewegen, ihrem Ursprung nach zusammenzuwachsen. Nachdem sie sich unter meinen Fingern erwärmt hat, küsse ich die Stelle. Zentimeter für Zentimeter wandern meine Lippen von seiner Nase bis zu seiner Oberlippe. Ganz sanft sauge ich daran, bevor ich zu Otis aufschaue und lächle.

»Das ist also unsere Geschichte?«, fragt er und ich kann in seiner Mimik sehen, wie glücklich er darüber ist. Seine Augen strahlen selbst in dem schummrigen Laternenlicht, als er schluckt und mir seine Hand aufs Herz legt.

Ich nicke. »Manche Geschichten enden damit, dass jemand auf einem Pferd in Richtung Sonnenuntergang reitet«, flüstere ich an seinen Lippen. »Andere wiederum mit einem tränenreichen Abschied.« Ich lasse meinen Mund weiter über seine Lippen wandern. Ich liebe Otis. Ich küsse ihn so lange, bis wir beide tief Luft holen müssen. Gerade will ich erneut ansetzen, da klimpert neben uns ein Schlüsselbund.

»Hallöchen zusammen.« Gloria tritt neben uns. »Freut mich für euch zwei.«

Wahrscheinlich sehen Otis und ich total irritiert aus, als sie plötzlich ein Biberkuscheltier unter ihrem Arm hervorzieht und es Otis vors Gesicht hält.

»Woher hast du das denn?«, will er sofort wissen.

Ria verdreht die Augen. »Damals nach dem Gespräch mit der Chefin des Altersheims habe ich mich mit Chris unterhalten, dem Enkel von Herrn List. Du weißt schon, der Butterbrezen-Opi. Chris arbeitet in einem Secondhandladen im Prenzlberg und er meinte, dass er dort ein ähnliches Kuscheltier verkauft, wie ich es ihm beschrieben habe. Deshalb war ich neulich bei ihm und siehe da ... Keine zwei Stunden später bist du im Altersheim aufgetaucht und hast dich für deine Fehler entschuldigt.« Ria klemmt sich das Tier wieder unter den Arm. »Vielleicht ist es ja sogar derselbe. Oder wie erklärst du dir sonst, dass jeder in meiner Nähe plötzlich wieder Glück hat?«

Sie grinst und stolziert zur Tür. Bevor sie aufschließt, dreht sie den Kopf noch einmal zu uns. »Otis?«, fragt sie mit einem breiteren Grinsen, den Biber hin und her schwingend. »Ich glaube, genau das hätte sich Mama für uns gewünscht.«

Und dann lässt sie den Schlüssel stecken und kommt doch noch mal zu uns. Zuerst zieht sie Otis in eine Umarmung, dann mich.

Ich gebe derweil mein Bestes, den Kloß in meinem Hals runterzuschlucken. Erst als Gloria im Hausflur verschwunden ist, ziehe ich Otis wieder zu mir.

»Die schönsten Geschichten aber«, sage ich und küsse ihn erneut, »sind jene, die mit einem Kuss enden.«

»BETRACHTE DICH SELBST NIE WIEDER SO, ALS WÄREN GEFÜHLE EIN VERBRECHEN. IST ES DEINE LIEBE, DIE DICH IN DIE KNIE ZWINGT, DANN LIEGST DU IMMER RICHTIG.«

Otis

»Du willst wirklich nicht mit Gloria und eurem Vater mitfahren?« Ella fragt mich das zum vierten Mal. Wir sind vor einer Stunde am Berliner Flughafen angekommen, viel zu früh, und jetzt warten wir.

»Nein, weil ich weiß, dass Ria das hervorragend machen wird. Es wird vermutlich sogar besser funktionieren, wenn ich nicht dabei bin. Ria hat diese Verbindung zu Papa.«

Gloria ist mit unserem Vater zum Therapiezentrum für Suchtkranke nach Brandenburg gefahren, das uns Levys Therapeut empfohlen hat. Sie wollte wissen, ob ich mitkommen möchte, aber ich weiß, dass sie es alleine hinbekommt. Außerdem will ich jetzt bei Ella sein. Ihr Vater hat ihr auf ihr Nichterscheinen hin mitgeteilt, dass er sie über Weihnachten besuchen kommt. Sein Flieger landet in einer halben Stunde.

Obwohl es außerhalb des Gebäudes eiskalt ist, schwitze ich hier drin unfassbar. Ella ist mindestens genauso aufgeregt. Da kann sie noch so oft beschwichtigen und von sich auf Charlie und Levy lenken, die uns herbegleitet haben. Ich glaube, wenn jetzt auch noch eine Verspätung angezeigt wird, dreht Ella völlig durch.

Seit wir angekommen sind, hat sie sich kein einziges Mal hingesetzt. Zigmal hat sie schon gefragt, ob sie Blumen oder ein Plakat hätte mitbringen sollen, und einen Moment danach zugegeben, wie blöd sie sich gerade vorkommt.

»Danke, dass ihr mitgekommen seid.« Unsicher geht Ella ein paar Schritte auf und ab, während sie Charlie mustert, die auf einem der Plastikschalenstühle im Wartebereich sitzt, ihre Hand mit der von Levy verschlungen, der mir wiederum vorhin gesagt hat, wie glücklich er ist, dass ich es endlich kapiert habe.

»Levy, ich weiß, dass ihr über Weihnachten zu deiner Mutter fahrt«, sagt Ella in diesem Moment. »Ihr hättet wirklich nicht –«

»Wir wollten aber«, unterbricht Charlie sie schnell. »Außerdem haben wir da ein bisschen was umgeplant, weshalb Levys Mama, meine Schwester und meine Eltern zu uns in die WG kommen. Willst du dich nicht mal setzen?«

Ella schüttelt den Kopf, was Charlie ein Seufzen entlockt. Sie hat ihren Stil im Gegensatz zu Levy, der noch immer Tattoos und Piercing trägt, komplett verändert. Ich kenne sie mit kurzen blonden Haaren, die jetzt länger und zu zwei Zöpfen gebunden sind. Die Latzhose mit Pullover, die sie trägt, sieht aus, als käme sie gerade frisch aus einem der Pferdeställe in Irland. Die beiden sind erst heute Morgen angekommen und sehen dementsprechend erschöpft aus. Gerade zwinkert mir Charlie unter ihrem hellen Pony zu, dann legt sie gähnend den Kopf auf Levys Schulter ab und schließt die Augen.

»Ich stehe lieber.« Ella schiebt ihre Hände zitternd in die Hosentaschen. »Können wir vielleicht über Leni reden? Hat sie dir ernsthaft geschrieben, dass sie zur Audition nach Hamburg gefahren ist? Einfach so? Ohne dass ihre Eltern etwas davon wissen?«

Charlie rückt so nah an Levy heran, wie es ihr Stuhl zulässt, bevor sie den Kopf leicht anhebt und blinzelt. »Wenn du mich fragst, ist es längst überfällig, dass Leni mal etwas tut, womit ihre Eltern nicht einverstanden sind.«

»Sagt die Expertin.« Levy grinst und tätschelt Charlies Kopf. »Ich bin stolz, dass du dich so gegen deine Mutter durchsetzt.« Minutenlang schauen die beiden sich daraufhin an, bevor sie sich weiter über Charlies Mut und Stärke unterhalten. Vorsichtshalber wende ich den Blick ab.

Ella verdreht die Augen und kommt ein Stück auf mich zu. Sofort verringere ich den Abstand zwischen uns und nehme sie in die Arme. Die Art, wie sie sich an mich schmiegt, verrät, wie heftig die Gefühle in ihr toben.

»Ich glaub, ich pack das nicht«, sagt sie und weil sie sich dabei noch enger gegen mich presst, knistert es in meiner Hosentasche.

»Was ist das?«, will sie sofort wissen.

»Deine Belohnung, wenn du die erste Hürde übersprungen und mit deinem Vater gesprochen hast.«

»Hmm.« Sie schielt über meine Schulter zu Charlie und Levy. Einen Moment später spüre ich ihre Hand an meinem Schritt. Quälend langsam streift sie meine Mitte und schafft es prompt, mich dabei so abzulenken, dass ich nicht mitbekomme, dass ihre Hand die schwarzen Zip Ties hervorzieht.

»Was zur Hölle? Was soll das sein?«

Damit steht wohl fest, dass Ella mich damals nicht belogen hat. Sie ist wirklich noch nie mit dem Gesetz in Konflikt geraten, zumindest nicht in jener Form, die ich ihr damals zugetraut hätte. Denn sonst wüsste sie, dass Polizisten diese Form von Kabelbindern bei Demonstrationen als Handschellenersatz einsetzen, wenn mehrere Leute gleichzeitig fixiert werden müssen.

»Das sind Zip Ties«, erkläre ich mit einem Raunen, als Ella mir die schwarzen Teile wieder zurückgibt. »Zum Fixieren.«

Sie beißt sich auf die Lippe. Meine Annahme, sie täte es aus Erregung, währt jedoch nicht lange, denn kurz darauf lacht sie. »Bedienst du gerade ernsthaft eine bescheuerte Polizisten-Fesselfantasie?«

»Soll ich es dir gleich hier auf der Flughafentoilette zeigen?« Ich küsse Ella und bin überrascht, wie fordernd sie mich zurückküsst. Ihre Zungenspitze tippt ganz kurz gegen meine Unterlippe, bevor sie in meinen Mund vordringt. Jetzt ist sie diejenige, die von mir Besitz ergreift, obwohl mein Plan das genaue Gegenteil war. Keuchend löse ich mich von ihr.

»Regel Nummer eins«, wiederhole ich scherzhaft. »Ich darf dich festbinden.« Ich bewege meine Hand so, dass die Spitzen der Zip Ties in den Stoff ihrer Jeans stechen. »Regel Nummer zwei: Ich ziehe dich aus und liebe dich. Tief.«

»In deinem eigenen Tempo, ich weiß.« Ella nimmt meine Hand und legt sie auf ihr Herz, damit ich spüren kann, wie heftig es schlägt. Dann sagt sie: »Regel Nummer sonst was: Keine Regeln mehr. Nur noch Geständnisse.« Sie lacht auf. »Ich liebe dich. Dass wir auf diese Art reden können und funktionieren, ist wundervoll. Wie bekommst du es hin, dass ein Blick ausreicht, damit ich stundenlang mit dir über alles sprechen will und gleichzeitig den Drang habe, deine Hand zu packen, um dich sofort auf die Toilette zu verschleppen?«

»Ich liebe dich auch.«

Wieder küssen wir uns, intensiver diesmal. Irgendwann beuge ich mich tiefer zu ihr runter, gleite mit dem Mund an ihrem Kiefer entlang bis zum Hals, bis sie dort eine feine Gänsehaut bekommt. Unauffällig, weil wir so eng beieinanderstehen, dass wir uns genauso gut einfach nur festhalten könnten, schiebe ich dabei eine Hand unter ihr T-Shirt und den Daumen unter den Rand ihres BHs. Sanft streiche ich ganz kurz über ihre Brust und die hart zusammengezogene Brustwarze. Sie stöhnt leise in mein Ohr, während es in meiner Mitte anfängt heiß zu werden.

»Scheiß drauf«, flüstert sie, als ich gerade dabei bin, meine Hand zurückzuziehen. »Wir haben noch fünfzehn Minuten und dann sicher noch eine halbe Stunde, bis er rauskommt. Ich will dich jetzt.« Ella fixiert meine Hand auf ihrer nackten Haut. »Setzen Sie Ihre Anweisungen durch.«

Ihr plötzlicher Vorstoß und wie verführerisch sie das eben gesagt hat, sorgen dafür, dass sich die Hitze über meinen gesamten Körper ausbreitet. Wieder küsst sie mich. Ich verlagere mein Gewicht so, dass die Jeans die Erektion versteckt.

Tief seufzt Ella daraufhin meinen Namen, und Scheiße, ich bin kurz davor, sie tatsächlich zu den Toiletten zu zerren, doch dann ... räuspert sich Charlie plötzlich.

»Die Ankunftszeit wurde nach vorn verschoben, der Flieger ist schon gelandet.«

Augenblicklich löst sich Ella von mir und erstarrt einen Moment später. »Das ... nein. Ich schaffe das nicht.« Sie hält inne, streift sich das Haar aus der Stirn und richtet ihre Jacke. »Ich ... ich ... können wir bitte wieder fahren?«

Ich schüttle den Kopf und Charlie nimmt ihre Freundin sofort in den Arm.

»Hast du grade versucht sie zu beruhigen oder was war das?« Levy stellt sich neben mich und verschränkt mit einem Schmunzeln auf den Lippen die Arme. »Sah interessant aus. Ist das euer Ding? Sex in der Öffentlichkeit?«

»Möglich«, entgegne ich und schaue dabei nur Ella an. »Charlie und du hättet es beinahe auf einem Riesenrad getrieben, von daher ...«

»Halt die Klappe.«

Levys Reaktion bringt mich zum Lachen, weil ich gerade spüre, dass in meinem Leben endlich etwas richtig läuft. Linus und seine Mutter verbringen die Feiertage bei seinen Großeltern, die ich morgen, an Heiligabend, besuche. Im Januar ziehen sie in eine kleine Wohnung nach Charlottenburg, zwanzig Minuten von meinem alten Abschnitt entfernt. Gloria begleitet unseren Vater zur Suchttherapie, wo kurz nach Weihnachten ein Platz frei geworden ist. Ich habe meinen besten Freund zurück und eine Halbschwester, die ich genauso liebe wie meinen Halbbruder. Vielleicht lerne ich irgendwann die übrigen Geschwister kennen. Zu meinem leiblichen Vater habe ich im Moment keinen Kontakt, weil es mir fürs Erste reicht, die Narbe von ihm mein ganzes Leben lang mit mir herumzutragen. Irgendwann will ich ihn danach fragen, aber das hat Zeit.

Mit Ella habe ich meine Mutter auf dem Friedhof besucht. Gerade als wir wieder gehen wollten, fing es an zu regnen, weshalb wir für einen kurzen Moment heimlich auf dem Gras neben Mamas Grab eng umschlungen getanzt haben. Ich schätze, das war Mamas Art, mir zu sagen, dass sie die Antwort auf ihre Frage, was ich bei Regen mache, liebt. Es ist egal, was jetzt noch alles kommt, ob Maxim mir wirklich die Empfehlung schreibt, so wie er es gestern angekündigt hat, oder ob Ella ihren Vater zurückbekommt. Gemeinsam schaffen wir das alles irgendwie. Weil wir uns lieben und zu zweit weniger Angst haben.

»Die Ersten kommen raus«, sagt Charlie plötzlich. »Hat dein Vater Gepäck?«

Ella schüttelt schnell den Kopf. »Er bleibt ja nur ein paar Tage.« Ihre Stimme hört sich nach einer Mischung aus Beklemmung und Vorfreude an. Schnell greift sie nach meiner Hand und zieht mich zu sich vor. Es werden immer mehr und mehr Menschen und ich spüre, dass sich Ella neben mir heftiger anspannt. Suchend gleitet mein Blick von einer Person zur nächsten, doch die meisten sind nicht alleine unterwegs, weshalb ich sie ausschließe. Ella hat mir ein Foto gezeigt, aber ihr Vater sieht ehrlich gesagt ziemlich durchschnittlich aus. Designeranzug, dazu grau meliertes Haar. Das Einzige, woran ich ihn zumindest aus der Nähe erkennen würde, ist die Narbe an seiner Wange, die, wenn ich mich nicht irre, von einer ehemaligen Mitgliedschaft in einer Burschenschaft herrührt.

»Ich sehe ihn nirgendwo.« Ella wird unruhig und reckt immer wieder den Hals.

»Vielleicht hat er ja doch Gepäck?« Charlie drückt ihre Hand auf der anderen Seite fester, was ich daran merke, wie tief Ella durchatmet. »Ist er das da vorn? Mit dem blauen Koffer?«, fragt Charlie da, doch Ella schüttelt den Kopf.

Jetzt strömen auch die in den Warteraum, die riesige Koffer dabeihaben, doch selbst fünfzehn Minuten später, als der Strom an Menschen abgeebbt ist, taucht er nicht auf.

»Er ist nicht gekommen«, sagt Ella und senkt den Blick. Sie lässt die Schultern hängen, ihr ganzer Körper wirkt so, als ob sie sich nicht mehr lange auf den Beinen halten kann. »Er ist nicht gekommen«, wiederholt sie, während Charlie und ich versuchen Ella vorsichtig zurück zu einem der Stühle zu schieben.

Ihr gequälter, verletzter Gesichtsausdruck – ich will diesem Typen allein dafür den Hals umdrehen. Eigentlich sollte ich die Fresse halten, weil ich bis vor Kurzem keinen Deut besser war. Aber so ein unsensibles Arschloch will ich nie wieder sein.

Mit einem tiefen Seufzen knie ich mich vor Ella und ziehe sie an meine Brust. Eine Weile halten wir uns fest. Sie mich, aber noch viel mehr gebe ich ihr Halt. Und dann drücke ich ihr einen Kuss auf die Wange.

Vielleicht erinnert sich Ella nicht daran, wie viel mir der Wangenkuss auf dem Festival bedeutet hat, aber ich weiß es tief in meinem Herzen ganz genau.

Ich liebe Ella. Ich werde immer zu ihr zurückkommen, wie ein verdammter Boomerang. Sie wird wegen mir nie solchen Schmerz ertragen müssen. Ich will gemeinsam mit ihr einen Hund adoptieren und im Regenmatsch tanzen. Ich will wissen, wovor sie Angst hat, und ihr meine Ängste gestehen. Und ich will nie wieder einer anderen Frau eine dieser drei Fragen stellen.

»Ich liebe dich, Ella«, flüstere ich in ihr Haar und im selben Moment räuspert sich jemand hinter mir.

Ellas Kopf schießt hoch und sie starrt die Fremde in meinem Rücken an. Dann lächelt sie unsicher und die Frau, die eben auf sich aufmerksam gemacht hat, muss irgendetwas Lustiges tun, denn Ella lacht kurz auf.

»Was machst du denn …«, fängt Ella an, als die Fremde auf Englisch sagt: »Papa hat am Flughafen die Angst gepackt, aber ich schätze, seine Töchter sind mutiger als er.«

Daraufhin drehe auch ich den Kopf so, dass ich die junge Frau mit pinken Strähnen im Haar erkenne, die schätzungsweise Ellas Halbschwester ist. Umständlich rutsche ich dabei ein Stück zur Seite, was sie auf Deutsch mit einem »Danke« quittiert, bevor sie auf Ella zugeht, um sie nach langem Zögern zu umarmen.

»Es tut mir leid«, sagt sie. »Nicht wegen Papa, sondern auch weil ich mich erst so spät bei dir gemeldet habe, obwohl ich seit Jahren von dir weiß. Papa ist am Boden zerstört, dass ihn am Flughafen der Mut verlassen hat. Wahrscheinlich ist dieses Weihnachten das beschissenste, das er jemals erleben wird. Ich weiß, das ändert nichts daran, dass er nicht hier ist, und ganz bestimmt bin ich jetzt auch kein wirklich großer Trost, aber ich hoffe, dass er es irgendwann einfach hinbekommt. Er ist eigentlich ein guter Kerl …« Sie lächelt. »Meistens.«

»Er ist ja nicht der Einzige, der gekniffen hat«, gesteht Ella, ihre Arme noch immer um ihre Halbschwester geschlungen. »Ich bin froh, dass du mutiger bist als wir beide.«

»Danke. Ich bin übrigens Liz«, sagt sie schnell in die Runde, was wir alle mit einem überforderten Lächeln beantworten. »Ich bin Ellas Schwester, aber das ist wahrscheinlich offensichtlich.«

»Liz?«, fragt Ella, die kurz die Lippen zusammenpresst und dann lächelt. »Willst du Weihnachten mit meiner Mama und mir verbringen? Es wird sicher nicht so sein, wie du es gewohnt bist. Wir wohnen in einer Plattenbausiedlung. Es ist ganz und gar kein Palast und es gelten dort ein paar alberne Regeln, die meiner Mutter sehr wichtig sind. Aber für mich ist es trotzdem der schönste Ort der Welt …« Kurz schaut sie in meine Richtung und ich sehe in ihrem Blick, woran sie gerade denkt. »Vielleicht seit Kurzem auch der zweitschönste. Ich bin dort aufgewachsen und ich will, dass du mitkommst. Aber ...« Ella grinst. »Wir feiern traditionell schon morgen Weihnachten und nicht erst am Fünfundzwanzigsten.«

»Nichts lieber als das.«

Die beiden umarmen sich ein zweites Mal und wie sie sich anschauen mit einer Mischung zwischen Neugierde und Unbeholfenheit, weiß ich, dass sie morgen ein mindestens genauso schönes Weihnachten haben werden wie Linus, seine Mutter und ich. Und übermorgen treffen wir uns dann alle in der Mädels-WG. Vielleicht kommen Linus und seine Mama mit, genauso wie Ria, unser Vater, Ellas Mutter, Charlie, ihre Eltern, Levy und seine Mutter, Alex, Leni – ach, einfach so viele wie irgendwie möglich. Niemand hat irgendwas vorbereitet, aber ich denke, es wird sowieso das beste Weihnachten, das wir alle jemals hatten.

Als Familie.

Vielleicht sind wir nicht ausschließlich durch unser Blut verbunden, aber durch den Mut, aufeinander zuzugehen, miteinander zu reden und immer wieder zueinander zurückzukehren. Und wenn man mich fragt, ist so eine Boomerang-Familie die einzige, die man zum Leben braucht.

DANKSAGUNG

Der allergrößte Dank geht an Larissa, meine wundervolle Lektorin. Dein Optimismus ist die beste Motivation. Vielen Dank Kerstin und dem Carlsen Verlag, die wichtigen Themen in meinen Büchern ausreichend Platz erlauben.

Liebe Cristina, ich danke dir dafür, dass du zwei Jahre lang mein halbes Leben mit Ruhe und Liebe koordiniert hast.

Timo, Mama und Papa – eure Liebe ist unbezahlbar. Danke, dass ihr meine Ideen abnickt und unterstützt, selbst wenn sie völlig absurd sind.

Ein riesiger Dank geht an meine Würzburger Schreibmädels, auf deren Unterstützung, Motivation und Cheering ich vertrauen darf.

Meine wundervollen Kolleg*innen – ich bewundere euch für euren Mut und eure Leidenschaft. Lasst euch von niemandem stoppen. Ihr seid wertvoll.

Liebe Miriam, ich danke dir, dass du mir Anekdoten aus deinem Alltag als Erzieherin anvertraut und mir jede meiner Fragen geduldig beantwortet hast.

Ohne meine Blogger*innen und Leser*innen, die immer für mich da sind und meine Bücher kaufen, obwohl sie schon drei Ausgaben in ihrem Bücherregal stehen haben, wäre es nur halb so schön, Bücher zu schreiben. Ihr seid above everything!

Plus shout out to Queens Heath Pride, Birmingham and the wonderful Joe Lycett, who said: »There are so many ways to be, millions of species of animals and plants, thousands of cultures, ways of living and places to call home.« I call the LGBTQ+ community my home.

TRIGGERWARNUNG

Diese Geschichte enthält folgende sensitive Inhalte:
Verlust von Angehörigen und Tod
Krebserkrankung
Trauer
Alkoholmissbrauch
Missbrauch von Machtpositionen
Sexismus